Daphne Du Maurier, 1907 als Tochter eines Schauspielers in London geboren, stammt aus einer alten französischen Familie, die während der Französischen Revolution nach England emigrierte. Sie wuchs in London und Paris auf und begann ihre schriftstellerische Tätigkeit 1928 mit Kurzgeschichten und Zeitungsartikeln. Sie schrieb in der Folge zahlreiche historische Biographien, Novellen und Romane, die zum Teil verfilmt und in viele Sprachen übersetzt wurden und in Millionenauflagen in der ganzen Welt verbreitet sind. Weltruhm erlangte sie vor allem mit dem Roman »Rebecca«, der mit Laurence Olivier verfilmt wurde.

Für ihre Verdienste als Schriftstellerin verlieh ihr die englische Königin 1969 den Titel *Dame.* Daphne Du Maurier starb am 14. April 1989.

Von Daphne Du Maurier sind außerdem erschienen:

»Plötzlich an jenem Abend« (Band 539)
»Gasthaus Jamaica« (Band 60242)
»Rebecca« (Band 60244)
»Träum erst, wenn es dunkel wird« (Band 1070)
»Die standhafte Lady« (Band 60245)
»Die Bucht des Franzosen« (Band 1292)
»Ich möchte nicht noch einmal jung sein« (Band 1381)
»Die großen Meistererzählungen« (Band 60247)
»Mary Anne« (Band 60059)
»Ein Tropfen Zeit« (Band 60060)
»Das Geleitschiff« (Band 1022)
»Nächstes Jahr um diese Zeit« (Band 60243)

Vollständige Taschenbuchausgabe 1986
Droemersche Verlagsanstalt Th. Knaur Nachf., München
Lizenzausgabe mit freundlicher Genehmigung des
Scherz Verlags Bern und München

Titel der Originalausgabe »The King's General«
Einzig berechtigte Übertragung aus dem Englischen
von N. O. Scarpi

Umschlaggestaltung Agentur Zero, München
Druck und Bindung Ebner Ulm
Printed in Germany 5 4 3 2
ISBN 3-426-60246-6

Daphne Du Maurier:
Des Königs General

Roman

Knaur

Erstes Kapitel

September 1653. Das Ende des Sommers. Die ersten frostigen Herbstwinde. Die Sonne trifft nicht länger mehr mein Ostfenster, wenn ich erwache, sondern erreicht mit ihrem saumseligen Schritt die Spitze des Hügels nicht vor 8 Uhr. Die Gezeiten merke ich jetzt stärker als früher. Sie scheinen den Tag in Abschnitte zu teilen. Wenn das Wasser aus den Marschen zurückweicht und nach und nach der gelbe Sand, gerippt, fest und hart, sichtbar wird, dann wirkt es, während ich hier liege, auf meine törichte Einbildung, als zöge ich mit dem Meer seewärts, und all meine verborgenen Träume, die ich für alle Zeit begraben gewähnt hatte, lägen nackt und bloß zutage, ganz wie die Muscheln und Steine auf dem Strand.

Es ist ein seltsames, heiteres Gefühl, diese Rückkehr in die Vergangenheit. Da gibt es nichts zu bedauern, und ich bin glücklich und stolz. Dunst und Wolken haben sich verzogen, und die Sonne, die jetzt hoch steht und wärmt, sie schwelgt mit mir in meinen Gezeiten. Wie blau und schwer der Blackhead sich dunkelviolett in das tiefe Wasser senkt wie eine abfallende Schulter. Abermals – und ich weiß, daß das bloße Einbildung ist – habe ich den Eindruck, daß die Ebbe stets um Mittag eintritt, wenn die Hoffnung am höchsten steht und meine Stimmung ruhig ist. Dann aber, nur halb bewußt, werde ich eines Schattens gewahr, eines plötzlichen Absinkens meiner Stimmung. Die ersten Abendwolken sammeln sich hinter dem Dodman. Sie strecken lange Finger über das Meer. Und das Rauschen, eben noch fern und schwach, wird lauter und kriecht immer näher über den Sand. Die Gezeiten haben gewechselt. Fort sind die weißen Steine und die

Muscheln. Der Strand ist verschwunden. Meine Träume sind begraben. Und bei Einbruch der Dunkelheit schwillt die Flut über das Marschland und deckt den Boden. Und dann kommt Matty, um die Kerzen anzuzünden und das Feuer zu schüren, läßt mich ihre geräuschvolle Anwesenheit spüren, und wenn ich kurz angebunden bin oder gar nicht antworte, dann sieht sie mich kopfschüttelnd an und erinnert mich daran, daß der Herbst immer meine schlechte Zeit gewesen ist. Meine Herbstwehmut.

Meine Familie begriff das bald und ließ mich in Frieden. Obgleich Friede ein unglückliches Wort ist, um die schwarze Verzweiflung zu bezeichnen, die mich dann packte. Ach ja – das ist jetzt vorüber. Diese Stimmungen wenigstens. Der Aufstand des Geistes gegen das wundgescheuerte Fleisch, und die Stunden wirklicher Schmerzen, wenn ich gar keine Ruhe mehr fand. Das waren die Kämpfe der Jugend. Und ich bin heute nicht mehr rebellisch. Die mittleren Lebensjahre haben mich in ihre Gewalt bekommen, und vieles läßt sich zu ihren Gunsten sagen. Der Verzicht hat seine Belohnung in sich.

Das Schlimme ist nur, daß ich jetzt nicht mehr lesen kann, wie ich es früher gewohnt war. Zwischen fünfundzwanzig und dreißig waren die Bücher mein großer Trost. Wie ein richtiger Gelehrter arbeitete ich mich durch mein Latein und Griechisch hindurch, so daß das Studium zu einem Teil meines Daseins wurde. Jetzt scheint es zwecklos zu sein. War ich schon in meiner Jugend zynisch veranlagt, so will sich das jetzt, da ich alt bin, noch verschlimmern. Robin sagt es auch. Armer Robin! Gott weiß, daß ich manchmal eine trübe Gefährtin sein muß. Die Jahre haben auch ihn nicht verschont. Er ist gerade in diesem Jahr sehr gealtert. Vielleicht macht das seine Sorge um mich. Ich weiß, daß sie von der Zukunft sprechen, er und Matty, wenn sie glauben, daß ich schlafe. Wenn er bei mir ist, dann heuchelt er ein wenig frohe Laune, und mein Herz blutet um ihn. Mein Bruder! Wenn er neben mir sitzt und ich ihn mit so kalter Kritik mustere, wie ich es mit allen Leuten tat, die ich liebe, dann bemerke ich die Säcke unter seinen Augen und das Zittern der Hände, wenn er die Pfeife anzündet. Ist es möglich, daß er einst leichtherzig und leidenschaftlich war? Ist er wahrhaftig, mit dem Falken auf dem Handgelenk, in die Schlacht geritten, und sind es erst zehn Jahre her, daß er, Seite an Seite mit Bevil Grenvile, seine Leute nach Braddock Down führte und die scharlachfarbenen Wimpel mit den drei goldenen Zinnen vor den Augen des Feindes wehen ließ? War das der Mann, den ich mit seinem Nebenbuhler um eine treulose Frau kämpfen sah?

Wenn ich ihn jetzt ansehe, wirkt das wie Hohn. Ja, das Elend des Krieges hat uns beiden sein Zeichen aufgebrannt. Der Krieg – und die Grenviles. Vielleicht ist Robin noch heute an Gartred gekettet, wie ich selbst an Richard. Von diesen Dingen sprechen wir nie. Unser Teil ist das stumpfe, graue Leben des Alltags.

Wenn ich zurückblicke, sehe ich nur sehr wenige unter unseren Freunden, die nicht gelitten hätten. So viele sind dahingegangen, so viele sind mittellos. Ich vergesse nicht, daß auch Robin und ich von der Mildtätigkeit leben. Wenn Jonathan Rashleigh uns dieses Haus nicht gegeben hätte, so wären wir ohne Heim, denn Lanrest ist verloren und Radford in fremder Hand. Jonathan sieht sehr alt und müde aus. Jenes letzte, schwere Jahr der Gefangenschaft in St. Mawes hat ihn gebrochen. Das und Johns Tod. Mary ist kaum verändert. Es bedürfte mehr als eines Bürgerkrieges, um ihre ruhige Haltung und ihr Gottvertrauen zu brechen. Alice lebt noch bei ihnen und ihre Kinder auch, aber der nichtsnutzige Peter besucht sie nie.

Ich denke an die Zeit zurück, als wir alle in der langen Galerie versammelt waren und Alice und Peter sangen und John und Joan vor dem Feuer saßen, Hand in Hand – sie waren alle so jung, solche Kinder! Selbst Gartred mit ihrem berechnenden Übelwollen hätte an diesem Abend nicht vermocht, die Atmosphäre zu trüben. Dann aber brach Richard, mein Richard, wohlüberlegt den Bann mit einer seiner grausamen Bemerkungen und lächelte dazu, und alle Fröhlichkeit war fort, und die unbefangene Freude war verschwunden. Ich haßte ihn dafür, und dennoch verstand ich die Laune, die ihn zwang.

O Gott, verfluche und verdamme diese Grenviles! dachte ich nachher, weil sie alles verderben, was sie nur berühren, weil sie mit einem bloßen Tonfall Glück in Schmerz verwandeln können. Warum sind sie so gemacht, er und Gartred, daß Grausamkeit um ihrer selbst willen ein Laster war, dem sie nicht zu widerstehen vermochten, das ihnen ein sinnliches Vergnügen bereitete? Bevil war so völlig anders geartet gewesen! Er war die Blüte des Geschlechts, mit seiner ernsten Höflichkeit, seiner Versonnenheit, seiner strengen Moral, seiner Zärtlichkeit zu seinen eigenen und auch zu fremden Kindern. Und seine Jungen schlagen ihm nach. Weder an Jack noch an Bunny habe ich je eine schlechte Eigenschaft bemerkt. Aber Gartred! Diese Schlangenaugen unter dem rotgoldenen Haar, dieser harte, wollüstige Mund! Wie unglaublich war es für mich, selbst in jener frühen Zeit, als sie noch die Frau meines Bruders Kit war, daß irgend jemand sich über sie täuschen konnte. Doch ihre Fähigkeit, die Menschen zu bezaubern, war überwältigend. Mein Vater und meine Mutter waren Wachs in ihren Händen, und was den armen Kit angeht, so war er vom ersten Tag an verloren, wie später auch Robin. Ich aber war niemals von ihr bezaubert, keinen Tag lang.

Nun, ihre Schönheit hat jetzt Schaden gelitten, und wahrscheinlich für immer. Sie wird diese Narbe ins Grab mitnehmen. Eine dünne, purpurne Linie vom Auge bis zum Mund, wo die Klinge sie geschlitzt hat.

Das Gerücht will wissen, daß sie noch immer Liebhaber findet, und ihre letzte Eroberung ist einer von den Careys, der jetzt in ihre Nähe nach Bidefort gezogen ist. Ich kann mir das ganz gut vorstellen. Der Gedanke, daß sie mit George Carey schäkert – sie muß mindestens zwanzig Jahre älter sein als er –, bringt sogar einen Farbton in eine graue Welt. Und welch eine Welt! Lange Gesichter und Barchentkleider, schlechte Ernten und sinkender Handel, alle Menschen ärmer als früher und das Volk im Elend. Die glückliche Nachkriegszeit! Spione des Lord Protectors – welch eine ironische Bezeichnung! – in jeder Stadt, in jedem Dorf, und wenn der leiseste Protest gegen den Staat vernehmbar wird, so schleppt man den Unglücklichen geradewegs in den Kerker. Die Presbyterianer halten die Zügel in gierigen Händen, und die einzigen, die Nutzen davon ziehen, sind Emporkömmlinge wie Frank Buller und Robert Bennett und unser alter Feind John Robartes, alle darauf aus, zu raffen, wie sie können, und der Teufel hole den kleinen Mann! Die Sitten sind rauh, Höflichkeit kennt man nicht mehr. Jeder ist seinem Nachbar verdächtig. O prächtige neue Welt!

Der gefügige Engländer mag das eine Weile lang ertragen, nicht aber wir Leute von Cornwall. Sie können uns unsere Unabhängigkeit nicht rauben, und in einem Jahr etwa, wenn wir unsere Wunden geleckt haben, wird es neuerdings Aufruhr geben, und abermals wird Blut vergossen, werden Herzen gebrochen werden. Doch es fehlt uns noch ein Führer. Ach, Richard, mein Richard, welch böser Geist zwang dich, mit jedermann im Streit zu liegen, so daß sogar der König dein Feind ist. Mein Herz schmerzt mich, wenn ich an diese letzte Ungnade denke. Ich sehe dich vor mir, wie du einsam und verbittert an deinem Fenster sitzt und über die öde, flache Ebene Hollands blickst und die Schlußworte deiner Verteidigungsschrift schreibst, von der Bunny mir bei seinem letzten Besuch einen Entwurf brachte.

Groll, Stolz und Bitterkeit bis zum Ende. Denn dies ist das Ende. Ich weiß es, und du weißt es auch. Für dich wird es keinen neuen

Aufstieg mehr geben; du hast dich selbst für alle Zeit zugrunde gerichtet. Gefürchtet und gehaßt von Freund und Feind.

Des Königs General im Westen. Der Mann, den ich liebe.

Als die Scillyinseln an das Parlament gefallen waren und beide, Jack und Bunny, für kurze Zeit heimkamen, nachdem sie Holland und Frankreich bereist hatten, ritten sie von Stowe herüber, um die Rashleighs in Menabilly zu besuchen, und bei dieser Gelegenheit kamen sie auch nach Tywardreath, um mir ihre Aufwartung zu machen. Wir sprachen von Richard, und sogleich sagte Jack: «Mein Onkel ist sehr verändert; du würdest ihn kaum mehr erkennen. Er sitzt stundenlang schweigend, schaut zum Fenster seiner kläglichen Behausung in den endlosen Regen hinaus – mein Gott, wie regnet es in Holland! –, und er hat kein Bedürfnis nach Gesellschaft. Du erinnerst dich, wie er mit uns zu spaßen und zu scherzen pflegte, und mit den andern jungen Leuten auch? Wenn er jetzt den Mund aufmacht, geschieht es nur, um irgendeinen Fehler zu bemerken, wie ein mürrischer alter Mann, und seinen Gast zu ärgern.» – Wir saßen alle eine Weile stumm. Mein Herz tat weh, und die Jungen spürten das.

Bald darauf küßten sie mir die Hände und versprachen wiederzukommen, bevor sie nach Frankreich zurückkehrten. Ich sah sie fortgaloppieren, jung und frei und unberührt von den Jahren, die vergangen waren. Ihnen gehörte die Zukunft. Eines Tages würde der König in sein harrendes Land heimkehren, und Jack und Bunny, die so tapfer für ihn gekämpft hatten, würden ihren Lohn empfangen.

Der Bürgerkrieg würde vergessen sein, und vergessen auch die Generation, die vor ihnen gelebt, die für die gute Sache gefallen war oder versagt hatte. Meine Generation, die keine Erbschaft antreten würde.

Ich lag hier in meinem Stuhl, sah, wie die Schatten tiefer wurden, und jetzt trat Robin ein, setzte sich neben mich und fragte mit seiner rauhen Zärtlichkeit, ob ich müde sei, bedauerte, daß er die Brüder Grenvile versäumt hatte, und begann mir von irgendwelchen Nichtigkeiten aus dem Haushalt von Tywardreath zu erzählen. Ich tat, als hörte ich zu, und wurde mir mit einem seltsamen Gefühl des Mitleids bewußt, wie sehr die läppischen Alltagssorgen jetzt sein ganzer Lebensinhalt geworden waren. Ich dachte daran, wie er und seine Gefährten einst in jenen tragischen Sommermonaten des Jahres 1646 mit der tapferen und doch zwecklosen Verteidigung von Pendennis Castle Unsterblichkeit erlangt hatten – wie stolz waren wir auf sie gewesen, wie voll unsere Herzen! –, und nun saß er hier und hörte nicht auf, über fünf Hühner zu schwätzen, die einer Witwe in St. Blazey gestohlen worden waren. Vielleicht war ich am Ende gar nicht zynisch, sondern im Gegenteil vermorscht von Sentimentalität.

Und da kam mir der Gedanke, daß ich mich selbst einer Bürde entledigen könnte, wenn ich die Geschehnisse jener wenigen Jahre niederschreiben würde. Vom Krieg, und wie er unser Leben verändert hatte; wie wir alle in ihn hineingezogen und durch ihn zerbrochen wurden, und wie unsere Leben hoffnungslos ineinander verstrickt waren. Gartred und Robin, Richard und ich, die ganze Familie Rashleigh, eingepfercht in dieses Haus voller Geheimnisse – kein Wunder, daß wir diesen Abstieg erlitten hatten!

Menabilly, wo sich das Drama unseres Lebens abgespielt hat, ist mir hier, in Tywardreath, drei Meilen entfernt, noch lebendig genug. Das Haus steht so kahl und verzweifelt da wie damals, als ich es im Jahre 1648 zum letzten Mal sah. Jonathan hat weder das Herz noch das Geld, um es wieder in den alten Stand zu setzen. Er und Mary und die Kinder bewohnen nur einen Flügel. Ich bete zu Gott, daß sie dauernd in Unkenntnis des letzten Dramas bleiben mögen. Zwei Menschen werden das Geheimnis mit sich ins Grab nehmen. Richard und ich. Er sitzt in Holland, viele hundert Meilen fern, und ich liege auf meinem Diwan in Tywardreath, und der Schatten des Strebepfeilers lastet auf uns beiden.

Wenn Robin jeden Sonntag nach Menabilly reitet, dann begleite ich ihn in der Phantasie durch den Park und komme zu den hohen Mauern, die das Haus umgeben. Der Hof liegt offen da, und die Westfront starrt auf mich herab. Die letzten Strahlen der Sonne scheinen in mein altes Zimmer oberhalb des Pförtnerhauses, denn der Laden ist offen, aber die Fenster des Nebenraumes sind geschlossen. Efeuranken klettern darüber hinweg. Der glatte Stein des Pfeilers vor dem Fenster ist von Flechten überzogen.

Die Sonne schwindet, und die Westfront sinkt abermals in den Schatten. Die Rashleighs essen und schlafen hier und gehen bei Kerzenlicht schlafen und träumen; aber ich, drei Meilen entfernt, in Tywardreath, wache in der Nacht auf und höre, wie eine Knabenstimme entsetzt meinen Namen ruft, höre eine Knabenhand gegen eine Mauer schlagen, und hier, in der schwarzen Nacht, steht vor mir, lebendig, schrecklich, anklagend, der Geist von Richards Sohn. Ich setze mich im Bett auf, schwitze vor Grauen, und die gute Matty, die mich hört, kommt zu mir und zündet die Kerze an. Sie bringt mir Papier und eine Feder, und ich beginne zu schreiben. Es ist so viel zu sagen, und es muß so rasch gesagt werden.

Denn ich gebe mich keiner Täuschung hin. Mein Instinkt sagt mir – auch ohne daß ich in Robins Augen schaue –, daß dieser Herbst der letzte sein wird. Ich will für Richard sagen, was er nie für sich gesagt hatte, und ich will zeigen, wie es, trotz seiner schweren Fehler und Schwächen, für eine Frau möglich war, ihn mit Herz und Seele und Leib zu lieben, und daß ich diese Frau war.

Ich schreibe dann mitternachts bei Kerzenlicht, während die Uhr vom Kirchturm in Tywardreath die Stunden schlägt, und der einzige Laut, den ich sonst noch höre, ist das Seufzen des Windes unter meinem Fenster und das Rauschen der See, wenn die Flut über den Strand bis zu den Marschen unter der Brücke von St. Blazey schwillt.

Zweites Kapitel

Zum erstenmal sah ich Gartred, als mein ältester Bruder Kit sie als seine junge Frau nach Lanrest heimbrachte. Sie war damals zweiundzwanzig und ich das Nesthäkchen der Familie, abgesehen von Percy, einem Kind von zehn Jahren.

Wir waren eine glückliche, kinderreiche Familie, es herrschte größte Freiheit und Vertraulichkeit, und mein Vater, John Harris, scherte sich wenig um den Gang der Welt, sondern lebte für seine Pferde, seine Hunde und die friedlichen Geschäfte seines kleinen Landsitzes. Lanrest war kein großes Gut, aber es war hoch gelegen, inmitten eines schützenden Rings von Bäumen, schaute auf das Looe Valley hinab und war eines jener ruhigen, liebenswürdigen Häuser, die die Zeit zu verschlummern scheinen, und wir hatten es gern. Doch ich sprach davon, wie ich Gartred zum erstenmal gesehen hatte. Die Hochzeit hatte in Stowe stattgefunden, in ihrem Elternhaus, und Percy und ich konnten, einer Kinderkrankheit wegen, nicht dabeisein. Das schuf – töricht genug – von Anfang an ein Gefühl des Grolls in mir. Ich war zweifellos sehr verwöhnt, weil ich doch um soviel jünger war als meine Brüder und Schwestern, die viel Wesens mit mir machten, wie übrigens auch meine Eltern, aber ich war fast überzeugt, daß die Braut meines Bruders bei ihrer Hochzeit nicht von Kindern belästigt werden wollte und daß sie überdies fürchtete, wir könnten eine ansteckende Krankheit haben.

Ich kann mich noch entsinnen, wie ich aufrecht in meinem Bett saß, die Augen von Fieber glänzend, und meine Mutter neben mir.

«Als Cecilia Hochzeit machte, durften Percy und ich die Schleppe tragen», sagte ich – Cecilia war meine älteste Schwester. «Und wir alle sind nach Mothercombe gefahren, und die Pollexefens haben uns willkommen geheißen, obgleich Percy und ich uns überessen haben.»

Alles, was meine Mutter mir antworten konnte, war, diesmal sei es eben anders und Stowe sei ein ganz anderes Haus als Mothercombe und die Grenviles seien nicht die Pollexefens -- das schien mir das schwächste Argument zu sein –, und sie würde es sich nie vergeben, wenn Gartred sich bei uns anstecken würde. Es gab nur Gartred. Alles andere war unwichtig. Es gab auch viel Unruhe und Aufregung, als das Gastzimmer hergerichtet wurde, für den Fall, daß das junge Paar bleiben sollte. Neue Vorhänge wurden beschafft, und Teppiche und Wandbehänge, und das alles geschah, weil Gartred nicht merken sollte, daß Lanrest schäbig und in schlichtem Stand war. Die Dienstleute mußten fegen und bürsten, das unterste wurde zuoberst gekehrt, und kein Mensch fühlte sich mehr behaglich.

Wenn es um Kits willen geschehen wäre, meines lieben, umgänglichen Bruders, so hätte ich gewiß nicht gemurrt. Aber Kit hätte ebensogut nicht auf der Welt sein können. Es geschah alles Gartreds wegen. Und wie alle Kinder hörte ich zu, was die Dienstleute schwatzten.

«Nur weil er der Erbe Sir Christophers in Radford ist, heiratet sie unseren jungen Herrn», lautete das Wort, das mir mitten im Geklapper der Küche zu Ohren kam. Ich haschte nach diesem Fetzen des Geredes und brütete darüber, ebenso wie über die Antwort, die der Verwalter meines Vaters gab:

«Es sieht einer Grenvile nicht ähnlich, einen gewöhnlichen Harris von Lanrest zu heiraten.»

Diese Worte ärgerten und verwirrten mich. Das Wort «gewöhnlich» schien sich auf meines Bruders Äußeres zu beziehen, der doch in meinen Augen ein schöner junger Mann war, und warum sollte ein Harris von Lanrest eine schlechte Partie für eine Grenvile sein? Gewiß, Kit war der Erbe unseres Onkels Christopher in Radford – ein Riesenkasten von einem Haus bei Plymouth –, aber daran hatte ich bisher nicht viel gedacht. Zum erstenmal wurde es mir wie mit einem Schlag bewußt, daß die Heirat nicht jene romantische Feengeschichte war, als die ich sie mir vorgestellt hatte, sondern eine gesellschaftliche Einrichtung, ein Handel zwischen zwei bedeutenden Familien, bei dem Besitz zu Besitz kam.

Als ich wieder einmal horchte, hörte ich einen Anwalt sagen: «Es ist nicht Sir Bernard Grenvile, dem das Geschäftliche so sehr am Herzen liegt, sondern seine Tochter selbst. Sie kann ihren Vater um den Finger wickeln.»

Das überdachte ich eine Weile, und dann erzählte ich es meiner Schwester Mary. «Ist es üblich», fragte ich mit aufreizender Frühreife, «daß eine Braut so um die Mitgift schachert?»

Mary gab nicht gleich eine Antwort. Wenn sie auch schon zwanzig Jahre alt war, hatte das Leben sie doch bisher kaum gestreift, und sie wußte wahrscheinlich nicht mehr davon als ich. Doch ich konnte sehr gut merken, daß sie entrüstet war.

«Gartred ist die einzige Tochter», sagte sie nach einer Weile. «wahrscheinlich ist es nötig, daß sie sich um den Ehevertrag kümmert.»

«Ob Kit davon weiß?» sagte ich. «Ich kann nicht glauben, daß es ihm recht wäre.»

Mary bat mich dringend, den Mund zu halten, und warnte mich, ich würde eine böse Zunge werden, und das hätte niemand gern. Aber ich ließ mich nicht abschrecken, und wenn ich auch den andern Brüdern gegenüber nichts von dem Ehevertrag erwähnte, so mußte ich doch Robin plagen gehen, der schon in jener Zeit mein Lieblingsbruder war, damit er mir etwas über die Grenviles erzählte. Er war gerade von der Falkenjagd heimgekommen und stand vor den Stallungen, sein hübsches Gesicht sah gerötet und glücklich aus, den Falken hielt er auf dem Handgelenk, und ich weiß noch, wie ich zurückfuhr, weil mich die tiefen, giftigen Augen des Vogels und das Blut auf seinem Schnabel abstießen. Er hätte sich von keinem anderen als Robin anrühren lassen, und Robin streichelte ihm das Gefieder. Im Hof vor dem Stall ging es lärmend zu, die Männer rieben die Pferde ab, und in der Ecke bei dem Brunnen wurden die Hunde gefüttert.

«Ich bin nur froh, daß Kit es ist, der sich eine Braut gesucht hat, und nicht du», sagte ich, während der Vogel unter den großen, gesenkten Lidern nach mir spähte, und Robin lächelte und streckte die andere Hand aus, um mir durch die Locken zu fahren; der Vogel aber war ganz außer sich vor Wut.

«Wäre ich der älteste Sohn gewesen», sagte Robin freundlich, «dann hätte man mich bei dieser Hochzeit als Bräutigam gesehen.»

Ich warf ihm einen Blick zu und merkte, daß sein Lächeln verschwunden war und an dessen Stelle ein düsterer Zug trat.

«Warum? Hätte sie lieber dich genommen?» fragte ich.

Da wandte er sich ab, zog die Haube über den Kopf des Falken und gab ihn dem Falkner. «Komm Kirschen pflücken», sagte er. «Was geht mich meines Bruders Frau an?»

«Aber die Grenviles?» fragte ich hartnäckig, während er mich auf den Schultern nach dem Obstgarten trug. «Warum müssen wir gar so stolz auf sie sein?»

«Bevil Grenvile ist der beste Mensch auf der Welt», sagte Robin. «Kit und Jo und ich waren mit ihm in Oxford. Und seine Schwester ist sehr schön.»

Mehr konnte ich ihm nicht entlocken. Doch mein Bruder Jo, der mit einem sarkastischen, durchdringenden Verstand begabt war, äußerte sein Erstaunen, als ich ihm später am Tag die gleiche Frage stellte.

«Hast du wirklich das reife Alter von zehn Jahren erreicht, Honor», meinte er, «ohne zu wissen, daß es in Cornwall nur zwei Familien gibt, die mitzählen – die Grenviles und die Arundells? Natürlich müssen wir demütigen Harrisleute ganz überwältigt sein, daß unser lieber Bruder Kit mit der erhabenen Hand der bezaubernden Gartred beehrt wurde.» Dann vergrub er die Nase in ein Buch, und damit war die Sache erledigt.

In der nächsten Woche waren sie alle zum Hochzeitsfest nach Stowe geritten. Nun mußte ich mich in Geduld fassen bis zu ihrer Heimkehr, und dann schützte Mutter, wie ich gleich gefürchtet hatte, Müdigkeit vor, wie die andern auch, und alle schienen ziemlich erschöpft von so viel Prunk und Aufwand, und nur meine dritte Schwester, Bridget, ließ sich herab, mir etwas zu erzählen. Sie war außer sich vor Entzücken über die Pracht von Stowe und die Gastfreundschaft der Grenviles.

«Unser Haus ist, verglichen mit Stowe, ein Verwalterhaus», berichtete sie. «Man könnte Lanrest dort in irgendeinen Winkel stellen, und man würde es gar nicht bemerken. Zwei Diener standen beim Abendessen hinter meinem Stuhl, und die ganze Zeit lang spielten Spielleute für uns auf der Galerie.»

«Aber Gartred! Was ist mit Gartred?» fragte ich ungeduldig.

«Warte nur», sagte sie. «Es waren mehr als zweihundert Menschen da, und Mary und ich schliefen zusammen in einem Zimmer, größer als irgendeines in unserm Haus. Eine Frau war nur dazu da, uns zu bedienen und das Haar zu machen. Und das Bettzeug wurde täglich gewechselt und parfümiert.»

«Und was noch?» fragte ich, von Eifersucht verzehrt.

Meine Schwester Bridget lächelte überlegen.

«Mir gefiel Bevil am besten», sagte sie, «und den andern auch. Er war immer mittendrin und achtete darauf, daß keinem etwas abging. Lady Grenvile fand ich ein wenig steif, aber Bevil war die Höflichkeit selbst und liebenswürdig bei allem, was er tat.» Sie hielt einen Augenblick inne. «Sie haben alle rotbraune Haare, weißt du», sagte sie ohne rechten Zusammenhang. «Wenn wir jemanden mit rotbraunen Haaren sahen, war es bestimmt ein Grenvile. Aus dem, den sie Richard nennen, habe ich mir übrigens nicht viel gemacht», setzte sie mit verzogenen Brauen hinzu.

«Warum nicht? War er so häßlich?» fragte ich.

«O nein», antwortete sie verdutzt. «Er war schöner als Bevil. Aber er schaute uns alle so spöttisch und verächtlich an, und als er mir im Gedränge auf das Kleid trat, entschuldigte er sich nicht einmal. ‹Sie sind selber schuld›, hatte er die Unverschämtheit, mir zu sagen, ‹weil Sie Ihr Kleid im Staub nachschleppen lassen.› Man erzählte mir in Stowe, er sei Soldat von Beruf.»

«Aber da bleibt immer noch Gartred», sagte ich. «Du hast sie mir gar nicht beschrieben.» Und dann, zu meinem größten Verdruß, gähnte Bridget und stand auf.

«Ach, ich bin zu müde, um dir noch mehr zu erzählen», sagte sie. «Warte bis morgen. Aber Mary und Cecilia und ich sind uns darin einig, daß wir lieber Gartred ähnlich sehen möchten als irgendeiner anderen Frau.»

So mußte ich mir denn am Ende mein Urteil mit meinen eigenen Augen bilden. Wir waren alle in der Halle versammelt, um sie zu empfangen – sie waren von Stowe zuerst auf das Gut meines Onkels nach Radford gefahren –, und die Hunde liefen in den Hof hinaus, als sie die Pferde hörten.

Wir waren eine große Gesellschaft, denn die Pollexefens waren auch bei uns, Cecilia hatte die kleine Joan auf dem Arm, mein erstes Patenkind – wie stolz war ich auf diese Ehre! –, und wir waren alle froh und schwatzten und lachten, weil wir alle miteinander nur eine einzige Familie waren und einander auch so gut kannten. Kit schwang sich aus dem Sattel – er sah heiter und freundlich drein –, und dann sah ich Gartred. Sie flüsterte Kit etwas zu, und er lachte, wurde rot und hob die Arme, um ihr beim Absitzen zu helfen; und wie in einer Eingebung erkannte ich, daß sie ihm etwas zugeflüstert hatte, was ein Teil ihres gemeinsamen Lebens war und nichts mit uns, seiner Familie, zu schaffen hatte. Kit war keiner der unsrigen mehr, sondern gehörte ihr.

Ich hielt mich abseits und drängte mich nicht dazu, vorgestellt zu werden, doch plötzlich stand sie neben mir.

«Du bist also Honor?» fragte sie.

Ihr Ton schien auszudrücken, ich sei klein für mein Alter, sehe schlecht aus oder sei sonst irgendwie eine Enttäuschung, und dann ging sie mit selbstsicherem Lächeln, vor meiner Mutter, in das große Wohnzimmer, während die übrige Familie ihr folgte wie Motten, die vom Licht angelockt werden. Percy, der schon die Augen nach hübschen Mädchen verdrehte, ging sogleich zu ihr hin, und sie steckte ihm Zuckerzeug in den Mund. Sie hält es bereit, dachte ich, um uns Kinder damit gefügig zu machen, wie man fremde Hunde gefügig macht.

«Will Honor auch eines?» fragte sie, und in ihrer Stimme war ein spöttischer Klang, als wüßte sie instinktiv, daß nichts mir so widerwärtig war, als wenn man mich als kleines Kind behandelte.

Ich konnte die Augen nicht von ihrem Gesicht abwenden. Sie erinnerte mich an irgend etwas, und plötzlich wußte ich auch, woran. Ich war wieder ein kleines Kind in Radford, im Haus meines Onkels, und er führte mich durch die Treibhäuser in den Garten. Da gab es eine Blume, eine Orchidee, die ganz einsam wuchs; sie hatte die Farbe blassen Elfenbeins, und nur eine kleine, rötliche Ader lief durch die Blütenblätter. Der Duft erfüllte das Treibhaus mit einer Honigsüße, die ein wenig bedrückend war. Es war die lieblichste Blume, die ich je gesehen hatte. Ich streckte die Hand aus, um den sanft schimmernden Samt zu streicheln, doch rasch zog mein Onkel mich an der Schulter zurück. «Berühre sie nicht, Kind, der Stengel ist giftig.»

Gartred war wie jene Orchidee. Als sie mir auch ein Stückchen Zuckerzeug reichte, wandte ich mich ab und schüttelte den Kopf, und mein Vater, der nie in seinem Leben ein hartes Wort zu mir gesprochen hatte, sagte: «Honor, wo sind deine Manieren?»

Gartred lachte und zuckte die Schultern. Alle Anwesenden warfen mir vorwurfsvolle Blicke zu, und sogar Robin runzelte die Stirne. Meine Mutter aber schickte mich in mein Zimmer. So hielt Gartred ihren Einzug in Lanrest.

Die Ehe dauerte drei Jahre, und ich habe nicht die Absicht, jetzt davon zu erzählen. So vieles hat sich seither ereignet, was Gartreds späteres Leben nur um so deutlicher zeigt, und die Kämpfe unserer ersten Jahre wirken daneben heute recht blaß und unwichtig. Zwischen uns herrschte immer Krieg, das ist sicher. Sie war jung, selbstbewußt und stolz, und ich ein mürrisches Kind, das hinter Türen und Wandschirmen nach ihr spähte, und uns beiden war diese gegenseitige Feindseligkeit bewußt.

Die Ehe blieb kinderlos. Das war der erste Schlag, und ich weiß, daß es für meine Eltern eine Enttäuschung bedeutete, denn sie sprachen davon. Meine Schwester Cecilia verbrachte die Zeit ihres Wochenbetts immer bei uns, aber von Gartred wurde nie irgend etwas geflüstert. Sie ritt und ging auf die Jagd wie wir andern auch, sie hütete niemals das Zimmer oder klagte über Müdigkeit, wie wir das von Cecilia gewohnt waren. Einmal hatte meine Mutter die Kühnheit, zu sagen: «Nach meiner Heirat, Gartred, bin ich weder ausgeritten noch auf die Jagd gegangen, aus Furcht vor einer Fehlgeburt»; und Gartred, die sich mit einer Perlmutterschere die Nägel schnitt, sah zu ihr auf und sagte: «Ich habe nichts in mir, was ich verlieren könnte, Madam, und daraus sollten Sie eher Ihrem Sohn einen Vorwurf machen.» Ihre Stimme war leise und voller Gift, und meine Mutter starrte sie einen Augenblick bestürzt an, dann stand sie auf und verließ das Zimmer. Das Gift hatte sie zum erstenmal berührt. Ich verstand nicht, wovon sie sprachen, aber ich spürte, daß Gartred Gehässiges gegen meinen Bruder gesagt hatte, denn kurz darauf kam Kit und sagte in vorwurfsvollem Ton zu seiner Frau: «Hast du mich bei meiner Mutter angeklagt?»

Von dieser Stunde an ging alles schief mit ihnen und mit uns allen. Kits Wesen schien ganz verändert. Er ging mit gekränkter Miene herum, gar nicht er selbst, und zwischen ihm und meinem Vater, die bis dahin so gut miteinander ausgekommen waren, entstand eine gewisse Spannung.

Kit zeigte sich plötzlich aufsässig gegen meinen Vater und gegen uns alle, fand an der Bewirtschaftung von Lanrest dauernd etwas zu mäkeln und zog Vergleiche mit Radford, aber im Gegensatz dazu war seine abscheuliche Unterwürfigkeit gegenüber Gartred, eine Unterwürfigkeit, die gar nichts Schönes an sich hatte, sondern ihn in meinen unduldsamen Augen nur widerwärtig machte.

Im nächsten Jahr vertrat er West Looe im Parlament, und sie reisten oft nach London; so bekamen wir sie nur selten zu Gesicht. Waren sie aber in Lanrest, so lebten wir alle in einer ständigen Spannung, und eines Abends, als meine Eltern nicht zu Hause waren, kam es zu einem heftigen Zank zwischen Kit und Robin. Es war ein heißer, stickiger Sommerabend, und ich drückte mich vor meinem Kinderzimmer und schlich im Nachthemd in den Garten. Das ganze Haus schlief schon. Ich erinnere mich, daß ich wie ein kleiner Geist vor den Fenstern herumstreifte. Die Fensterflügel des Gastzimmers standen weit offen, und ich hörte Kits Stimme, lauter als gewöhnlich und zu heftigem Streit erhoben. Mich packte ein höllisches Verlangen zu horchen.

«Es ist immer dasselbe», sagte er, «wohin wir auch gehen. Du machst mich vor allen Leuten lächerlich und heute abend sogar vor meinem eigenen Bruder. Ich sage dir, daß ich das nicht länger aushalten kann.»

Ich hörte Gartred lachen und sah Kits Schatten im zitternden Licht der Kerze auf der Zimmerdecke. Ihre Stimmen senkten sich einen

Augenblick lang, dann aber sprach Kit wieder so laut, daß ich es verstehen konnte.

«Du glaubst, daß ich nichts merke», sagte er. «Du glaubst, ich sei so tief gesunken, daß ich meine Augen vor allem verschließe, wenn ich dich nur neben mir haben und hin und wieder berühren darf. Meinst du vielleicht, es sei mir angenehm, mitansehen zu müssen, wie du Antony Denys an jenem Abend in Stowe angeschaut hast, als ich überraschend von London zurückkam? Ein Mann mit erwachsenen Kindern und seine Frau noch warm in ihrem Grab! Hast du denn gar kein Mitleid mit mir?»

Dieser schreckliche, flehende Klang, den ich so verabscheute, hatte sich wieder in seine Stimme eingeschlichen, und ich hörte Gartred abermals lachen. «Und heute abend», sagte er, «sah ich, wie du über den Tisch hinüber ihm zugelächelt hast, meinem eigenen Bruder!» Ich fühlte mich recht elend und beängstigt, aber gleichzeitig seltsam erregt, und mein Herz pochte heftig, als ich jetzt einen Schritt neben mir vernahm, und hinter mir in der Dunkelheit stand Robin. «Geh fort», flüsterte er. «Geh sogleich fort!»

Ich wies auf das offene Fenster. «Kit und Gartred sind dort oben», sagte ich. «Er ist wütend, weil sie dir zugelächelt hat.»

Ich hörte Robin keuchen, und er wandte sich ab, als wollte er gehen, da schrie plötzlich Kits Stimme laut und schrecklich, als ob er, ein erwachsener Mann, schluchzen würde wie ein Kind. «Wenn es dazu kommt, dann töte ich dich. Ich schwöre bei Gott, daß ich dich töte.» Da bückte sich Robin rasch wie ein Blitz nach einem Stein und warf ihn gegen das Fenster, daß die Scheibe in Splitter zerbarst.

«Gottverdammter Feigling!» brüllte er. «Komm doch und töte mich stattdessen!»

Ich schämte mich für ihn, für Kit, für mich selbst, vor allem aber kochte in mir der Haß gegen Gartred, die diesen Sturm entfesselt hatte und selber unberührt blieb.

Ich drehte mich um und lief davon, die Finger in die Ohren gepreßt, kroch ins Bett, sagte zu keinem Menschen ein Wort, zog die Decken über den Kopf und bebte vor Angst, man würde die drei am nächsten Morgen erschlagen im Gras auffinden. Doch was sich zwischen ihnen weiter begeben hatte, erfuhr ich nie. Der Tag brach an, und alles war wie vorher, nur daß Robin gleich nach dem Frühstück davonritt und erst zurückkehrte, nachdem Kit und Gartred, etwa fünf Tage später, abgereist waren. Ob sonst irgendwer von der Familie etwas von dem Zwischenfall bemerkt hatte, konnte ich nie feststellen. Ich war zu erschrocken, um zu fragen, und seit Gartred zwischen uns getreten war, hatten wir die alte Gewohnheit eingebüßt, unsere Sorgen miteinander zu teilen, und jeder einzelne war höflicher und verschwiegener geworden.

Im nächsten Jahr, 1623, zogen die Pocken durch Cornwall wie eine Geißel Gottes, und nur wenige Familien blieben verschont. Im Juni erkrankte mein Vater und starb nach wenigen Tagen, und wir hatten uns kaum von dem Schlag erholt, als uns eine Botschaft von meinem Onkel in Radford erreichte, auch Kit sei von der Krankheit befallen, und es bestehe keine Hoffnung, daß er davonkommen würde.

So starben Vater und Sohn binnen weniger Wochen, und Jo, der Gelehrte, wurde das Oberhaupt der Familie. Wir waren alle viel zu unglücklich über diesen doppelten Verlust, um an Gartred zu denken, die beim ersten Zeichen der Krankheit nach Stowe geflohen und auf diese Art dem gleichen Schicksal entgangen war; doch als die beiden Testamente verlesen wurden, erfuhren wir, daß Lanrest, und später auch Radford, an Jo fielen, der Ertrag der reichen Weiden von Lametton und der Mühle dagegen auf Lebenszeit Gartred gehören sollte.

Sie kam zur Testamentseröffnung mit ihrem Bruder Bevil, und sogar Cecilia, die sanfteste unter meinen Schwestern, machte nachher eine empörte Bemerkung über Gartreds Gemütsruhe, über ihr eiskaltes Selbstbewußtsein und die knickrige Art, wie sie darauf achtete, daß auch jeder Morgen in Lametton richtig vermessen werde. Bevil, der jetzt selber verheiratet war und als unser Nachbar in Killigarth saß, tat sein Möglichstes, um das peinliche Gefühl zu beschwichtigen, das er bei uns spürte, und war ich auch kaum mehr als ein Kind, so erinnere ich mich doch, wie unglücklich und verlegen ich war, weil er sich unsertwegen so demütigen mußte. Es war kein Wunder, daß jeder ihn gern hatte, und ich fragte mich, was er insgeheim selbst von seiner Schwester dachte oder ob ihre Schönheit ihn genauso bestrickte wie alle andern Männer.

Robin blieb die ganze Zeit fern, solange die beiden bei uns weilten, und keiner außer mir dürfte den Grund geahnt haben.

Am Morgen, bevor sie abreiste, zwang mich plötzlich ein Impuls, vor ihrem Zimmer stehenzubleiben, dessen Tür offen war, und hineinzuschauen. Sie hatte erklärt, daß die Einrichtung des Zimmers Kit gehört habe und somit jetzt ihr Eigentum sei, und die Dienstleute waren tags vorher damit beschäftigt gewesen, die Vorhänge abzunehmen und jene Möbelstücke auszuräumen, die sie haben wollte. In diesem letzten Augenblick war sie allein und mit einem kleinen Schreibtisch beschäftigt, der in einer Ecke stand. Sie bemerkte nicht, daß ich sie beobachtete, und da sah ich ihr liebliches Gesicht endlich ohne Maske. Die Augen waren zusammengezogen, die Lippen wölbten sich vor, und sie riß so heftig an einer kleinen Lade, daß das Holz in Stücke ging. Im Grunde der Lade lagen einige Schmuckstücke, nichts von besonderem Wert, aber sie hatte sich daran erinnert. Plötzlich sah sie im Spiegel mein Gesicht.

«Wenn du uns die nackten Wände stehen läßt, werden wir noch zufrieden sein dürfen», sagte ich, als unsere Blicke sich kreuzten.

Mein Vater hätte mich für diese Worte gezüchtigt, wenn er noch am Leben gewesen wäre, und meine Brüder auch.

«Du hast mich von Anfang an bespitzelt», sagte sie leise, aber da ich kein Mann war, lächelte sie nicht.

«Ich bin mit Augen im Kopf auf die Welt gekommen», erwiderte ich.

Langsam versorgte sie die Schmuckstücke in einer kleinen Tasche, die an ihrem Gürtel hing.

«Tröste dich und sei zufrieden – jetzt bist du mich los», sagte sie. «Wir werden einander kaum noch jemals wiedersehen.»

«Das hoffe ich», sagte ich. Plötzlich lachte sie.

«Schade», meinte sie, «daß dein Bruder nicht ein wenig von deinem Witz hatte.»

«Welcher Bruder?» fragte ich.

Sie schwieg einen Augenblick, denn sie war sich nicht im klaren darüber, was ich wußte, dann aber klopfte sie mir lächelnd mit ihrem langen, schlanken Finger auf die Wange.

«Alle miteinander», sagte sie, und dann wandte sie mir den Rücken und rief ihr Kammermädchen aus dem Nebenzimmer.

Langsam ging ich die Treppe hinunter, zahllose brennende Fragen auf dem Herzen, und als ich in die Halle kam, sah ich Jo vor einer großen Landkarte, die an der Wand hing. Ich sagte kein Wort zu ihm, sondern ging an ihm vorbei in den Garten.

Um Mittag verließ sie Lanrest in einer Sänfte, mit großem Gefolge von Pferden und Dienern aus Stowe, die all ihre Habe forttrugen. Von einem Versteck in einem Baum aus sah ich sie, wie sie in einer Staubwolke auf der Straße nach Liskeard verschwand.

Das ist vorüber, sagte ich mir. Das war das Ende. Jetzt sind wir mit den Grenviles fertig.

Doch das Schicksal wollte es anders.

Drittes Kapitel

Mein achtzehnter Geburtstag. Ein heller Dezembertag. Meine Gedanken kreisten wie ein Vogel, als ich von Radford aus über die schimmernde See blickte und Seiner Majestät Schiffe beobachtete, die in den Sund von Plymouth einfuhren.

Es ging mich nichts an, daß diese Flotte von einem mißlungenen Unternehmen heimkehrte und daß weit unten in Frankreich La Rochelle unbezwungen blieb; das war Gesprächsstoff für ältere Leute.

Hier in Devon herrschte Freude und Fröhlichkeit, und das junge Volk feierte einen Festtag. Was war das für ein Anblick – etwa achtzig Schiffe oder mehr, die sich zwischen Drake's Island und dem Mount drängten, die weißen Segel im Westwind geschwellt, die farbigen Wimpel von den goldenen Spieren flatternd. Die Menge, die sich auf den Klippen drängte, schrie und winkte, und auch von den Schiffen stieg ein mächtiges Geschrei auf, während die Trommeln dröhnten und die Trompeten schallten, und man sah, wie die Seiten der Schiffe gedrängt voll von Soldaten waren, die sich an die hohe Schanzverkleidung preßten oder in der Takelung hingen. Die Sonne blitzte auf ihren Brustplatten und Degen, mit denen sie dem Volk grüßend winkten, und auf dem Achterdeck hatten die Offiziere sich versammelt, schimmernd in Rot, Blau und Lincolngrün.

Jedes Schiff trug im Hauptmast die Wimpel seines Befehlshabers, und wenn die Menge Farben und Wappen eines Mannes aus Devon oder Cornwall erkannte, so zitterte die Luft neuerdings von Geschrei und widerhallte von den Rufen, mit denen von den Schiffen her geantwortet wurde.

Das Schiff an der Spitze, ein großer Dreimaster, hatte den Befehlshaber der Expedition an Bord, den Herzog von Buckingham, und als es vom Mount Batten begrüßt wurde, erwiderte es mit einer Salve aus seinen eigenen sechs Geschützen, und wir konnten den Wimpel des Herzogs an der Spitze des Hauptmastes flattern sehen.

Die Leute auf den Klippen begannen rufend und schreiend und drängend und stoßend nach dem Mount Batten zu laufen, um die Landungsboote als erste zu begrüßen. Der Bann war gebrochen, und wir kehrten nach Radford zurück. «Ein schöner Abschluß deines Geburtstags», sagte mein Bruder lächelnd. «Wir alle sind zu einem Bankett zu Ehren des Herzogs von Buckingham auf das Schloß geladen.»

Er stand auf den Stufen, um uns zu begrüßen, nachdem er von der Festung auf dem Mount Batten zurückgekommen war. Jo war nach dem Tod meines Onkels Christopher, der vor wenigen Jahren gestorben war, Herr auf Radford geworden, und wir verbrachten einen großen Teil unserer Zeit zwischen Plymouth und Lanrest. Jo war tatsächlich ein Mann von einigem Ansehen geworden, zumal in Devon, und abgesehen davon, daß er Untersheriff für die Grafschaft war, hatte er überdies noch eine reiche Erbin, Elizabeth Champernowne, geheiratet, deren freundliche Umgangsformen und ausgeglichenes Wesen für den Mangel an äußeren Reizen entschädigen mußten. Auch meine Schwester Bridget war Cecilias Beispiel gefolgt und hatte in eine Familie aus Devon geheiratet, und nur Mary und ich waren noch unverheiratet.

«Heute werden zehntausend Burschen nachts durch die Straßen von Plymouth schwärmen», scherzte Robin. «Wenn wir die beiden Mädchen heute loslassen, dann finden sie Ehemänner, dafür verbürge ich mich.»

«Dann muß man vorher Honors Zunge stutzen», erwiderte Jo, «denn die Burschen werden bald ihre blauen Augen und ihre Locken vergessen, wenn Honor einmal anfängt zu spotten.»

«Laßt mich nur in Frieden – ich kann schon selbst auf mich aufpassen», sagte ich ihnen.

Denn ich war immer noch der verwöhnte Liebling, das «enfant terrible», besaß Gesundheit und Kraft im Überfluß und eine Zunge, die mit mir durchging. Überdies war ich – ach, wie lange scheint das her zu sein! – die Schönheit der Familie, obgleich meine Züge eher keck als klassisch waren und ich mich auf die Zehenspitzen stellen mußte, um Robin bis zur Schulter zu reichen. Ich erinnere mich, wie wir an jenem Abend unterhalb der Festung ins Boot stiegen und quer über das Cattwater zum Schloß fuhren. Ganz Plymouth schien auf dem Wasser zu sein oder auf den Festungsmauern, während im Westen die milden Lichter der ankernden Flotte glänzten, die Fenster im Stern der Schiffe schimmerten und die Hecklaternen einen schwachen Strahl über das Wasser warfen. Als wir landeten, sahen wir das Stadtvolk, das sich um das Schloßtor drängte, und überall waren Soldaten, lachend und schwatzend, von Mädchen umringt, die sie mit

Blumen und Bändern bedeckt hatten. Da standen Bierfässer auf den Pflastersteinen neben den Feuerbecken und Wagenladungen von Kuchen und Pasteten und Käse, und ich erinnere mich daran, daß mir in den Sinn kam, die Mädchen, die hier draußen mit ihren Soldaten schäkerten, hätten wohl mehr Vergnügen an dem Abend als wir, die wir uns innerhalb des Schloßbereichs würdig zu benehmen hatten.

Im nächsten Augenblick waren wir aus der Hörweite des fröhlichen Stadtlärms, und die Luft war schwer von reichen Düften und Samt und Seide und gewürzten Speisen, und wir waren in dem großen Bankettsaal, wo die Stimmen unter dem gewölbten Plafond hohl und seltsam klangen. Hin und wieder ertönte die helle Stimme eines der vierzig diensttuenden Edelleute: «Platz für den Herzog von Buckingham», und man bahnte dem Befehlshaber der Flotte einen Weg, wenn er auf und ab ging und unter den Gästen Hof hielt, wie Seine Majestät selbst es wohl tun mochte.

Das Schauspiel war farbenfroh und erregend, und ich – an die lässige Ruhe von Lanrest gewöhnt – fühlte, wie mein Herz klopfte und meine Wangen sich röteten.

«Wie schön es ist! Freust du dich, daß wir gekommen sind?» fragte ich Mary, und sie, unter Fremden immer zurückhaltend, legte die Hand auf meinen Arm und flüsterte: «Sprich leiser, Honor! Man wird aufmerksam auf uns!» und war dafür, sich an die Wand zurückzuziehen. Ich dagegen drängte vorwärts, gierig nach Farben, alles mit meinen Blicken verzehrend, selbst Fremden zulächelnd, und kümmerte mich wenig darum, ob man mich für keck hielt. Da teilte sich plötzlich die Menge, ein Weg wurde frei, und da kam des Herzogs Gefolge auf uns zu, und der Herzog selbst kein halbes Yard von mir entfernt.

Mary war fort, und ich stand allein auf seinem Weg. Einen Augenblick lang blieb ich ganz unglücklich stehen, dann aber verlor ich die Fassung und machte einen Hofknicks wie vor König Karl selbst, während leises Lachen wie Wellen über meinem Kopf zusammenschlug. Als ich die Augen hob, sah ich meinen Bruder Jo, eine seltsame Mischung von Erheiterung und Unzufriedenheit auf den Zügen, aus dem Gedränge um den Herzog auftauchen und sich zu mir beugen, um mir wieder aufzuhelfen, denn ich hatte einen so tiefen Knicks gemacht, daß ich fast auf meinen Absätzen hockte und nicht wieder aufstehen konnte.

«Darf ich Euer Gnaden meine Schwester Honor vorstellen?» hörte ich ihn sagen. «Es ist heute ihr achtzehnter Geburtstag und gleichzeitig ihr erstes Auftreten in der Gesellschaft.»

Der Herzog von Buckingham verbeugte sich würdevoll, hob meine Hand an die Lippen und wünschte mir Glück. «Es mag das erste Auftreten Ihrer Schwester sein, mein lieber Harris», sagte er gnädig, «aber bei so viel Schönheit, wie sie besitzt, müssen Sie dafür sorgen, daß es nicht ihr letztes bleibt.» In einer Wolke von Parfüm und Samt schritt er vorbei, und mein Bruder neben ihm warf mir über die Schulter einen finsteren Blick zu, und als ich einen leisen Fluch ausstieß – oder vielleicht nicht allzu leise, sondern recht verständlich und noch dazu einen Stallknechtsfluch, den ich von Robin gelernt hatte –, hörte ich jemanden hinter mir sagen: «Wenn Sie auf die Festungsmauer hinausgehen wollen, dann werde ich Sie lehren, wie das kunstgerecht gemacht werden muß.» Ich fuhr herum, purpurrot und empört, und da stand vor mir ein Offizier, noch immer mit der silbernen Brustplatte über einem blauen Rock und gegürtet mit blausilberner Schärpe, der von seinen sechs Fuß Höhe mit spöttischem Lächeln auf mich heruntersah. Seine Augen waren goldbraun, sein Haar rötlichbraun, und ich sah, daß seine Ohren mit kleinen goldenen Ringen durchstochen waren wie bei einem türkischen Wegelagerer.

«Meinen Sie, daß Sie mich knicksen lehren wollen oder fluchen?» fragte ich wütend. – «Beides, wenn Sie Wert darauf legen», erwiderte er. «Ihre Leistung in dem einen war kläglich und in dem anderen recht dilettantisch.»

Seine Grobheit raubte mir die Sprache, und ich konnte kaum meinen Ohren trauen. Ich sah mich nach Mary um oder nach Elizabeth, Jos gelassener, freundlicher Frau, aber beide waren im Gedränge verschwunden, und ich war von Fremden umgeben. Das beste war, einen würdigen Rückzug anzutreten. Ich drehte mich auf dem Absatz um und drängte mich durch die Menge dem Eingang zu, und dann hörte ich abermals die spöttische Stimme hinter mir: «Platz für die Dame Honor von Lanrest!» rief sie hoch und klar, und die Leute sahen mich erstaunt an und traten unwillkürlich zurück und gaben mir den Weg frei. Ich ging mit flammenden Wangen, wußte kaum, was ich tat, und befand mich plötzlich nicht in der großen Eingangstür, wie ich gehofft hatte, sondern in der kalten Luft auf der Festungsmauer mit dem Blick auf den Plymouthsund, während tief unter mir auf dem gepflasterten Hof das Stadtvolk tanzte und sang. Mein abscheulicher Begleiter war noch immer neben mir, und da stand er jetzt, die Hand auf dem Degengriff, und sah mit demselben spöttischen Lächeln auf mich herab.

«Sie also sind das kleine Mädchen, über das meine Schwester so wütend war», sagte er. – «Was, zum Teufel, meinen Sie?» fragte ich.

«Ich hätte Ihnen einen Klaps dafür gegeben, wenn ich dagewesen wäre», sagte er.

Irgend etwas in seinem Tonfall und Blick schlugen eine Saite in meiner Erinnerung an. «Wer sind Sie?» fragte ich ihn.

«Sir Richard Grenvile», entgegnete er, «Oberst in Seiner Majestät Armee und vor kurzem für außerordentliche Tapferkeit vor dem Feind in den Adelsstand erhoben.» Er summte ein wenig und spielte mit seiner Feldbinde.

«Schade nur», sagte ich, «daß Ihre Manieren nicht ebenso entwikkelt sind wie Ihre Tapferkeit.»

«Und daß Ihr Benehmen», erwiderte er, «nicht im Einklang mit Ihrem Wuchs steht.»

Diese Anspielung auf meine kleine Gestalt – stets ein wunder Punkt, denn ich war seit meinem dreizehnten Jahr nicht mehr gewachsen – versetzte mich neuerlich in Zorn. Ich ließ eine Flut von Flüchen hören, die Jo und Robin vielleicht, aufs äußerste gereizt, über einen Stallknecht hätten ergießen lassen, wenn auch gewiß nicht in meiner Gegenwart, und die ich nur dank meiner angeborenen Neigung zu horchen gelernt hatte; sollte ich aber gehofft haben, Sir Richard Grenvile einzuschüchtern, so hatte ich meinen Atem vergeudet. Er wartete, bis ich fertig war, den Kopf zur Seite gelegt, als wäre er mein Lehrer, der eine Lektion abhört, und dann schüttelte er den Kopf.

«Die englische Sprache hat eine gewisse Rauheit, die sich für solche Gelegenheiten wenig eignet», sagte er. «Spanisch ist weit anmutiger und viel tauglicher, wenn man sich Luft machen will. Hören Sie einmal zu.» Und nun begann er in spanischer Sprache zu fluchen und entfesselte einen Strom lieblich klingender Verwünschungen über mich, die sicher meine Bewunderung erregt hätten, wären sie von Jo oder Robin gekommen.

Während ich zuhörte, suchte ich abermals nach der Ähnlichkeit mit Gartred, aber sie war verschwunden. Er glich seinem Bruder Bevil, aber ohne Zweifel mit mehr Schmiß und mehr Großtuerei, und ich fühlte sehr wohl, daß er keinen Penny für irgendeine Meinung gab außer der seinen.

«Sie müssen zugeben», sagte er und brach plötzlich ab, «daß ich Sie geschlagen habe.» Auch sein Lächeln, das nicht mehr spöttisch, sondern entwaffnend war, hatte mich besiegt, und ich fühlte, wie mein Ärger schwand. «Kommen Sie, wir wollen die Flotte ansehen», sagte er. «Ein Schiff vor Anker ist ein schöner Anblick.»

Wir traten an die Brustwehr und schauten über den Sund. Es war still und wolkenlos, und der Mond war aufgegangen. Reglos lagen die Schiffe auf dem Wasser und hoben sich im Mondlicht klar und plastisch ab. Die Mannschaft sang, und der Klang ihrer Stimmen scholl über das Wasser zu uns herüber und übertönte die rauhe Fröhlichkeit der Menge in den Straßen unter uns. – «Waren die Verluste vor La Rochelle groß?» fragte ich ihn.

«Nicht größer, als ich erwartet hatte, da es sich um eine Expedition handelte, die fehlschlagen mußte», sagte er schulterzuckend. «Diese Schiffe dort drüben sind voll von Verwundeten, die sich nicht mehr erholen werden. Es wäre menschlicher, sie über Bord zu werfen.» Ich sah zweifelnd zu ihm auf und fragte mich, ob auch das nur ein Ausdruck seines sehr persönlichen Sinns für Humor sei. «Die einzigen Burschen, die sich ausgezeichnet haben, waren die von dem Regiment, das ich zu kommandieren die Ehre habe», fuhr er fort, «doch da außer mir kein Offizier auf Disziplin hält, war es kaum ein Wunder, daß das Unternehmen mißglücken mußte.»

Sein Selbstbewußtsein war für mich ebenso erstaunlich wie vorher seine Grobheit. – «Sprechen Sie auch zu Höherstehenden so?» fragte ich ihn.

«Wenn Sie ‹höherstehend› in militärischen Dingen meinen, so möchte ich Ihnen sagen, daß es dergleichen nicht gibt», erwiderte er. «Aber zu Höherstehenden dem Rang nach gewiß, ohne Frage. Darum bin ich auch mit noch nicht neunundzwanzig Jahren der bestgehaßte Offizier in Seiner Majestät Armee.» Er sah lächelnd zu mir herunter, und abermals fehlten mir die Worte. – «Und der Herzog von Buckingham», sagte ich, «sprechen Sie auch zu ihm auf diese Art?»

«Ach, George und ich sind alte Freunde. Er tut, was man ihm sagt. Er macht mir keine Schwierigkeiten. Sehen Sie nur die betrunkenen Kerle dort unten im Hof. Wenn Sie unter meinem Befehl stünden, weiß Gott, ich würde die Bastarde hängen lassen.» Er wies in den Hof hinunter, wo ein Haufen lärmender Soldaten in Gesellschaft quietschender Frauenzimmer um ein Bierfaß tobte. – «Man muß sie entschuldigen», sagte ich, «sie waren so lange auf See.»

«Sie wollen das Faß leer trinken und sich mit jedem Weibsbild in ganz Plymouth vergnügen; das ist mir gleich», sagte er. «Aber sie sollen es wie Männer tun und nicht wie Bestien und zuerst ihre schmutzigen Koller putzen.»

Angewidert wandte er sich von der Brustwehr ab. Mit aufreizender Kälte glättete er dann mein Kleid und richtete den Spitzenkragen auf meinen Schultern.

«Es paßt mir nicht, mit unordentlich gekleideten Frauen zu Abend zu speisen», meinte er.

«Ich habe durchaus nicht die Absicht, mit Ihnen zu speisen», erwiderte ich tapfer.

«Es wird kein anderer Sie auffordern, das garantiere ich Ihnen», sagte er. «Kommen Sie, nehmen Sie meinen Arm. Wenn Sie schon nicht hungrig sind – ich bin es.»

Er führte mich ins Schloß zurück, und zu meiner Bestürzung bemerkte ich, daß die Gäste bereits an den langen Tischen in der Bankethalle Platz genommen hatten und die Diener die Speisen hereintrugen. Wir fielen allgemein auf, als wir jetzt eintraten, und meine gewohnte Sicherheit verließ mich.

«Kehren wir lieber um», flehte ich und zog ihn am Arm. «Sehen Sie doch, es ist kein Platz mehr frei. Alle Stühle sind besetzt.»

«Umkehren? Nicht ums Leben! Ich will mein Abendessen haben», entgegnete er.

Er drängte sich zwischen den Dienern durch und hob mich fast vom Boden. Ich konnte Hunderte von Gesichtern uns anstarren sehen und das Summen der Reden hören, und sekundenlang fing ich auch einen Blick meiner Schwester Mary auf, die in der Mitte der Halle neben Robin saß. Ich konnte den Ausdruck von Erstaunen und Entsetzen in ihren Zügen bemerken, und ihr Mund formte das Wort «Honor», als sie jetzt meinem Bruder etwas zuflüsterte. Ich konnte nichts anderes tun, als vorwärts drängen, trat auf mein Kleid und wurde von dem unbarmherzigen Arm Richard Grenviles zu dem Hochsitz am äußersten Ende der Halle geschleppt, wo der Herzog von Buckingham neben der Gräfin von Mount Edgcumbe saß und der Adel von Devon und Cornwall vollzählig hoch oberhalb des gemeinen Volkes tafelte. «Platz, bitte, für Sir Richard Grenvile!» Bei dem Klang seiner Stimme wichen die Diener bis zur Wand zurück, die Köpfe drehten sich nach uns um, und ich sah, wie der Herzog von Buckingham seine Unterhaltung mit der Gräfin unterbrach. Stühle wurden hinzugeschoben, andere Leute zur Seite gedrängt, und irgendwie saßen wir schließlich am Tisch in Reichweite des Herzogs selbst, während Lady Mount Edgcumbe mich mit steinernen Augen musterte. Richard Grenvile lehnte sich lächelnd vor. «Sie kennen wohl Honor Harris, Gräfin», sagte er, «meine Schwägerin. Sie feiert heute ihren achtzehnten

Geburtstag.» Die Gräfin nickte, schien aber sonst ungerührt. «Sie können sie völlig ignorieren», sagte Richard Grenvile zu mir. «Sie ist taub wie ein Balken. Aber, um Gottes willen, lächeln Sie und starren Sie nicht so glasig drein!»

Ich flehte nur um den Tod, aber er wollte nicht kommen. Statt dessen aß ich Schwanenbraten, der mir auf den Teller gehäuft wurde.

Der Herzog von Buckingham wandte sich, das Glas in der Hand, zu mir. «Ich wünsche Ihnen noch viele glückliche Geburtstage», sagte er.

Ich murmelte einen Dank und schüttelte die Locken, um meine flammenden Wangen zu verbergen.

«Nichts als eine Formalität», flüsterte Richard Grenvile mir ins Ohr. «Bilden Sie sich nur ja nichts ein. George hat bereits ein Dutzend Mätressen und ist in die Königin von Frankreich verliebt.»

Er aß mit sichtlichem Vergnügen, machte sich bei jedem Bissen über seine Nachbarn lustig, und da er sich nicht die Mühe nahm, seine Stimme zu senken, wurden seine Worte ganz bestimmt gehört. Ich merkte nicht, was ich aß oder trank, sondern saß während der ganzen langen Mahlzeit da wie ein erschrockener Fisch. Endlich war die Prüfung vorüber, und ich spürte, wie mein Tischherr mich in die Höhe zog. Der Wein, den ich hinuntergeschluckt hatte, als ob es Wasser gewesen wäre, machte mich völlig knieweich, und ich war genötigt, mich auf Sir Richard zu stützen. Was dann folgte, ist mir so ziemlich entfallen. Es gab Musik und Gesang, und ein paar sizilianische Tänzerinnen, mit Bändern geschmückt, tanzten eine Tarantella, doch ihre letzten wirbelnden Drehungen waren mein Verhängnis, und ich habe nur eine beschämende Erinnerung daran, daß ich in eines der innern Gemächer des Schlosses gebracht wurde, das entsprechend abgelegen und verdunkelt war, und dort verlangte die Natur ihren Zoll von mir, und der Schwanenbraten fand seinen Weg zurück. Ich öffnete die Augen und sah mich auf einen Diwan gebettet, und Richard Grenvile hielt meine Hand und betupfte meine Stirn mit seinem Taschentuch.

«Sie müssen noch lernen, Wein zu vertragen», sagte er streng.

Ich fühlte mich sehr elend und sehr beschämt, und die Tränen waren mir sehr nahe.

«Ach nein!» sagte er, und seine Stimme, die so barsch und streng gewesen war, klang jetzt seltsam weich. «Sie dürfen nicht weinen. Nicht an Ihrem Geburtstag!» Noch immer betupfte er meine Stirn mit seinem Tuch.

«Ich h-hatte nie z-zuvor gebratenen Sch-Schwan gegessen», stammelte ich und schloß die Augen vor Entsetzen über diese Erinnerung.

«Es war nicht so sehr der Schwan als der Burgunder», meinte er. «Bleiben Sie jetzt ruhig liegen, Sie werden sich schon erholen.»

In Wahrheit schwindelte mir immer noch, und ich war für die starken Hände dankbar, wie ich es für die Hände meiner Mutter gewesen wäre. Es kam mir keineswegs seltsam vor, daß ich hier elend in einem unbekannten, verdunkelten Zimmer lag und Richard Grenvile um mich bemüht war und sich so geschickt erwies wie eine gute Pflegerin.

«Zuerst haßte ich Sie», sagte ich, «aber jetzt kann ich Sie schon besser leiden.»

«Schlimm genug, daß ich Sie zum Erbrechen bringen mußte, um Ihre Gunst zu erringen», antwortete er. Er lachte, und dann wurde mir wieder übel, denn der Schwan war noch nicht ganz verschwunden. «Lehnen Sie sich an meine Schulter», sagte er. «So! Arme Kleine! Daß der achtzehnte Geburtstag so ein Ende nehmen muß!» Ich fühlte sehr wohl, wie das verhaltene Lachen ihn schüttelte, dennoch aber waren seine Stimme und seine Hände so seltsam zärtlich, und ich war glücklich neben ihm.

«Sie sind am Ende genau wie Ihr Bruder Bevil», sagte ich.

«O nein!» entgegnete er. «Bevil ist ein Gentleman, und ich bin ein Lump. Ich bin immer das schwarze Schaf in der Familie gewesen.»

«Und wie ist es mit Gartred?» fragte ich.

«Gartred hat ihre eigenen Gesetze», sagte er. «Das müssen Sie doch schon erfahren haben, als Sie noch ein kleines Kind waren und Gartred die Frau Ihres Bruders.» – «Ich haßte sie aus tiefstem Herzen.»

«Daraus kann man Ihnen keinen Vorwurf machen», erwiderte er.

«Und ist sie jetzt in ihrer neuen Ehe zufrieden?» fragte ich.

«Gartred wird niemals zufrieden sein», sagte er. «Sie ist gierig geboren, gierig nicht bloß nach Geld, sondern auch nach Männern. Noch bevor Ihr Bruder starb, hatte sie schon ein Auge auf Antony Denys geworfen, der jetzt ihr Mann ist.» – «Und nicht nur auf Antony Denys», meinte ich.

«Für ein kleines Mädchen hatten Sie recht lange Ohren», antwortete er. Ich setzte mich zurecht, richtete meine Locken, während er mein Kleid glattstrich.

«Sie sind gut zu mir gewesen», sagte ich plötzlich geziert und meiner achtzehn Jahre bewußt. «Ich werde diesen Abend nicht vergessen.»

«Ich auch nicht», sagte er.

«Sie sollten mich vielleicht jetzt zu meinen Brüdern bringen.»

«Vielleicht», sagte er.

Ich stolperte aus dem dunklen, kleinen Zimmer auf den erhellten Gang hinaus. «Wo waren wir eigentlich die ganze Zeit?» fragte ich und blickte über meine Schulter zurück. Er lachte und schüttelte den Kopf.

«Das weiß nur Gott allein», antwortete er, «aber vermutlich ist es das Toilettenzimmer von Mount Edgcumbe.» Er sah lächelnd zu mir herunter und berührte eine meiner Locken mit seinen Händen. «Ich will Ihnen etwas gestehen», sagte er. «Ich habe noch nie neben einer Frau gesessen, während sie erbrechen mußte.»

«Noch habe ich mich jemals derart vor einem Mann bloßgestellt», erklärte ich würdevoll.

Dann bückte er sich plötzlich und hob mich mit seinen Armen auf, als wäre ich ein Kind. «Und ich bin auch noch nie in einem dunklen Zimmer mit einer Frau beisammen gewesen, die so schön war wie du, Honor, ohne sie zu umarmen.» Er hielt mich einen Augenblick an sich gepreßt, und dann stellte er mich wieder auf die Füße. «Und jetzt werde ich Sie, wenn Sie gestatten, nach Hause bringen», sagte er.

Das ist, denke ich, eine sehr klare und wahrheitsgetreue Darstellung meiner ersten Begegnung mit Richard Grenvile.

Viertes Kapitel

Eine Woche nach diesem Ereignis wurde ich zu meiner Mutter nach Lanrest zurückgeschickt, vermutlich in Ungnade wegen meines schlechten Betragens, und daheim mußte ich weitere Ermahnungen über mich ergehen lassen und zum zwanzigstenmal anhören, wie ein Mädchen meines Alters und meiner Herkunft sich zu benehmen habe. Ich hatte offenbar allen Leuten ein Unrecht zugefügt. Ich hatte meinen Bruder Jo durch den albernen Knicks vor dem Herzog von Buckingham bloßgestellt und seine Frau Elizabeth gekränkt, denn ich hatte mir den Vortritt vor ihr angemaßt, indem ich auf dem Hochsitz speiste, wo sie nicht eingeladen war. Ich hatte versäumt, den ganzen Abend neben meiner Schwester Mary zu verbringen, war von verschiedenen Leuten gesehen worden, als ich mich mit einem Offizier auf den Festungsmauern herumtrieb, und endlich war ich spät nach Mitternacht in kläglichem Zustand aus den inneren Gemächern des Schlosses aufgetaucht.

Solch ein Verhalten, sagte meine Mutter streng, würde mich wahrscheinlich für alle Zeit in den Augen der Welt unmöglich machen, und wenn mein Vater noch am Leben gewesen wäre, hätte er mich wohl mit aller Geschwindigkeit für zwei oder drei Jahre zu den Nonnen gebracht, in der Hoffnung, daß meine Abwesenheit den Zwischenfall in Vergessenheit geraten lassen würde. Wie die Dinge nun lagen, fiel ihr nichts Besseres ein, als mich zu Hause zu behalten, denn meine verheirateten Schwestern Cecilia und Bridget, die vor ihrer Entbindung standen, konnten mich nicht bei sich aufnehmen. Nach Radford fand ich es daheim sehr langweilig, denn Robin war dort geblieben, und mein jüngerer Bruder, Percy, war noch in Oxford. So war ich denn allein in meiner Ungnade.

Ich erinnere mich, daß es einige Wochen nach meiner Heimkehr war, an einem Tag zu Frühjahrsanfang, und ich mich schmollend auf den Apfelbaum zurückgezogen hatte, dem Lieblingsversteck meiner Kindheit, als ich einen Reiter durch das Tal kommen sah. Noch verbargen ihn mir die Bäume, dann tönte der Hufschlag immer näher, und ich merkte, daß er nach Lanrest ritt. Ich glaubte, es sei Robin, kletterte vom Apfelbaum hinunter und ging zu den Ställen, doch als ich ankam, sah ich, daß der Knecht ein fremdes Pferd in den Stall führte, ein schönes, graues Pferd, und ich konnte gerade noch eine hohe Gestalt ins Haus verschwinden sehen. Ich wollte, nach meiner Gewohnheit, an der Tür horchen, doch auf der Treppe stand meine Mutter.

«Du gehst auf dein Zimmer, Honor, und bleibst dort, bis der Gast wieder fort ist», sagte sie ernst.

Meine erste Regung war, nach dem Namen des Besuchers zu fragen, aber rechtzeitig erinnerte ich mich an meine gute Erziehung und stieg schweigend die Treppe hinauf, obgleich ich vor Neugier brannte. Als ich oben war, läutete ich Matty, dem Mädchen, das mich und meine Schwestern nun seit Jahren bediente und meine besondere Verbündete geworden war. Ihre Ohren waren beinahe so lang wie meine, ihre Nase ebenso neugierig, und ihr rundes, häßliches Gesicht war jetzt ganz unglücklich. Noch bevor ich sie gefragt hatte, ahnte sie schon, was ich von ihr wollte.

«Ich werde in der Halle herumtrödeln, wenn er herauskommt, und seinen Namen zu erfahren suchen», sagte sie. «Ein hochgewachsener Herr ist es und ein schöner Mann obendrein.»

«Keiner von Bodmin», sagte ich mit bösen Ahnungen; am Ende hatte meine Mutter doch die Absicht, mich zu den Nonnen zu schicken.

«Ach, Gott bewahre!» antwortete sie. «Das ist ein junger Herr, und er trägt einen blauen Rock mit Silberschlitzen.»

Blau und Silber – die Farben der Grenviles!

«War sein Haar rötlich, Matty?» fragte ich erregt.

«Sie können sich die Hände daran wärmen», meinte sie.

Das war nun ein richtiges Abenteuer, und der Tag war mit einemmal nicht mehr langweilig. Ich schickte Matty hinunter und ging ungeduldig in meinem Zimmer auf und ab. Der Besuch konnte nicht sehr lange gedauert haben, denn bald hörte ich, wie die Tür des Wohnzimmers sich öffnete, hörte, wie die klare, scharfe Stimme, an die ich mich so gut erinnerte, von meiner Mutter Abschied nahm, hörte seine Schritte durch die Halle nach dem Hof gehen. Das Fenster meines Zimmers blickte nach dem Garten, und so konnte ich den Gast nicht zu Gesicht kriegen. Mich dünkte es eine Ewigkeit, bevor Matty wieder erschien, die Augen von geheimem Wissen leuchtend. Sie zog ein zusammengeknülltes Stück Papier unter der Schürze hervor und dazu noch eine Silbermünze.

«Er trug mir auf, Ihnen diesen Zettel zu bringen», sagte sie. Hastig, wie eine Verbrecherin, entfaltete ich das Blatt.

«Liebe Schwester», las ich, «obgleich Gartred einen Harris gegen einen Denys eingetauscht hat, sehe ich mich noch immer als Ihren Bruder an und behalte mir das Recht vor, Sie zu besuchen. Ihre gute Mutter denkt anscheinend anders darüber, sie sagte, Sie seien nicht ganz wohl, und verabschiedete mich mit eindeutigen Worten. Nun ist es nicht meine Gewohnheit, zwecklos ungefähr zehn Meilen weit zu reiten, und darum werden Sie Ihre Zofe sogleich anweisen, mich irgendwohin zu führen, wo wir uns unbeobachtet unterhalten können, denn ich wage es, einen Eid darauf abzulegen, daß Sie nicht kränker sind als Ihr Bruder und ergebener Diener

Richard Grenvile.»

Mein erster Gedanke war, nicht zu antworten, weil er meine Zustimmung mit solcher Gewißheit voraussetzte, doch die Neugier und ein klopfendes Herz siegten über meinen Stolz, und ich bat Matty, dem Gast den Weg in den Obstgarten zu zeigen, er möge aber vorsichtig sein, um nicht vom Haus aus gesehen zu werden. Als sie fort war, horchte ich auf die Schritte meiner Mutter, die natürlich auf der Treppe hörbar wurden, und jetzt trat sie in mein Zimmer. Sie fand mich am Fenster sitzend, ein Gebetbuch auf den Knien. «Ich freue mich zu sehen, daß du fromm bist, Honor», sagte sie.

Ich antwortete nicht, sondern starrte auf das Buch.

«Sir Richard Grenvile, in dessen Gesellschaft du dich vor einigen Wochen in Plymouth auf so unziemliche Art benommen hast, ist eben fortgeritten», sagte sie weiter. «Er hat anscheinend den Dienst für einige Zeit verlassen, denn er beabsichtigt, Fowley im Parlament zu vertreten und sich in unserer Nachbarschaft, in Killigarth, niederzulassen. Ein merkwürdig plötzlicher Entschluß.» Noch immer gab ich keine Antwort.

«Ich habe nichts Gutes über ihn gehört», sagte meine Mutter. «Er hat seiner Familie immer nur Sorge bereitet, und da er dauernd in Schulden steckt, dürfte er auch eine schwere Last für seinen Bruder Bevil sein. Er wird kaum ein angenehmer Nachbar werden.»

«Immerhin ist er doch ein tapferer Soldat», sagte ich warm.

«Davon weiß ich nichts», antwortete sie, «aber ich lege keinen Wert darauf, daß er herübergeritten kommt und dich zu sehen wünscht, wenn deine Brüder nicht daheim sind. Das beweist einen großen Mangel an Takt.»

Damit verließ sie mich, und ich hörte, wie sie in ihr Zimmer ging und die Tür schloß. Im Nu hatte ich meine Schuhe in der Hand und schlich auf Fußspitzen über die Treppe hinunter in den Garten. Dann lief ich wie der Wind zum Obstgarten hinüber und war, wenige Minuten später, in aller Sicherheit auf meinem Apfelbaum. Jetzt hörte ich Schritte unter dem Baum, und als ich die blütenschweren Äste auseinanderbog, sah ich Richard Grenvile, der sich unter den tiefen Zweigen bücken mußte. Ich brach ein Ästchen ab und warf es auf ihn hinunter. Er schüttelte den Kopf und sah sich um. Ich warf ein zweites Zweiglein, und diesmal traf es ihn auf die Nase. «Verdammt», begann er, aber dann schaute er auf und sah mein lachendes Gesicht im Baum. Einen Augenblick später hatte er sich zu mir heraufgeschwungen, und, einen Arm um meine Taille gelegt, preßte er mich an den Stamm des Baumes. Der Ast krachte bedenklich.

«Springen Sie sofort hinunter», sagte ich. «Der Ast kann uns beide nicht tragen.»

«Wenn Sie sich ruhig verhalten, trägt er uns schon», meinte er.

Eine falsche Bewegung, und wir beide wären etwa zehn Fuß tief auf dem Boden gewesen, aber sich ruhig zu verhalten bedeutete, daß ich mich an seine Brust pressen lassen mußte, seinen Arm um mich geschlungen und sein Gesicht keine sechs Zoll vor dem meinen.

«Auf diese Art können wir uns unmöglich unterhalten», protestierte ich.

«Warum nicht? Ich finde das sehr angenehm», erklärte er.

Vorsichtig streckte er sein Bein in voller Länge über den Ast, um es sich ein wenig bequemer zu machen, und zog mich noch näher an sich.

«Und nun – was haben Sie mir zu sagen?» fragte er, als ob ich diese Begegnung verlangt hätte und nicht er.

Ich berichtete ihm von meiner Ungnade und wie mein Bruder und meine Schwester mich von Plymouth fortgeschafft hatten, und daß ich jetzt, in meinem eigenen Heim, anscheinend als Gefangene gehalten würde.

«Und es hat keinen Zweck, daß Sie noch einmal herkommen», sagte ich, «denn meine Mutter wird mir niemals erlauben, Sie zu empfangen. Ihr Ruf scheint nicht gerade der beste zu sein.»

«Inwiefern?» fragte er.

«Sie stecken dauernd in Schulden – das waren ihre Worte.»

«Die Grenviles werden ihre Schulden niemals los. Das ist der große

Familienfehler. Sogar Bevil muß sich bei den Juden Geld borgen.»

«Sie seien auch für ihn und alle Ihre Verwandten eine schwere Last.»

«Im Gegenteil, sie sind es, die für mich eine schwere Last bedeuten. Ich kann kaum je einen Penny aus ihnen herauskriegen. Was hat Ihre Mutter sonst noch gesagt?»

«Es beweise einen Mangel an Takt, daß Sie mich besuchen kämen, wenn meine Brüder nicht daheim seien.»

«Da irrt sie sich. Es beweist große Klugheit, die in langer Erfahrung erworben wurde.»

«Und von Ihrer Tapferkeit vor dem Feind weiß sie nichts.»

«Wahrscheinlich nicht. Wie allen Müttern macht ihr meine Tapferkeit auf andern Gebieten derzeit mehr Sorgen.»

«Ich verstehe nicht, was Sie meinen.»

«Dann sind Sie weniger verständig, als ich dachte», antwortete er, setzte sich zurecht und strich über den Kragen meines Kleides. «Ein Ohrwurm wollte Ihnen gerade in den Ausschnitt kriechen», sagte er.

Ich fuhr zurück, der plötzliche Wechsel vom Romantischen zum Prosaischen raubte mir die Haltung.

«Meine Mutter dürfte recht haben», sagte ich steif. «Wir haben wenig dabei zu gewinnen, wenn wir unsere Bekanntschaft fortsetzen, und es wäre wohl das beste, ein Ende zu machen.» In meiner verkrampften Lage war es nicht leicht, Würde zu bewahren, aber ich tat mein möglichstes, um aufrecht zu sitzen und meine Schultern zu straffen.

«Sie können nicht hinunter, wenn ich Sie nicht freigebe», sagte er, und ich war tatsächlich eingesperrt, da er seine Beine über den Ast streckte. «Ein günstiger Augenblick, um Sie Spanisch zu lehren.»

«Ich lege gar keinen Wert darauf», erwiderte ich.

Da lachte er, nahm mein Gesicht zwischen seine Hände und küßte mich ganz plötzlich, und da das für mich etwas völlig Neues und seltsam Angenehmes war, blieb ich eine ganze Weile unfähig, ein Wort zu sagen oder mich zu rühren. Ich wandte den Kopf ab und spielte mit den Blüten.

«Sie können jetzt gehen, wenn Sie es wünschen», sagte er.

Ich wünschte es nicht, war aber viel zu stolz, um ihm das zu gestehen.

Er schwang sich hinunter und half mir, so daß ich neben ihm stand.

«Es ist nicht leicht, auf einem Apfelbaum galant zu sein», sagte er. «Das können Sie vielleicht Ihrer Mutter berichten. Wenn Sie Ihrem

Gärtner auftragen, diesen oberen Ast zu stutzen, würden wir das nächste Mal bequemer sitzen.»

«Ich bin nicht so sicher», antwortete ich, «daß ich Verlangen nach einem nächsten Mal habe.»

«Aber gewiß», sagte er, «und ich auch. Überdies braucht mein Pferd Bewegung.» Er ging zwischen den Bäumen zu dem Gartentor, wo er sein Pferd gelassen hatte, und ich folgte ihm wortlos durch das hohe Gras. Er griff nach dem Zügel und saß auf. «Zehn Meilen von Lanrest nach Killigarth», sagte er. «Wenn ich das zweimal in der Woche mache, dann wird Daniel im Sommer in großer Form sein. Dienstag komme ich wieder. Erinnern Sie sich daran, was Sie dem Gärtner sagen sollen.» Er winkte mir mit dem Stulpenhandschuh und war verschwunden.

Ich starrte ihm nach und wollte mir einreden, er sei ebenso abstoßend wie Gartred und daß ich ihn nie wiederzusehen wünschte, aber allen Entschlüssen zum Trotz war ich am Dienstag wieder auf dem Apfelbaum.

Und dann folgte eine Zeit der Werbung, so seltsam und für mich so süß, wie je ein Mädchen meiner Generation sie erleben konnte. Wenn ich, nach einem Vierteljahrhundert, darauf zurückschaue, heute, da alle Folgen mir klar vor Augen stehen, hat sie die verschwommene Unwirklichkeit eines täuschenden Traums. Einmal in der Woche, hin und wieder zweimal, ritt er von Killigarth nach Lanrest, und hier, in den Apfelbaum gewiegt – der störende Ast war beschnitten worden, wie er es begehrt hatte –, lehrte er mich die Liebe, und ich lernte. Er war erst achtundzwanzig Jahre alt und ich achtzehn. Diese Nachmittage des März und des April, wenn die Bienen über unseren Köpfen summten und die Grasmücke sang und das Gras im Obstgarten täglich länger wurde, schienen weder Anfang noch Ende zu haben. Wovon wir sprachen, wenn wir uns nicht küßten, habe ich vergessen. Er muß mir viel von sich erzählt haben, denn Richards Gedanken kreisten stets um ihn selber, damals noch mehr als später, und ich konnte mir ein Bild von einem rothaarigen Burschen machen, der sich jeder Autorität widersetzte, den älteren Leuten gegenüber großtat und von den ragenden, steilen Klippen der Küste von Nordcornwall, die so ganz anders ist als unsere südliche Küste mit ihren Buchten und Tälern, auf den sturmdurchwühlten Atlantischen Ozean hinausschaute. Aber ob er zu mir vom Soldatenleben sprach oder von Stowe, von den Kämpfen in Frankreich oder mit seiner eigenen Familie, für meine Ohren klang es glücklich, und all seine bitteren Späße waren vergessen, wenn er mich küßte und an sich drückte. Es scheint eigentümlich, daß unser Versteck niemals gefunden wurde. Mag sein, daß er in seiner leichtsinnigen, freigebigen Art Goldstücke über die Dienstleute regnen ließ. Jedenfalls verbrachte meine Mutter ihre Tage in friedlichster Ahnungslosigkeit. Und dann, eines Tages anfangs April, kamen meine Brüder von Radford und brachten den jungen Edward Champernowne mit, einen jüngeren Bruder Elizabeths. Ich freute mich, Jo und Robin zu sehen, war aber durchaus nicht in der Laune, mit einem Fremden Höflichkeiten zu wechseln – überdies hatte er vorstehende Zähne, was in meinen Augen unverzeihlich war –, und ich fürchtete auch, meine geheimen Zusammenkünfte könnten entdeckt werden. Nach dem Essen zogen sich Jo und Robin mit Mutter und Edward Champernowne in die Bibliothek zurück, die früher Vaters Zimmer gewesen war, und mir oblag es, Elizabeth zu unterhalten. Sie erwähnte mein schlechtes Benehmen in Plymouth mit keinem Wort, wofür ich ihr dankbar war, begann aber mit großen Lobeserhebungen über ihren Bruder Edward zu sprechen, der nur ein Jahr älter sei als ich und erst kürzlich Oxford verlassen habe. Ich hörte nur mit halbem Ohr zu, denn meine Gedanken waren bei Richard, der, verschuldet wie gewöhnlich, bei unserer letzten Begegnung davon gesprochen hatte, Land in Killigarth und auch in Tywardreath zu verkaufen, das er von seiner Mutter geerbt hatte, und mich mit sich nach Spanien oder Neapel zu nehmen, wo wir wie Fürsten leben und Banditen werden könnten.

Im späteren Verlauf des Abends wurde ich in das Zimmer meiner Mutter gerufen. Jo war bei ihr und Robin auch, aber Edward Champernowne hatte seine Schwester aufgesucht. Alle drei schienen in allerbester Stimmung.

Meine Mutter zog mich an sich, küßte mich zärtlich und sagte plötzlich, daß mir ein großes Glück bevorstehe, denn Edward Champernowne habe um meine Hand angehalten, und sie und meine Brüder seien einverstanden, alle Formalitäten geregelt, meine Mitgift gutgeheißen, nachdem Jo einen schönen Beitrag dazu geleistet habe, und nun bleibe nichts mehr, als den Tag festzusetzen. Ich glaube, daß ich sie alle einen Augenblick lang ganz verblüfft angestarrt haben muß, dann aber brach ich in einen wilden Strom von Protesten aus, erklärte, daß ich nicht daran dächte, ihn zu heiraten, daß ich nur den Mann meiner Wahl ehelichen wolle und mich eher vom Dach hinunterstürzen würde, als mich zu fügen. Vergebens redete meine Mutter auf mich ein, vergebens begeisterte sich Jo für die Tugenden des jungen Champernowne, seine Beständigkeit, seinen edlen Anstand, und erklärte, nach der Art, wie ich mich vor wenigen Monaten aufgeführt hätte, sei es erstaunlich, daß er überhaupt meine Hand begehre.

«Ich sage euch, daß ich ihn nicht heiraten werde», erklärte ich.

Robin hatte an dem Gespräch keinen Anteil genommen. Er saß ein wenig abseits, aber jetzt stand er auf und trat neben mich.

«Ich habe dir gesagt, Jo, daß es keinen Zweck hat, Honor zu drängen, wenn sie nicht will», sagte er. «Gib ihr Zeit, sich an den Plan zu gewöhnen, und sie wird sich eines Besseren besinnen.»

Ich sah ihre verstörten, unentschlossenen Gesichter, denn im Grunde liebten sie mich alle und waren sehr unglücklich über meine Hartnäckigkeit. «Nein», sagte ich. «Lieber sterben!» Und in fiebernder Wut stürzte ich hinaus, lief in mein Zimmer und schob den Riegel vor. In meiner überhitzten Einbildung waren mein Bruder und meine Mutter die bösen Eltern aus dem Märchen und ich die unglückliche Prinzessin, die gezwungen wurde, den Bösewicht zu heiraten, obgleich ich glaube, daß der harmlose Edward Champernowne nicht gewagt hätte, mich auch nur mit einem Finger zu berühren. Ich wartete, bis die ganze Sippe zu Bett war, und dann wechselte ich mein Kleid, wickelte mich in einen Mantel und stahl mich aus dem Haus. Denn ich hatte einen unbesonnenen Plan gefaßt, der in nichts Geringerem bestand, als mitten in der Nacht nach Killigarth zu Richard zu wandern. Das Gewitter war vorüber und die Nacht ziemlich klar, und so marschierte ich klopfenden Herzens die Straße zum Fluß hinunter, den ich etwa eine Meile unterhalb von Lanrest durchwatete. Dann schlug ich westwärts die Straße nach Pelynt ein. Der Weg war schlecht und wurde dauernd von andern Wegen gekreuzt, ich ahnte, daß ich eine Torheit beging, und ohne Kenntnis der Sterne konnte ich meine Richtung nicht bestimmen. Ich war nicht gewohnt, weite Strecken zu Fuß zu gehen, und meine Schuhe waren dünn. Die Nacht schien endlos zu sein und der Weg ebenfalls, und das Flüstern und Rauschen im Land erfüllte mich mit Angst, obwohl ich mir einredete, daß es mich völlig gleichgültig ließ.

Gegen sechs Uhr stieß ich auf einen Landmann, der über die Straße daherstapfte. Er starrte mich entsetzt an und hielt mich für eine Hexe, denn er kreuzte die Finger und spuckte aus, nachdem ich vorüber war. Aber er hatte mir doch den Weg gezeigt, der nach Killigarth führte. Jetzt stand die Sonne hoch über dem Meer, und die Fischerboote reihten sich in der Talland Bay. Ich sah die hohen Schornsteine vom

Herrenhaus von Killigarth, und abermals ahnte ich Böses, weil ich in so kläglichem Aufzug vor Richard erscheinen sollte. War er allein, so hatte das nichts zu bedeuten, was aber, wenn Bevil da war und Grace, dessen Frau, und ein ganzer Clan von Grenviles, die ich nicht kannte? Wie ein Dieb schlich ich mich bis zum Haus und blieb vor den Fenstern stehen, ohne zu wissen, was ich tun sollte. Die Frische des frühen Morgens war in der Luft. Diener waren überall auf den Beinen. Ich hörte das Klappern in der Küche, das Gewirr von Stimmen und konnte den fetten Geruch von geräuchertem Schinken und Speck riechen. Fenster wurden der Sonne geöffnet, und der Schall von schwatzenden und lachenden Menschen drang zu mir.

Aus ganzem Herzen wünschte ich, ich wäre jetzt in meinem Schlafzimmer in Lanrest, aber es gab keinen Weg zurück. Ich zog die Glocke und hörte den Ton im Haus widerhallen. Dann erschrak ich, als ein Knecht in der Halle auftauchte. Er trug die Livree der Grenvile und war grob und ablehnend. «Was willst du?» fragte er mich.

«Ich wünsche Sir Richard zu sprechen», sagte ich.

«Sir Richard und die andern Herren sind beim Frühstück», erwiderte er. «Fort mit dir – er wird sich deinetwegen nicht stören lassen.»

Die Tür des Speisesaals stand offen, und ich hörte noch mehr Lachen und Schwatzen, und Richards Stimme übertönte die andern.

«Ich muß Sir Richard sprechen», beharrte ich verzweifelt und dem Weinen nah, und dann, als der Diener im Begriff war, Hand an mich zu legen und mich aus der Tür zu schieben, kam Richard selbst in die Halle. Er lachte und rief den Herren im Saal über die Schulter etwas zu. Er aß noch und hatte eine Serviette in der Hand. «Richard!» rief ich. «Richard, ich bin's, Honor», und da trat er ganz bestürzt näher.

«Was, zum Teufel . . .», begann er. Dann aber scheuchte er den Diener fort und zog mich in einen kleinen Vorraum neben der Halle. «Was ist los? Was ist geschehen?» fragte er schnell, und ich, schwach und völlig erschöpft, sank in seine Arme und weinte an seiner Schulter.

«Nur ruhig, mein Liebes. Nur ruhig», flüsterte er, hielt mich an sich gepreßt und streichelte mein Haar, bis ich mich so weit gefaßt hatte, daß ich meine Geschichte erzählen konnte.

«Sie wollen mich mit Edward Champernowne verheiraten», stammelte ich – wie töricht war es, so mit der Tür ins Haus zu fallen –, «und ich sagte ihnen, ich wollte nicht, und so bin ich die ganze Nacht über die Straßen gewandert, um es dir zu berichten.»

Ich fühlte, wie er sich wieder vor verhaltenem Lachen schüttelte, wie damals, an jenem ersten Abend, als ich mich an Schwanenbraten überessen hatte.

«Ist das alles?» fragte er. «Und du bist zwölf Meilen oder mehr marschiert, um mir das zu erzählen? O Honor, mein kleines Lieb, mein Liebling!»

Ich sah bestürzt zu ihm auf, weil er eine so ernste Sache so lächerlich fand. «Und was soll ich tun?» fragte ich.

«Nun, sag ihnen, daß sie sich zum Teufel scheren sollen», erwiderte er, «und wenn du es nicht wagst, so werde ich es für dich sagen. Komm jetzt zum Frühstück.»

Ich klammerte mich an seine Hand, denn wenn der Landmann mich für eine Hexe und der Diener für ein Bettelweib gehalten hatte, was würden dann seine Freunde von mir denken? Aber er hörte nicht auf meine Proteste, sondern schleppte mich in den Raum, wo die Herren tafelten, und da stand ich denn in meinem durchnäßten Mantel und Kleid und meinen zerrissenen Schuhen, und mir gegenüber war Ronald Mohun und der junge Trelawney, Tom Treffry und Jonathan Rashleigh und ein halbes Dutzend anderer, die ich nicht kannte.

«Dies ist Honor Harris von Lanrest», sagte Richard. «Die Herren dürften ihr wohl schon vorgestellt worden sein.» Sie standen alle auf und verbeugten sich, Staunen und Verlegenheit in ihren Zügen. «Sie ist durchgebrannt», fuhr Richard fort, ohne sich aus seiner Sicherheit bringen zu lassen. «Würdest du es glauben, Tom? Man wollte sie mit Edward Champernowne verheiraten!»

«Allerhand», sagte Tom Treffry bestürzt und bückte sich zu seinem Hund, um seine Verlegenheit zu bemänteln.

«Wollen Sie ein Stück Speck, Honor?» fragte Richard und stellte eine Schüssel mit fettem Schweinefleisch vor mich hin, doch ich war zu müde und zu schwach, um etwas anderes zu wünschen, als in ein Schlafzimmer geführt zu werden und mich ausruhen zu dürfen.

Da sagte Jonathan Rashleigh, ein verheirateter Mann und älter als Richard und die andern, in aller Ruhe: «Die Dame Honor wird sich wohl lieber zurückziehen, meine ich. Ich würde eine deiner Kammerfrauen rufen, Richard.»

«Zum Teufel, wir sind in einem Junggesellenheim», erwiderte Richard, den Mund voll Speck. «Im ganzen Haus gibt es kein weibliches Wesen.»

Ich hörte, wie Ronald Mohun sich räusperte und ein Taschentuch vor das Gesicht hielt, ich sah auch den drohenden Blick, den Richard ihm zuwarf, und dann entschuldigten sie sich einer nach dem andern und verschwanden, und am Ende blieben wir allein.

«Es war ein Wahnsinn, zu kommen», sagte ich. «Jetzt habe ich dich vor all deinen Freunden kompromittiert.»

«Ich bin schon seit langem kompromittiert», sagte er und schenkte sich noch einen Becher Bier ein, «aber es war doch besser, daß du nach dem Frühstück gekommen bist und nicht vorher.» – «Warum?» fragte ich.

Er lächelte und zog ein Dokument aus dem Rock.

«Ich habe Killigarth verkauft und auch das Land, das ich in Tywardreath besitze», antwortete er. «Rashleigh hat mir einen anständigen Preis dafür bezahlt. Wärst du früher hereingeschneit, so hätte er es sich vielleicht überlegt.» – «Wird das Geld deine Schulden decken?» fragte ich.

Er lachte verächtlich. «Ein Tropfen in einem Ozean», sagte er. «Aber es reicht etwa für eine Woche, und dann können wir uns anderswo frisches ausborgen.» – «Warum ‹wir›?» fragte ich.

«Nun, wir werden ja beisammen sein», erklärte er. «Du glaubst doch nicht, daß ich diese lächerliche Heirat mit Edward Champernowne erlauben werde?»

Er wischte sich den Mund und schob die Schüssel beiseite, als hätte er keine weiteren Sorgen auf der Welt. Er streckte die Arme aus, und ich war bei ihm.

«Aber Liebster», sagte ich und fühlte mich plötzlich sehr alt und weise, «du hast mir ja oft genug gesagt, du müßtest eine Erbin heiraten, sonst könntest du nicht weiterleben.»

«Ich möchte nicht weiterleben, wenn du mit einem anderen Mann verheiratet wärst», erwiderte er.

«Ja, aber, Richard», sagte ich dann, «wenn ich dich heirate und nicht Edward Champernowne, dann wird mein Bruder vielleicht seine Einwilligung verweigern.» – «Ich schlage mich mit ihm, wenn er das tut!»

«Wir werden völlig mittellos sein», protestierte ich.

«Nicht, daß ich wüßte», sagte er. «Ich habe noch verschiedene Verwandte, die ich nicht gerupft habe. Mrs. Abbot, meine alte Tante Katherine in Hartland, sie hat gewiß tausend Pfund, die sie nicht braucht.»

«Aber wir können doch nicht immer auf diese Art leben», wandte ich ein.

«Ich habe niemals anders gelebt», entgegnete er.

Ich dachte an die Formalitäten und Verhandlungen, die zu einer Heirat notwendig waren, an die Anwälte und Dokumente.

«Ich bin die jüngste Tochter, Richard», sagte ich zögernd. «Du mußt daran denken, daß meine Mitgift sehr gering sein wird.»

Da lachte er laut, hob mich auf seine Arme und trug mich aus dem Saal. «Auf dich selber habe ich es abgesehen», sagte er. «Und der Teufel hole deine Mitgift!»

Fünftes Kapitel

O schnelle, wilde, erstaunliche Verlobung, im Nu beschlossen, ohne Zweck und Ziel, und alle Einwände schwanden dahin wie ein Wald im Feuer. Vor diesem Sturm war meine Mutter hilflos, meine Brüder unfähig zum Widerstand. Die Champernownes verzogen sich gekränkt nach Radford, und Jo wusch sich die Hände in Unschuld und ging mit ihnen. Seine Frau wollte mich jetzt nicht mehr empfangen, weil ich ihren Bruder abgewiesen hatte, und mir wurde zum Bewußtsein gebracht, daß der Skandal über ganz Devon bekanntgeworden war.

Bridgets Gatte kam von Holberton geritten und John Pollexefen von Mothercombe, und es schien, daß der ganze Westen die Ansicht vertrat, ich sei mit Richard Grenvile durchgebrannt und die Heirat sei nun eine unumgängliche, traurige Notwendigkeit.

Er habe mich in einem Zimmer in Plymouth verführt, mich mit Gewalt nach Killigarth gebracht, ich sei drei Monate als seine Mätresse dort geblieben – solche und andere Geschichten wurden überall herumgeboten, und Richard und ich, in der Fröhlichkeit unserer Herzen, konnten darüber nur lachen.

Er hatte die Absicht, nach London zu reiten und mir eine Unterkunft beim Herzog von Buckingham zu verschaffen, der ihm, wie er sagte, aus der Hand fraß und mir überdies noch eine Mitgift geben würde. Doch in dieser Stunde völligen Wahnsinns erschien sein Bruder Bevil in Lanrest und bestand mit seiner gewohnten Höflichkeit und Liebenswürdigkeit darauf, daß ich nach Stowe kommen und von dort aus verheiratet werden sollte. Bevil brachte Ordnung und Gesetz in das Chaos, und seine Zustimmung gab der ganzen Angelegenheit einen Schatten von Wohlanständigkeit – eine Eigenschaft, an der es bisher gefehlt hatte; und wenige Tage, nachdem er die Erledigung der Sache in seine Hände genommen hatte, waren Mutter und ich in aller Ruhe in Stowe untergebracht, wo Kit, fast acht Jahre vorher, Bräutigam gewesen war. Ich war damals viel zu verliebt, um mich um irgend etwas zu kümmern, und wie einer, der allzu üppig geschmaust hat, glitt ich durch die großen Räume von Stowe, in glücklichem Selbstvertrauen, lächelte dem alten Sir Bernard zu, machte all seinen Verwandten meine Verbeugung, und all die Pracht um mich herum flößte mir nicht mehr Ehrfurcht ein als die vertrauten, staubigen Winkel von Lanrest.

Richard war nicht sehr oft da. Ich gehörte den Frauen in diesen letzten Tagen, sagte er. Wir würden nachher genug voneinander haben. Diese letzten Tage – welch eine Welt von Prophezeiung!

Nichts klärt sich aus dem Nebel der Erinnerung als jener letzte Nachmittag im Mai, als die Sonne hinter den Wolken hervorkam und verschwand und ein scharfer Wind blies. Noch heute kann ich die Gäste auf dem Rasen versammelt sehen und wie wir alle uns zur Falkenjagd vorbereiteten, denn dem Bankett des Abends sollte noch eine Jagd vorangehen.

Die Falkner kamen, um die Vögel anzubinden und ihnen die Haube über den Kopf zu ziehen und sie zur Jagd bereitzumachen, und währenddessen führten die Stallknechte uns die Pferde vor, und die Hunde, die das Wild aufscheuchen sollten, jaulten und stellten sich auf die Hinterbeine. Richard half mir auf die kleine, braune Stute, die später mir gehören sollte, und als er sich eben abwandte, um mit seinem Falkner zu sprechen, blickte ich über die Schulter und sah, wie eine Reiterschar sich am Hoftor sammelte, um einen neuen Ankömmling zu begrüßen. «Was ist los?» fragte Richard, und der Falkner, der seine Augen gegen die Sonne beschattete, wandte sich lächelnd zu seinem Herrn.

«Es ist Mrs. Denys», sagte er, «von Orley Court. Jetzt können Sie Ihr rotes Falkenweibchen mit ihrem Falken messen.» Richard sah mich an und lächelte.

«So ist es doch so weit gekommen», sagte er, «daß Gartred uns aufsucht.» Sie ritten auf uns zu, und ich fragte mich, welchen Eindruck ich jetzt von der Feindin meiner Kindheit haben würde, mit der ich auf so seltsame Art wieder verwandt wurde. Bisher hatte sie keine Botschaft gesandt, kein Wort des Glückwunschs, doch ihre natürliche Neugier hatte schließlich gesiegt. «Willkommen, Schwester!» rief Richard mit dem gewohnten Spott in der Stimme. «Bist du am Ende doch gekommen, um auf meiner Hochzeit zu tanzen?»

«Vielleicht», erwiderte sie. «Ich bin noch nicht ganz entschlossen. Zwei von den Kindern sind nicht wohl.» Sie ritt auf mich zu, und auf ihrem Gesicht erschien das langsame Lächeln, an das ich mich entsann. «Wie geht's, Honor?» – «Sehr gut», antwortete ich.

«Ich hätte nie gedacht, daß du einmal eine Grenvile sein würdest.»

«Ich auch nicht.»

«Die Wege der Vorsehung sind wirklich wunderbar. Kennst du meinen Gatten?»

Ich verbeugte mich vor dem Fremden an ihrer Seite, einem großen, gutmütigen, freundlichen Mann, der um vieles älter war als sie. Das also war Antony Denys, der dem armen Kit vor seinem Tod so viel Kummer verursacht hatte! Vielleicht hatte seine massige Gestalt so sehr auf sie gewirkt.

«Wohin reiten wir?» fragte sie, zu Richard gewendet.

«Aufs offene Land hinaus, auf die Küste zu», sagte er.

Sie warf einen Blick auf den Falken, der auf seinem Handgelenk saß. «Ein rotes Falkenweibchen», sagte sie mit gehobener Braue, «noch in der Mauser. Kannst du irgendwas damit anfangen?»

«Sie hat schon Weihen und Trappen gejagt, und ich habe vor, sie heute auf einen Reiher loszulassen, wenn wir einen zu Gesicht kriegen.»

Gartred lächelte. «Einen roten Falken auf einen Reiher?» spottete sie. «Sie wird eine Elster jagen, aber sonst nichts.»

«Willst du sie mit deinem Falken um die Wette jagen lassen?»

«Mein Falke wird erst sie erledigen und dann den Reiher.»

«Das ist Ansichtssache.»

Sie musterten einander wie Duellanten vor dem ersten Gang, und ich erinnerte mich, daß Richard mir erzählt hatte, sie hätten von der Wiege an miteinander gestritten. In diesem Augenblick kam mir zum erstenmal der Schimmer einer Ahnung, der Tag würde irgendwie unglücklich enden. Sekundenlang war ich nahe daran zu erklären, ich sei müde und wolle daheim bleiben. Ich ritt zu meinem Vergnügen, nicht aber, um Tiere zu töten, und die Falkenjagd war niemals meine Leidenschaft gewesen.

Gartred mußte mein Zaudern bemerkt haben, denn sie lachte und sagte: «Deine Braut hat ihren Mut verloren. Der Ritt wird für sie zu scharf sein.»

«Was?» fragte Richard enttäuscht. «Du kommst doch mit, nicht?»

«Ja, natürlich», sagte ich schnell. «Ich will zusehen, wie du deinen Reiher erlegst.» Wir ritten in das offene Land hinaus, der Wind wehte uns ins Gesicht, und vom Meer drang das Geräusch der Brandung zu uns, wenn die langen Wogen sich dröhnend an dem Strand tief unter uns brachen.

Meine kleine Stute stampfte unruhig, denn bisher waren wir noch nicht galoppiert, sondern langsam geritten. Neben einem kleinen

Gehölz sichteten die Falkner drei Elstern, und ein Schwarm von Habichten wurde auf sie losgelassen; doch die schlauen Elstern ersetzten ihre mangelnde Flugkraft durch List, hüpften von Hecke zu Hecke, und nach zwanzig Minuten, während die Habichte kreisten und die Falkner schrien und eiferten, konnte endlich eine Elster erlegt werden.

«Vorwärts! Das ist wahrhaftig jämmerlich», sagte Gartred verächtlich. «Können wir keine bessere Beute finden, um unsere Falken steigen zu lassen?»

Richard beschattete die Augen mit der Hand und blickte nach Westen. Vor uns lag ein langer Streifen Moor, rauh und uneben, und am Ende ein schmales, sumpfiges Marschland, wo die Enten bei stürmischem Wetter ihr Futter suchten und, wie Richard mir erzählt hatte, zu allen Jahreszeiten die Seevögel hausten, Möwen und Brachvögel und Reiher.

«Ich will mein Pferd mit deinem Pferd und meinen roten Falken mit deinem messen», sagte Richard plötzlich, und während er sprach, nahm er seinem Falken die Kappe ab, ließ ihn steigen und gab seinem Pferd die Sporen. Binnen zehn Sekunden hatte Gartred das gleiche getan, ihr Falke mit den grauen Schwingen schwebte zur Sonne auf, und sie und Richard galoppierten über das Moor auf das Marschland zu, die beiden Falken wie schwarze Flecke am Himmel über ihnen. Meine Stute, von dem Hufschlag ihrer Gefährten angestachelt, war nicht zu halten, riß mir fast die Arme aus den Gelenken und raste wie toll hinter den andern Pferden her; das Bellen der Hunde, das Schreien der Falkner beschleunigte noch ihren Galopp. Mein letzter Ritt! Die Sonne in den Augen, den Wind im Gesicht, die Stute unter mir, das Stampfen ihrer Hufe, den Duft des goldenen Ginsters, das Dröhnen des Meeres. Unvergeßlich, unvergessen, tief in meiner Seele für alle Zeit. Ich konnte Richard und Gartred Hals an Hals rasen sehen, sie warfen einander kränkende Worte zu, und am Himmel flitzten und kreisten die beiden Falken, Männchen und Weibchen. Plötzlich erhob sich aus dem Marschland vor uns ein Reiher, die großen grauen Flügel weit gebreitet, die Beine nachschleifend. Ich hörte Richards Schrei und Gartreds antwortenden Ruf, und im nächsten Augenblick schienen die Falken die Beute erspäht zu haben, denn beide begannen oberhalb des Reihers ihre Kreise zu ziehen, schwangen sich höher und höher, bis sie nur noch schwarze Punkte gegen die Sonne waren. Auch der wachsame Reiher stieg höher, doch in engeren Kreisen, flog mit dem Wind weiter, der eigenartig unbeholfene Leib wurde seltsam leicht und geschmeidig, und plötzlich stieß der erste Falke auf ihn herab – ob es Richards junges Falkenweibchen oder Gartreds Falke war, könnte ich nicht sagen – und verfehlte den Reiher um Haaresbreite. Sogleich vermochte er sich zu fangen und begann abermals, in noch höheren Kreisen, aufwärts zu schweben, um seinen Fehlschlag wiedergutzumachen; und nun stieß der zweite Falke herab, dem es nicht besser erging.

Ich versuchte meine Stute in die Gewalt zu bekommen, vermochte aber nicht, ihren rasenden Lauf zu hemmen, und nun hatten auch Gartred und Richard sich gegen Osten gewendet und folgten dem Flug des Reihers, und wir galoppierten nebeneinander über den Boden, der beständig anstieg bis zu einem steinigen Kreis inmitten des Moors.

«Achtung auf den Abgrund!» schrie Richard mir ins Ohr und wies mit der Reitpeitsche vorwärts, doch da war er wie der Wind an mir vorbei, und ich konnte ihm nicht antworten.

Jetzt war der Reiher über mir, und die Falken waren außer Sicht. Ich hörte Gartred triumphierend schreien: «Da ist er! Da ist er! Mein Falke hat ihn!» und als Silhouette gegen die Sonne sah ich einen der beiden Falken am Reiher haften, und die beiden Vögel senkten sich keine zwanzig Yards vor mir zu Boden.

Ich versuchte das Pferd zur Seite zu reißen, doch die Stute gehorchte mir nicht mehr, und ich rief Gartred, als sie an mir vorübergaloppierte, zu: «Wo ist der Abgrund?» aber sie gab mir keine Antwort. Weiter rasten wir, auf die Steine zu, die Sonne blendete meine Augen, und aus dem dunkelnden Himmel stürzten der sterbende Reiher und der blutbespritzte Falke geradeaus in den gähnenden Abgrund, der sich vor mir öffnete. Ich hörte Richard schreien und tausend Stimmen singen, als ich stürzte.

So geschah es, daß ich, Honor Harris von Lanrest, zum Krüppel wurde, alle Kraft in meinen Beinen verlor, von jenem Tag bis zu dem Tag, an dem ich dies niederschreibe, so daß ich jetzt etwa fünfundzwanzig Jahre lang auf dem Rücken gelegen oder auf einem Stuhl gesessen habe, niemals mehr gehen oder die Erde unter meinen Füßen spüren konnte. Wenn jemand der Ansicht ist, ein Krüppel sei eine wenig interessante Heldin für eine Geschichte, dann ist es jetzt an der Zeit, diese Seiten zuzuklappen und nicht weiterzulesen. Denn ihr werdet mich niemals als die Gattin des Mannes sehen, den ich liebe, noch als die Mutter seiner Kinder. Aber ihr werdet erfahren, wie diese Liebe niemals wankte, wie sie, trotz aller seltsamen Wechselfälle, in uns beiden in späteren Jahren tiefer und zärtlicher wurde, als wenn ich sein Weib gewesen wäre, und ihr werdet auch erfahren, wie ich trotz meiner Hilflosigkeit die führende Rolle in dem Drama spielte, das nun folgte, weil gerade meine Unbeweglichkeit meine Sinne schärfte und meine Auffassungsgabe beschleunigte, während das Schicksal selbst mich dazu zwang, Richterin und Zeugin zu sein. Das Spiel beginnt jetzt – was ihr eben gelesen habt, war nur der Prolog.

Sechstes Kapitel

Es ist nicht meine Absicht, heute das körperliche und seelische Leiden ausführlich zu schildern, das ich in jenen ersten Monaten erduldete, als mein Leben beendet schien. Das wäre eine klägliche Lektüre. Und ich habe auch gar keine Neigung, aus den Tiefen meines Wesens eine Bitterkeit hervorzuholen, die am besten vergessen bleibt. Es genügt, wenn ich sage, daß man anfangs für meinen Verstand fürchtete und ich viele Wochen lang in einer Art Dämmerzustand verbrachte. Als nach und nach die Besinnung wiederkehrte und ich fähig war, die ganze Bedeutung des Unglücks zu erfassen, fragte ich nach Richard; und da erfuhr ich, daß sein Bruder Bevil ihn dazu überredet hatte, zu seinem Regiment zurückzukehren, nachdem er lange Zeit auf irgendein Zeichen der Besserung, auf irgendein tröstliches Wort der Ärzte gewartet hatte. Und so war es auch am besten. Ihm war es unmöglich, untätig zu bleiben. Die Ermordung seines Freundes, des Herzoges von Buckingham, in Portsmouth war noch ein weiterer harter Schlag für ihn, und so segelte er mit dem Expeditionsheer nach Frankreich, um an jenem mit halbem Herzen unternommenen Angriff auf La Rochelle teilzunehmen. Als er heimkam, war ich bereits zurück in Lanrest und besaß hinreichend Willenskraft, um meinen Entschluß für die Zukunft zu fassen. Und der bestand darin, Richard nie wiederzusehen. Ich schrieb ihm einen Brief, den er aber nicht beachtete; er ritt von London nach Lanrest, um mit mir zu sprechen; doch meine Brüder versperrten ihm den Weg. Erst als die Ärzte ihm versicherten, seine Anwesenheit könnte meinen Zustand nur verschlechtern, begriff er, daß alles zwischen uns endgültig aus war. Ohne ein weiteres Wort ritt er fort, und ich erhielt von ihm einen letzten, wilden, erbitterten, vorwurfsvollen Brief – und dann wurde es still.

Im November desselben Jahres heiratete er Lady Howard of Fitzford, eine reiche Witwe, die bereits dreimal verheiratet gewesen und um vier Jahre älter war als er. Die Nachricht erreichte mich nur mittelbar, ein unbedachtes Wort von Matty, das sie in Verwirrung wieder vergessen machen wollte, und ich verlangte von meiner Mutter, die Wahrheit zu hören. Sie hatte es vor mir verborgen zu halten gewünscht, weil sie einen Rückfall fürchtete, und meine ruhige Hinnahme des Ereignisses mochte ihr unverständlich gewesen sein.

Ich erinnere mich, daß ich lächelte, als ich auf meinem Leidenslager daran dachte, daß er nun doch seine Erbin gefunden hatte, und was für eine reiche Erbin dazu. Ich hoffte nur, ihre Erfahrung würde ihn glücklich machen und ihr Reichtum ihm eine gewisse Sicherheit verschaffen.

Inzwischen mußte ich mich selbst zu einer neuen Lebensform und zu der völligen Unbeweglichkeit erziehen. Der Geist mußte einen Ausgleich für die Hilflosigkeit des Leibes schaffen. Um diese Zeit kehrte Percy von Oxford zurück und brachte seine Bücher mit; und mit seiner Hilfe machte ich mich daran, Latein und Griechisch zu lernen. Er war ein gleichgültiger, wenn auch sehr freundlicher Lehrer, und ich hatte nicht das Herz, ihn seinen Hunden und Pferden lange zu entziehen, doch am Ende führte er mich auf den richtigen Weg, und ich machte gute Fortschritte.

Alle Familienmitglieder waren ungemein gütig und zärtlich zu mir. Meine Schwestern und ihre Kinder, anfangs immer dem Weinen nahe, fühlten sich bald in meiner Gegenwart ganz behaglich, wenn ich mit ihnen lachte und scherzte, und nach und nach wurde ich, einst der verwöhnte Liebling, jetzt Beraterin und Vermittlerin in all ihren Angelegenheiten, und sie brachten ihre Probleme vor mich, damit ich eine Lösung fände. Ich spreche jetzt von Jahren und nicht von Monaten, denn das vollzog sich natürlich nicht in einem Tag. Matty, mein kleines Kammermädchen, wurde vom ersten Augenblick an meine unermüdliche Sklavin. Sie war es, die mir die Ermüdung an den Augen absah und meine Besucher verscheuchte. Sie war es, die für meine Bedürfnisse sorgte, mich fütterte und wusch, obgleich ich das nach kurzer Zeit selbst zu tun lernte, und nach etwa drei Jahren hatte mein Rücken sich so weit gekräftigt, daß ich aufrecht sitzen und den Körper bewegen konnte.

Meine Beine aber blieben hilflos, und im Herbst und Winter, wenn die Feuchtigkeit sich in den Wäldern ablagerte, spürte ich es auch in meinen Knochen. Manchmal verursachte mir das große Schmerzen, und ich hatte Mühe, die Haltung zu wahren, die ich mir erworben hatte.

Es war Robin, mein lieber, guter Robin, mein treuester Gefährte, der zuerst auf den Gedanken kam, mir meinen Stuhl zimmern zu lassen, und dieser Stuhl, der mir ermöglichen sollte, mich von einem Zimmer ins andere zu bewegen, war seine liebste Erfindung. Er verbrachte Monate damit, ihn zu entwerfen, und als der Stuhl dann gebaut wurde und man mich hineinsetzte und ich aufrecht sitzen und die Räder ohne fremde Hilfe in Gang setzen konnte, war seine Freude vielleicht noch größer als meine.

Das bedeutete in meinem täglichen Leben einen wahren Umsturz, und im Sommer konnte ich mich sogar in den Garten wagen, mich vor dem Haus auf kleine Entfernungen hin und her rollen und dadurch ein gewisses Maß an Unabhängigkeit erlangen.

Im Jahre 1632 gab es abermals eine Hochzeit in der Familie. Meine Schwester Mary, die wir immer mit ihrer Frömmigkeit und ihrer sanften Art geneckt hatten, nahm den Antrag Jonathan Rashleighs von Menabilly an, der seine erste Frau ein Jahr vorher im Kindbett verloren hatte und mit einer zahlreichen Familie zurückgeblieben war. Es war in jeder Beziehung eine sehr passende Verbindung, denn Jonathan war damals in den Vierzig und Mary zweiunddreißig. Die Hochzeit fand in Lanrest statt, und zu der Trauung kamen mit ihrem Vater auch seine drei Kinder Alice, Elizabeth und John. Später sollte ich sie näher kennenlernen, doch schon damals, als schüchterne, zurückhaltende Kinder, gewannen sie meine Zuneigung.

Auch Bevil Grenvile erschien, der mit Jonathan und mit uns allen eng befreundet war, und nachdem die Zeremonie vorüber und Mary in ihr neues Heim hinter Fowey abgereist war, hatte ich eine Gelegenheit, mit ihm allein zu sprechen. Wir unterhielten uns zunächst über seine Kinder und sein Leben in Stowe, und dann fragte ich ihn – trotz all meiner Sicherheit doch nicht ganz ohne Zittern – nach Richard.

Zunächst antwortete er nicht, und ich merkte, daß seine Stirn sich umwölkte. «Ich hätte lieber nicht davon gesprochen», sagte er endlich, «aber da du selber mich fragst – alles ist schief mit ihm gegangen, Honor, auch nach seiner Heirat.» In meiner Brust meldete sich eine teuflische Genugtuung, die ich nicht ganz zu unterdrücken vermochte.

«Wieso?» fragte ich. «Hat er nicht einen Sohn?»

Denn ich hatte gehört, daß ihnen vor einem Jahr, genauer am 16. Mai, ein Sohn geboren worden war, am selben Datum – o grausame Ironie! –, an dem mich mein Unglück getroffen hatte.

«Ja», antwortete er. «Es ist wohl wahr, daß er einen Sohn hat und auch eine Tochter, aber ob Richard die beiden sieht oder nicht, vermag ich nicht zu sagen. Die Wahrheit ist, daß er sich mit seiner Frau gestritten und sie barbarisch behandelt hat – sie behauptete sogar, er habe Hand an sie gelegt –, und nun hat sie die Scheidungsklage gegen ihn eingereicht. Überdies hat er den Earl of Suffolk verleumdet, einen Verwandten seiner Frau, der ihn vor der Sternkammer in Westminster anklagte und den Prozeß gewonnen hat. Und Richard, der sich weigert, die Buße zu zahlen – und in Wirklichkeit kann er auch nicht, denn er besitzt keinen Penny –, ist in Gefahr, wegen Schulden und auch aus andern Gründen in das Fleetgefängnis geworfen zu werden.» – O Gott, dachte ich, wie anders wäre unser Leben verlaufen! Oder irrte ich mich und war dies ein Symbol dessen, was auch unser Leben gewesen wäre?

«Er war immer heftig, schon als Junge», fuhr Bevil fort. «Du hast ihn ja nur so wenig gekannt, Honor; und leider ist eine glückliche Verlobungszeit von drei Monaten nicht die richtige Grundlage, um einen Mann zu beurteilen.»

Darauf konnte ich keine Antwort geben, denn der gesunde Menschenverstand war auf seiner Seite. Aber ich dachte an die Frühlingstage, die nun für immer dahin waren, und an die Apfelblüten im Obstgarten. Kein Mädchen hätte sich einen zärtlicheren, verständnisvolleren Geliebten wünschen können.

«Warum ist Richard so heftig geworden?» fragte ich. «Unüberlegt und wild mag er vielleicht sein, aber nichts Schlimmeres. Seine Frau muß ihn gereizt haben.»

«Davon ist mir nichts bekannt», erwiderte Bevil, «aber ich kann es mir wohl vorstellen. Sie ist eine ziemlich boshafte Frau und von zweifelhafter Moral. Sie war mit Gartred befreundet – vielleicht hast du das nicht gewußt –, und die Ehe wurde zusammengebracht, als sie einmal in Orley Court zu Gast war. Richard – und das weiß niemand besser als du selber – konnte zu jener Zeit nicht in seiner besten Stimmung gewesen sein.»

Ich sagte nichts, denn ich spürte hinter Bevils freundlicher Art einen leisen, wenn auch unbewußten Vorwurf. «Die Wahrheit ist», sagte Bevil, «daß Richard Mary Howard ihres Geldes wegen heiratete, aber, einmal verheiratet, entdeckte er, daß er keine Verfügung über ihren Besitz und ihre Börse hatte, denn alles wurde von Vertrauensmännern verwaltet, die ausschließlich im Interesse der Frau handelten.»

«Dann ist er nicht besser dran als vorher?» fragte ich.

«Eher schlimmer», antwortete Bevil, «denn die Sternkammer will ihm die Buße wegen Verleumdung nicht erlassen, und ich habe derzeit selbst zuviel auf mir lasten, als daß ich ihm helfen könnte.»

Es war ein trauriges Bild, das er malte, und wenn ich es auch meiner eifersüchtigen Einbildung der idyllischen Familienszene vorzog, die meine Phantasie heraufbeschworen hatte, so war es doch kein Trost zu hören, wie schlecht es ihm ging. Wie wir später hörten, blieb er viele Monate im Gefängnis, und dann, im Herbst des folgenden Jahres, verließ er England und trat in den Dienst des Königs von Schweden.

Im Jahre 1642, als der Krieg ausbrach, der unser aller Leben umgestalten sollte, war ich eine Frau von zweiunddreißig Jahren, die «gute Tante Honor» für meine zahlreichen Neffen und Nichten und in der ganzen Familie eine Persönlichkeit von einiger Bedeutung.

Ein Mensch, der für immer an den Krankenstuhl oder an das Bett gefesselt ist, vermag zum Tyrannen zu werden, wenn er es darauf anlegt, und obgleich ich niemals despotische Anwandlungen hatte, wurde ich trotzdem, nach dem Tod meiner Mutter, diejenige, die Entscheidungen zu treffen hatte, an deren Autorität man sich bei allen Gelegenheiten wendete, und auf seltsame Art schien sich eine Legende um mich zu weben, als müßte meine körperliche Hilflosigkeit mir größere Weisheit verleihen.

Doch die Kriegsjahre überrumpelten uns, bevor wir es gewahr wurden, und wie alle Landadeligen hatte meine Familie schwierigere Probleme zu lösen, als sie an mich herantraten.

Die Unruhen hatten schon ziemlich lange gedauert, und in Cornwall waren die Meinungen sehr geteilt; einige vertraten die Ansicht, Seine Majestät habe das Recht, nach seinem Gutdünken Gesetze zu erlassen – obgleich sie allesamt über die Steuern murrten –, und andere meinten, das Parlament habe recht, sich jeder Maßregel zu widersetzen, die nach Despotismus schmeckte. Wie oft hörte ich meine Brüder über diese Fragen mit Jack Trelawney, Ronald Mohun, Dick Buller und anderen Nachbarn diskutieren – meine Brüder hielten fest zum König, und Jo war bereits in einer behördlichen Stellung, denn es war sein Amt, die Küstenverteidigung zu überwachen –, und mit der Zeit wurde man immer ungeduldiger, Freundschaften wurden kühler, und ein unerfreulicher Geist des Mißtrauens schlich durch das Land.

Man sprach ganz offen vom Bürgerkrieg, und jeder Edelmann in der Grafschaft begann nach seinen Waffen, seinen Knechten und seinen Pferden zu sehen, damit er gegebenenfalls die Partei unterstützen könne, der er angehörte. Auch die Frauen waren nicht müßig, viele – wie Cecilia in Mothercombe – zerrissen Bettlaken zu Verbandstreifen und füllten ihre Vorratskammern mit Proviant, aus Angst vor einer Belagerung. Die Zänkereien waren damals wilder, glaube ich, als später, da wir mitten im Krieg waren. Freunde, die eine Woche vorher bei uns gespeist hatten, wurden plötzlich verdächtig, und längst vergessene Skandale wurden wieder ausgegraben, um ihre Namen zu beflecken, nur, weil heute die Meinungen hart aufeinanderprallten.

All das machte mir das Herz schwer, und dieses Aufflammen der Leidenschaften zwischen Nachbarn, die durch Generationen friedlich nebeneinander gelebt hatten, schien eine Politik des Teufels selbst zu sein. Es war mir verhaßt zu hören, wie Robin, mein geliebter Bruder, mit seiner Zärtlichkeit für Pferde und Hunde, Dick Buller verleumdete, weil der zum Parlament hielt, und wie er schwur, Dick machte seine eigenen Diener zu Spionen. Und sechs Monate vorher waren die beiden noch miteinander auf die Falkenjagd geritten! Rob Bennett aber, ein anderer unserer Nachbarn und ein Freund Dick Bullers, verbreitete dafür Gerüchte über meinen Schwager, Jonathan Rashleigh, und behauptete, Jonathans Vater und älterer Bruder, die viele Jahre zuvor binnen einer Woche von den Pocken dahingerafft worden waren, seien nicht der Krankheit erlegen, sondern einem Gift. Solche Geschichten zeigten, wie wir, im Zeitraum von wenigen Monaten, aus Nachbarn zu Wölfen wurden, die einander an die Kehle sprangen.

Bei dem ersten offenen Bruch zwischen Seiner Majestät und dem Parlament erklärten meine Brüder Jo und Robin und die meisten unserer besten Freunde, eingeschlossen Jonathan Rashleigh, sein Schwiegersohn Peter Courtney, die Trelawneys, die Arundells und natürlich Bevil Grenvile, sich für den König. Mit einem Schlag nahm das Familienleben, nahmen alle tiefeingewurzelten Formen ein Ende. Robin begab sich nach York, um zu der Armee Seiner Majestät zu stoßen, und nahm Peter Courtney mit, und fast unverzüglich wurden sie beide mit dem Befehl einer Kompanie betraut. Peter, der bei seiner Feuertaufe viel Mut und Entschlossenheit bewies, wurde auf dem Schlachtfeld geadelt. Mein Bruder Jo und mein Schwager Jonathan zogen durch die Grafschaft, um Geld, Truppen und Munition für die königliche Sache aufzubringen.

Meine Haltung dem Krieg gegenüber war einigermaßen zynisch, denn da ich nicht recht an die großen Sachen glauben kann und jetzt in Lanrest mit Matty und den Dienstleuten allein blieb, fühlte ich mich seltsam losgelöst von den Ereignissen.

Die Erfolge des ersten Jahres stiegen mir nicht so zu Kopf wie meiner übrigen Familie, denn ich vermochte nicht, wie sie, zu glauben, das Parlament würde so leicht nachgeben. Die Parlamentspartei hatte viele mächtige Männer an der Spitze und viel Geld – alle reichen Kaufleute von London waren auf ihrer Seite –, und überdies hatte ich den unbehaglichen Verdacht, ihre Armee sei unvergleichlich besser als die andere. Doch das behielt ich für mich. Gott weiß, daß es unseren Führern nicht an Mut gebrach, aber sie hatten keine Erfahrung. Auch die Ausrüstung war kümmerlich, und in ihren Reihen herrschte keine Disziplin. Im Herbst hatte sich der Krieg in unbequeme Nähe verlagert, und die beiden Heere standen östlich und westlich längs des Tamars. Das Weihnachtsfest war freudlos, und in der dritten Januarwoche erfuhr ich, daß das Schlimmste geschehen war – der Feind hatte den Tamar überschritten und war in Cornwall eingedrungen. Ich war beim Frühstück, als diese Nachricht uns erreichte, und zwar war es Peter Courtney, der sie uns brachte. Er war in höchster Eile von Bodmin hergaloppiert, um mich zu warnen, die feindliche Armee sei derzeit schon auf der Straße nach Liskeard. Sein Regiment, das unter dem Befehl Sir Ralph Hoptons stand, sei aufmarschiert, um sich ihnen entgegenzustellen, und Hopton halte gerade jetzt Kriegsrat in Boconnoc, einige Meilen entfernt.

«Mit ein wenig Glück», sagte er, «wird die Schlacht sich nicht bis zu euch nach Lanrest ausdehnen, sondern zwischen Liskeard und Lostwithiel ausgefochten werden. Wenn wir sie jetzt schlagen und aus Cornwall vertreiben können, dann ist der Krieg so gut wie gewonnen.»

Er war schön, und die Erregung hatte seine Wangen gerötet.

«Ich habe keine Zeit, nach Menabilly zu reiten», sagte er. «Wenn ich im Kampf falle – wirst du Alice sagen, daß ich sie sehr geliebt habe?»

Wie ein Blitz war er fort, und ich und Matty, mit den beiden bejahrten Dienern und zwei Burschen, alles, was wir noch hatten – blieben allein, waffenlos und unvorbereitet zurück. Da war nichts zu tun, als Rinder und Schafe von der Weide zu holen und in die Stallungen zu bringen und uns selber im Haus zu verriegeln. Dann warteten wir, um das Feuer in meinem Zimmer im ersten Stock versammelt. Ein- oder zweimal, wenn das Fenster geöffnet wurde, glaubten wir dumpfen, immer wieder aussetzenden Kanonendonner zu hören, und es klang in der kalten, klaren Januarluft seltsam fern. Gegen drei Uhr nachmittags kam einer der Bauernburschen gelaufen und hämmerte an das Tor.

«Der Feind ist besiegt!» schrie er. «Das ganze Pack ist zerstreut und flieht wie geprügelte Hunde auf der Straße nach Liskeard. Bei Braddock Down ist heute eine große Schlacht geschlagen worden.»

Noch mehr Flüchtlinge tauchten auf, die sich in den Hecken versteckt gehalten hatten, und alle erzählten dieselbe Geschichte, daß die Leute des Königs einen Sieg erfochten, daß sie wie Rasende gekämpft und fast tausend Gefangene gemacht hätten.

Da ich wußte, daß das Gerücht eine Dirne ist, bat ich die Hausleute, eine Weile zu warten und die Türen geschlossen zu halten, bis sich die Geschichte bestätigte, doch noch vor Einbruch der Nacht wußten wir, daß es wirklich ein Sieg war, denn Robin selbst kam nach Hause geritten, staubbedeckt, eine blutige Binde um den Arm, und mit ihm die Brüder Trelawney und Ronald Mohun. Sie alle strahlten und triumphierten, denn die beiden Divisionen der Parlamentspartei waren völlig aufgelöst nach Saltash geflohen und würden, wie Jack Trelawney sagte, ihre Gesichter nie mehr auf diesem Ufer des Tamars zeigen; und dann setzten sie sich hin und tranken große Humpen Bier und diskutierten jede Wendung der Schlacht, die sie gewonnen hatten, wie Spieler nach einem Hahnenkampf.

Bevil Grenvile war bei diesem seinem ersten Gefecht der Held des Tages gewesen, und sie schilderten, wie er das Fußvolk von Cornwall einen Hügel hinunter und einen andern Hügel hinauf zu einem so heftigen Angriff geführt hatte, daß der Feind ihnen nicht widerstehen konnte.

«Du hättest ihn sehen sollen, Honor», sagte Robin, «mit seinen Dienstleuten und seinen Pächtern, die in andächtigem Gebet niederknieten, und er, das Schwert in der Hand und sein liebes, redliches Gesicht zum Himmel gekehrt. Und sie folgten ihm den Hügel hinunter und schrien: ‹Grenvile! Grenvile!›, und sein Diener Tony Payne schwenkte die rote Fahne mit den drei goldenen Zinnen. Mein Gott, ich sage, ich war stolz darauf, ein Mann aus Cornwall zu sein.»

«Er hat es im Blut», sagte Jack Trelawney. «Bevil war sein ganzes Leben lang ein ruhiger Landedelmann, gibst du ihm aber eine Waffe in die Hand, so wird er zum Tiger. So sind die Grenviles im Grunde alle.»

«Ich bitte zu Gott», sagte Ronald Mohun, «daß Richard Grenvile davon abläßt, die Wilden in Irland zu schlachten, und statt dessen heimkehrt und sich seinem Bruder anschließt.»

Es gab einen Augenblick lang ein verlegenes Schweigen, weil einige unter ihnen sich an die Vergangenheit erinnerten und sich darauf besannen, daß ich im Zimmer war, dann stand Robin auf und sagte, sie müßten nach Liskeard reiten. So bekamen wir im südöstlichen

Cornwall den Krieg im Jahr 1643 für kurze Zeit zu kosten, und so verzog er sich wieder anderwärts, und viele von unseren Leuten, die kaum Pulver gerochen hatten, sprachen jetzt sehr großspurig von dem, was sie gesehen und gehört hätten, während jene, die wirklich daran teilgenommen hatten, wie Robin, laut erklärten, im Sommer würde man sehen, wie die Rebellen für immer die Waffen strecken müßten.

Ach, diese frohen Hoffnungen waren töricht und unbegründet. Wohl wurden in jenem Jahr Siege erfochten, bedeckten unsere Männer aus Cornwall sich im ganzen Westen bis Bristol mit Ruhm, aber wir verloren in diesem ersten Sommer die Blüte unserer Jugend. Das schlimmste Drama des Jahres – uns wenigstens erschien es so – war der Tod Bevil Grenviles in Landsdowne. Matty kam mit tränenüberströmtem Gesicht in mein Zimmer gelaufen. – «Sie haben Sir Bevil erschlagen», sagte sie.

Bevil mit seiner Liebenswürdigkeit, seinem mitfühlenden Herzen, seinem Charme und seiner Höflichkeit, er, der alle andern Führer des Landes aufwog! Mir war, als hätte es sich um meinen eigenen Bruder gehandelt, aber ich war zu tief getroffen, um weinen zu können.

«Man sagt», berichtete Matty, «er sei mit einer Streitaxt erschlagen worden, nachdem er und seine Leute schon gesiegt hatten und der Feind floh. Und der große Tony Paine, sein Diener, habe den jungen Master Jack auf seines Vaters Pferd gehoben, und die Männer seien dem Knaben gefolgt und hätten gekämpft wie Rasende, so nahe ging ihnen der Tod ihres Herrn.»

Ja, das konnte ich mir vorstellen. Bevil in einer Sekunde getötet, sein Kopf von irgendeinem verdammten unnützen Rebellen gespalten, während Jack, sein Junge, kaum vierzehn Jahre alt, auf Bevils weißes Schlachtroß stieg und, Tränen in den Augen, ein Schwert schwang, das viel zu groß für ihn war. Und die Männer in den blausilbernen Farben, die ihm den Hügel hinunter folgten, schwarzen Haß gegen die Feinde im Herzen.

Im Frühling des Jahres 1644 kehrte ein Glücksritter von Irland nach London zurück, um das Entgelt für seine Dienste zu empfangen. Er gab den Herren im Parlament zu verstehen, daß er sich als Gegenleistung ihnen anschließen würde, und sie, entzückt, einen solchen Kriegsmann in ihren Reihen zu sehen, zahlten ihm sechshundert Pfund aus und weihten ihn in die Pläne für den Frühjahrsfeldzug ein. Er verbeugte sich und lächelte – ein gefährliches Zeichen für jeden, der ihn kannte –, setzte sich in einen Wagen mit sechs Pferden, ihm folgte seine Truppe, und vor ihm her wehte seine Fahne. Diese Fahne war eine Karte von England und Wales auf rotem Grund und die Worte «England blutet» in goldenen Lettern. Als die Schar in Bagshot Heath ankam, stieg der Führer aus seinem Wagen, rief seine Leute um sich und schlug in aller Ruhe vor, nach Oxford zu marschieren und für des Königs Majestät zu fechten, nicht aber gegen sie.

Die Soldaten, die vor nichts zurückschraken, waren einverstanden, und der Zug marschierte nach Oxford mit einem Haufen Geld, Waffen und Silbergeschirr, die das Parlament ihnen bewilligt hatte, und mit allen Beschlüssen des geheimen Kriegsrates, der eben erst in London abgehalten worden war. Der Name dieses Glücksritters, der das Parlament auf so groteske Art genarrt hatte, war Richard Grenvile.

Siebentes Kapitel

Eines Tages, Ende April 1644, kam Robin von Radford zu mir geritten und drängte mich, Lanrest zu verlassen und, wenigstens für einige Monate, zu unserer Schwester Mary Rashleigh nach Menabilly überzusiedeln. Robin war zu jener Zeit Befehlshaber eines Infanterieregiments, denn er war unter Sir John Digby zum Obersten ernannt worden, und nahm an der langwierigen Belagerung von Plymouth teil, der einzigen Stadt im Westen, die noch zum Parlament hielt.

«Jo und ich sind uns darüber einig», sagte Robin, «daß du, solange der Krieg dauert, nicht länger allein hierbleiben darfst. Das ist für keine Frau sicher, und gar, wenn man so hilflos ist wie du. Es gibt ständig Deserteure und Marodeure in der Gegend, die sich auf Straßenraub verlegen, und der Gedanke, dich mit ein paar alten Männern und Matty hier zu wissen, ist eine ständige Belastung für uns.»

«Hier gibt es nichts zu rauben», protestierte ich, «da alles Silber nach der Münze in Truro gebracht wurde, und wen könnte es locken, einem Krüppel wie mir Böses anzutun?»

«Darauf kommt es nicht an», sagte Robin. «Aber es ist Jo und Percy und mir unmöglich, unsere Pflicht zu tun, wenn wir daran denken, daß du hier allein bist.»

Er redete mir einen halben Tag lang zu, bevor ich widerstrebend einwilligte, und auch dann nur sehr unwillig und verstört.

Fünfzehn Jahre lang – seit dem Tag, da ich zum Krüppel geworden war – hatte ich Lanrest nicht verlassen, und jetzt in das Haus eines andern überzusiedeln, auch wenn dieser andere meine Schwester war, erfüllte mich mit trüben Ahnungen.

Menabilly war bereits voll mit Verwandten der Rashleighs, die bei Jonathan Zuflucht gesucht hatten und den Krieg als Vorwand benützten. Ich trug gar kein Verlangen, ihre Zahl zu vergrößern. Ich hatte große Scheu vor Fremden und mochte auch nicht aus bloßer Höflichkeit mit Menschen Konversation machen; zudem hatte ich mich in meine Gewohnheiten eingeschlossen, meine Tage gehörten nur mir allein, und ich folgte nur meinen eigenen Gesetzen. Aber ich sagte nichts mehr; und nach einer Woche war all meine Habe gepackt, das Haus geschlossen, und ich wurde in einer Sänfte nach Menabilly gebracht.

Wie seltsam und erregend war es, wieder auf der Landstraße zu sein. Durch Lostwithiel zu fahren, Menschen auf den Markt gehen zu sehen – das normale tägliche Leben einer Gemeinschaft, von der ich seit so langer Zeit fern gewesen war, da ich in Lanrest in meiner eigenen Welt lebte. Ich war von einer eigentümlichen Unruhe befallen und fühlte mich unbehaglich, wenn ich zwischen den Vorhängen meiner Sänfte hinausspähte; als hätte man mich plötzlich in ein fremdes Land verpflanzt, wo Sprache und Sitten mir unbekannt waren. Meine Stimmung hob sich, als wir den langgestreckten Hügel außerhalb der Stadt hinaufstiegen und an der alten Festung von Castledore vorüberkamen und ich die große blaue Bucht von Tywardreath sich vor mir dehnen sah. Schließlich, meinte ich, mochte der Wechsel des Schauplatzes ganz erträglich sein. John Rashleigh kam mir entgegengeritten, winkte mit seinem Hut, ein freundliches Lächeln auf seinem schmalen, farblosen Gesicht. Er war jetzt dreiundzwanzig Jahre alt, und das Drama seines Lebens war es, daß er nicht gesund und kräftig genug war, um in die Armee einzutreten, sondern daheim hocken und die Befehle seines Vaters entgegennehmen mußte, denn er war von Kindheit an mit einer bösartigen Form von Fieber belastet, das ihn manchmal endlose Tage lang schüttelte und hilflos machte. Er war ein guter, liebenswürdiger Junge mit starkem Pflichtgefühl und großem Respekt vor seinem Vater; und seine Frau – mein Patenkind Joan – mit ihren fröhlichen Augen und ihrem mutwilligen Geplapper, half ihm über seinen Zustand hinweg; mit ihm ritt jetzt sein Kamerad und Vetter zweiten Grades, Frank Penrose, ein junger Mann gleichen Alters, den mein Schwager als Sekretär auf dem Gut beschäftigte.

«Alles ist für dich bereit, Honor», lächelte John, während er neben meiner Sänfte ritt. «Meine Stiefmutter hat dich im Pförtnerhaus untergebracht», sagte er, «denn sie meint, du hättest gern viel Licht und Luft, und das Zimmer hat Fenster, von denen du nach beiden Seiten schauen kannst, nach Westen über den äußeren Hof und auch auf den inneren Hof, der das Haus umgibt. Auf diese Art wirst du alles sehen, was vorgeht, und deinen eigenen Guckkasten haben.»

«Das klingt ja», antwortete ich, «als ob ihr eine ganze Garnison im Haus hättet, wenn zwanzig Menschen sich zwischen den Mauern drängen.»

«Mit den Dienstleuten beinahe fünfzig», lachte John, «aber die schlafen dicht gedrängt in den Dachkammern.»

Meine Stimmung war wieder trüber, und als wir von der Landstraße in den Park einbogen und ich am Ende das große Steinhaus, flankiert von hohen Wällen und Nebengebäuden, erblickte, da war ich sehr geneigt, meinen Entschluß zu verwünschen. Wir wandten uns nach links in den äußeren Hof, den Backhäuser und Vorratsräume und Milchkammern umgaben, und gelangten unter dem niedrigen Torbogen des Pförtnerhauses – meiner künftigen Wohnstatt – hindurch in den innern Hof. Das Haus war quadratisch um den Hof gebaut, hatte am Nordende einen großen Uhrturm oder Wachtturm, und das Tor lag gegen Süden. Auf den Stufen stand Mary, um mich zu begrüßen, und Alice Courtney, ihre älteste Stieftochter, und Joan, mein Patenkind, beide mit ihren Kindern am Rockschoß.

«Willkommen in Menabilly, liebste Honor», sagte Mary, und ihr liebes Gesicht verzog sich aufgeregt, aus Angst, es könnte mir mißfallen.

«Das Haus steckt voller Kinder, Honor – davon darfst du dich nicht stören lassen», lächelte Alice, die seit ihrer Hochzeit mit Peter pünktlich jedes Jahr ein Kind zur Welt brachte.

«Man hat mich also schon als Drachen hingestellt», erwiderte ich. «Nun, das schadet weiter nicht, denn wie Robin dir schon vorausgesagt haben dürfte, bin ich gesonnen zu tun, was mir beliebt.»

Sie trugen mich in die dunkelgetäfelte Halle und an dem Gang vorbei, der die ganze Länge des Hauses entlanglief und aus dem ich schon das Stimmengewirr hören konnte, über die breite Stiege hinauf und durch eine Galerie nach dem westlichen Flügel. Ich war, das muß ich gestehen, sogleich ganz entzückt von meinem Zimmer, das hochgewölbt und dabei groß und hell war. An jedem Ende waren Fenster, wie John mir schon vorausgesagt hatte – das eine schaute westwärts über den Torbogen nach dem äußeren Hof und dem Park dahinter, und das Ostfenster hatte die Aussicht auf den inneren Hof. Rechts lag ein kleines Zimmer für Matty, und nichts für meine Bequemlichkeit war vergessen worden. «Niemand wird dich stören», sagte Mary. «Die Wohnung hinter dem Ankleidezimmer gehört den Sawles – Vettern von Jonathan, sehr ruhige, zurückhaltende Leute, die dich nicht belästigen werden. Und das Zimmer links ist immer unbewohnt.»

Sie verabschiedeten sich, und mit Mattys Hilfe zog ich mich aus und legte mich zu Bett; die Reise hatte mich doch sehr ermüdet, und ich war froh, allein zu sein. Die ersten Tage vergingen damit, daß ich mich an meine neue Umgebung gewöhnte und es mir bequem machte wie ein Hund, der seine Hütte wechselt.

Mein Zimmer war sehr freundlich, und ich wünschte gar nicht, es zu verlassen; auch liebte ich das Geläute der Glocke im Turm, und nachdem ich mir einmal in den Kopf gesetzt hatte, daß die Stille von Lanrest vergessen werden müsse, geschah es schließlich, daß ich auf das Kommen und Gehen lauschte, das zu diesem großen Haus gehörte, auf den Lärm im äußeren Hof, die Schritte, die unter dem Torbogen hindurchgingen, und – obgleich ich das abgeleugnet hätte – ich spähte auch zwischen meinen Vorhängen nach den Fenstern gegenüber, die wie meine eigenen nach dem inneren Hof blickten und von denen sich hin und wieder jemand herausbeugte und mit andern Leuten sprach. Tagsüber kamen von Zeit zu Zeit die jungen Menschen mich besuchen, und so konnte ich mir ein Bild von den andern Bewohnern des Hauses machen, den beiden Familien Sawle und Sparke, Verwandte der Rashleighs, zwischen denen es anscheinend beständig Streit gab. Wenn mein Schwager Jonathan fort war, dann mußte sein Sohn John für Frieden sorgen, eine schwere Last für seine nicht allzu stämmigen Schultern, denn nichts ist für einen jungen Mann so lästig, als mit alten Jungfern und ungeduldigen Verwandten zu schelten, während Mary in der Hitze endloser Hausarbeit von früh bis abends auf den Beinen war, um Milchkammern und Vorratsräume zu überwachen und für die Ernährung des ganzen Hauses zu sorgen. Da gab es auch Enkelkinder, die beaufsichtigt werden mußten – Alice hatte drei kleine Töchter und Joan einen Jungen und ein Mädchen, erwartete überdies zum Herbst noch ein Baby –, so daß Menabilly eine ganze Kolonie für sich war und in jedem Flügel eine andere Familie hauste.

Am fünften Tag fühlte ich mich einigermaßen zu Hause und so weit Herrin meiner selbst, daß ich mein Zimmer verlassen und meinen Stuhl benützen konnte. John schob mich, Joan und Alice gingen neben mir, die Kinder liefen vor uns her, und so machten wir eine Rundfahrt über den Besitz. Die Gärten dehnten sich weit, waren von hohen Mauern umgeben und stiegen in östlicher Richtung an. Wenn man den höchsten Punkt erreichte, so hatte man einen Blick auf dichtes Waldgebiet, über andere Hügel und die Landstraße, die zu dem drei Meilen entfernten Fowey führte. Nach Süden lagen Weiden und Wirtschaftsgebäude und noch ein Garten, gleichfalls von Mauern umgeben, auf denen ein Weg zu einem Lusthäuschen führte, das die

Gestalt eines Turmes hatte und von dessen langen, bleigefaßten Fenstern man eine schöne Aussicht über das Meer und den Gribben Head genoß.

«Dies», sagte Alice, «ist meines Vaters Heiligtum. Hier schreibt und rechnet er, und von den Fenstern aus kann er jedes Schiff sehen, das nach Fowey segelt.» Sie versuchte, die Tür zu dem Sommerhaus zu öffnen, die aber versperrt war.

«Wenn er zurückkommt, müssen wir ihn um den Schlüssel bitten», sagte sie. «Das wäre gerade der rechte Platz für Honor und ihren Stuhl, wenn der Wind auf dem Weg zu frisch weht.»

John antwortete nicht, und er meinte vielleicht, wie ich auch, daß sein Vater mich am Ende nicht als Gefährten wünschen würde. Wir machten einen Rundgang um den Besitz, kehrten bei dem Verwalterhaus und dem Spielplatz zurück und gelangten so durch die Fasanerie von hinten an den äußeren Hof. Ich sah zum Pförtnerhaus auf, das mir, mit der Blumenvase an meinem Fenster, bereits vertraut war, und bemerkte zum erstenmal das verschlossene Fenster des Zimmers neben dem meinen und den großen Pfeiler, der daneben vorsprang.

«Warum wird dieser Raum nicht benützt?» fragte ich gleichgültig. John zauderte eine Weile, bevor er antwortete. «Mein Vater geht manchmal hinein, er hat dort Möbel und Wertsachen eingeschlossen.»

«Es war das Zimmer meines Onkels», sagte Alice gleichfalls zögernd, mit einem Blick auf John. «Er starb ganz plötzlich, weißt du, als wir noch Kinder waren.»

Sie wirkten unsicher, und so ließ ich die Frage fallen, denn ich erinnerte mich im Nu an Jonathans älteren Bruder, der acht Tage nach seinem alten Vater an Pocken gestorben war, und daran, daß, im Zusammenhang mit diesen beiden Todesfällen, der Parlamentarier Rob Bennett das Giftmärchen aufgebracht hatte.

Wir kamen unter dem Torbogen hindurch, und ich überwand mich so weit, daß ich mich den Vettern Rashleighs vorstellen ließ. Es gab zwei Sawles gegen drei Sparkes. Die Sawles waren ein widerwärtiges Paar, der alte Nick vom Rheumatismus verkrümmt und fast ebenso ein Krüppel wie ich; Temperance, seine Frau, war, wie ihr Name anzeigte, aus einer puritanischen Familie und ließ sich nie ohne Gebetbuch in der Hand sehen. Sobald sie mich erblickte, fing sie an zu beten – Gott weiß, daß ich bis dahin niemals diese Wirkung auf Mann oder Frau ausgeübt hatte. Ich gab John ein Zeichen, und er rollte mich zu den Sparkes – zwei Schwestern und ein Bruder. Will war einer jener unglückseligen Männer mit hoher Stimme und weibisch gezierten Manieren, und, das fühlte ich instinktiv, er mochte wohl nicht ganz normal sein. Seine Zunge war ebenso zweischneidig wie die seiner Kusine Temperance. Deborah vermochte die ihrem Bruder fehlende Männlichkeit aufzuwiegen, hatte einen richtigen Schnurrbart und sprach mit tiefer Stimme, während Gillian, die jüngere Schwester, trotz ihrer vierzig Jahre ganz zimperliche Herzigkeit war, sich schminkte und überall Bänder trug.

Die Luft im Pförtnerhaus schien mir irgendwie reiner, und nachdem ich noch Alices und Joans und Elizabeths Zimmer besichtigt, das Lärmen der Kinder, das Schreien der Babys angehört hatte, war ich dankbar genug, als ich mich endlich in mein eigenes Zimmer und in meine gesegnete Ruhe zurückziehen konnte. Matty brachte mir mein Abendessen – das war ein Vorrecht, an dem ich festhielt – und wußte, wie das ihre Art war, eine Menge über die Dienstleute des Hauses zu erzählen, und wie sie von ihrer Herrschaft sprachen.

Jonathan, mein Schwager, war geachtet, gefürchtet, aber nicht sehr beliebt. Sie fühlten sich alle wohler, wenn er nicht daheim war. Man mußte ihm jeden Penny vorrechnen, und jeder Bedienstete, der irgend etwas vergeudete, wurde auf der Stelle entlassen. Mary, meine Schwester, war beliebter, obgleich auch sie als Tyrannin über die Vorratskammer zu herrschen schien. Die jungen Leute standen hoch in Gunst, besonders Alice, deren sanftes Gesicht und Wesen den Teufel selbst bestrickt hätten, dagegen gab es viel Kopfschütteln über ihren schönen Gatten, Peter, der ein scharfes Auge auf wohlgeformte Beine warf, wie Matty das ausdrückte, und gern bereit war, ein Küchenmädchen um die Taille zu fassen, wenn sich eine Gelegenheit bot. Das konnte ich wohl glauben, denn ich hatte ihm oft genug ein Kissen an den Kopf geworfen, wenn er sich Freiheiten herausnahm.

«Master John und Miß Joan sind auch beliebt», sagte Matty, «aber Master John soll mehr seinem Vater nachschlagen.»

Ihre Worte brachten mir meine Frage vom Nachmittag in Erinnerung; was sie von dem Raum neben dem meinen wisse, wollte ich hören.

«Es ist eine Art Speicher, sagt man», antwortete sie. «Mr. Rashleigh hat den Schlüssel, und er schließt dort Wertgegenstände ein.»

Meine Neugier wurde wach, und ich bat sie, einen Spalt in der Tür zu suchen. Sie legte das Auge an das Schlüsselloch, sah aber nichts. Ich reichte ihr eine Schere, wir kicherten dazu wie Backfische, und nun kratzte sie zehn Minuten lang an dem Holz, bis sie einen Spalt gebohrt hatte, groß genug, um mit einem Auge hindurchzuschauen.

Sie kniete eine Weile davor und wandte sich dann enttäuscht um.

«Es ist nichts da», sagte sie. «Es ist ein gewöhnliches Zimmer, ungefähr wie dieses hier, mit einem Bett in einer Ecke und Behängen an den Wänden.»

Ich war tief enttäuscht, denn auf meine albern romantische Art hatte ich mir einen Haufen Schätze vorgestellt. Ich hieß sie, ein Bild vor den Spalt zu hängen, und wandte mich meinem Abendessen zu. Doch später, als Joan sich bei Sonnenuntergang zu mir setzte und die Schatten zu fallen begannen, sagte sie plötzlich mit einem Schauder:

«Weißt du, Honor, ich habe einmal, als John das Fieber hatte, in diesem Zimmer hier geschlafen, und es war mir nicht sehr wohl dabei.»

«Warum denn nicht?» fragte ich und trank einen Schluck Wein.

«Ich glaubte im Nebenzimmer Schritte zu hören.»

Ich warf einen Blick nach dem Bild vor dem Spalt, aber er war gut verborgen. «Was für Schritte?» fragte ich.

Sie schüttelte verstört den Kopf. «Gedämpfte Schritte», sagte sie, «von jemandem, der in Pantoffeln geht, um nicht gehört zu werden.»

«Wie lange ist das her?»

«Während des Winters», sagte sie. «Aber ich habe es niemandem erzählt.»

«Vielleicht eine Magd», meinte ich, «die dort zu tun hatte.»

«Nein», sagte sie. «Keiner der Dienstleute hat einen Schlüssel – keiner, außer meinem Schwiegervater, und er war damals nicht zu Hause.» Sie wartete einen Augenblick, und dann sagte sie mit einem Blick über ihre Schulter: «Ich glaube, daß es ein Geist war.»

«Warum sollte es in Menabilly einen Geist geben?» antwortete ich. «Das Haus ist ja noch keine fünfzig Jahre alt.»

«Aber es sind Menschen hier gestorben», sagte sie. «Johns alter Großvater und sein Onkel John.» Sie sah mich aus ihren glänzenden Augen an, und da ich meine Joan kannte, wußte ich, daß noch mehr kommen würde.

«Du hast also auch von dem Giftmärchen gehört», sagte ich aufs Geratewohl. – «Aber ich glaube nicht daran», erklärte sie. «Das wäre schrecklich! Er ist ein viel zu guter, edler Mann. Und doch denke ich, daß es ein Geist war, was ich gehört habe; der Geist des älteren Bruders, der Onkel John genannt wurde.»

«Warum sollte er in Pantoffeln in diesem Zimmer spazieren?» fragte ich.

Sie antwortete nicht gleich, dann aber flüsterte sie schuldbewußt: «Man spricht nie davon, John hat mich schwören lassen, daß ich nichts davon sage, aber er war verrückt, hoffnungslos wahnsinnig, und sie pflegten ihn in diesem Zimmer eingesperrt zu halten.»

Das war eine Geschichte, von der ich nie gehört hatte. Ich fand sie schrecklich. – «Bist du sicher?» fragte ich.

«O ja!» erwiderte sie. «Es steht etwas darüber im Testament des alten Mr. Rashleigh. John erzählte mir das. Vor seinem Tod nahm der alte Mr. Rashleigh meinem Schwiegervater das Versprechen ab, für den älteren Bruder zu sorgen, ihm Speise und Trank und Unterkunft in diesem Haus zu gewähren. Man sagt, dieses Zimmer sei für ihn bestimmt und auf ganz besondere Art gebaut worden. Genaueres weiß ich nicht. Und dann starb er ganz plötzlich an den Pocken. John und Alice und Elizabeth erinnern sich nicht mehr daran – sie waren ja noch kleine Kinder.»

«Was für eine peinliche Geschichte», sagte ich. «Schenk mir noch ein Glas Wein ein, und dann wollen wir das alles vergessen.»

Nach einer Weile ging sie, und Matty kam und zog die Vorhänge zu. An jenem Abend kamen keine Besuche mehr. Doch als die Schatten wuchsen und die Eulen draußen zu kreischen begannen, merkte ich, wie meine Gedanken zu dem wahnsinnigen Onkel John zurückfanden, der seit dem Bau des Hauses Jahr für Jahr in diesem Zimmer eingesperrt gewesen war, ein Gefangener seines Geistes, wie ich eine Gefangene meines Körpers war.

Doch am nächsten Morgen hörte ich Neuigkeiten, die mich für eine Weile die Geschichte von den nächtlichen Schritten vergessen ließen.

Achtes Kapitel

Da der Tag schön war, wagte ich mich nochmals mit meinem Stuhl auf den Weg in jenen zweiten Garten hinaus und kehrte um Mittag nach Hause zurück, wo ich einen Boten fand, der während meiner Abwesenheit nach Menabilly gekommen war und Briefe von Plymouth und von anderen Orten für die Hausbewohner gebracht hatte, die sich jetzt in der Galerie versammelten und über die neuesten Kriegsnachrichten sprachen. Alice saß an einem der langen Fenster, die nach dem Garten blickten, und las laut einen Brief Peters.

«Sir John Digby ist verwundet worden», sagte sie, «und die Belagerung wird jetzt von einem andern Befehlshaber geleitet, der sie alle in strengster Zucht hält. Armer Peter – jetzt ist es vorbei mit den Falkenjagden und Soupers. Sie werden den Krieg ein wenig ernster nehmen müssen.» Sie wandte das vollgekritzelte Blatt um und schüttelte den Kopf.

«Und wer ist der neue Kommandant?» fragte John, der wieder einmal mit meinem Rollstuhl beschäftigt war. – «Sir Richard Grenvile», erwiderte Alice.

Mary war in diesem Augenblick nicht in der Galerie, und da sie als einziger Mensch in Menabilly von dem längst vergangenen und vergessenen Abenteuer wußte, war ich imstande, diesen Namen ohne die geringste Verlegenheit aussprechen zu hören. Denn es ist eine seltsame Wahrheit, daß wir uns nur dann unbehaglich fühlen, wenn andere unseretwegen in Verlegenheit geraten.

Aus einigen Worten, die Robin entschlüpft waren, hatte ich bereits entnommen, daß Richard nach dem Westen gekommen war, und zwar, soweit ich es verstanden habe, um Truppen für den König auszuheben; so bedeutete es denn eine Beförderung, wenn ihm jetzt das Kommando der Belagerungstruppen vor Plymouth anvertraut wurde. Er war natürlich schon durch die Art, wie er das Parlament gefoppt und sich dem König angeschlossen hatte, zu einer gewissen Berühmtheit gelangt.

«Und was», hörte ich mich fragen, «hält Peter von dem neuen Kommandanten?» – Alice faltete ihren Brief zusammen. «Als Soldaten bewundert er ihn», entgegnete sie, «aber als Mann scheint er keine hohe Meinung von ihm zu haben.»

«Ich habe gehört», sagte John, «er sei vollkommen skrupellos, und wenn man ihm einmal eine Kränkung zugefügt hat, so kann er sie niemals verzeihen oder vergessen.»

«Ich glaube», sagte Alice, «daß er in Irland große Grausamkeiten gegen das Volk begangen hat – wenn auch die Meinung vorherrscht, daß sie es reichlich verdient haben. Aber leider dürfte er ganz anders sein als sein Bruder.» – Es war ein eigentümliches Gefühl, zu hören, wie über den Mann, der mich einst an seine Brust gepreßt hatte, so ruhig und kühl gesprochen wurde.

In diesem Augenblick trat Will Sparke, gleichfalls mit einem Brief in der Hand, zu uns.

«Richard Grenvile kommandiert also die Truppen vor Plymouth», sagte er. «Ich habe die Nachricht von einem Verwandten, der bei dem Prinzen Maurice ist. Der Prinz hält anscheinend große Stücke auf seine militärischen Fähigkeiten – aber was ist er doch für ein Schuft!»

Ich begann innerlich zu sieden, meine alte Liebe und Treue drängte an die Oberfläche. – «Wir haben eben von ihm gesprochen», sagte John.

«Ihr habt vermutlich von seiner ersten Handlung im Westen gehört?» sagte Will Sparke, der sich, wie Menschen seiner Art immer, an gehässigem Klatsch erwärmte. «Ich habe es damals von meinem Vetter erfahren. Grenvile ritt geradewegs nach Fitzford, dem Landgut seiner Frau, warf die Leute der Lady hinaus, bemächtigte sich der Einrichtung, ließ den Verwalter in den Kerker schleppen und nahm all das Geld an sich, das die Pächter seiner Frau schuldeten.»

«Ich dachte», meinte Alice, «er sei von seiner Frau geschieden.»

«Wenn er geschieden ist», erwiderte Will, «dann hat er keinen Anspruch auf ihr Vermögen. Aber das ist echt Richard Grenvile.»

«Was mag aus den Kindern geworden sein?» fragte ich ruhig.

«Das kann ich Ihnen sagen», sagte Will. «Die Tochter ist mit der Mutter in London – ob sie Freunde bei der Parlamentspartei haben oder nicht, davon weiß ich nichts. Doch der Junge war mit seinem Hofmeister in Fitzford, als Grenvile sich des Hauses bemächtigte, und, wie berichtet wird, ist er jetzt bei seinem Vater. Der arme Junge soll in ständiger Angst leben, und dafür kann man ihn wahrhaftig nicht tadeln.»

«Seine Mutter hat ihn zweifellos dazu erzogen, seinen Vater zu hassen», sagte ich. – «Keine Frau», entgegnete Will, «die so behandelt wurde wie sie, die arme Lady, würde ihren Gatten in hellen Farben schildern.»

Die Logik sprach für ihn, wie immer für die Leute, die Schlechtes über Richard sagten, und ich bat John, mich in meine Wohnung hinaufzubringen. Doch der Tag, der so gut begonnen hatte, war trübe geworden, ich blieb auf meinem Bett liegen und befahl Matty, niemanden vorzulassen.

Fünfzehn Jahre lang war jene Honor tot und begraben gewesen, und jetzt kämpfte sie sich abermals bei der bloßen Erwähnung des Namens, der besser vergessen blieb, aus ihrer Gruft heraus. Richard in Deutschland, Richard in Irland war viel zu weit entrückt, um sich in meine täglichen Gedanken einzuschleichen. Wenn ich an ihn dachte oder von ihm träumte – und das geschah oft genug –, dann war er immer der Mann, der er damals gewesen war. Und jetzt mußte er in meine Gegenwart einbrechen, war nur dreißig Meilen weit von mir entfernt, es würde beständig von ihm die Rede sein – und nicht auf die freundlichste Art –, und ich wäre gezwungen zu dulden, daß sein Name befleckt und besudelt wurde, wie es Will Sparke heute schon getan hatte.

«Ihr wißt», hatte er noch gesagt, bevor ich fortgebracht wurde, «daß die Rundköpfe ihn ‹Skellum Grenvile› nennen und einen Preis auf seinen Kopf gesetzt haben. Der Spitzname paßt gut zu ihm, und selbst seine eigenen Soldaten nennen ihn hinter seinem Rücken so.»

«Und was bedeutet das?» fragte ich.

«Ach», sagte er, «ich glaubte, Sie seien eine Gelehrte, Miß Harris, und in den germanischen Sprachen so bewandert wie im Griechischen und Lateinischen.» Er machte eine Pause. «Es heißt ‹verruchte Bestie›», erklärte er.

Ach ja, ich hatte Grund genug, niedergeschlagen in meinem Bett zu liegen mit der Erinnerung an einen jungen Mann, der mir in den Zweigen eines Apfelbaumes zulächelte, während die Bienen die Blüten umsummten.

Fünfzehn Jahre – er war jetzt vierundvierzig, zehn Jahre älter als ich. «Matty», sagte ich, «bring mir einen Spiegel!»

Sie warf mir einen mißtrauischen Blick zu und rümpfte ihre lange Nase.

«Wozu brauchen Sie einen Spiegel?»

«Verdammt! Das ist meine Sache!» sagte ich.

Wir zankten beständig miteinander, sie und ich, aber das hatte nichts zu bedeuten. Sie brachte mir einen Spiegel, und ich betrachtete mein Äußeres, als wäre ich eine Fremde.

Da waren immer noch Augen, Nase und Mund ungefähr so, wie sie gewesen waren, aber mein Gesicht war jetzt voller als in meiner Mädchenzeit – vom langen Liegen, sagte ich mir. Unter den Augen gab es kleine Furchen, Furchen, die sich eingegraben hatten, als ich in Schmerzen lag. Auch hatte ich jetzt weniger Farbe als früher. Mein Haar war das schönste an mir, denn das war Mattys besonderer Stolz, und sie bürstete es stundenlang, um seinen Glanz zu erhalten. Mit einem Seufzer gab ich Matty den Spiegel zurück. – «Und was haben Sie darin gesehen?» fragte sie.

«In zehn Jahren bin ich eine alte Frau», sagte ich.

Sie schnupfte und fing an, meine Kleider über einen Stuhl zu legen.

«Ich will Ihnen was sagen», erklärte sie und zog die Unterlippe ein.

«Was denn?»

«Sie sind jetzt als Frau schöner, als Sie jemals als herausgeputztes, errötendes kleines Mädchen gewesen waren, und ich bin nicht die einzige, die das findet.»

Das war ermutigend, und ich sah sogleich einen langen Zug von Bewerbern vor mir, die sich auf der Treppe drängten, um mir ihre Aufwartung zu machen. Ein schöner Traum, aber wo, zum Teufel, waren sie?

«Du bist wie eine alte Henne», sagte ich zu Matty, «die ihr armseligstes Küken immer für das schönste hält. Geh zu Bett!»

So lag ich noch lange Zeit wach, dachte an Richard und fragte mich auch, was aus seinem kleinen Sohn geworden sein mochte, der jetzt wohl ein Bursche von vierzehn Jahren war. Konnte es wahr sein, daß der Junge, wie Will Sparke sagte, Furcht vor seinem Vater hatte? Wenn wir geheiratet hätten, Richard und ich, und dies wäre unser Sohn gewesen? Wären wir zu dritt auf die Jagd geritten, und hätte Richard ihn gelehrt, aufrecht im Sattel zu sitzen? Eitle, leere Phantasien, in Sentimentalität getaucht, wie die Butterblume an feuchten Morgen in Tau gebadet ist. Ich lag im Halbschlaf, im Traum befangen, als ich eine Bewegung im Nebenzimmer hörte. Ich hob den Kopf aus dem Kissen; es mochte wohl Matty im Ankleidezimmer sein. Doch nein, das Geräusch kam von der andern Seite her. Ich hielt den Atem an und wartete. Ja, da war es wieder. Ein leiser Schritt, der auf und ab stapfte. Blitzartig erinnerte ich mich an die Geschichte, die Joan mir von dem wahnsinnigen Onkel Rashleigh erzählt hatte, der hier Jahre hindurch gefangengehalten worden war. Konnte es wirklich sein Geist sein, der sich in das Dunkel eingestohlen hatte? Die

Nacht war pechschwarz, denn der Mond war im ersten Viertel, und kein Schimmer drang durch die Fenster zu mir. Die Uhr auf dem Turm schlug eins. Die Schritte setzten aus, wurden wieder hörbar, und zum erstenmal bemerkte ich auch einen kalten Luftzug, der zu mir heraufdrang.

Meine eigenen Fenster waren zu bis auf das eine nach dem inneren Hof, doch auch das war nur spaltbreit offen; überdies kam der Luftzug nicht aus dieser Richtung. Ich erinnerte mich jetzt, daß die geschlossene Tür ins Nebenzimmer nicht zum Boden reichte, sondern einen Spalt von etwa drei Zoll offen ließ, denn Matty hatte versucht, unter der Tür hindurchzuschauen, bevor sie das Loch mit der Schere gebohrt hatte.

Von dieser Tür her drang jetzt der Luftzug zu mir – und diesen Luftzug hatte es nie gegeben, dessen war ich sicher. Es war also in dem leeren Nebenzimmer irgend etwas geschehen, was diesen Luftzug erzeugte. Der unheimliche Schritt blieb hörbar, leise, gedämpft, und mit schweißbedecktem Gesicht dachte ich an die Gespenstergeschichten, die meine Brüder mir als Kind erzählt hatten.

Behutsam streckte ich die Hand nach dem Feuerzeug aus, das Matty in langer Gewohnheit neben meinem Bett liegengelassen hatte, und zündete meine Kerze an. Auch mein Stuhl war in Reichweite. Ich zog ihn ganz nahe, und mit einer Mühe, die auch jahrelange Übung nicht verringert hatte, hob ich mich hinein. Die Schritte hörten sogleich auf, also hatte ich recht, dachte ich triumphierend. Kein Geist würde sich um einen knarrenden Stuhl kümmern. Ich wartete etwa fünf Minuten, und dann mußte der Eindringling sich wieder beruhigt haben, denn ich hörte das schwache Geräusch einer Lade, die geöffnet wurde. Leise rollte ich mich durch das Zimmer. Wer es auch sein mag – dachte ich grimmig –, er ahnt nicht, daß auch ein Krüppel sich bewegen kann, wenn er nur einen erfindungsreichen Bruder hat. Ich erreichte die Tür und wartete abermals. Das Bild, das Matty über den Spalt gehängt hatte, war just in der Höhe meiner Augen. Ich blies meine Kerze aus und vertraute darauf, daß ich meinen Weg auch im Dunkeln finden würde, sobald meine Neugier einmal befriedigt war. Dann, ganz leise und mit angehaltenem Atem, hob ich das Bild von dem Nagel, und, das Gesicht zwischen den Händen, spähte ich mit einem Auge durch den Spalt. Das Zimmer lag in halber Dunkelheit, nur von einer Kerze auf einem Tisch erhellt. Ich konnte weder nach rechts noch nach links sehen, dazu war der Spalt zu schmal, aber der Tisch stand genau in meinem Blickfeld. Und an diesem Tisch saß, den

Rücken mir zugedreht, ein Mann. Er war gestiefelt und gespornt und trug einen Reitermantel über den Schultern. In der Hand hielt er eine Feder, und er schrieb auf einen langen weißen Streifen Papier, wobei er hin und wieder auf einem andern Bogen nachschaute, der vor ihm auf dem Tisch lag. Das war allerdings Fleisch und Blut und kein Gespenst; der Eindringling schrieb so ruhig, als sei er ein einfacher Abschreiber auf seinem Stuhl. Ich sah, wie er jetzt am Ende seines Streifens angelangt war, wie er ihn zusammenfaltete, zu einem Wandschrank trat und eine Lade mit demselben Geräusch öffnete, das ich vorher gehört hatte. Das Licht war trübe, wie ich schon erwähnt habe, und da er mir den Rücken zuwandte und einen Hut auf dem Kopf trug, vermochte ich nur wenig zu unterscheiden, außer daß sein Reitermantel dunkelrot war. Dann entfernte er sich aus meinem Blickfeld, nahm die Kerze und ging leise nach der Ecke des Zimmers. Von da an hörte ich nichts mehr, auch keine Schritte, und während ich verwirrt, das Auge an den Spalt gepreßt, wartete, wurde mir plötzlich bewußt, daß auch der Luftzug nicht mehr unter der Tür hindurchstrich. Und doch hatte ich kein Fenster schließen gehört. Ich beugte mich von meinem Stuhl hinunter und hielt meine Hand an den untern Rand der Tür, aber der Luftzug hatte aufgehört. Der Eindringling hatte also auf irgendeine mir unverständliche Art eine Öffnung geschlossen und war gleichzeitig verschwunden. Er hatte das Zimmer verlassen, wie er es betreten hatte, durch irgendeinen Eingang, der aber nicht die Tür war, die nach dem Gang führte. Ich hängte das Bild an den Nagel und rollte mich ungeschickt durch das Zimmer. Dabei stieß ich an einen Tisch und weckte Matty, die einen leichten Schlaf hatte.

«Haben Sie den Verstand verloren?» schalt sie. «In rabenschwarzer Nacht durch das Zimmer zu rollen!» Und sie hob mich wie ein Kind hoch und legte mich ins Bett.

«Ich hatte einen Alptraum», log ich, «und glaubte Schritte zu hören. Ist irgendwer im Hof draußen, Matty?»

Sie schob den Vorhang zur Seite. «Keine Seele», brummte sie.

«Du mußt mich gewiß für verrückt halten», antwortete ich, «geh aber doch einmal mit der Kerze auf den Gang hinaus und sieh zu, ob die Tür des Nebenzimmers versperrt ist.»

«Natürlich ist das verrückt», fuhr sie mich an. «Das kommt davon, wenn man an einem Freitagabend in den Spiegel schaut.» Sie war eine Minute später schon zurück. «Die Tür ist versperrt wie immer», sagte sie, «und wenn man nach dem Staub auf der Klinke schließen kann, so ist sie seit Monaten nicht mehr geöffnet worden.»

«Nein», sagte ich nachdenklich. «Genau das habe ich auch vermutet.»

Sie starrte mich an und schüttelte den Kopf.

«Ich sollte Ihnen doch wohl einen heißen Stärkungstrank brauen», sagte sie. – «Ich brauche keinen Stärkungstrank», antwortete ich.

«Es gibt nichts Besseres gegen schlechte Träume», meinte sie. Sie zog meine Bettücher zurecht und, nachdem sie noch eine Weile gebrummt hatte, verzog sie sich in ihr Zimmer. Doch mein Geist war viel zu beschäftigt, als daß ich so rasch Schlaf gefunden hätte. Ich versuchte mich an das Äußere des Hauses zu erinnern und was mir tags zuvor besonders aufgefallen war, als John mich auf meinem Stuhl zu dem Pförtnerhaus gerollt hatte. Es war vier Uhr morgens, als ich die Antwort fand. Menabilly war im Viereck um den Hof gebaut, in klaren, geraden Linien und ohne vorspringende Flügel. Doch an der Nordwestecke des Hauses sprang von der Außenmauer neben dem verschlossenen Fenster ein Pfeiler vor, der vom Dach bis zu den Pflastersteinen hinunterreichte.

Warum im Namen des Himmels hatte der alte John Rashleigh, als er im Jahre 1600 das Haus baute, an der Nordwestecke diesen Pfeiler errichten lassen? Und stand das in irgendeinem Zusammenhang mit der Tatsache, daß das Zimmer dahinter von Anfang an für seinen wahnsinnigen ältesten Sohn bestimmt war?

Manche Wahnsinnige sind harmlos, andere nicht. Doch selbst dem Schlimmsten, dem nur noch Vegetierenden muß man hin und wieder frische Luft und Bewegung gönnen; aber man würde ihn kaum durch die Gänge des Hauses selbst führen. Ich lächelte im stillen, denn nach drei ruhelosen Stunden hatte ich eine Ahnung, wie der Eindringling in das Zimmer neben mir gelangt war, ohne die verschlossene Tür im Gang zu benützen. Er war gekommen und gegangen, wie der arme Onkel John es ohne Zweifel ein halbes Jahrhundert vorher getan hatte – über eine geheime Treppe in dem Pfeiler. Warum er aber gekommen und was sein Anliegen war, das mußte ich noch entdecken.

Neuntes Kapitel

Am nächsten Morgen wurde das Wetter regnerisch, und ich mußte meine übliche Spazierfahrt unterlassen. Später aber drang die Sonne durch die niedrighängenden Wolken, und, in meinen Mantel gehüllt, sagte ich Matty, daß ich ins Freie wollte.

John Rashleigh war mit dem Verwalter Langdon, dessen Haus ich hinter dem Spielplatz bemerkt hatte, auf das Gut hinausgeritten. So fehlte mir mein treuer Begleiter. An seiner Stelle kam Joan, und es war mir ein leichtes, sie zu bewegen, mich zunächst durch den Torbogen nach dem äußern Hof zu rollen, wo ich scheinbar mit bewunderndem Blick zu meiner Wohnung im Pförtnerhaus hinaufschaute.

In Wirklichkeit aber beobachtete ich die Form des Pfeilers, der, wie ich schon sagte, an der ganzen Höhe des Hauses entlanglief, und unmittelbar dahinter war das geschlossene Fenster.

Die Breite des Pfeilers betrug meiner Schätzung nach etwas mehr als vier Fuß, und wenn er hinter einer falschen Steinfassade hohl war, so fand sich darin leicht Platz für eine Treppe. Einen Ausgang nach dem Hof gab es nicht – das war gewiß. Ich ließ mich von Joan an den Pfeiler heranrollen, angeblich, um die Flechte zu berühren, die sich seit fünfzig Jahren auf dem Stein gebildet hatte, und ich überzeugte mich davon, daß das Gemäuer des Pfeilers jedenfalls solid war. Wenn meine Annahme richtig war, dann mußte die Treppe in dem Pfeiler weiter hinunter, bis in die Fundamente des Hauses reichen, und ein Durchgang führte in einiger Entfernung ins Freie. Wir verließen den äußeren Hof, und im Tor stand Mrs. Langdon, die Frau des Verwalters, eine gemütliche, freundliche Frau, die mir vorgestellt wurde und mich dringend einlud, ein Glas Milch bei ihr zu trinken. Während sie verschwand, sahen wir uns in dem schmalen Raum um, und Joan wies lachend auf einen Schlüsselbund, der neben der Tür an einem Nagel hing. – «Der alte Langdon ist wie ein Kerkermeister», flüsterte sie. «Im allgemeinen trennt er sich niemals von diesem Bund, sondern hat ihn immer an seinem Gürtel baumeln. John sagt, er habe von jedem Schlüssel meines Schwiegervaters ein zweites Exemplar.»

«Ist er schon seit langer Zeit Verwalter hier?» fragte ich.

«O ja!» sagte Joan. «Er kam als junger Mensch her, als das Haus gebaut wurde. Es gibt in Menabilly keinen Winkel, den er nicht kennt.»

Dann würde ich wetten, dachte ich bei mir, daß er auch das Geheimnis des Pfeilers kennt, wenn es ein Geheimnis gibt. Joan, ebenso neugierig wie ich, musterte die Schlüsselschilder.

«Sommerhaus», las sie, und mit boshaftem Lächeln nahm sie den Schlüssel vom Bund und hielt ihn mir vor die Augen. «Du hast einmal den Wunsch ausgesprochen, in den Turm auf dem Weg drüben hineinzuschauen, nicht wahr?» neckte sie.

In diesem Augenblick kam Mrs. Langdon mit der Milch, und aus Angst vor einer Entdeckung versteckte Joan, wie ein schuldbewußtes Kind feuerrot, den Schlüssel in ihrem Kleid. Wir schwatzten eine Weile, während ich hastig meine Milch trank und Joan unschuldig nach der Decke blickte. Dann nahmen wir Abschied von der guten Frau und wandten uns durch das Tor in der hohen Mauer in die Gärten.

«Jetzt bist du in der Patsche», sagte ich. «Wie wirst du den Schlüssel zurückbringen?» – Joan lachte leise.

«Ich werde ihn John geben», sagte sie. «Er muß irgendein Märchen erfinden, um den alten Langdon zufriedenzustellen. Aber da wir nun einmal den Schlüssel haben, wäre es doch ein Jammer, wenn wir ihn nicht benützen würden, Honor!»

Sie war eine Kameradin nach meinem Sinn und ein gutes Patenkind.

«Ich verspreche nichts», sagte ich. «Roll mich hinauf, und wir werden sehen, woher der Wind bläst.»

Wir durchquerten die Gärten, kamen am Haus vorbei und winkten Alice zu, die am Fenster ihres Zimmers oberhalb der Galerie stand. Auch Temperance Sawle bekam ich zu Gesicht, die wie eine Hexe aus der Seitentür spähte und offenbar Lust hatte, sich uns trotz des feuchten Bodens anzuschließen. «Ich bin in meinem Rollstuhl in Sicherheit!» rief ich ihr zu. «Die Wege sind klatschnaß, und über dem Gribben steigen wieder Wolken auf.»

Sie fuhr wie ein Kaninchen in ihren Bau, und ich sah, wie sie jetzt in die Galerie ging, während Joan ihr Lachen unterdrücken mußte, als sie mich durch das Tor auf den Mauerweg schob.

Erst als wir etwa zehn Fuß über dem Boden waren, wurde die schöne Aussicht über das Meer sichtbar, denn unten verdeckte der ansteigende Grund alles. Darum lag auch Menabilly, obwohl auf einem Hügel, dennoch in einer Mulde, und ich sprach darüber zu Joan, während sie mich nach dem Sommerhaus am äußersten Ende des Weges rollte.

«Ja», sagte sie, «John hat mir erklärt, daß das Haus so gebaut wurde, damit es vom Meer aus nicht gesehen werden kann. Der alte Rashleigh lebte in großer Angst vor Piraten. Aber um die Wahrheit zu sagen, war er selber nicht gar so weit von der Piraterie entfernt, und in der alten Zeit, da er noch am Leben war, wurden Ballen Seide und Silberbarren hier irgendwo im Haus versteckt, die den Franzosen geraubt und auf seinen eigenen Schiffen hierhergebracht worden waren, die bei Pridmouth landeten.» – In diesem Fall, dachte ich, hätte ein Gang, der nur ihm und vielleicht seinem Verwalter bekannt war, sich als sehr vorteilhaft erwiesen.

Doch wir hatten das Sommerhäuschen erreicht, und Joan, die vorher einen vorsichtigen Blick über die Schulter rückwärts geworfen hatte, zog jetzt den Schlüssel hervor und drehte ihn im Schloß.

«Ich muß dir gestehen», sagte sie, «daß nicht viel zu sehen ist. Ich bin ein- oder zweimal mit meinem Schwiegervater da gewesen, und es ist nichts als ein muffiges Loch, rundherum Regale mit Büchern und Papieren, aber von den Fenstern hat man eine schöne Aussicht.»

Sie rollte mich durch die Tür, und ich sah mich um. In meiner kindischen Art hegte ich halb und halb die Hoffnung, irgendwelche Spuren von Seeräuberei zu entdecken. Doch alles war in Ordnung. An den Wänden des Sommerhäuschens reihten sich Bücher, und von den Fenstern hatte man einen schönen Blick über den ganzen Streifen von der Bucht bis zum Gribben, und ostwärts sah man die steile Küstenstraße, die nach Fowey führte. Jeder, der sich, zu Pferd oder zu Fuß, Menabilly von Osten her näherte, konnte von einem Wächter an dem Fenster beobachtet werden, ebenso wie jedes Schiff, das in der Nähe der Küste segelte. Der alte Mr. Rashleigh hatte sich als sehr pfiffiger Bauherr erwiesen.

Der Fliesenboden war mit Teppichen bedeckt, bis auf eine Ecke, wo vor dem Schreibtisch meines Schwagers ein Stück einer schweren Matte lag. Es paßte zu seinem Charakter, daß die Papiere auf seinem Tisch sauber geordnet waren. Joan ließ mich unter den Büchern stöbern, während sie draußen Wache hielt. Es war nicht viel da, was mein Interesse erregt hätte. Gesetzbücher, trocken wie Staub, Rechnungsbücher und viele Bände, bezeichnet als «Grafschaftsangelegenheiten», wahrscheinlich aus der Zeit, als Jonathan Sheriff des Herzogtums Cornwall war. Auf einem der unteren Regale neben dem

Schreibtisch lagen Bände: «Mein Stadthaus» und ein anderer «Menabilly», und neben diesen beiden hieß ein Band «Heiratsurkunden» und «Testamente». Er war ganz gewiß ein methodischer Mann. Der als «Testamente» bezeichnete Band lag mir zunächst und war seltsam verführerisch. Ich blickte über meine Schulter und sah durch das Fenster, daß Joan damit beschäftigt war, Blumen für die Kinder zu pflücken. Sie summte ein Lied dazu. Ich streckte die Hand aus und griff nach dem Band. Seite um Seite war er mit meines Schwagers peinlich sorgfältiger Hand gefüllt. Ich schlug die Eintragung auf, die betitelt war: «Mein Vater, John Rashleigh, geboren 1554, gestorben am 6. Mai 1624.» Ich wandte noch eine Seite um und kam zu dem Testament, das ich gesucht hatte. So hatte der alte John Rashleigh nicht gar zu knapp für seine Verwandten gesorgt! Nick Sawle hatte fünfzig Pfund erhalten, die Temperance ihm wahrscheinlich stibitzt hatte, und die Sparkes ebensoviel. Den Armen von Stowey waren zwanzig Pfund zugefallen. Es ist wirklich abscheulich, sagte ich mir selber, daß ich meine Nase derart in die Dinge stecke, die mich nichts angehen, aber ich las dennoch weiter. Aller Grundbesitz in Cornwall, sein Haus in Fowey, sein Haus in Menabilly und sein übriges Vermögen gehörten seinem zweiten Sohn Jonathan, dem Testamentsvollstrecker. Und dann kam am Ende ein Kodizill: «Dreißig Pfund jährlich aus den Einnahmen von Fowey zum Unterhalt meines ältesten Sohnes John, die nach dem Tode meines zweiten Sohnes Jonathan auszuzahlen sind, der bei seinen Lebzeiten für ihn zu sorgen, ihm Unterkunft, Speise und Trank und Kleidung zu gewähren hat.» – In diesem Augenblick sah ich Joans Schatten am Fenster vorbeihuschen, und mit rascher, schuldbewußter Bewegung schloß ich das Buch und stellte es auf seinen Platz zurück.

Nun war an der Geisteskrankheit des armen Onkel John kein Zweifel mehr möglich. Ich drehte meinen Stuhl vom Schreibtisch weg, und als ich das tat, begegnete das rechte Rad irgendeinem Widerstand auf dem Boden unterhalb der schweren Matte. Ich beugte mich hinunter, um das Rad wieder freizumachen, und schlug bei dieser Gelegenheit den Rand der Matte um. Und da sah ich, daß das Hindernis ein Ring in einer Bodenfliese war, der wohl flach lag und selbst einem Schritt möglicherweise unbemerkt geblieben wäre, immerhin aber das leichte Rad hemmen konnte.

Ich beugte mich aus meinem Stuhl so weit ich nur konnte, packte den Ring mit beiden Händen und vermochte den Stein drei Zoll hoch zu heben, bevor sein Gewicht mich zwang, ihn fallen zu lassen.

Dennoch hatte ich bereits die Kante der obersten Stufe einer Treppe bemerkt, die ins Dunkel hinabführte. Ich hatte die Matte eben in Ordnung gebracht, als mein Patenkind eintrat.

«Nun, Honor», sagte sie, «hast du alles gesehen, was du sehen wolltest?»

«Das glaube ich wohl», erwiderte ich, und kurz darauf hatte sie die Tür geschlossen, den Schlüssel umgedreht, und wir rollten den Weg hinunter. Sie schwatzte über dies und das, aber ich hörte kaum zu, denn meine Gedanken waren von dieser letzten Entdeckung erfüllt. Es war ziemlich sicher, daß unter dieser Fliese im Sommerhaus sich ein Gewölbe oder ein Gang befand, und daß eine Matte darüber gelegt war, bewies, ebenso wie die Stellung des Schreibtischs, daß dies ein Geheimnis sein sollte. An dem Ring war kein Rost, und die Leichtigkeit, mit der ich, hilflos an meinen Stuhl gefesselt, den Stein einige Zoll hochheben konnte, zeigte, daß es sich hier nicht um ein spinnwebbedecktes, längst vergessenes Versteck handelte. Die Fliese war sichtlich häufig und erst in letzter Zeit gehoben worden. Ich sah über die Schulter hinunter auf den Pfad nach dem Strand, nach der Bucht von Pridmouth, wie Joan sie genannt hatte. Es war ein schmaler, steiler Weg zwischen Bäumen, und ich stellte mir vor, wie leicht es für ein Schiff, das im tiefen Wasser vor Anker lag, sein müsse, ein Boot mit einem halben Dutzend Mann an den Strand zu schicken, die den Pfad erklimmen konnten bis zu der Stelle, wo er unterhalb des Sommerhauses endete, und wie leicht für jemanden, der am Fenster des Sommerhauses wachte, den Leuten die Lasten abzunehmen, die sie auf dem Rücken aufwärts trugen. Hatte der alte John Rashleigh das vorausgesehen, als er seinen Turm baute, und hatten die Ballen Seide und die Silberbarren vor etlichen vierzig Jahren hier unten aufgespeichert gelegen? Das klang sehr wahrscheinlich, ob aber die Treppe unter der Fliese in irgendeinem Zusammenhang mit dem verdächtigen Pfeiler stand, war schwer zu sagen. Nur eines war sicher: Es gab einen geheimen Weg nach Menabilly durch das Zimmer neben dem meinen, und irgend jemand hatte in der vergangenen Nacht den Weg benützt, denn ich hatte den Mann ja mit meinen eigenen Augen gesehen.

Wir waren am Ende des Weges und wollten eben durch das Tor in den ummauerten Garten, als Joans kleiner Sohn Jonathan, ein Kind von kaum drei Jahren, uns entgegenlief. «Onkel Peter ist gekommen!» rief er. «Und noch ein anderer Herr und viele Soldaten.»

Ich lächelte seiner Mutter zu. «Was habe ich dir gesagt? Kein Tag vergeht in Menabilly, ohne daß sich irgend etwas begeben würde.»

Es war mir gar nicht darum zu tun, mit großem Aufsehen an den langen Fenstern der Galerie vorüberzurollen, wo die Gesellschaft sich versammelt haben mochte, und so bat ich Joan, mich zum Haupteingang des Hauses zu rollen, der zu dieser Tageszeit meist unbenützt war, wenn niemand sich im Speisesaal aufhielt. Und war ich einmal im Haus, so konnte einer der Diener mich in mein Zimmer im Pförtnerhaus bringen, und später würde ich Peter kommen lassen, der immer mein Liebling gewesen war, und er könnte mir von Robin berichten. So rollte sie mich durch das Tor, während der kleine Jonathan vor uns her lief, und plötzlich hörten wir Lachen und Sprechen aus der Galerie. Das weite Tor nach dem inneren Hof stand offen, und wir konnten ein halbes Dutzend Soldaten erblicken, die ihre Pferde an dem Brunnen vor dem Turm tränkten. Es gab viel Lärmen und Stampfen, ein freundliches, lebendiges Geräusch, und ich sah, wie einer der Soldaten zu einem Dachfenster hinaufschaute und einem errötenden Küchenmädchen zuwinkte. Ich bemerkte, daß jeder Soldat auf der Schulter ein rotes Wappen mit drei goldenen Zinnen trug. Einen Augenblick lang glaubte ich, mein Herz würde aussetzen, und mich packte eine plötzliche Panik. «Such rasch einen Diener», sagte ich zu Joan. «Ich möchte sofort in mein Zimmer hinauf.»

Doch es war zu spät. Gerade als sie den kleinen Jonathan eilig in die Dienerschaftsräume schickte, kam Peter Courtney in die Halle, den Arm um Alice gelegt, und mit ihm zwei oder drei andere Offiziere.

«Ach, Honor!» rief er. «Ist das eine Freude! Da ich deine Gewohnheiten ja kenne, hatte ich gefürchtet, du würdest dich in deinem Zimmer verbergen und Matty würde vor der Tür Wache stehen. Meine Herren, ich stelle Ihnen Miß Honor Harris vor, die nicht das geringste Verlangen danach trägt, Ihre Bekanntschaft zu machen.»

Für diesen Mangel an Takt hätte ich ihn ermorden können, doch er war eines jener fröhlichen, leichtherzigen Geschöpfe, die Scherz und Possen lieben, aber nicht mehr Feingefühl besitzen als eine Hummel. Schon verbeugten seine Freunde sich vor mir und nannten ihre Namen, und Peter, der noch immer auf seine unbefangene, laute Art lachte und schwatzte, war schon dabei, meinen Stuhl durch die Galerie zu rollen. Alice, die all den Takt besaß, der ihm fehlte, hätte ihn gewiß aufgehalten, wäre es mir nur möglich gewesen, ihre Aufmerksamkeit auf mich zu ziehen, aber sie war zu glücklich darüber, daß er da war, und tat nichts als lächeln und sich an seinen Arm hängen. Die Galerie schien von Menschen überfüllt – Sawles und

Sparkes und Rashleighs, alle redeten so laut sie nur konnten, und am Ende der Galerie erblickte ich Mary im Gespräch mit einem Mann, dessen hoher Rücken und breite Schultern mir schmerzlich, fast beängstigend vertraut waren.

Marys besorgter, zerstreuter Ausdruck bewies mir, daß sie sich in diesem Augenblick fragte, ob ich von meiner Spazierfahrt zurückgekehrt sei, denn ich sah, wie sie in den Garten hinunterspähte. Dann aber fiel ihr Blick auf mich, ihre Stirn verzog sich auf eine Art, die ich wohl kannte, und sie begann hemmungslos zu reden. Ihr Mangel an Haltung gab mir die meine wieder. Was, zum Teufel, lag mir nach fünfzehn Jahren noch daran, sagte ich mir. Es war ganz überflüssig, bei solch einer Begegnung die Fassung zu verlieren. Gott weiß, daß ich hier, in Marys Haus in Menabilly, in einem überfüllten Raum Selbstbeherrschung genug besaß, um über der Situation zu stehen. Da murmelte sie eine hastige Entschuldigung, sie müsse für Erfrischungen sorgen, und dann flüchtete sie aus der Galerie, ohne mir auch nur einen Blick zuzuwerfen. Richard wandte sich um und sah mich. Und als er mich anschaute, war mir's, als ob mein ganzes Herz in meinem Innern in Bewegung geraten wäre und mir nicht mehr gehörte.

«Sir», sagte Peter, «ich habe die Ehre, Ihnen meine liebe Verwandte, Miß Honor Harris von Lanrest, vorzustellen.»

«Auch meine Verwandte», sagte Richard, und dann verbeugte er sich und küßte mir die Hand.

«So ist das also?» sagte Peter unsicher und sah von einem zum andern. «Vermutlich sind wir in Cornwall alle irgendwie miteinander verwandt. Erlauben Sie, daß ich Ihr Glas fülle, Sir. Honor, willst du mit uns trinken?»

«Gern», antwortete ich.

In Wahrheit erschien mir ein Glas Wein in dieser Minute als meine einzige Rettung. Während Peter die Gläser füllte, konnte ich den ersten längeren Blick auf Richard richten. Er war verändert. Das war unzweifelhaft. Er war viel breiter geworden, nicht nur der Körper, sondern auch Hals und Schultern. Sein Gesicht war massiger als damals. Er hatte etwas Wetterhartes an sich, das damals nicht dagewesen war, und Furchen unter den Augen. Schließlich waren fünfzehn Jahre vergangen.

Und dann wandte er sich zu mir, reichte mir mein Glas, und ich sah, daß durch sein rötlichbraunes Haar nur eine einzige weiße Strähne, hoch über der Schläfe, lief, und die Augen, die mich anblickten, waren ganz unverändert.

«Auf Ihr Glück und Ihre Gesundheit», sagte er ruhig, leerte das Glas und reichte es Peter gleichzeitig mit dem meinen, um beide nachfüllen zu lassen. Ich sah die Ader an seiner rechten Schläfe verräterisch pochen, und da erkannte ich, daß die Begegnung ihn genauso aufrührte wie mich.

«Ich wußte nicht», sagte er, «daß Sie in Menabilly sind.»

Ich sah, wie Peter ihn neugierig anstarrte; es mochte das erstemal sein, daß er an seinem Kommandanten ein Zeichen von Nervosität bemerkte. Die Hand, die das Glas hielt, zitterte leicht, und die Stimme, die sprach, war hart und seltsam abgehackt.

«Ich bin vor einigen Tagen von Lanrest hergekommen», erwiderte ich, und meine Stimme mochte ebenso seltsam verändert geklungen haben wie die seine. «Meine Brüder sagten, ich dürfe nicht allein bleiben, solange der Krieg dauert.»

«Da haben sie viel Verstand bewiesen», antwortete er. «Essex rückt beständig nach Westen. Es ist sehr wahrscheinlich, daß wir abermals Kämpfe auf diesem Ufer des Tamar erleben werden.»

In diesem Augenblick kamen Peters kleine Töchter auf ihn zugelaufen, kreischten vor Freude, als sie ihren Vater sahen, und Peter wurde im Nu, nach heiterer Bitte um Entschuldigung, in das Familienleben einbezogen, trug auf jeder Schulter ein Kind und ging triumphierend durch die Galerie. So blieben Richard und ich allein vor dem Fenster. Endlich sagte er leise, hart und abgehackt:

«Sie müssen entschuldigen, wenn ich nichts sage. Ich hatte nicht erwartet, Sie nach fünfzehn Jahren so verdammt unverändert wiederzufinden.»

Dieser Rückweg aus einer gleichgültigen Gegenwart in eine vertraute Vergangenheit war ein neuer Schlag, der ertragen werden mußte, aber ein seltsam erregender. «Warum verdammt?» fragte ich und beobachtete ihn über den Rand meines Glases hinweg.

«Ich hatte mich seit langem an ein ganz anderes Bild gewöhnt», sagte er. «Ich sah Sie als Krüppel vor mir, bleich und abgezehrt, eine Art von wesenlosem Schatten, umdrängt von Ärzten und Wärtern. Und statt dessen finde ich dies.» Er sah mir voll ins Gesicht; mit einer Offenheit und einem Mangel an Zurückhaltung, an die ich mich sehr gut zu erinnern wußte.

«Es tut mir leid», sagte ich, «daß ich Ihnen eine Enttäuschung bereite.»

«Sie mißverstehen mich», sagte er. «Ich habe nicht gesagt, daß ich enttäuscht bin. Ich bin einfach sprachlos.» Er leerte abermals sein

Glas und stellte es auf den Tisch. «Ich werde mich rasch erholen», fügte er hinzu. «Wo können wir miteinander sprechen?»

«Sprechen?» fragte ich. «Wir können doch wohl hier miteinander sprechen, wenn Sie es wünschen.»

«Mitten in diesem Durcheinander von schwatzenden Narren und schreienden Kindern? Nicht im Leben!» sagte er. «Haben Sie denn nicht Ihre eigenen Zimmer?»

«Gewiß», erwiderte ich mit einem leisen Versuch, Würde zu bewahren. «Aber man könnte es einigermaßen seltsam finden, wenn wir uns zurückziehen würden.»

«Früher waren Sie doch in solchen Dingen nicht so heikel!» sagte er.

Das war wie ein verbotener Schlag, und ich wußte keine Antwort darauf.

«Ich möchte Ihnen in Erinnerung bringen», sagte ich schwach, «daß wir einander fünfzehn Jahre lang fremd waren.»

«Glauben Sie, daß ich das einen Moment vergesse?»

Hier wurden wir von Peter Courtney unterbrochen, der mit einem vollen Krug herbeieilte. «Noch ein Glas Wein, Sir?» fragte er.

«Vielen Dank, nein, ich habe so viel getrunken, wie ich vertragen kann», sagte Richard. Ich bemerkte, daß die jungen Offiziere mit überraschendem Interesse die Familienporträts an den Wänden besichtigten. Will Sparke stand mit einigen andern Leuten in der Nähe des Kamins und starrte mit weit offenem Mund des Königs General an.

«Ein günstiger Tag, um Fliegen zu fangen, Sir», sagte Richard freundlich.

Joan unterdrückte rasch ein leises Lachen, als Richard sie ansah.

Will Sparke drängte sich vor. «Ich habe einen jungen Verwandten unter Ihrem Kommando», sagte er, «einen Fähnrich beim dreiundzwanzigsten Infanterieregiment.»

«Sehr leicht möglich», sagte Richard. «Ich spreche niemals mit Fähnrichen.» Er winkte John Rashleigh, der vor wenigen Minuten von seinem Ausritt zurückgekehrt war und jetzt schlammbespritzt und einigermaßen verblüfft über diese unerwartete Gesellschaft in der Tür der Galerie stand. «He, du da!» rief Richard. «Ruf doch noch einen andern Diener und tragt den Stuhl von Miß Harris in ihr Zimmer. Sie hat die Gesellschaft da unten satt.»

«Das ist John Rashleigh, Sir», flüsterte Peter ihm hastig zu. «Der Sohn des Hauses und, in seines Vaters Abwesenheit, Ihr Gastgeber.»

«Ach! Bitte um Entschuldigung», sagte Richard und trat lächelnd näher. «Aber da Ihr Anzug ein wenig unordentlich ist, habe ich Sie irrtümlich für einen Knecht gehalten. Meine jungen Offiziere verlieren ihren Rang, wenn sie so vor mir erscheinen. Wie geht es Ihrem Vater?»

«Ich glaube gut, Sir», stammelte John sehr nervös.

«Das freut mich außerordentlich», sagte Richard. «Wollen Sie ihm das bestellen, sobald Sie ihn sehen. Und sagen Sie ihm auch, daß ich jetzt, da ich im Westen bin, beabsichtige, häufiger hierherzukommen, wenn die Kriegslage es erlaubt.» – «Ja, Sir.»

«Sie haben wohl Raum für meine Offiziere und draußen im Park auch für eine Anzahl meiner Leute, wenn wir irgendeinmal biwakieren müßten.»

«Ja, natürlich, Sir.»

«Ausgezeichnet. Und jetzt wünsche ich bei Miß Harris zu speisen, die eine nahe Verwandte von mir ist, was Sie vielleicht nicht gewußt haben. Wie wird dieser Stuhl befördert?»

«Wir tragen ihn, Sir – es ist ganz einfach.» John nickte Peter zu, der, für seine Verhältnisse erstaunlich beflissen, herbeieilte, und jeder ergriff eine Armlehne meines Stuhls.

«Es wäre leichter», meinte Richard, «wenn man die Dame aus dem Stuhl heben und separat hinauftragen würde.» Und bevor ich noch protestieren konnte, hatte er schon die Arme um mich gelegt und mich aus dem Stuhl gehoben. «Vorwärts, meine Herren!» kommandierte Richard.

Der seltsame Aufzug bewegte sich die Treppe hinauf. «Ich habe mich vorhin doch geirrt», sagte Richard mir ins Ohr. «Sie sind nicht mehr dieselbe.»

«In welcher Beziehung?» fragte ich.

«Sie sind um zwanzig Pfund schwerer geworden», antwortete er.

Und so kamen wir in mein Zimmer im Pförtnerhaus.

Zehntes Kapitel

An dieses Abendessen kann ich mich erinnern, als wäre es gestern gewesen. Ich lag auf meinem Bett, hinter mir die Kissen aufgeschichtet, und Richard saß am Fußende des Bettes, und vor uns beiden stand der niedrige Tisch.

Es hätte ein einziger Tag seit unserer Trennung vergangen sein können, nicht aber fünfzehn Jahre. Als Matty mit den Schüsseln eintrat, die Lippen schmollend vorgeschoben – denn sie hatte niemals begriffen, wie wir auseinandergekommen waren, sondern glaubte, er habe mich meines Unglücks wegen im Stich gelassen –, da brach Richard in ein Gelächter aus, nannte sie «alte Kupplerin», wie er sie schon in jenen fernen Tagen scherzend genannt hatte, und fragte sie, wie viele Herzen sie seit damals gebrochen habe. Sie wollte ihm schnippisch antworten, aber das war zwecklos. Davon wollte er nichts hören, er nahm ihr die Schüsseln ab, stellte sie auf den Tisch, und bald war Matty heftig errötet, aber dennoch ausgesöhnt, während er Scherze über ihre üppiger gewordene Gestalt und die gekräuselte Locke auf ihrer Stirn machte.

«Im Hof sind ein halbes Dutzend Soldaten», sagte er zu ihr, «die nur darauf warten, Ihre Bekanntschaft zu machen. Gehen Sie hin und zeigen Sie ihnen, daß die Frauen von Cornwall besser sind als die Schlampen in Devon.» Und als sie ging, schloß er die Tür hinter ihr und meinte, daß ich ihrer Dienste wohl nach fünfzehn Jahren zum erstenmal nicht bedürfte. Jetzt machte er sich ans Essen, denn er war immer bei gutem Appetit gewesen, und bald hatte er alle Schüsseln geleert, die vor uns standen, während ich, immer noch unter dem ersten Schock unserer Begegnung, an dem Knochen eines Huhns herumkaute. Bevor er noch fertig war, begann er im Zimmer auf und ab zu gehen, eine Gewohnheit, an die ich mich gut erinnern konnte, einen großen Knochen in der einen und ein Stück Pastete in der andern Hand, und sprach währenddessen beständig von den Befestigungen von Plymouth. Sein Vorgänger hatte ruhig zugesehen, wie sie immer stärker wurden, statt sie gleich zu Beginn der Belagerung zu rasieren.

«Sie würden es kaum glauben, Honor», sagte er, «aber da hat dieser dicke Idiot von Digby neun Monate vor den Wällen auf seinem Arsch gesessen, die Garnison durfte aus und ein gehen, wie es ihr beliebte, Proviant und Feuerholz holen und Barrikaden bauen, während er mit seinen Offizieren Karten spielte. Gott sei Dank, daß die Kugel in seinem Kopf ihn ein oder zwei Monate ans Bett fesselt und ich an seiner Stelle die Belagerung leiten kann.» – «Und was haben Sie vor?» fragte ich.

«Meine ersten zwei Aufgaben sind sehr einfach», erwiderte er, «und hätten im Oktober erledigt sein sollen. Ich habe am Mount Batten neue Schanzen aufwerfen lassen, und die Geschütze, die ich dort in Stellung gebracht habe, behindern die Schiffe mit dem Nachschub beim Passieren des Sunds derart, daß die Garnison knapp wird. Zweitens habe ich ihnen das Wasser abgeschnitten, und die Mühlen in der Stadt können kein Mehl mehr für die Bewohner mahlen. Wenn ich einen oder zwei Monate Zeit habe, dann sind sie ausgehungert.» Er steckte ein großes Stück Pastete in den Mund und winkte mir zu.

«Und ist die Blockade auf dem Festland jetzt wirksam?» fragte ich.

«Sie wäre es, wenn ich Zeit gehabt hätte, sie zu organisieren», antwortete er. «Das Unglück ist, daß ich bei meiner Ankunft feststellen mußte, daß die meisten Offiziere unter meinem Kommando schlimmer als unverwendbar waren. Mehr als die Hälfte habe ich bereits fortgejagt. In Saltash habe ich einen tüchtigen Burschen, der die Rebellen nach Plymouth zurückgetrieben hat, als sie vor einer oder zwei Wochen einen Ausbruchsversuch unternahmen, ein scharfes Treffen, bei dem mein Neffe Jack – Bevils ältester Junge, Sie erinnern sich wohl – sich sehr gut gehalten hat. Vorige Woche haben wir überraschend einen ihrer Vorposten bei Maudlyn überfallen. Wir haben sie dort aus ihren Stellungen gedrängt und etwa hundert Gefangene gemacht. Ich glaube fast, daß die Herren in Plymouth nicht mehr ganz ruhig in ihren Betten schlafen.»

«Gefangene müssen doch ein schweres Problem sein», meinte ich. «Es ist ja schon schwer genug, die Ernährung für unsere eigenen Leute im Land aufzutreiben. Sie müssen sie wohl durchfüttern, nicht?»

«Zur Hölle mit dem Füttern!» entgegnete er. «Ich schicke die Bande nach Lydford Castle, wo sie ohne weiteres Verfahren wegen Hochverrats gehängt werden.» Er warf den Schenkelknochen zum Fenster hinaus und riß den zweiten ab.

«Ja, aber Richard», sagte ich zaudernd, «das ist doch kaum eine Justiz! Ich meine – sie kämpfen doch nur für das, was sie eben für die bessere Sache halten.»

«Ich pfeife auf die Justiz», erwiderte er. «Die Methode ist wirksam, und nur darauf kommt es an.»

«Man hat mir gesagt, das Parlament habe einen Preis auf Ihren Kopf gesetzt», sagte ich. «Und daß Sie bei den Rebellen sehr gehaßt und gefürchtet seien.»

«Was sollen sie anderes tun? Meinen Hintern küssen?» fragte er. Er lächelte und setzte sich neben mich auf das Bett.

«Der Krieg beschäftigt uns viel zu sehr; wollen wir nicht lieber von uns reden?» fragte er. Weil ich das vermeiden wollte, hatte ich gehofft, er würde weiter von der Belagerung von Plymouth sprechen.

«Wo wohnen Sie derzeit?» parierte ich. «In Zelten auf den Feldern?»

«Was soll ich in einem Zelt», spottete er, «wenn die schönsten Häuser von Devon mir zur Verfügung stehen? Nein, nein, mein Hauptquartier ist in der Buckland Abbey, die mein Großvater vor einem halben Jahrhundert Francis Drake verkauft hatte, und ich will Ihnen nicht verschweigen, daß ich dort sehr gut lebe. Ich habe alle Schafe und Rinder des Gutes requiriert, und die Pächter zahlen mir ihren Zins, sonst werden sie gehängt. Sie nennen mich hinter meinem Rücken den ‹Rotfuchs›, und die Frauen sollen diesen Namen benützen, um die Kinder zu schrecken, wenn sie ungezogen sind. ‹Grenvile kommt. Der Rotfuchs wird euch holen.›»

Er lachte, als wäre das ein guter Scherz, aber ich beobachtete die Linie seiner Wange, die schwerer geworden war, und die Biegung seines Mundes, der sich an den Winkeln verengte.

«Nicht auf diese Art», sagte ich leise, «hat Ihr Bruder Bevil sich hier im Westen einen Ruf gemacht.»

«Nein», sagte er, «und ich habe auch keine Frau, wie Bevil sie hatte, noch ein Heim, das ich liebe, noch eine große Schar glücklicher Kinder.»

Seine Stimme war plötzlich rauh und seltsam bitter geworden. Ich wandte mich ab und legte mich in die Kissen zurück.

«Haben Sie Ihren Sohn in Buckland bei sich?» fragte ich ruhig.

«Meine Brut?» sagte er. «Ja, er ist irgendwo im Haus mit seinem Hofmeister.» – «Wie ist er denn?»

«Dick? Ach, ein armseliger kleiner Kerl mit traurigen Augen. Ich nenne ihn ‹Welpe›, und beim Abendessen singt er mir vor. Aber es ist kein Tropfen Grenvile in ihm – er ist wie ausgespuckt das Ebenbild seiner gottverdammten Mutter.»

Der Junge, mit dem wir gespielt, den wir gelehrt und geliebt hätten! Ich war mit einemmal traurig und bedrückt, weil sein Vater ihn mit solch gleichgültigem Schulterzucken von sich schob.

«Es ist von Anfang an schief mit Ihnen gegangen, Richard», sagte ich.

«Das kann man wohl sagen», antwortete er.

Es folgte ein langes Schweigen, denn wir hatten gefährlichen Grund berührt.

«Haben Sie nie versucht», fragte ich, «ein glückliches Leben zu führen?»

«Glück kam nicht in Frage», sagte er. «Das hat mich mit Ihnen verlassen – ein Umstand, den Sie nicht wahrhaben wollten.»

«Das tut mir leid», sagte ich. – «Mir auch», antwortete er.

Die Schatten krochen über den Boden. Bald würde Matty kommen und die Kerzen anzünden.

«Als Sie sich damals weigerten, mich zu empfangen», sagte er, «da wußte ich, daß nichts mehr wichtig war als das bloße Weiterleben. Sie haben die Geschichte meiner Heirat gehört, mit vielen Ausschmükkungen wahrscheinlich, aber im wesentlichen stimmt es.»

«Haben Sie ein wenig Neigung für sie gefühlt?»

«Nicht die geringste. Ich wollte ihr Geld haben, das war alles.»

«Und das haben Sie bekommen.»

«Damals nicht. Aber jetzt habe ich es. Und ihren Besitz und ihren Sohn, den ich in einer Stunde schwärzester Fühllosigkeit in die Welt gesetzt habe. Das Mädchen ist bei seiner Mutter in London. Wenn es mir nützlich sein kann, werde ich es auch eines Tages holen.»

«Sie sind sehr verschieden von dem Mann, den ich geliebt habe, Richard.»

«Wenn es so ist, dann wissen Sie auch, warum.»

Er trat an mein Bett und sah zu mir herunter.

«Hat dir niemand gesagt», fragte er, «daß du jetzt lieblicher bist als damals?» – Ich lächelte und dachte an Matty und den Spiegel.

«Ich glaube, daß Sie mir schmeicheln wollen», erwiderte ich, «oder ich habe jetzt, da ich müßig liege, mehr Zeit, mit Schminke und Puder zu spielen.»

Kein Zweifel, er hielt mich für kühl und abgeklärt und ahnte nicht, daß seine Stimme die verstaubten Jahre weit aufriß und verscheuchte.

«Es gibt keinen Teil von dir», sagte er, «an den ich mich nicht erinnere. Du hattest ein Muttermal über der Hüfte, das dich ganz unglücklich gemacht hatte. Du meintest, es sei häßlich, aber mir war es lieb. Du liegst hier», sagte er, «so eitel und selbstzufrieden und bist deiner jetzt, mit vierunddreißig Jahren, sehr sicher. Ich sage dir, Honor, ich schere mich keinen Deut um deine feine Lebensart.»

Und er kniete vor meinem Bett nieder, die Arme um mich gelegt, und die fünfzehn Jahre wehten mit dem Wind davon.

«Wird dir noch immer übel, wenn du Schwanenbraten ißt?» flüsterte er.

Er wischte die dummen, kindischen Tränen weg, die in meinen Augen brannten, lachte mich an und strich mir übers Haar.

«Mein törichter Liebling mit deinem gottverdammten Stolz», sagte er. «Verstehst du jetzt, daß du unser beider Leben vernichtet hast?»

«Ich wußte es schon damals», sagte ich.

«Ja warum, im Namen des Himmels, hast du es dann getan?»

«Hätte ich es nicht getan, dann hättest du mich bald ebenso gehaßt, wie du Mary Howard gehaßt hast.» – «Das ist eine Lüge, Honor.»

«Vielleicht. Aber was liegt daran? Es hat keinen Sinn, jetzt in der Vergangenheit zu wühlen.»

«Darin bin ich mit dir einig. Die Vergangenheit ist vorüber. Aber wir haben die Zukunft vor uns. Meine Heirat wurde nichtig erklärt; das weißt du vermutlich. Ich bin frei und kann wieder heiraten.»

«Dann tu es! Nimm noch eine Erbin!»

«Ich brauche jetzt keine Erbin mehr, da ich all die Güter in Devon zum Plündern habe. Ich bin ein begüterter Mann geworden, nach dem die Mädchen mit wohlgefälligen Augen blicken.»

«Du hast unter vielen die Wahl, die alle nach einem Mann aus sind.»

«Wahrscheinlich. Aber ich will nur eine, und das bist du.»

Ich legte meine Hände auf seine Schultern und sah ihn an. Das rötlichbraune Haar, die haselnußfarbenen Augen, die kleine Ader, die an der rechten Schläfe pochte. Er war nicht allein mit seinen Erinnerungen. Auch ich konnte mich erinnern und konnte ihn – wenn ich Lust und den nötigen Mangel an Scheu gehabt hätte – an einige Leberflecke mahnen, über die man ebensoviel reden mochte wie über das Mal auf meinem Rücken.

«Nein, Richard.» – «Warum nicht?»

«Weil ich nicht will, daß du mit einem Krüppel verheiratet bist.»

«Und du wirst deine Ansicht niemals ändern?»

«Niemals!» – «Und wenn ich dich mit Gewalt nach Buckland bringe?»

«Tu es, wenn du willst. Ich kann dich nicht hindern. Aber ich werde trotzdem ein Krüppel sein.» Ich lehnte mich in meine Kissen zurück; plötzlich war ich schwach und erschöpft. Es war nicht leicht zu ertragen gewesen, ihn zu sehen, all die Jahre auszulöschen. Sehr sanft hob er mich, glättete die Tücher, und als ich um ein Glas Wasser bat, reichte er es mir wortlos. Es war beinahe dunkel, und die Uhr auf dem Turm hatte schon vor langem acht geschlagen. Ich konnte vom Hof her das Klirren der Waffen und das Stampfen der Pferde hören. – «Ich muß nach Grampound reiten», sagte er.

«Ja», erwiderte ich.

Einen Augenblick lang schaute er in den Hof hinunter. Die Kerzen wurden jetzt überall im Haus angezündet. Die Westfenster der Galerie standen offen und entsandten einen Strahl von Licht in mein Zimmer. Man hörte Musik. Alice spielte ihre Laute, und Peter sang.

Noch einmal trat Richard zu mir und kniete vor dem Bett.

«Ich verstehe», sagte er, «was du mir mit solcher Mühe beibringen wolltest. Zwischen uns kann niemals sein, was einst gewesen ist. Ist es das?»

«Ja», sagte ich.

«Ich wußte es seit langem, aber es würde keinen Unterschied ausmachen.»

«Doch», sagte ich. «Sehr bald.»

Peter hatte eine junge, klare, heitere Stimme, und sein Lied war reinstes Glück. Ich dachte daran, wie Alice über ihre Laute hinüber nach ihm schauen würde. – «Ich werde dich immer lieben», sagte Richard, «und du wirst mich auch lieben. Wir können einander nicht mehr verlieren, seit ich dich jetzt wiedergefunden habe. Darf ich dich oft besuchen kommen, damit wir zusammen sein können?» – «So oft du willst», antwortete ich.

Von der Galerie hörte man lautes Beifallsklatschen und die Stimmen der Offiziere und der andern, die noch mehr hören wollten. Alice stimmte ein heiteres Lied auf ihrer Laute an, ein Soldatentrinklied, das derzeit viel gepfiffen wurde, und die andern bildeten den Chor.

«Hast du jetzt auch noch solche Schmerzen wie damals, als es geschehen ist?» fragte er. – «Manchmal», sagte ich, «wenn die Luft feucht ist. Matty nennt mich ihr Wetterglas.»

«Kann denn nichts dagegen getan werden?»

«Sie reibt mir Beine und Rücken mit einer Flüssigkeit ein, die die Ärzte ihr gegeben haben. Aber es nützt wenig. Die Knochen sind zerschlagen und verstümmelt und können nicht zusammenwachsen.»

«Willst du es mir zeigen, Honor?» – «Es ist kein schöner Anblick, Richard.»

«Ich habe in der Schlacht Schlimmeres gesehen.»

Ich schob die Decke zur Seite und ließ ihn die verkrümmten Gliedmaßen sehen, die er einst untadelig und wohlgestaltet gekannt hatte. So war er, von Matty und den Ärzten abgesehen, der einzige Mensch in der Welt, der mich so erblickt hatte. Ich legte die Hand vor die Augen, denn ich hatte kein Verlangen, sein Gesicht zu sehen.

«Das brauchst du nicht zu tun», sagte er. «Was du auch leiden magst, wirst du von heute an mit mir teilen.» Er bückte sich und küßte meine häßlich verkrümmten Beine, und nach einer Weile bedeckte er mich wieder mit der Decke. «Versprichst du mir», sagte er, «daß du mich nie wieder von dir fortschickst?» – «Das verspreche ich», sagte ich.

«Leb wohl denn, Liebling, und schlaf gut heute nacht!»

Er blieb noch einen Augenblick lang stehen, und seine Gestalt zeichnete sich klar gegen den Lichtstrahl aus den Fenstern gegenüber ab. Und dann wandte er sich um und ging hinunter. Jetzt hörte ich alle in den Hof hinauskommen und ihre Pferde besteigen; dann gab es noch Lachen und Abschiednehmen, und Richards Stimme übertönte die andern, als er jetzt zu John Rashleigh sagte, er würde wiederkommen. Plötzlich rief er seinen Leuten einen kurzen, scharfen Befehl zu, und sie ritten durch das Tor unterhalb des Pförtnerhauses, in dem ich lag.

Elftes Kapitel

Daß Richard Grenvile binnen weniger Stunden wieder zu einem Teil meines Lebens wurde, war eine geistige Erschütterung, die mich für zwei oder drei Tage aus dem Gleichgewicht brachte. Doch kaum war die erste Erregung vorbei und der Anreiz seiner Gegenwart an jenem Abend verblaßt, so kam die tiefe Ebbe der Reaktion. Es war alles zu spät. Daraus konnte nichts Gutes entstehen.

Obgleich seine leibliche Gegenwart, sein Wesen, seine Zärtlichkeit – mochte sie auch nur vorübergehend sein – genügt hatte, um die alte Liebe und die alte Sehnsucht noch einmal in mir zu erwecken, so sagte mir doch die kühle Kritik, daß er sich auf sehr ungünstige Art verändert hatte.

Fehler, die ich in der Jugend kaum wahrgenommen hatte, waren jetzt verzehnfacht da. Sein Stolz, seine Anmaßung, seine Verachtung der Ansichten jedes andern – das alles war viel betonter, als es je gewesen war. Seine Kenntnis in militärischen Dingen war gewiß beträchtlich, das glaube ich gern, aber es war zweifelhaft, ob er mit den andern Führern jemals harmonisch zu arbeiten imstande war, und sein Jähzorn flammte so rasch auf, daß er jeden royalistischen Führer bei den Ohren nehmen und am Ende Seine Majestät selbst beleidigen würde.

Seine erbarmungslose Haltung den Gefangenen gegenüber, die in Lydford Castle im Kerker schmachteten und ohne Verfahren gehängt wurden, bewies mir, daß jener Hang zur Grausamkeit, den ich stets an ihm gekannt hatte, in seiner Natur lag; und die verächtliche Abkehr von seinem kleinen Sohn, der durch die plötzliche Veränderung in seinem Dasein bestimmt ganz verstört sein mußte, verriet einen absichtsvollen Mangel an Verständnis, der beinahe niederträchtig genannt werden mußte. Leid und Verbitterung hatten ihn hart gemacht, das sah ich ein. Und ich war vielleicht schuld daran; ich mußte den Vorwurf hinnehmen.

So mitleidlos beurteilte ich ihn in jenen ersten Tagen nach unserer Begegnung und war nahe daran, ihm abermals zu schreiben, um jedes weitere Zusammentreffen zu vermeiden. Dann erinnerte ich mich, wie er vor meinem Bett gekniet und ich ihn meine furchtbare Entstellung hatte sehen lassen und wie er, zärtlicher als ein Vater, verständnisvoller als ein Bruder, mich geküßt und mir gute Nacht gewünscht hatte.

Wenn er für mich, eine Frau, so viel Sanftmut, so viel Verständnis aufbringen konnte, wie kam es dann, daß er andern, selbst seinem eigenen Sohn gegenüber, eine Haltung zeigte, die so stolz und grausam war?

Hier, in meinem Bett im Pförtnerhaus, fühlte ich mich völlig zerrissen. Die eine Erwägung trieb mich dazu, ihn nie wiederzusehen. Ihn seine Zukunft selbst gestalten zu lassen, wie ich es bisher getan hatte. Anderseits verlangte es mich, ihm von ganzem Herzen und rückhaltlos das bißchen Weisheit zu schenken, das ich gelernt hatte, all die Liebe, all das Verständnis, die ihm vielleicht doch in gewissem Ausmaß den Frieden zu bringen vermöchten.

Diese zweite Erwägung schien mir doch wirksamer als die erste, denn wenn ich ihn jetzt zurückwies, wie ich es damals getan hatte, so geschah es aus Feigheit, aus schleichender Furcht, wenn möglich noch schlimmer verwundet zu werden als vor fünfzehn Jahren.

Seltsam, wie all die Argumente, die man in der Einsamkeit seiner Kammer sichtet, prüft und durchdenkt, zunichte werden, sobald ihr Gegenstand nicht mehr weit entfernt, sondern in körperlicher Nähe ist. Und so war es mit Richard, denn als er auf dem Rückweg von Grampound nach Plymouth durch Menabilly kam, mich auf dem Mauerweg aufsuchte, mich in meinem Rollstuhl sah, wie ich nach dem Gribben hinausblickte, wie er mir mit all dem alten Feuer, der alten Liebe die Hand küßte – nebenher einen Wortschwall über das Thema entfesselte, daß jeder Mann aus Cornwall unfähig sei, bis auf jene, die unter seinem Befehl stünden –, da wußte ich, daß wir für alle Zeit aneinander gefesselt waren und ich ihn nicht mehr fortschicken konnte. Seine Fehler waren meine Fehler, seine Anmaßung meine Schuld, und so stand er, Richard Grenvile, da, wie mein Unglück ihn gemacht hatte.

«Ich kann nicht lange bleiben», sagte er. «Man hat mir aus Saltash berichtet, daß diese verdammten Rebellen in meiner Abwesenheit einen Ausfall unternommen haben, in Caswand gelandet sind und das Fort Inceworth besetzt halten. Die Wachen haben natürlich geschlafen, und wenn der Feind sie nicht erschossen hat, dann werde ich es tun. Ich werde meine Truppe schon säubern, bevor ich fertig bin.»

«Und keiner übrigbleibt, um für dich zu kämpfen, Richard», sagte ich.

«Ich hätte lieber Söldner aus Deutschland oder Frankreich mieten sollen, als mit diesen weichbäuchigen Narren zu kämpfen», erwiderte er. Und dann war er im Nu verschwunden und ließ mich halb glücklich, halb bestürzt zurück und mit einem Schmerz im Herzen, der von nun an auf alle Zeit ein Teil meines Lebens bleiben sollte; das wußte ich.

An jenem Abend kehrte mein Schwager Jonathan Rashleigh nach Menabilly zurück, nachdem er einige Zeit in Geschäften des Königs in Exeter verbrachte hatte. Er war über Fowey gekommen, wo er, so sagte er, die letzten Tage in seinem Haus am Quai geblieben war; es hatte viel Arbeit gegeben und einige Verluste bei seinen Schiffen, denn das Parlament beherrschte derzeit die See und kaperte jedes Schiff, das es entdecken konnte, und so war es für unbewaffnete Kauffahrer schwierig, sich hinauszuwagen.

Mit seiner Rückkehr machte sich ein gewisser Zwang im ganzen Hause fühlbar, der sogar mir in meinem Pförtnerhaus nicht entgehen konnte.

Die Dienerschaft war eifriger an ihrer Arbeit, aber nicht williger. Die Enkelkinder, die durch die Gänge tollten, wenn er nicht da war, wurden jetzt in ihre Zimmer eingesperrt. Die Stimmen in der Galerie klangen gedämpfter. Es war nicht zu verkennen, daß der Herr im Haus war. Alice, John und Joan fanden häufiger als vorher den Weg ins Pförtnerhaus, als ob es eine Freistatt wäre. John sah besorgt und bekümmert aus, und Joan flüsterte mir vertraulich zu, sein Vater sei mit seiner Leitung des Gutes unzufrieden und behaupte, er habe keinen Kopf für Zahlen.

Als Jonathan mich zum erstenmal besuchen kam, sprach er die Hoffnung aus, daß ich mich wohl fühlte, daß es mir an nichts fehlte und daß ich das Haus, nach der Stille von Lanrest, nicht zu unruhig fand.

«Hoffentlich schläfst du gut und ungestört?»

Bei dieser Frage war sein Benehmen irgendwie seltsam, ausweichend, und das war eigentümlich, denn er war sonst ein Mann von großer Selbstbeherrschung.

«Ich schlafe nicht tief», sagte ich. «Ein knarrendes Bett, ein Eulenschrei genügt, um mich zu wecken.»

«Das hatte ich gefürchtet», sagte er brüsk. «Es war töricht von Mary, dich in diesem Zimmer unterzubringen, das auf zwei Höfe geht. Du wärst viel besser an der Südseite des Hauses untergebracht. Hättest du Lust zu übersiedeln?» – «Nein, nein. Ich fühle mich hier sehr glücklich.»

Ich bemerkte, daß er das Bild an der Tür anstarrte, das den Spalt verdeckte, und ein- oder zweimal hatte ich den Eindruck, als wollte er eine Frage stellen, bringe es aber nicht über sich; und dann, nach einer gleichgültigen Konversation, nahm er Abschied.

In jener Nacht, zwischen zwölf und eins, setzte ich mich in meinem Bett auf, um einen Schluck Wasser zu trinken. Ich zündete die Kerze nicht an, denn das Glas war in meiner Reichweite. Doch als ich es auf den Tisch zurückstellte, wurde mir bewußt, daß unter der Tür des leeren Zimmers abermals ein kalter Luftzug durchwehte. Ich wartete reglos auf das Geräusch von Schritten, doch ich hörte nichts. Dann aber drang, schwach und zaudernd, ein leises Schaben an der Türfüllung zu mir, gerade von der Stelle her, wo ich das Bild aufgehängt hatte. Irgend jemand ging in Strümpfen durch das Nebenzimmer und griff jetzt nach der Tür.

Dieses Geräusch dauerte etwa fünf Minuten, bestimmt nicht länger, und hörte dann ebenso plötzlich auf, wie es gekommen war; abermals schwand der verräterische Luftzug, und alles war wie zuvor.

Ein schrecklicher Verdacht keimte in mir und wurde am Morgen zur Gewißheit. Als ich angekleidet in meinem Stuhl saß und Matty sich im Toilettenzimmer zu schaffen machte, rollte ich mich bis zur Tür und hob das Bild vom Nagel. Es war, wie ich gedacht hatte. Der Spalt war ausgefüllt worden. Da wußte ich, daß es eine Torheit von meiner Schwester gewesen war, mich im Pförtnerhaus unterzubringen, und daß ich den unbekannten Besucher störte, der sich nachts in das Nebenzimmer wagte.

Das Geheimnis gehörte Jonathan Rashleigh, und ich hatte nichts davon zu wissen. Er fürchtete meinen Späherblick und hatte mein Guckloch verschließen lassen.

Ich fragte mich, ob ich meine Besorgnisse Richard anvertrauen konnte, wenn er das nächste Mal kam; er in seiner rücksichtslosen Art würde wahrscheinlich sogleich den Befehl geben, den Pfeiler aufzubrechen, und damit Unglück über meinen Schwager und Gastgeber bringen.

Zum Glück löste das Problem sich für mich auf ganz andere Art, und das will ich jetzt erzählen. Man erinnert sich wohl, daß am Tag von Richards erstem Besuch mein Patenkind Joan unglückseligerweise den Schlüssel zu dem Sommerhaus vom Bund des Verwalters entwendet und mir erlaubt hatte, das Innere zu besichtigen. Die Aufregung über das Kommen und Gehen der Gäste hatte alle Gedanken an den Schlüssel aus ihrem kleinen zerstreuten Kopf verscheucht, und erst zwei Tage nach der Rückkehr meines Schwagers erinnerte sie sich an das Vorhandensein des Schlüssels.

Sie kam, den Schlüssel in der Hand und sehr verstört, zu mir, denn John sei, wie sie sagte, ohnehin irgendwelcher Nachlässigkeit wegen nicht sehr in Gunst bei seinem Vater, und da widerstrebe es ihr, ihm etwas vom Diebstahl des Schlüssels zu sagen, um den Zorn seines Vaters nicht noch mehr zu reizen. Und sie selbst habe nicht den Mut, den Schlüssel in Langdons Haus zurückzutragen und den törichten Zwischenfall zu gestehen. Was also sollte sie beginnen?

«Du meinst», sagte ich, «was ich beginnen soll? Denn du möchtest ja aller Verantwortung ledig sein, nicht wahr?»

«Du bist doch so klug, Honor», flehte sie, «und ich so dumm. Erlaube, daß ich dir den Schlüssel da lasse und die ganze Geschichte vergesse. Die kleine Mary hat Husten und der arme John einen Fieberanfall. Ich habe wirklich zu viel andere Sorgen.»

«Schön», antwortete ich. «Wir wollen sehen, was sich tun läßt.» Ich dachte daran, Matty ins Vertrauen zu ziehen und eine Geschichte zu erfinden. Matty sollte Mrs. Langdon aufsuchen und sagen, sie habe den Schlüssel auf einem Weg in der Fasanerie gefunden, was glaubhaft genug klang, und während ich diesen Plan überlegte, drehte ich den Schlüssel zwischen den Fingern. Er war mittelgroß, nicht größer als der Schlüssel meiner eigenen Tür. Ich verglich die beiden und entdeckte, daß sie einander sehr ähnlich waren. Plötzlich kam mir ein Gedanke, ich rollte meinen Stuhl in den Gang hinaus und horchte dann, ob irgendein Geräusch im Haus laut wurde.

Es war kurz vor neun Uhr, die Dienstleute beim Abendessen und die andern entweder in der Galerie oder schon in ihren Zimmern. Der Augenblick schien gut gewählt für ein recht gewagtes Spiel, das mir irgend etwas enthüllen konnte oder nicht. Ich rollte über den Gang und machte vor der Tür des versperrten Zimmers halt. Ich horchte abermals, aber nichts regte sich. Dann schob ich ganz leise den Schlüssel in das rostige Schloß. Er paßte; er drehte sich. Und die Tür öffnete sich mit leisem Knarren.

Sekundenlang war ich von dem Erfolg meines Einfalls derart verblüfft, daß ich nicht weiter wußte. Ich saß in meinem Stuhl und hatte keine Ahnung, was ich tun sollte. Doch daß zwischen diesem Zimmer und dem Sommerhaus eine Verbindung bestand, das war jetzt offenbar, denn der Schlüssel paßte auf beide Türen. Die Gelegenheit, das Zimmer zu besichtigen, mochte sich nur das eine Mal bieten, und trotz meiner Furcht war ich doch von krankhafter Neugier verzehrt.

Ich rollte den Stuhl in das Zimmer und zündete meine Kerze an, denn das Zimmer lag mit den verschlossenen Fensterläden natürlich im tiefen Dunkel. Nun sah ich mich um. Das Zimmer war recht einfach. Zwei Fenster, eines nach Norden, eines nach Westen, beide mit Eisenstangen versperrt.

In der Ecke ein Bett, sonst einige massive Möbel und der Tisch und der Stuhl, die ich bereits durch den Spalt gesehen hatte. Die Wände waren mit Gobelins behangen, ziemlich alten und stellenweise verschlissenen Stücken. Das Zimmer bedeutete tatsächlich eine Enttäuschung und hatte wenig Sehenswertes. Es roch modrig wie solche unbewohnten Räume stets. Ich stellte die Kerze auf den Tisch und rollte mich in die Ecke hinter dem Pfeiler. Auch hier hing ein Teppich vom Plafond herunter. Ich schob ihn weg und fand dahinter nichts als den nackten Stein. Ich ließ meine Hand über die Oberfläche gleiten, spürte aber nichts Verdächtiges. Die Wand fühlte sich glatt an. Doch es war dunkel, und ich konnte nichts erkennen, darum rollte ich zum Tisch zurück, um meine Kerze zu holen. Vorher lauschte ich an der Tür, um ganz sicher zu sein, daß die Dienstleute noch bei Tisch saßen.

Während ich horchte und einen Blick in den Gang warf, der im rechten Winkel abbog und unterhalb des Turms weiterging, spürte ich plötzlich einen kalten Lufthauch an meinem Hinterkopf.

Ich sah rasch über die Schulter und bemerkte, daß der Teppich an der Wand neben dem Pfeiler hin und her schwankte, als hätte eine Höhlung sich geöffnet, und während ich hinschaute, sah ich zu meinem Entsetzen eine Hand auftauchen, die den Teppich zur Seite schob. Es war keine Zeit mehr, in den Gang hinauszurollen oder auch nur die Hand nach dem Tisch auszustrecken und die Kerze auszublasen.

Jemand betrat, einen roten Reitermantel um die Schultern, den Raum und blieb einen Augenblick lang stehen; der Teppich war beiseite geschoben, und hinter ihm klaffte ein großes schwarzes Loch in der Wand. Er betrachtete mich sekundenlang und begann dann zu sprechen.

«Schließ die Tür leise, Honor», sagte er, «und laß die Kerze auf dem Tisch. Da du nun einmal hier bist, ist es wohl das beste, wenn wir uns aussprechen, um weitere Mißverständnisse zu vermeiden.»

Er ließ den Teppich hinter sich fallen, kam näher, und da erkannte ich, daß der Mann mein Schwager Jonathan Rashleigh war.

Zwölftes Kapitel

Ich fühlte mich wie ein Kind, das man bei irgendeiner Übeltat ertappt hat, und war ganz heiß vor Scham und Verlegenheit. Wenn er der Fremde im roten Mantel war, der in früher Morgenstunde in seinem eigenen Haus umging, dann war es nicht meine Sache, weiter zu forschen. Daß er mich so entdeckte, wie ich seinen Geheimnissen nachspürte, überdies noch im Besitz des Schlüssels, der nicht bloß diese Tür, sondern auch die des Sommerhauses schloß, das konnte er mir gewiß nie vergeben.

«Verzeih mir», sagte ich. «Ich habe sehr unrecht gehandelt.»

Er antwortete nicht gleich, sondern versicherte sich zuvor, daß die Türe geschlossen war. Dann zündete er noch einige Kerzen an, legte den Mantel ab und zog einen Stuhl an den Tisch. «Du warst es also, die das Loch in die Türfüllung gebohrt hat?» fragte er. «Vor deiner Ankunft in Menabilly war es noch nicht da.»

Seine ungeschminkte Frage bewies mir, welche Meinung er von meiner Spioniersucht haben mußte, und ich gestand, daß ich tatsächlich die Schuldige war. «Ich versuche nicht, mich zu verteidigen», sagte ich. «Ich weiß, daß ich kein Recht hatte, in deinem Haus Nachforschungen anzustellen. Aber es wurde etwas von einem Geist gemunkelt, sonst hätte ich es nicht getan. Und eines Nachts in der vergangenen Woche hörte ich Schritte.»

«Ja», sagte er, «ich hatte nicht erwartet, das Nebenzimmer bewohnt zu finden. Ich hörte dich und ahnte schon, was geschehen war. Wir sind ein wenig knapp an Raum, wie du ohne Zweifel selbst bemerkt hast, sonst hätte man dich nicht in dem Pförtnerhaus untergebracht.»

Er wartete eine Weile und sah mich scharf an.

«Du hast also erkannt, daß es einen geheimen Zugang zu diesem Zimmer geben müsse.»

«Ja.»

«Und heute abend bist du hier, weil du herausbringen wolltest, wohin er führt?» – «Ich wußte, daß er im Pfeiler sein mußte.»

«Wie bist du zu dem Schlüssel gekommen?»

Das war der heikle Punkt, und es blieb nichts anderes übrig, als ihm die ganze Geschichte zu erzählen, wobei ich die Schuld im wesentlichen auf mich nahm und von Joans Anteil an der Sache nur wenig sagte.

Ich erzählte ihm, daß ich das Sommerhaus besichtigen wollte und die Aussicht bewundert hatte – doch davon, daß ich die Nase in seine Bücher gesteckt, seines Vaters Testament gelesen, die Matte gehoben und den Ring in der Fliese gefunden hatte – nein, er hätte mich auf die Folter spannen können, ehe ich das gebeichtet hätte.

Er hörte schweigend zu, sah mich kalt an, und ich wußte, daß er mich für albern und zudringlich halten mußte. – «Und was denkst du jetzt, da du weißt, daß ich selbst der nächtliche Eindringling bin?» fragte er.

Auch das war heikel. Denn ich konnte mir eigentlich gar nichts vorstellen. Und den geheimen Verdacht, den ich tief in meiner Seele verbarg, wollte ich nicht aussprechen.

«Ich kann nichts sagen, Jonathan», erwiderte ich, «als daß du diesen Eingang für deine Zwecke verwendest, und daß deine Familie nichts davon weiß.»

Daraufhin schwieg er, musterte mich die ganze Zeit und sagte endlich: «John hat eine Ahnung, sonst aber niemand als mein Verwalter Langdon. Der Erfolg der Sache des Königs, die uns am Herzen liegt, würde schwer gefährdet werden, wenn die Wahrheit bekannt würde.»

Das überraschte mich. Ich vermochte nicht zu erkennen, inwiefern seine Familiengeheimnisse mit Seiner Majestät irgend etwas zu tun haben konnten. Aber ich sagte nichts.

«Da du nun schon etwas von der Wahrheit weißt», sagte er, «werde ich dir auch das übrige enthüllen, unter der Bedingung, daß du dein Wissen für dich behältst.»

Das versprach ich nach kurzem Zaudern, denn ich wußte ja nicht, ob ich nicht irgendein furchtbares Geheimnis erfahren sollte.

«Du weißt», sagte er, «daß zu Beginn der Feindseligkeiten ich mit einigen anderen Herren vom Rate seiner Majestät dazu bestellt worden war, das Silbergeschirr, das Cornwall für die Sache des Königs spendete, zu sammeln und in die Münze nach Truro zu bringen, wo es geschmolzen wurde.»

«Ich wußte, daß du mit dem Einsammeln betraut warst, mehr nicht.»

«Im vergangenen Jahr wurde noch eine Münzstätte in Exeter

gebaut, und zwar unter Aufsicht meines Vetters Sir Richard Vyvyan, daher meine ständigen Reisen in jene Stadt. Du wirst zugeben, Honor, daß die Sammlung einer großen Menge sehr kostbaren Geschirrs und die Verantwortung für dessen Sicherheit, bis es in der Münze angelangt ist, eine schwere Bürde für mich bedeutet.» – «Ja, Jonathan.»

«Überall gibt es Spione, wie du selber weißt. Nachbarn haben lange Ohren, und auch ein vertrauter Freund kann morgen zum Angeber werden. Wenn irgendein Mann von der Rebellenarmee die Hand auf den Schatz legen könnte, der durch meine Hände geht, so wäre das Parlament zehnmal reicher und Seine Majestät zehnmal ärmer. Darum muß die Verfrachtung des Silbers nachts erfolgen, wenn die Straßen still sind. Auch ist es notwendig, überall im Land Aufbewahrungsorte zu haben, wo das Silber liegen bleibt, bis sich die Transportmöglichkeit ergibt. Du kannst mir folgen?»

«Ja, Jonathan, und mit größter Spannung.»

«Schön. Diese Aufbewahrungsorte müssen geheim bleiben. Möglichst wenig Menschen dürfen davon wissen. Es ist darum von höchster Wichtigkeit, daß die Gebäude, die als Aufbewahrungsorte dienen, ein Versteck enthalten, das nur ihre Besitzer kennen. Menabilly nun, wie du bereits entdeckt hast, enthält solch ein Versteck. Der Pfeiler vor der Ecke dieses Zimmers ist im Innern hohl. Eine Treppe führt zu einem kleinen Raum im Fundament der Mauern unterhalb des Hofes, und dort kann ein Mann stehen oder sitzen, wenn die Höhlung auch nur fünf Quadratfuß groß ist. Dieser Raum ist in Verbindung mit einem Gang oder richtiger einem Tunnel, der unter dem Haus durch und unterhalb des Mauerwegs in das Sommerhaus führt. Und in diesem kleinen Pfeilerraum hatte ich während des vergangenen Jahres das Silber untergebracht. Verstehst du?»

Ich nickte; die Geschichte war außerordentlich fesselnd.

«Wenn nun Silber gebracht oder geholt wird, dann arbeiten wir bei Nacht, mein Verwalter John Langdon und ich. Die Wagen warten unten im Pridmouth, wir bringen das Silber durch den Tunnel in das Sommerhaus und von dort in einem meiner Handwagen über den Pfad zur Bucht hinunter, wo es auf die Wagen verladen wird. Die Männer, die den Zug von hier nach Exeter begleiten, sind durchwegs vertrauenswürdig, dennoch aber ahnt keiner etwas von dem Versteck in Menabilly, wo ich das Silber verberge. Das geht sie nichts an. Keiner weiß davon außer mir und Langdon, und jetzt weißt auch du es, Honor, obgleich du, wie ich mit Bedauern sagen muß, keinerlei Recht hast, unser Geheimnis zu teilen.»

Ich sagte nichts, denn darauf ließ sich nichts erwidern.

«John weiß, daß das Silber hier im Haus versteckt wird, aber er hat niemals gefragt, wo. Bis jetzt weiß er nichts von dem Raum unterhalb des Pfeilers noch von dem Tunnel nach dem Sommerhaus.»

Hier wagte ich, ihn zu unterbrechen.

«Es war eine glückliche Fügung», sagte ich, «daß Menabilly solch ein ausgezeichnetes Versteck besaß.»

«Eine sehr glückliche Fügung», stimmte er zu. «Andernfalls hätte ich dieses Unternehmen nicht durchführen können. Du wunderst dich gewiß darüber, daß das Haus so gebaut worden ist?»

Ich gab zu, daß diese Frage mich beschäftigte.

«Mein Vater», sagte er kurz, «betrieb gewisse – nun, wie soll ich es nennen? – Schiffahrtsunternehmungen, die Geheimhaltung nötig machten. Darum war der Tunnel in mancher Hinsicht von Nutzen.»

Mit andern Worten, sagte ich zu mir, dein Vater, mein lieber Jonathan, war nicht mehr oder weniger als ein Pirat erster Ordnung, wie auch sein Ruf und Ansehen in Fowey und in der Grafschaft gewesen sein mochten.

«Du mußt wissen», sagte er leise, «daß mein unglücklicher ältester Bruder nicht im Vollbesitz seiner geistigen Kräfte war. Dies war sein Zimmer, vom Tag an, da dieses Haus im Jahre 1600 gebaut worden war, bis zu seinem Tod, vierundzwanzig Jahre später. Armer Teufel! Zuzeiten wurde er tobsüchtig, darum auch die kleine Zelle unter dem Pfeiler, wo Luftmangel und strenge Absperrung ihn bald bewußtlos machten, so daß man leicht mit ihm umgehen konnte.»

Er sprach ganz unbefangen und ohne jede Hemmung, aber das Bild, das seine Worte heraufbeschworen, machte mich fast krank. Ich sah den armen, zitternden Irren in dem dunklen Loch unterhalb des Pfeilers, von den Mauern bedroht, nach Luft ringen. Und jetzt stapelte sich in diesem Raum ein Silberschatz wie in einem Märchen.

Jonathan mußte bemerkt haben, daß mein Ausdruck sich veränderte, denn er sah mich freundlich an und stand auf.

«Ich weiß», sagte er, «daß das keine sehr erfreuliche Geschichte ist. Und ich muß zugeben, daß es eine Erlösung für mich war, als die Pocken, die meinen Vater hinweggerafft hatten, auch meinen Bruder ergriffen. Da er gleichzeitig einen seiner regelmäßig wiederkehrenden Anfälle hatte, war keine Hoffnung. Es war sehr schnell vorüber.»

Draußen wurden Geräusche vernehmbar, die Dienstboten verließen die Küche. – «Du kehrst jetzt in dein Zimmer zurück», sagte er, «und ich nehme den Weg, auf dem ich gekommen bin. Du kannst mir

John Langdons Schlüssel geben. Wenn du mich in Zukunft in diesem Zimmer hörst, so wirst du wissen, was ich tue. Ich führe hier Buch über das Silber, das zeitweilig in meinem Besitz ist. Ich brauche dir wohl kaum zu sagen, daß du von dem, was heute nacht zwischen uns vorgefallen ist, zu keinem Menschen ein Wort sagen darfst.» – «Ich gebe dir mein feierliches Versprechen, Jonathan.»

«Dann gute Nacht, Honor.»

Er half mir, den Stuhl in den Gang hinauszurollen, und schloß hinter mir ganz leise die Tür. Wenige Minuten, bevor Matty heraufkam, um die Vorhänge zuzuziehen, war ich in meinem Zimmer.

Dreizehntes Kapitel

Obgleich zwischen meinem Schwager und mir niemals besondere Sympathie geherrscht hatte, war er doch seit unserer Begegnung an jenem Abend beträchtlich in meiner Achtung gestiegen. Ich wußte jetzt, daß die «Geschäfte des Königs», derentwegen er hin und her reiste, nicht einfacher Art waren, und so war es auch kaum ein Wunder, wenn er seiner Familie gegenüber nicht immer große Geduld bewies.

Unterdessen verursachte der Gang des Krieges uns allen keine geringen Sorgen. Unsere Westarmee stand unter dem Oberbefehl von des Königs Neffen, Prinz Maurice, der dringend Verstärkungen benötigte – vor allem Kavallerie –, wenn er jemals einen entscheidenden Schlag gegen den Feind führen sollte. Doch der Plan des Sommerfeldzugs war ins Wanken geraten, und obgleich Maurices Bruder, Prinz Rupert, versuchte, vom König zweitausend Pferde für den Westen zu erlangen, gab es den gewohnten Widerstand des Rates, und die Kavallerie kam nicht. Das hörten wir natürlich von Richard, der vor Ungeduld schäumte, weil er bis jetzt noch kein einziges der versprochenen Geschütze erhalten hatte, und uns mit grimmiger Unbefangenheit erzählte, unsere Westarmee sei durch Krankheiten geschwächt und ganz nutzlos, und der Prinz Maurice selber habe nur eines im Kopf, und das sei, vor Lyme Regis zu sitzen und zu warten, bis es sich ihm ergab. «Wenn Essex und die Rebellenarmee auf den Gedanken kommen, nach Westen zu marschieren», sagte er, «dann kann sich ihm nichts widersetzen als ein Haufen kranker Männer, die alle auf dem Rücken liegen, und eine Handvoll betrunkener Generäle. Mit meinen armseligen zwei Mann und einem Knaben, die vor Plymouth hocken, kann ich nichts tun.» Nun, Essex kam auf den Gedanken, nach Westen zu marschieren, und war in der dritten Juniwoche in Weymouth und Bridport, und Prinz Maurice zog sich in großer Hast und mit beträchtlicher Einbuße seines Ansehens nach Exeter zurück.

Die Rebellenarmee unter Essex wuchs beständig, und wir fühlten, daß es nur noch eine Frage von Wochen war, bis er durch Dorset und Devon gelangte, und dann gab es zwischen ihm und Cornwall nur noch den Tamar. Der einzige, der den nahen Kämpfen mit Erleichterung entgegenblickte, war Richard. «Wenn wir den Lumpen nur nach Cornwall hereinziehen können», sagte er, «ein Land, von dem er keine Ahnung hat und dessen schmale Wege und hohe Hecken ihn völlig irreführen werden, und dann, mit des Königs und Ruperts Armee hinter sich, die ihm den Rückzug abschneiden, können wir ihn umzingeln und vernichten.»

Ich erinnere mich, wie er sich vergnügt die Hände rieb und auf diese Aussicht freute wie ein Schuljunge auf einen Feiertag; aber dieser Gedanke hatte wenig Reiz für Jonathan und die andern Herren, die an diesem Tag in Menabilly speisten. «Wenn der Krieg Cornwall erreicht, wird das Land verwüstet», sagte Francis Bassett, der zu dieser Zeit mit meinem Schwager beauftragt war, Truppen für den Dienst des Königs auszuheben, und diese Aufgabe sehr schwierig fand. «Das Land ist zu arm, um eine Armee zu ernähren – wir können das nicht machen. Die Schlacht muß am andern Ufer des Tamar geschlagen werden, und wir erwarten von Ihnen, Grenvile, und Ihren Truppen, daß Sie den Feind in Devon festhalten und uns die Invasion ersparen.»

«Mein guter Dummkopf», sagte Richard, woraufhin Francis Bassett die Farbe verlor und wir alle uns unbehaglich fühlten. «Sie sind ein Landedelmann, und ich achte Ihre Kenntnisse von Rindern und Schweinen. Aber überlassen Sie um Gottes willen die Kriegskunst den Berufssoldaten wie mir. Unser Ziel ist derzeit, den Feind zu vernichten, und das können wir nicht in Devon, wo keine Möglichkeit einer Umzingelung vorhanden ist. Einmal über den Tamar, rennt er mit dem Kopf in die Schlinge. Meine einzige Besorgnis ist, daß er es nicht tut, sondern seine überlegene Kavallerie auf den offenen Mooren von Devon gegen Maurice und dessen Bande von Trotteln einsetzt, und in diesem Fall werden wir eine der größten Chancen verloren haben, die uns in diesem Krieg bisher geboten wurden.»

«Sie sind also bereit», sagte Jonathan, «Cornwall verwüstet, die Menschen heimatlos und Krankheit und Elend wüten zu sehen? Das dünkt mich doch keine sehr tröstliche Aussicht.»

«Zum Teufel mit Ihrer tröstlichen Aussicht», sagte Richard. «Es wird meinen lieben Landsleuten außerordentlich guttun, ein wenig Blutvergießen mit anzusehen. Wenn ihr das für die Sache des Königs nicht ertragen wollt, dann können wir ebensogut mit dem Feind zu verhandeln beginnen.»

Nach diesen Worten wurde die Stimmung im Speisesaal einigermaßen gespannt, und kurz darauf gab mein Schwager als Hausherr das Zeichen zum Aufbruch. Es war eigentümlich, und ich konnte es mir selbst nicht erklären, doch seit Richard wieder in mein Leben getreten war, vermochte ich mit größerer Gelassenheit zugegen zu sein, wenn es Gesellschaft gab, und ich gewöhnte mich auch daran, unten zu essen und nicht mehr in meinem Zimmer. Die Einsamkeit war nicht länger mein einziges Ziel im Leben. Nach dem Essen, solange es noch hell war, machte er mit mir eine Spazierfahrt über den Mauerweg; er rollte den Wagen selbst.

«Wenn Essex sich Tavistock nähert», sagte er, «und ich gezwungen bin, die Belagerung von Plymouth aufzuheben – kann ich dann den Welpen zu dir schicken?»

Ich war zunächst verdutzt, denn ich dachte, er spreche von seinem Hund.

«Was für einen Welpen?» fragte ich. «Ich weiß ja von keinem.»

«Der Südwestwind hat sich auf deinen Verstand gelegt», sagte er. «Meinen Sprößling meine ich – meinen Nachwuchs, meinen Sohn und Erben. Willst du ihn hier unter deine Flügel nehmen und ein wenig Verstand in seinen verängstigten Schädel eintrichtern?»

«Ja, gewiß, wenn du glaubst, daß er sich bei mir wohlfühlen wird.»

«Er würde sich bei dir vermutlich wohler fühlen als bei irgendeinem andern Menschen auf der Welt. Meine Tante Abbot in Hartland ist zu alt und Bevils Frau in Stowe zu sehr mit ihrer eigenen Brut beschäftigt, als daß ich das von ihr verlangen könnte. Überdies hat sie nie viel von mir gehalten.» – «Hast du mit Jonathan gesprochen?»

«Ja. Er ist einverstanden. Aber ich frage mich, was du mit Dick anfangen wirst. Er ist ein kümmerlicher kleiner Junge.»

«Ich werde ihn lieben, Richard, weil er dein Sohn ist.»

«Manchmal, wenn ich ihn ansehe, bezweifle ich es. Er hat etwas Scheues, Schreckhaftes an sich, und sein Hofmeister sagt mir, daß er heult, wenn er sich den Finger aufkratzt. Ich möchte ihn alle Tage gegen den jungen Joe Grenvile eintauschen, einen Verwandten, den ich in Buckland als Adjutanten habe. Dem ist nichts zu gewagt, dem Burschen, und er ist ebenso ein Kerl nach meinem Sinn wie Bevils ältester Sohn.»

«Dick ist doch kaum vierzehn», sagte ich. «Du darfst nicht allzuviel erwarten. Gib ihm ein oder zwei Jahre, um sich abzuhärten.»

«Wenn er seiner Mutter nachschlägt», sagte Richard, «dann werfe ich ihn auf die Straße und laß ihn krepieren. Ich mag keine Froschbrut um mich haben.»

«Vielleicht», meinte ich, «ermutigt dein Beispiel ihn nicht sehr, dir nachzuschlagen. Wenn ich ein Junge wäre, würde ich auch keinen ‹Rotfuchs› zum Vater haben wollen.»

«Unser Altersabstand ist ungeschickt», sagte Richard. «Er ist zu groß, um verhätschelt zu werden, zu klein, als daß ich mit ihm reden könnte. Von heute an gehört er dir, Honor. In einer Woche bringe ich ihn her.»

Und so fügte es sich, daß, mit Jonathans Erlaubnis, Dick Grenvile und sein Hofmeister, Herbert Ashley, zum Haushalt von Menabilly gehörten. An dem Tag, da wir sie erwarteten, war ich merkwürdig froh und erregt und besichtigte mit meiner Schwester Mary die Zimmer, die ihnen unterhalb des Uhrturms zur Verfügung gestellt wurden.

Ich verwandte große Sorgfalt auf meine Toilette, zog mein blaues Kleid an, das ich am liebsten hatte, und ließ mir von Matty den halben Morgen lang die Haare bürsten. Und die ganze Zeit sagte ich mir, ich sei doch eine sentimentale Närrin, meinen Vormittag derart für einen Burschen zu vergeuden, der mich doch kaum anschauen würde.

Es war gegen eins, als ich die Pferde durch den Park traben hörte, und wie im Fieber befahl ich Matty, die Diener zu holen, die mich hinuntertragen sollten, denn ich wollte ihn im Garten begrüßen; ich habe den festen Glauben, daß es leichter ist, im Freien mit jemandem vertraut zu werden als innerhalb der vier Wände.

Ich wurde in den Garten unterhalb des Mauerwegs gebracht, als die Gartentür sich öffnete und ein junger Mensch über den Rasen auf mich zukam. Er war größer, als ich mir vorgestellt hatte, mit den rötlichen Locken der Grenviles, einer kecken Stupsnase und einer großtuerischen Art, die mich sogleich an Richard erinnerte. Und dann, als er zu sprechen begann, erkannte ich meinen Irrtum.

«Ich bin Joe Grenvile», sagte er. «Man hat mich hergeschickt, um Sie zurückzubringen. Es ist ein kleiner Unfall passiert. Der arme Dick ist vom Pferd gefallen, als wir im Hof haltmachten – die Steine sind ein wenig schlüpfrig –, und hat sich verletzt. Man hat ihn in Ihr Zimmer geführt, und Ihre Magd wäscht ihm jetzt das Blut ab.»

Das war bei weitem nicht das Bild, das ich mir ausgemalt hatte, und ich war sehr unglücklich darüber, daß die Ankunft derart mißglückt war.

Wir bogen durch den Garteneingang und fanden Richard in der Halle auf und ab gehen. «Du würdest es kaum für möglich halten», sagte er, «aber der Welpe muß natürlich gerade auf der Schwelle stolpern und vom Pferd fallen. Manchmal glaube ich, daß er nicht recht bei Verstand sein kann, um sich so albern zu benehmen. Wie gefällt dir Joe?» Er klopfte dem jungen Mann auf die Schulter, der stolz und ergeben zu ihm aufsah. «Aus dem werden wir einen Soldaten machen», sagte er. «Geh und hol mir Bier, Joe, und auch einen Becher für dich. Ich bin durstig wie ein Verdurstender.»

«Was ist mit Dick?» fragte ich. «Soll ich nicht zu ihm gehen?»

«Überlaß ihn den Frauen und seinem unnützen Hofmeister», sagte Richard. «Du wirst ihn bald satt kriegen. Ich habe nur eine Stunde für Menabilly übrig, und da will ich dich für mich haben.» Er rollte mich in den kleinen Vorraum neben der Galerie, und dort setzte er sich nieder, trank sein Bier und erzählte mir, Essex werde noch vor Ende der Woche in Tavistock sein.

«Wenn er nach Cornwall marschiert, dann haben wir ihn in der Falle», sagte Richard, «und wenn der König ihm nur rasch genug folgt, dann ist das Spiel gewonnen. Es wird kein Vergnügen sein, solange es dauert, mein Liebling, aber es wird nicht lange dauern, das verspreche ich dir.»

«Wird es in unserem Bezirk zu Kämpfen kommen?» fragte ich mit schlimmen Ahnungen.

«Das läßt sich nicht voraussagen. Es hängt davon ab, ob Essex nach Süden oder nach Norden vorrückt. Er wird auf Liskeard und Bodmin marschieren, wo wir versuchen werden, ihn aufzuhalten. Bete um einen nassen August, Honor, und sie werden bis zu den Augen im Schlamm stecken. Ich muß jetzt fort. Ich werde heute nacht in Launceston schlafen, wenn ich es schaffen kann.» Er stellte den Becher auf den Tisch und, nachdem er die Türe geschlossen hatte, kniete er neben mir nieder. «Sieh nach dem kleinen Welpen», sagte er, «und lehr ihn Manieren. Wenn das Schlimmste geschehen sollte und es hier in der Gegend zu Kämpfen käme, dann versteck ihn unter deinem Bett. Essex würde einen Sohn von mir gern als Geisel in die Hand bekommen. – Liebst du mich noch?» – «Ich werde dich immer lieben.»

«Dann horch nicht auf die Schritte in der Galerie und küß mich, als ob es wahr wäre.»

Für ihn war es allerdings leicht, mich fünf Minuten lang an sich zu drücken, mit seiner Umarmung wirblig zu machen und dann nach Launceston zu reiten, den Kopf voll von andern Dingen; für mich aber, die ich, Kleid und Haar in Unordnung, zurückblieb, mir selber nicht entrinnen konnte und lange Stunden vor mir sah, um all das zu überdenken, war es schwerer. Nun, ich hatte gewählt – ich hatte ihm den Rückweg in mein Leben geöffnet, und nun mußte ich das Fieber ertragen, das er in mir erregte, ohne daß es gestillt werden konnte.

So rief er seinen Adjutanten, winkte mir zu und ritt nach Launceston, wo er und der junge Joe, wie ich mir mit nagender Eifersucht sagte, gut essen und irgendeine flüchtige Zerstreuung finden würden, bevor sie morgen an die ernsteren Geschäfte gingen, denn ich kannte meinen Richard viel zu gut, um zu glauben, daß er ein mönchisches Leben führte, weil er mich liebte.

Ich ordnete meine Locken, strich den Spitzenkragen glatt und zog die Glockenschnur; zwei Diener trugen mich in meinem Stuhl nach meinem Zimmer. Wir nahmen nicht den Weg durch die Vorderfront des Hauses, wie ich es gewöhnlich tat, sondern durch die Hinterzimmer unterhalb des Turms, und hier in einem Korridor traf ich Frank Penrose, einen Vetter und Angestellten meines Schwagers, in ernstem Gespräch mit einem jungen Mann von ungefähr gleichem Alter, mit fahlen Zügen und fliehendem Kinn, der ihm die Geschichte seines Lebens zu erzählen schien.

«Das ist Mr. Ashley, Miß Honor», sagte er mit seiner kriecherischen Art. «Er hat seinen Schützling in Ihrem Zimmer gelassen. Mr. Ashley wird eine kleine Erfrischung mit mir nehmen.» Mr. Ashley machte seinen Kratzfuß.

«Sir Richard hat mir mitgeteilt, daß Sie die Patin des Knaben sind, Madam», sagte er, «und daß ich mich Ihren Anordnungen zu fügen habe. Das ist natürlich nicht ganz der Regel entsprechend, aber ich werde trachten, mich den Umständen anzupassen.»

Du bist ein Narr, dachte ich, und ein Affe dazu, und ich glaube nicht, daß du mir gefallen wirst, aber laut sagte ich: «Setzen Sie bitte Ihre Tätigkeit fort, wie Sie es in Buckland getan haben, Mr. Ashley. Ich habe nicht die Absicht, mich einzumischen, sondern werde nur darauf sehen, daß der Junge sich glücklich fühlt.»

Ich verließ die beiden, die Verbeugungen machten und bereit waren, mich hinter meinem Rücken sogleich in Stücke zu reißen, und setzte meinen Weg in das Pförtnerhaus fort. Matty kam mit einem Waschbecken und Verbandstreifen über dem Arm heraus. «Ist er schwer verletzt?» fragte ich.

Ihre Lippen hatten sich zusammengezogen, und das war bei ihr stets der Ausdruck von Mißbilligung.

«Mehr erschrocken als sonstwas», sagte sie. «Wenn man ihn anschaut, zerbricht er in Stücke.» – Die Diener stellten meinen Stuhl nieder und zogen sich zurück. Die Tür wurde geschlossen.

Er saß zusammengekauert in einem Stuhl am Kamin, ein blasser Knirps mit großen dunklen Augen und gelocktem, schwarzem Haar. Seine Blässe wurde durch den Verband um den Kopf noch betont. Er sah nervös an mir hoch und biß an seinen Nägeln. «Fühlst du dich wohler?» fragte ich freundlich.

Er starrte mich eine Weile an und sagte dann mit einem seltsamen Ruck seines Kopfes: «Ist er fort?»

«Wer?» fragte ich. – «Mein Vater.»

«Ja. Er ist mit deinem Vetter nach Launceston geritten.»

Er überlegte sekundenlang. «Und wann kommt er zurück?» fragte er.

«Er kommt nicht zurück. Er muß morgen oder übermorgen an einem Kriegsrat in Okehampton teilnehmen. Vorläufig bleibst du hier. Hat er dir gesagt, wer ich bin?»

«Sie müssen wohl Honor sein. Er sagte, ich würde bei einer Dame wohnen, die sehr schön ist. Warum sitzen Sie in diesem Stuhl?»

«Weil ich nicht gehen kann. Ich bin ein Krüppel.» – «Tut es weh?»

«Nein. Nicht sehr. Ich bin daran gewöhnt. Und schmerzt dein Kopf noch immer?»

Er griff müde nach dem Verband. «Es hat geblutet», sagte er. «Unter dem Verband ist Blut.» – «Das macht nichts. Es wird bald wieder heil sein.»

«Ich werde den Verband behalten, sonst fängt es wieder zu bluten an», sagte er. «Sie müssen der Dienerin, die die Wunde gewaschen hat, sagen, daß sie den Verband nicht abnehmen darf.»

«Schön», antwortete ich. «Ich werde es ihr sagen.»

Ich nahm eine Stickerei auf, damit er sich nicht beobachtet fühlte, und um ihn an meine Anwesenheit zu gewöhnen.

«Meine Mutter hat auch gestickt», sagte er nach längerer Pause. «Sie hat eine Waldszene mit laufenden Hirschen gestickt.»

«Das ist schön», sagte ich.

«Sie hat drei Stickereien für ihre Stühle gemacht», erzählte er. «In Fitzford haben die Leute das sehr bewundert. Sie sind nie nach Fitzford gekommen, nicht wahr?» – «Nein, Dick.»

«Meine Mutter hat viele Freundinnen, aber ich habe nie von Ihnen sprechen gehört.»

«Ich kenne deine Mutter nicht, Dick. Ich kenne nur deinen Vater.»

«Haben Sie ihn gern?» Die Frage wurde scharf, mißtrauisch ausgesprochen.

«Warum fragst du mich das?» sagte ich ausweichend.

«Weil ich ihn nicht gern habe. Ich hasse ihn. Ich wollte, er würde in der Schlacht getötet werden.» Sein Ton war wild, giftig. Ich warf einen Blick nach ihm und sah, wie er in seinen Handrücken biß.

«Warum haßt du ihn?» fragte ich ruhig.

«Er ist ein Teufel! Darum! Er wollte meine Mutter umbringen. Er hat versucht, ihr Haus und Geld wegzunehmen und sie zu töten.»

«Warum glaubst du das?»

«Meine Mutter hat es mir erzählt.» – «Hast du sie sehr gern?»

«Ich weiß nicht. Ich glaube schon. Sie war schön. Schöner als Sie. Sie ist jetzt mit meiner Schwester in London. Ich wollte, ich könnte bei ihr sein.»

«Vielleicht», sagte ich, «kannst du zu ihr zurück, wenn der Krieg vorbei ist.»

«Ich möchte am liebsten davonlaufen», sagte er. «Aber London ist so weit, und ich könnte unterwegs in die Kämpfe geraten. Es wird überall gekämpft. In Buckland wird von nichts anderem gesprochen als vom Krieg. Ich will Ihnen etwas erzählen.» – «Nun?»

«Vorige Woche wurde ein verwundeter Mann auf einer Bahre ins Haus gebracht. Er war voller Blut.»

Die Art, wie er das sagte, machte mich stutzig, er hatte etwas seltsam Abwehrendes. – «Nun», fragte ich, «hast du denn solche Angst vor Blut?»

Sein blasses Gesicht rötete sich.

«Ich habe nicht gesagt, daß ich Angst habe», sagte er schnell.

«Nein, doch du magst es nicht. Ich auch nicht. Es ist sehr unerfreulich. Aber ich habe keine Angst, wenn ich es sehe.»

«Ich kann es überhaupt nicht ertragen, Blutvergießen zu sehen», sagte er nach einer Weile. «So war ich schon als kleines Kind. Es ist nicht meine Schuld.» – «Vielleicht hat man dich als Baby erschreckt.»

«So hat auch meine Mutter es mir erklärt. Sie erzählte mir, daß sie mich einmal in den Armen hielt, und mein Vater kam dazu und stritt heftig mit ihr und schlug sie ins Gesicht, daß sie blutete. Das Blut rann mir auf die Hände. Ich kann mich nicht daran erinnern, aber so muß es gewesen sein.»

Mir war sehr weh ums Herz, aber ich achtete gut darauf, daß er es nicht merkte.

«Dann wollen wir nicht mehr davon sprechen, Dick, wenn du nicht selber willst. Und wovon wollen wir statt dessen reden?»

«Erzählen Sie mir, was Sie getan haben, als Sie so alt waren wie ich, wie Sie ausgesehen und was Sie gesagt haben; und haben Sie auch Brüder und Schwestern?»

Und so wob ich eine Geschichte aus meiner eigenen Jugend, um ihn die seine vergessen zu machen, während er dasaß und mich anschaute, und als Matty mit einem Imbiß kam, hatte er schon so viel von seiner Scheu verloren, daß er auch mit ihr schwatzte und große Augen zu den Pasteten machte, die rasch verschwanden, während ich seine schmalen, scharf gemeißelten Züge betrachtete, die denen seines Vaters so wenig glichen, und die schwarzen Haare, die sich ringelten. Nachher las ich ihm eine Weile vor, und er hockte neben meinem Stuhl auf dem Boden wie ein kleiner Hund, der in einem fremden Haus Freundschaft schließen möchte, und als ich das Buch schloß, sah er zu mir auf und lächelte – und dieses Lächeln war zum erstenmal Richards Lächeln und nicht das seiner Mutter.

Vierzehntes Kapitel

Von jenem Tag an war Dick mein Schatten. Er kam schon zur Frühstücksstunde, die nie meine beste Zeit war, aber Richards Sohn duldete ich. Dann mußte er mit Mr. Ashley arbeiten, während ich meine Toilette machte, und später kam er wieder und ging neben meinem Stuhl.

Im Speisesaal saß er neben mir, und wenn ich nach dem Essen in die Galerie rollte, schob er sich einen Stuhl heran. Er sprach kaum, war aber stets aufmerksam und strich um mich herum wie ein kleines Gespenst.

«Warum läufst du nicht in den Garten und spielst?» fragte ich. «Oder bittest Mr. Ashley, mit dir nach Pridmouth hinunterzugehen? Dort am Strand gibt es schöne Muscheln, und da es warm ist, könntest du auch schwimmen, wenn du Lust hast. Im Stall steht ein junges Pferd, auf dem du durch den Park reiten kannst.»

«Ich möchte lieber bei Ihnen bleiben», sagte er.

Und dabei beharrte er und ließ sich nicht abbringen. Doch es belastete mich nicht. Wenn Dick bei mir glücklich war, so war das alles, worauf es ankam, und wenn ich diesem armen, einsamen kleinen Herzen und dieser verstörten Seele ein gewisses Sicherheitsgefühl einzuflößen vermochte, so waren meine Tage nicht verschwendet. Unterdessen wurden die Nachrichten immer schlechter, und etwa fünf Tage nach Dicks Ankunft erreichte uns eine Botschaft von Fowey, daß Essex in Tavistock stehe, und die Belagerung von Plymouth sei aufgehoben und Richard ziehe seine Truppen nach Saltash, Mount Stampford und Plympton an die Tamarbrücken zurück.

An jenem Abend hielt der Kleinadel des Bezirks in Tywardreath unter dem Vorsitz meines Schwagers eine Beratung ab, und man beschloß einstimmig, Mannschaft und Waffen aufzutreiben, so viel man nur konnte, und nach Launceston zu ziehen, um bei der Verteidigung des Landes zu helfen.

Plötzlich waren wir alle in tiefster Bestürzung, und schon am folgenden Morgen wurden Vorbereitungen für die Abreise getroffen. Alle auf dem Gut, die tauglich waren und Waffen tragen konnten, zogen mit ihren Pferden an meinem Schwager vorüber, den Proviant auf den Sattel gepackt, und darunter waren auch die jüngsten Hausdiener, die entbehrt werden konnten, und alle Stallknechte. John blieb mit mehr Instruktionen zurück, als er je im Kopf behalten konnte, und dann sahen wir sie durch den Park ziehen, eine seltsam rührende Schar, ahnungslos, aber voll hohen Muts, die Pächter schwangen ihre Musketen, als ob es Heugabeln wären, und auf eine Art, die für sie selber viel bedrohlicher war als für den Feind, dem sie etwa begegnen mochten. Wir waren mitten im Jahr 1643, die Rebellen standen keine dreißig Meilen weit, und obgleich Richard erklärte, Essex und seine Armee seien im Begriff, in die Falle zu rennen, war ich treulos genug, zu wünschen, man könnte sie fernhalten.

Jene letzten Julitage waren bedrückend heiß. Ein stickiger Wind wehte vom Südwesten her, der mit Regen drohte, aber keinen Regen brachte, während das Meer hinter dem Gribben weiß und grau schäumte. In Menabilly taten wir, als wäre alles wie immer und als drohte keinerlei Gefahr, und zwangen uns sogar zur Heiterkeit, wenn wir uns bei Tisch selbst bedienen mußten, da es nur noch Mägde im Haus gab. Ich kann mich erinnern, wie wir alle an der langen Tafel im Speisesaal aßen und das Bild Seiner Majestät von der Täfelung oberhalb des Kamins ruhig auf uns herabschaute, und wie am Ende des gezwungenen, langweiligen Essens Nick Sawle, der älteste unter uns, seinen Rheumatismus überwand, sich erhob und sehr feierlich erklärte: «Es wäre wohl passend, wenn wir einen Toast auf Seine Majestät ausbrächten! Wir wollen auf unsern geliebten König trinken, und möge Gott ihn beschützen, ihn und alle, die aus diesem Haus ausgezogen sind, um für ihn zu kämpfen!»

Da standen alle auf – bis auf mich – und sahen das Porträt an, die schwermütigen Augen, den kleinen, verstockten Mund, und ich sah Tränen über Alices Wangen rinnen, als sie an Peter dachte, und sah traurige Resignation in Marys Gesicht bei dem Gedanken an Jonathan. Und dennoch dachte keiner, der hier zu dem Bild des Königs aufblickte, daran, ihm einen Vorwurf aus all dem Leid zu machen, das über sie gekommen war. Gott weiß, daß ich keine Sympathie für die Rebellen hatte, von denen jeder einzelne darauf aus war, sein eigenes Nest warm zu polstern, sich ein Vermögen zu machen, nicht aber an das gemeine Volk dachte, dessen Los angeblich durch ihren Sieg verbessert werden sollte, aber auch den König vermochte ich nicht als Quelle aller Wahrheit anzuerkennen, sondern sah in ihm einen steifen, stolzen Mann, dessen Einsicht so gering war wie sein Wuchs, und dennoch fand er durch seine freundlichen Manieren, seine Würde und seine moralische Kraft bei seinen Anhängern eine wilde Ergebenheit, die aus ihren warmen Herzen quoll, nicht aber aus ihrem Verstand.

Wir, die wir an jenem Abend in der Galerie saßen, waren eine stille, wenig redselige Gesellschaft. John hatte den Speisesaal sofort nach dem Trinkspruch auf den König verlassen; er könne dieses Warten nicht länger ertragen, er müsse nach Fowey reiten, um die neuesten Nachrichten zu erfahren. Um neun Uhr kehrte er zurück und berichtete, die Stadt sei fast leer, denn viele seien nordwärts geritten, um sich der Armee anzuschließen; aber jene, die geblieben waren, ständen düster und niedergeschlagen vor ihren Türen und erzählten, sie hätten gehört, Grenvile und seine Truppen seien bei Newbridge unterhalb Cunnislake geschlagen worden, während Essex mit etwa zehntausend Mann gegen Launceston reite.

Ich erinnere mich, wie Will Sparke aufsprang, als er das hörte, und mit seiner schrillen, nervösen Stimme gegen Richard loszog. «Was habe ich gesagt?» schrie er. «Wenn es einmal darauf ankommt, dann ist der Bursche kein Feldherr. Der Übergang bei Cunnislake sollte leicht zu verteidigen sein, wie stark auch der Gegner sein mag, und nun ist Grenvile in vollem Rückzug, ohne Cornwall auch nur mit einem Streich verteidigt zu haben. Ach Gott, welch ein Gegensatz zu seinem Bruder!»

«Es ist nur ein Gerücht, Vetter Will», sagte John mit einem unbehaglichen Blick auf mich. «In ganz Fowey konnte kein Mensch beschwören, daß es wahr ist.»

«Ich sage euch, alles ist verloren», sagte Will. «Cornwall wird überrannt und vernichtet werden, wie Sir Francis Bassett unlängst sagte. Und wenn es dazu kommt, dann trägt Richard Grenvile die Schuld daran.»

Ich beobachtete, wie Dick mit gierigen Augen zuhörte; jetzt zog er mich am Arm und flüsterte: «Was sagt er? Was ist geschehen?»

«John Rashleigh hat gehört, der Earl von Essex sei in Cornwall eingedrungen», sagte ich ihm leise, «ohne auf großen Widerstand zu stoßen. Wir müssen aber warten, bis die Nachricht bestätigt wird.»

«Dann ist mein Vater in der Schlacht erschlagen worden?»

«Nein, Dick. Davon wurde nichts gesagt. Soll ich weiterlesen?»

«Ja, bitte!»

Und ich las weiter und übersah, daß er sich in die Hand biß, denn meine Angst war so groß, daß ich am liebsten das gleiche getan hätte. In diesen letzten achtundvierzig Stunden konnte alles geschehen sein.

Richard mochte tot auf der steilen Straße von Cunnislake hinunter liegen und seine Leute nach allen Windrichtungen fliehen, oder vielleicht hatte man ihn gefangen und folterte ihn in dieser Stunde in der Burg von Launceston, um den Schlachtplan von ihm zu erfahren.

Es war immer mein Fehler gewesen, meiner Einbildungskraft das Schlimmste zu erlauben, und wenn ich auch genug von Richards Strategie ahnte, um zu wissen, daß ein Rückzug an das Ufer des Tamar wahrscheinlich von Anfang an in seinen Absichten lag, um Essex nach Cornwall zu locken, so brannte ich doch darauf, das Gegenteil zu hören, daß ein Sieg errungen worden sei und man die Rebellen nach Devon zurückgetrieben habe. In dieser Nacht schlief ich schlecht, denn die Wahrheit nicht zu kennen, ist meiner Meinung nach die schlimmste aller geistigen Martern, und für eine ohnmächtige Frau, die nicht imstande ist, ihre Ängste durch Tätigkeit zu betäuben, gibt es kein Hilfsmittel.

Der nächste Tag war heiß und stickig wie der vorangegangene, und als ich nach dem Frühstück hinunterkam, fragte ich mich, ob ich ebenso verstört und sorgenvoll aussah wie die andern. Und noch immer keine Nachrichten. Alles war so seltsam still – selbst die Dohlen, die sonst in den Bäumen unten in der Fasanerie hockten, waren davongeflogen und hatten sich anderswo niedergelassen.

Kurz vor Mittag, als einige von uns sich im Speisesaal einfanden, um ein wenig kaltes Fleisch zu essen, stürzte Mary aus ihrem Zimmer durch die Halle und rief: «Ein Reiter kommt durch den Park auf das Haus zu!»

Alle fingen an gleichzeitig zu sprechen, drängten an die Fenster, und John eilte, mit weißen Lippen, in den Hof, um den Reiter zu empfangen, wer es auch sein mochte.

Der Reiter galoppierte in den inneren Hof, während wir uns alle an die Fenster preßten, und obgleich er von Kopf bis Fuß mit Staub bedeckt war und sein Stiefel von einem Hieb aufgeschlitzt, erkannte ich sogleich den jungen Joe Grenvile. «Ich habe eine Botschaft für Miß Harris», sagte er, als er sich vom Pferd schwang. Meine Kehle wurde trocken und meine Hände feucht. Er ist tot, dachte ich, nun ist es gewiß.

«Aber die Schlacht! Wie steht die Schlacht?» und «Was ist mit den Rebellen?», «Was ist geschehen?» Von überallher stürmten die Fragen auf ihn ein, Nick Sawle von der einen und Will Sparke von der andern Seite, und er hatte alle Mühe, sich durchzudrängen, um mich in der Halle zu treffen.

«Essex wird abends in Bodmin sein», sagte er kurz. «Wir hatten eben ein Gefecht oberhalb Lostwithiel mit Lord Robartes und seiner Brigade, der kehrtgemacht hat, um zu ihm zu stoßen. Wir selber sind in eiligem Rückzug nach Truro, wo Sir Richard weitere Truppen ausheben will. Ich bin von der Straße abgebogen, um Miß Harris die Botschaft zu bringen.»

«Essex in Bodmin?» Ein Alarmschrei stieg auf, und Temperance Sawle sank in die Knie und rief ihren Schöpfer an. Doch ich hatte nichts Dringenderes zu tun, als Richards Brief aufzureißen.

«Meine Liebste», las ich, «der Köder ist gut ausgelegt, und der arme, irregeführte Fisch beißt mit weit offenem Mund danach. Er wird abends in Bodmin und sehr wahrscheinlich morgen in Fowey sein. Sein Hauptberater bei der Sache ist jener große Idiot Jack Robartes, dessen Landsitz in Lanhydrock ich eben zu plündern das große Vergnügen hatte. Sie werden Köder, Leine und Schwimmer schlucken. Wir sollen von Truro her angreifen und Seine Majestät, Maurice und Ralph Hopton von Osten. Der König ist schon bis Tavistock vorgerückt, so daß der Fisch auf die beste Art gefangen wird. Da Eure nächste Zukunft in Menabilly einigermaßen unerfreulich sein dürfte, ist es wohl das beste, wenn Du mir den Welpen samt seinem Hofmeister zurückschickst. Ich habe Joe die nötigen Instruktionen gegeben. Bleib in Deinem Zimmer, Liebste, und hab keine Angst. So bald wie möglich kommen wir Euch zu Hilfe. Meine Empfehlungen an Deine Schwester und die übrigen.

Dein ergebener Richard Grenvile.»

Ich steckte den Brief in mein Kleid und wandte mich zu Joe.

«Ist der General gesund?» fragte ich.

«Es ist ihm niemals besser gegangen», grinste er. «Als ich ihn verließ, war er gerade dabei, auf der Straße nach Grampound Schweinebraten zu essen, während seine Diener ihm die Stiefel putzten. Wir haben auf Lord Robartes' Besitz ein Dutzend Schweine, eine Herde Schafe und etwa zwanzig Stück Rindvieh erbeutet – die Truppen sind in bestem Zustand. Wenn Sie Gerüchte über unsere Verluste bei Newbridge hören, achten Sie nicht darauf; je höher die Ziffer ist, die der Feind angibt, desto lieber wird es Sir Richard sein.» – Ich machte ihm ein Zeichen, daß ich mit ihm allein sprechen wolle, und er rollte mich in das kleine Wohnzimmer.

«Was hat er mit Dick vor?» fragte ich.

«Sir Richard hält es für das beste, wenn der Junge und Mr. Ashley mit einem Fischerboot nach St. Mawes gebracht würden; man könnte wohl eine Vereinbarung mit einem der Leute in Polkerris treffen. Sie könnten die Küste entlangfahren, und sind sie einmal hinter dem Dodman, so ist die Reise nicht mehr lang. Ich habe Geld bei mir, um die Fischer zu entlohnen und gut zu entlohnen.» – «Wann sollen sie fahren?»

«So bald wie möglich. Ich werde mich darum kümmern und mit ihnen an den Strand gehen. Dann soll ich zu Sir Richard zurückkehren und, wenn das Glück günstig ist, auf der Straße von Grampound nach Truro auf ihn stoßen. Das Schlimmste ist, daß die Straßen schon von Menschen verstopft sind, die vor Essex flüchten, und zwar alle nach dem Westen; es wird nicht mehr lange dauern, bis die Kavallerie der Rebellen den Distrikt erreicht.»

«Dann ist keine Zeit zu verlieren», antwortete ich. «Ich werde Mr. John Rashleigh bitten, mit Ihnen nach Polkerris zu reiten – er wird die Leute kennen, denen man am ehesten vertrauen kann.»

Ich rief John und setzte ihm hastig den Plan auseinander, woraufhin er sogleich mit Joe Grenvile nach Polkerris aufbrach, während ich Herbert Ashley sagen ließ, daß ich ihn zu sprechen wünschte. Er sah sehr erleichtert aus, als ich ihm sagte, er und Dick müßten sogleich fort, und zwar zur See und nicht über die Straßen; er verzog sich, um alles einzupacken, und versprach, binnen einer Stunde bereit zu sein. Und nun fiel mir die Aufgabe zu, die Nachricht auch meinem Schatten beizubringen. Er stand an der Seitentür und sah auf den Garten hinaus, als ich ihn zu mir rief.

«Dick», sagte ich zu ihm, «ich möchte, daß du jetzt tapfer und vernünftig bist. Dieses Gebiet wird morgen vom Feind umzingelt sein, und er wird auch Menabilly besetzen. Dein Vater hält es für besser, daß man dich nicht hier findet, und ich habe darum mit Mr. Rashleigh vereinbart, daß du und dein Hofmeister mit dem Schiff nach St. Mawes gebracht werdet. Dort bist du in Sicherheit.» – «Kommen Sie mit?» fragte er.

«Nein, Dick. Das ist ein ganz plötzlicher Entschluß, und er betrifft nur euch. Ich und die andern, wir bleiben in Menabilly.»

«Dann bleibe ich auch.»

«Nein, Dick. Diese Entscheidung mußt du mir überlassen. Und es ist für dich das beste, wenn du fortgehst.»

«Bedeutet das, daß ich zu meinem Vater zurück muß?»

«Das kann ich dir nicht sagen. Alles, was ich weiß, ist, daß ein

Fischerboot dich nach St. Mawes bringen wird.»

Er sagte nichts, sah aber mürrisch und mit einem eigentümlichen Ausdruck vor sich hin; dann ging er zu seinem Hofmeister.

Ich hatte die ganze Zeit einen Schmerz in der Magengrube, denn nichts ist so ansteckend wie Panik, und die Luft war mit Angst geladen. In der Galerie sammelten sich kleine Gruppen, alle mit hohlen Augen und verstörten Gesichtern, und Alices Kinder, die die gespannte Atmosphäre spürten, benützten diesen Augenblick, um sich weinend an ihre Röcke zu klammern.

«Es wäre noch Zeit, bis Truro zu gelangen, wenn wir nur Fahrgelegenheit hätten», hörte ich Will mit angstgrauem Gesicht sagen, «aber Jonathan hat alle Pferde mitgenommen, und die Bauernwagen wären zu langsam. Wohin ist John gegangen? Kann er es nicht irgendwie bewerkstelligen, daß wir nach Truro gebracht werden?»

Seine Schwester beobachtete ihn mit furchtsamen Blicken, und ich sah Gillian hastig Deborah zuflüstern, daß nichts dabei sei, und es würde bis zum Abend dauern, um das Nötigste für die Reise zu packen. Dann richtete Nick Sawle sich stolz auf und sagte laut: «Meine Frau und ich beabsichtigen, in Menabilly zu bleiben. Wenn Feiglinge vorhaben zu fliehen, so mögen sie es tun, aber ich fände, es wäre ein peinliches Gefühl für unsern Vetter Jonathan, wenn er zurückkehrt und wir hätten sein Haus verlassen wie die Ratten ein sinkendes Schiff.»

Meine Schwester Mary sah unglücklich zu mir herüber.

«Was rätst du, Honor?» fragte sie. «Sollen wir fort oder sollen wir bleiben? Jonathan hat mir keine Weisungen gegeben. Er versicherte, der Feind würde den Tamar nicht überschreiten oder, im schlimmsten Fall, nach wenigen Meilen wieder zurückgeworfen werden.»

«Mein Gott», sagte ich, «wenn ihr Wert darauf legt, euch mit dem Vieh in Gräben zu verstecken, dann geht, aber ich schwöre euch, daß es auf der Straße schlimmer sein wird als hier im Haus. Besser unter dem eigenen Dach verhungern als in den Hecken.»

«Wir haben reichlich Vorräte», sagte Mary, die sich an jede Hoffnung klammerte. «Wir werden keine Not leiden, wenn die Belagerung nicht allzulange dauern sollte.» Sie beriet sich mit ihren Stieftöchtern, die damit beschäftigt waren, die Kinder zu beruhigen, und ich hielt es für das Vernünftigste, die Aufregung nicht noch dadurch zu steigern, daß ich ihr sagte, wie rasch es mit ihren Vorräten vorbei sein würde, wenn die Rebellen einmal das Haus besetzten.

Die Uhr auf dem Turm hatte eben drei geschlagen, als Dick und sein Hofmeister reisebereit auftauchten. Der Knabe war noch immer mürrisch und wandte den Kopf ab, als ich ihm Lebewohl sagen wollte. Das war besser als die tränenreiche Widerspenstigkeit, die ich gefürchtet hatte, und ich wünschte ihm mit heiterer Stimme eine glückliche Reise; längstens in einer Woche würde alles vorüber sein.

Furcht und Zwang hatten bewirkt, daß mein Rücken schmerzte, und ich wünschte nichts so sehr, als mich in das Pförtnerhaus zurückzuziehen und auf mein Bett zu legen. Ich ließ Matty holen, die mich mit Alices und Joans Hilfe hinauftrug. Die Sonne brannte heftig durch mein Westfenster, und das Zimmer war heiß und stickig. Ich lag auf meinem feuchten Bett und wünschte von ganzem Herzen, ich wäre ein Mann und könnte mit Joe Grenvile auf der Straße nach Truro reiten, statt als Frau und als Krüppel hier zu liegen und auf den unbarmherzigen Schritt eines feindlichen Fußes zu warten. So mochte ich eine Stunde gelegen haben, die mir ein kurzes Vergessen gegönnt hatte, als ich abermals den Hufschlag eines Pferdes hörte, das durch den Park galoppierte. Ich rief Matty; sie ging ans Fenster und sah hinaus. – «Es ist Mr. John», sagte sie, «und er sieht sehr unglücklich aus. Irgendwas muß schiefgegangen sein.»

Bei ihren Worten schwand mein Mut. Vielleicht hatte man die Fischer in Polkerris doch nicht zu dieser Reise bewegen können. Ich hörte seinen Schritt auf der Treppe, und dann stürzte er herein, ohne auch nur zu klopfen. «Wir haben Dick verloren», sagte er. «Er ist verschwunden, und wir können ihn nicht finden.» Er starrte mich an, der Schweiß drang ihm aus den Poren, und ich sah, wie er zitterte.

«Was sagst du da? Was ist geschehen?» fragte ich hastig und setzte mich in meinem Bett auf.

«Wir waren alle am Strand», sagte er, und sein Atem ging schnell, «und das Boot lag bereit. Es hatte eine kleine Kajüte, und mit eigenen Augen sah ich Dick, sein Bündel unter dem Arm, hinuntersteigen. Das Boot zu bekommen, war nicht weiter schwierig gewesen, und die Männer – beides stämmige Burschen, die ich gut kenne – waren durchaus willig. Knapp bevor sie den Anker lichteten, hörten wir Lärm auf den Steinen hinter den Häusern, und ein paar Burschen kamen in größter Aufregung herbeigestürzt, um uns zu melden, die erste Abteilung der feindlichen Kavallerie habe die Straße von Castledore nach Tywardreath abgeschnitten und der Hügel von Polmear sei bereits umzingelt. Daraufhin setzten die Männer die Segel, und der junge Joe Grenvile wandte sich zu mir und meinte: ‹Es sieht so aus, als müsse ich auch zu Wasser verschwinden!› Bevor ich ihm noch antworten konnte, hatte er sein Pferd in die See gedrängt und schwamm zu den Sandbänken, die eine halbe Meile westlich liegen. Es war noch Ebbe, aber er erreichte sie binnen fünfundzwanzig Minuten, drehte sich im Sattel um und winkte uns zu. Jetzt wird er schon in Gosmoor und auf halbem Weg nach St. Austell sein.»

«Aber Dick!» sagte ich. «Du sagst, daß ihr Dick verloren habt.»

«Er war im Boot», wiederholte er eigensinnig. «Ich schwöre, daß er in dem Boot war. Aber wir hatten uns umgedreht, um zu hören, was die Burschen von den Truppen der Rebellen erzählten, und dann beobachteten wir alle, wie Joe sein Pferd ins Wasser trieb und mit ihm schwamm. Beim Himmel, Honor, es war das keckste Stück, das ich je von einem jungen Menschen gesehen habe, denn zwischen Polkerris und den Sandbänken kann die Flut sehr rasch steigen. Und dann sah sich Ashley nach dem Jungen um und rief ihn, aber er war nicht da. Wir durchsuchten das Schiff, aber wir konnten ihn nicht finden. Auch am Strand war er nicht. Er war nirgends. Um Himmels willen, Honor, was sollen wir jetzt tun?»

Ich fühlte mich ebenso hilflos wie er und war ganz krank vor Angst, denn ich hatte meine Pflicht versäumt, und die Rebellen standen keine zwei Meilen entfernt. – «Wo ist das Boot jetzt?» fragte ich.

«Es liegt vor dem Gribben und wartet auf ein Signal von mir», sagte John, «und der überflüssige Hofmeister ist an Bord und hat nichts anderes im Kopf, als rasch nach St. Mawes zu entkommen. Aber selbst wenn wir den Burschen finden, Honor, wird es leider zu spät sein.»

«Sucht die Klippen nach allen Richtungen ab», sagte ich, «und das Gut und den Park und die Weiden. Wurde ihm irgend etwas vom Ziel der Reise gesagt?»

«Das weiß ich nicht. Ich glaube nicht. Ich hörte nur, wie Frank Penrose ihm versprach, schon abends werde er bei seinem Vater sein.»

So war es, dachte ich. Ein Wort zuviel, und es genügte, damit Dick die Fahrt verleidet war und er sich drückte wie ein Kind vor der Schule. Ich konnte bei den Nachforschungen nicht helfen, sondern bat nur John, mit Frank Penrose die Suche fortzusetzen, aber niemandem ein Wort von dem Geschehenen zu sagen. Dann rief ich Matty und ließ mich auf den Mauerweg rollen.

Fünfzehntes Kapitel

Einmal oben angelangt, hatte ich den besten Blick auf die Umgebung, den ich mir nur wünschen konnte, und ich sah Frank Penrose und John Rashleigh durch den Park gehen und sich dann trennen. Mich quälte dauernd der Gedanke, der Junge könne sich ins Wasser gestürzt haben und würde nun mit der steigenden Flut an die Klippen von Polkerris getrieben werden.

Matty schob meinen Stuhl auf und ab, aber noch war nichts zu sehen, nichts als das Vieh, das auf den fernen Hügeln weidete, und das Korn, das sich unter der Brise beugte.

Jetzt schickte ich Matty ins Haus, um einen Mantel zu holen, denn die Brise wurde stärker, und als sie zurückkam, erzählte sie mir, von der Straße drängten sich schon Flüchtlinge in den Park, Frauen, Kinder und Greise, alle ihre Habseligkeiten auf dem Rücken, und bäten um Schutz, denn der Weg nach Truro sei abgeschnitten, und überall stünden die Rebellen. Meine Schwester Mary wußte nicht, was sie ihnen sagen sollte, und so hatten viele bereits in der Fasanerie Feuer angezündet und sich einen Unterschlupf für die Nacht bereitet.

«Als ich jetzt aus dem Haus kam», erzählte Matty, «wurde eben eine Sänfte, von vier Pferden getragen, im Hof abgesetzt, und eine Dame, die darin saß, bat um Unterkunft für sich und ihre jungen Töchter. Ich hörte den Diener sagen, sie seien bereits neun Stunden unterwegs.»

Ich dankte Gott in meinem Herzen, daß wir in Menabilly geblieben waren und nicht den Kopf verloren hatten wie alle diese Unglücklichen.

«Geh zurück, Matty», sagte ich, «und sieh zu, ob du meiner Schwester nicht helfen kannst. Keiner von den Dienstleuten ist noch ganz bei Verstand.» Sie war kaum zehn Minuten fort, als ich zwei Gestalten über das Feld auf mich zukommen sah. Die eine von ihnen erblickte mich und winkte mit dem Arm, während sie mit dem andern ihren Begleiter festhielt.

Es war John Rashleigh, und er hatte Dick bei sich.

Als sie mich erreichten, sah ich, daß der Junge ganz durchnäßt und

Gesicht und Hände zerkratzt waren; aber diesmal erschrak er nicht vor dem Anblick des Blutes, sondern sah mich trotzig an.

«Ich will nicht fort», sagte er, «ihr könnt mich nicht zwingen.»

John Rashleigh schüttelte den Kopf und zuckte die Schultern. «Es hat keinen Zweck, Honor», sagte er. «Wir müssen ihn hier behalten. Es ist jetzt starke Brandung am Strand, und ich habe dem Boot ein Zeichen gegeben, den Hofmeister über die Bucht nach Mevagissy oder Gorrau zu bringen; dort muß er dann allein zusehen, was er tun kann. Und diesen Burschen da habe ich auf halbem Weg in den Klippen gefunden, eine Meile von Polkerris – er hat drei Stunden lang bis zum Gürtel im Wasser gestanden. Gott weiß, was Sir Richard zu der Pfuscherei sagen wird, die wir angerichtet haben.»

«Keine Sorge! Sir Richard will ich auf mich nehmen», sagte ich, «wenn – wenn wir ihn je wieder zu Gesicht kriegen. Der Junge muß jetzt mit mir ins Haus zurück und in trockene Kleider gesteckt werden, bevor man irgend etwas anderes mit ihm anfängt.»

Nun ist der Mauerweg so hoch gelegen, daß er eine schöne Aussicht nach Osten wie nach Westen bietet, und in diesem Augenblick, ich weiß nicht warum, drehte ich den Kopf nach der Küstenstraße, die von Coombe und Fowey nach Pridmouth hinunterführt, und da sah ich gegen den Horizont die Silhouette eines einzelnen Reiters. Im nächsten Augenblick hatten andere ihn eingeholt, blieben eine Weile auf der Höhe stehen und ritten dann, hinter ihrem Führer, den schmalen Weg zur Bucht hinunter.

John sah sie auch, denn unsere Blicke trafen sich jetzt, und wir sahen einander lange und wortlos an, während Dick zwischen uns stand, die Augen niedergeschlagen und mit klappernden Zähnen.

Richard hatte mich in früheren Tagen gewöhnlich mit meinem südlichen Blut geneckt, das, wie er behauptete, im Vergleich mit dem Blut in seinen Adern, das von der Nordküste stammte, nur träge fließe; aber ich schwöre, daß ich in den nächsten Sekunden ebenso rasch überlegte, wie er es je getan haben mochte oder tun würde.

«Hast du die Schlüssel deines Vaters?» fragte ich John. – «Ja», sagte er.

«Alle?» – «Alle.»

«Jetzt bei dir?» – «Ja.»

«Dann öffne die Tür des Sommerhauses!» – Er gehorchte mir, ohne zu fragen – Gott sei Dank, daß sein strenger Vater ihn Disziplin gelehrt hatte! –, und im nächsten Augenblick waren wir auf der Schwelle.

«Lüfte die Matte unter dem Schreibtisch», sagte ich, «und heb die Fliese!»

Er sah mich ganz erstaunt an, gehorchte aber ohne ein weiteres Wort. Im Nu war die Matte gelüftet, die Fliese gehoben, und man sah eine Treppe.

«Frag mich nicht weiter, John», sagte ich. «Es ist jetzt keine Zeit dazu. Ein Gang führt von dieser Treppe ins Haus. Nimm Dick mit, schließ den Eingang über dir sorgfältig und geh mit ihm bis ans Ende des Ganges. Du kommst zu einem kleinen Raum, von dem wieder eine Treppe aufwärts führt. Oben ist eine Tür, die sich vom Gang aus öffnen läßt. Versuch aber nicht, sie zu öffnen, bevor ich dir im Haus ein Zeichen gebe.»

Ich konnte sehen, daß der Sinn meiner Worte ihm nur langsam aufging, aber endlich blitzte doch ein gewisses Verständnis in seinen Augen auf.

«Das Zimmer neben dem deinen?» fragte er. «Mein Onkel John!»

«Ja», sagte ich. «Gib mir die Schlüssel! Geh schnell!»

Jetzt gab es keine Schwierigkeiten mehr mit Dick. Er hatte mir angemerkt, daß die Gefahr tödlich nahe war und die Zeit für Versteckenspiele vorüber. Wie ein erschrockenes Kaninchen kroch er in das Loch hinunter. Ich sah zu, wie John die Matte über die Fliese legte; dann kletterte er Dick nach und schloß die Öffnung über seinem Kopf.

Das Sommerhaus war wie vorher, leer und unberührt. Ich beugte mich in meinem Stuhl vor, sperrte die Tür zu und steckte die Schlüssel zu mir. Die Reiter würden unterdessen die Bucht erreicht, ihre Pferde bei der Mühle getränkt haben und binnen zehn Minuten in Menabilly sein.

Der Schweiß tropfte mir kalt über die Stirn, und während ich darauf wartete, daß Matty mich holen kam, dachte ich, daß ich in dieser Minute alles, was ich besaß, für einen guten Schluck Brandy geben würde.

Weit draußen auf den Hügeln konnte ich Frank Penrose erblicken, der immer noch hoffnungslos nach Dick forschte, während auf den Wiesen im Westen eine der Bauersfrauen die Kühe rief und nicht an die Soldaten dachte, die den Weg heraufgeritten kamen.

In diesem Augenblick eilte mein Patenkind Joan herbei, um mich zu holen, ihr hübsches Gesicht war ganz verstört, und ihr weiches dunkles Haar flatterte im Wind.

«Sie kommen!» rief sie. «Wir haben sie von den Fenstern aus

gesehen. Zu Dutzenden reiten sie jetzt schon durch den Park!»

Ein Schluchzen erstickte ihre Worte, und sie rollte mich hastig den Weg hinunter; mich packte eine plötzliche Panik. Wenn nur das Tor von Menabilly noch offen war und ich hinein konnte! «Ich habe überall John gesucht», stammelte sie, «aber ich kann ihn nicht finden. Einer der Knechte sagt, er habe ihn draußen beim Gribben gesehen. O Honor, die Kinder – was wird aus uns werden? Was wird geschehen?»

Ich konnte vom Park her Geschrei hören, und über den harten Boden vor den Parktoren tönte der regelmäßige, rhythmische Hufschlag trabender Pferde; nicht das leichte Hufgeklapper einer Schwadron, sondern Reihe um Reihe, das erbarmungslose Stampfen eines ganzen Regiments, das Knarren der Sättel und der dünne Ton eines Horns.

An den Fenstern der Galerie erwarteten sie uns, Alice und Mary, die Sawles und die Sparkes, eine zitternde kleine Schar verschreckter Menschen, jetzt in der Gefahr geeint, und zwei andere Gesichter, die ich nicht kannte, die kränklichen, verschüchterten Gesichter fremder Kinder mit Spitzenhauben auf den Köpfen und großen Spitzenkragen. Ich erinnerte mich jetzt an jene unbekannte Dame, die sich der Barmherzigkeit meiner Schwester anvertraut hatte, und als wir in die Halle eintraten und das Tor hinter uns zuschlugen, sah ich die Pferde, die die Sänfte gebracht hatten, noch angeschirrt im Hof stehen, nur daß die Knechte sie zugedeckt hatten; mit weißroten Decken, die an den Ecken einen Drachenkopf trugen. Einen Drachenkopf – aber als meine Erinnerungen eben in die Vergangenheit schweiften, hörte ich, wie ihre Stimme sich kalt und klar über die Stimmen der andern erhob. «Wenn es nur Lord Robartes wäre! Dann kann ich euch versichern, daß euch kein Leid geschehen wird. Ich war mit ihm immer gut bekannt und bin bereit, euretwegen mit ihm zu sprechen.»

«Ich habe ganz vergessen, es dir zu sagen», flüsterte Joan. «Sie ist vor kaum einer Stunde mit ihren beiden Töchtern angekommen. Die Straße war besetzt, und sie konnten nicht durch St. Blazey. Es ist Mrs. Denys von Orley Court.»

Ihre Augen wandten sich zu mir. Dieselben schmalen Augen mit den schweren Lidern, die ich oft in Fieberträumen gesehen hatte, und ihr goldenes Haar, goldener als damals, denn zu der Natur hatte sich die Kunst gesellt und hatte sie übertroffen. Sie fuhr zusammen, als sie mich sah, und eine Sekunde lang spürte ich ein Unbehagen in ihren Augen aufflackern. Dann aber lächelte sie ihr langsames, falsches

Lächeln, das ich so gut kannte, und streckte die Hände aus. «Ach, Honor!» rief sie. «Das ist wirklich eine Freude! Mary hatte mir nicht gesagt, daß du auch in Menabilly bist.» Ich übersah die ausgestreckten Hände, denn ein Krüppel in seinem Stuhl darf es sich leisten, so unmanierlich zu sein, wie er will, und als ich ihren Blick erwiderte, Mißtrauen und böse Ahnungen im Herzen, hörten wir die Pferde in den Hof sprengen und die Hörner blasen. Die arme Temperance Sawle fiel auf die Knie, die Kinder jammerten, und meine Schwester Mary, die Arme um Joan und Alice gelegt, blieb ganz blaß und still stehen. Nur Gartred sah das Schauspiel mit kühlen Augen an, und ihre Hände spielten unbefangen mit ihrem Gürtel.

«Beten Sie inständig und beten Sie schnell, Mrs. Sawle», sagte ich, «die Geier sammeln sich schon.» Und da kein Branntwein vorhanden war, schenkte ich mir aus einem Krug Wasser ein und hob mein Glas Gartred entgegen.

Sechzehntes Kapitel

Ich erinnere mich, daß es Will Sparke war, der das Tor aufschließen ging – obgleich er der erste gewesen war, der es verriegelt hatte –, und während er es tat, entschuldigte er sich mit seiner hohen, zittrigen Stimme. «Es ist zwecklos, sie gleich von Anfang an zu verletzen. Unsere einzige Hoffnung ist, daß sie bei guter Laune bleiben.»

Wir konnten durch die Fenster sehen, wie die Reiter jetzt abstiegen und sich mit den selbstbewußten, harten Gesichtern unter den dicht anliegenden Helmen umschauten, und ich hatte den Eindruck, daß sie alle vollkommen gleich aussahen mit ihren kurzgeschorenen Köpfen und den dunkelbraunen Lederkollern, und diese rücksichtslose Einförmigkeit wirkte grimmig und bestürzend. In den Gärten waren ihrer jetzt noch mehr, die Hufe ihrer Pferde zerstampften den grünen Rasen und die kleinen Buchsbäume als erstes Zeichen der Vernichtung, und während der ganzen Zeit tönte der dünne, hohe Schall des Horns, wie wenn ein Jäger seine Hunde zur Hatz zusammenruft. Schon hörten wir ihre schweren Schritte im Haus durch den Speisesaal stapfen, und nun kehrte Will Sparke über die Treppe in die Galerie zurück, ein nervöses Lächeln auf dem Gesicht, aus dem jede Farbe gewichen war. Hinter ihm kamen drei Offiziere, der erste ein großer, plumper Mann mit langer Nase und massigem Kinn, eine grüne Feldbinde umgebunden. Ich erkannte sogleich Lord Robartes, den Besitzer von Lanhydrock, einem großen Gut an der Straße nach Bodmin, der in früheren Zeiten mit meinem Bruder Kit gejagt hatte, uns andern aber wenig bekannt war. Jetzt war er unser Feind und konnte mit uns machen, was er wollte.

«Wo ist der Besitzer des Hauses?» fragte er und sah den alten Nick Sawle an, der sich abwandte.

«Mein Gatte ist nicht hier», sagte Mary und trat vor, «und mein Stiefsohn ist irgendwo auf dem Gut.»

«Sind alle Hausbewohner hier versammelt?»

«Alle bis auf die Dienstleute.»

«Sie halten keine Feinde verborgen?» – «Nein.»

Lord Robartes wandte sich zu dem Offizier neben ihm.

«Durchsuchen Sie Haus und Gut gründlich», sagte er. «Brechen Sie jede Tür auf, die Sie verschlossen finden, und klopfen Sie die Täfelungen nach versteckten Höhlungen ab. Geben Sie den Gutsleuten Befehl, Schafe, Rinder und alles andere Vieh zusammenzutreiben. Lassen Sie es bewachen und die Kornspeicher auch. Wir werden diese Galerie und die anderen Räume zu ebener Erde für uns in Anspruch nehmen. Die Truppe biwakiert im Park.»

«Sehr wohl, Sir.» Der Offizier nahm Achtungstellung an, und dann ging er. Lord Robartes zog einen Stuhl an den Tisch, und der andere Offizier reichte ihm Papier und eine Kielfeder.

«Und jetzt, Madam», sagte er zu Mary, «nennen Sie mir Ihren vollen Namen und Namen und Beschäftigung aller andern Mitglieder des Haushalts.»

Er trug uns alle in seine Liste ein und musterte jedes seiner Opfer scharf, als wäre die bloße Nennung von Name und Alter schon ein Zeichen der Schuld. Nur als er zu Gartred kam, wurden seine Züge ein wenig freundlicher. «Eine schlechte Reisezeit, Mrs. Denys», sagte er. «Sie hätten besser getan, in Orley Court zu bleiben.»

«Es sind so viele Soldaten überall, und manche haben nur wenig Disziplin und Respekt», sagte Gartred lässig. «Es ist nicht sehr angenehm für eine Witwe mit kleinen Töchtern, allein zu leben, wie ich es tue. Durch meine Reise hoffte ich, aus dem Kampfgebiet zu entkommen.»

«Das war ein Irrtum», antwortete er, «und zu meinem Bedauern müssen Sie nun die Folgen dieses Irrtums tragen. Sie werden hier mit Mrs. Rashleigh und den andern Mitgliedern des Haushalts unter Aufsicht bleiben.»

Gartred verbeugte sich, ohne zu antworten. Lord Robartes stand auf. «Sobald die Gemächer im oberen Stockwerk durchsucht worden sind, können Sie sich dorthin zurückziehen», sagte er zu Mary und zu uns allen.

«Aber ich muß verlangen, daß Sie dort bleiben, bis neue Befehle erteilt werden. Einmal im Tag wird Ihnen gestattet, sich unter strenger Bewachung hier im Garten aufzuhalten. Sie müssen Ihre Mahlzeiten bereiten, wie Sie eben können. Wir übernehmen die Aufsicht über die Küche, und Ihnen werden bestimmte Lebensmittel zugeteilt werden. Ihre Schlüssel, Madam.»

Ich sah, wie Mary schwankte und dann zögernd und widerwillig den Schlüsselbund von ihrem Gürtel löste. «Kann ich nicht selber in die Küche gehen?»

«Nein, Madam. Die Vorräte gehören Ihnen nicht länger, sondern sind Besitz des Parlaments, wie alles, was sich auf diesem Gut befindet.»

Ich dachte an die Töpfe mit Vorräten auf Marys Bordbrettern, den Honig, die Konfitüren, den eingesalzenen Fisch und die geräucherten Schinken und die gepökelten Hammelrippen. Ich dachte an das Brot im Backhaus, das Mehl in den Kisten, das Korn auf den Speichern, das Obst im Obstgarten. Und während ich an all das dachte, dröhnten über uns schwere Schritte, tönte von unten her der Schall des Horns.

«Ich danke Ihnen, Madam. Ich muß Sie und die andern warnen: Jeder Fluchtversuch, jede Widersetzlichkeit gegen meine Befehle wird mit äußerster Strenge bestraft werden.»

«Und wie ist es mit Milch für die Kinder?» fragte Joan, den Kopf hoch und die Wangen gerötet. «Wir müssen doch Milch und Butter und Eier haben. Mein kleiner Sohn ist sehr zart und neigt zu Halskrankheiten.»

«Es werden Ihnen täglich bestimmte Lebensmittel zugeteilt werden, Madam, das habe ich bereits gesagt», erklärte Lord Robartes. «Wenn die Kinder mehr Ernährung brauchen, dann müssen Sie das untereinander ausmachen. Ich habe etwa fünfhundert Mann hier einzuquartieren, und ihre Bedürfnisse gehen den Bedürfnissen der Hausbewohner und der Kinder vor. Und jetzt können Sie in Ihre Zimmer gehen.»

Das war der Augenblick, den ich abgewartet hatte; ich winkte Joan zu, und sie trat zu mir. «Du mußt deine Zimmer Mrs. Denys geben», flüsterte ich, «und zu mir ins Pförtnerhaus ziehen. Ich werde mein Bett ins Nebenzimmer stellen lassen.»

Ihre Lippen formten eine Frage, aber ich schüttelte den Kopf. Sie hatte Verstand genug, trotz ihrer Aufregung nicht zu widersprechen, und ging sogleich zu Mary, um ihr den Vorschlag zu machen, aber Mary war durch den Verlust ihrer Schlüssel derart in Verwirrung, daß ihre natürliche Gastfreundlichkeit sie verlassen hatte.

«Ich bitte Sie, sich meinetwegen durchaus nicht stören zu lassen», sagte Gartred lächelnd und legte die Arme um ihre Kinder. «May und Gertie und ich können uns überall zurechtfinden. Das Haus ist ja wie ein Kaninchenbau – ich erinnere mich von früher daran.»

Wir verschwanden durch die Tür, vor der die Dienstleute sich wie eine Herde erschrockener Schafe duckten, und Matty und zwei andere ergriffen die Armlehnen meines Stuhls. Schon herrschten die Soldaten in der Küche, der Rindsbraten, der für uns auf dem Herd gestanden hatte, wurde in große Scheiben geschnitten und verteilt, während weitere drei Soldaten, zwei Gemeine und ein Unteroffizier, die Stiege hinuntergingen, beladen mit Marys kostbaren Vorräten.

Ein anderer trug einen mächtigen Stoß Leintücher und eine reichgestickte Decke, die für den Winter in die Wäschekammer gelegt worden war.

«Ja, aber das dürfen Sie doch nicht nehmen», sagte Mary. «Wo ist ein Offizier? Ich muß mit jemandem sprechen, der zu bestimmen hat.»

«Ich habe den Auftrag», erwiderte der Sergeant, «alle Bettücher und alle Decken, die wir finden, zu beschlagnahmen. Regen Sie sich also nicht auf, Lady, es wird Ihnen niemand helfen.» Sie starrten uns ganz kühl ins Gesicht, einer schenkte sogar Alice einen frechen, vertraulichen Blick und flüsterte einem Kameraden etwas ins Ohr.

O Gott, wie ich sie in diesem Augenblick haßte! Ich, die ich den Krieg bis zum heutigen Tag mit Ironie und Zynismus betrachtet hatte und mit einem bitteren Schulterzucken, war jetzt von brennender Wut erfüllt, als er in meine Nähe kam. Ihre schmutzigen Stiefel trampelten über die Böden, und im Obergeschoß waren mutwillige Beschädigungen zu sehen, wo sie ihre Piken in die Täfelung gebohrt oder Wandbehänge zerrissen hatten. In Alices Zimmer waren die Schränke aufgebrochen, und der Inhalt lag zerstreut auf dem Boden. Schon hing ein Fenster mit zersplitterten Scheiben in den Angeln. Inmitten des Zimmers stand Alices Kinderfrau, weinend und händeringend, denn die Soldaten hatten einiges von dem Bettzeug der Kinder weggeschleppt, und ein plumper Tölpel hatte die Lieblingspuppe der Kinder zertreten. Bei diesem Anblick brachen die kleinen Mädchen in lautes Jammern und Heulen aus, und ich begriff jetzt die wahnsinnige Wut, die einen Mann in Kriegszeiten erfassen und dazu bringen kann, einen Mord zu begehen. In den Gärten zertrampelten die Soldaten die schöngepflegten Beete, die Pferde traten die jungen Pflanzen in den Boden, deren Blütenblätter verstreut und beschmutzt unter den Hufen lagen.

Ich warf einen Blick darauf und bat dann Matty und die andern Dienerinnen, mich in mein Zimmer zu bringen. Es hatte ähnliche Verwüstungen erlitten, das Bett war umgestürzt, die Bezüge von den Stühlen gerissen, all das ohne Sinn und Zweck, und sie hatten mir auch die Mühe erspart, das versperrte Zimmer aufschließen zu müssen, denn die Tür war aufgebrochen worden, und das Holz der Füllung lag in Stücken auf dem Boden. Die Wandbehänge waren zerfetzt, doch der Teppich, der vor dem Pfeiler hing, war noch da und unangetastet geblieben.

Nachdem die beiden Zimmer in Ordnung gebracht worden waren und die Mägde Matty dabei geholfen hatten, auch die Tür wieder halbwegs instand zu setzen, um mir eine gewisse Abgeschlossenheit zu ermöglichen, sandte ich sie zu Joan, die ihnen helfen sollte, an der Südseite des Hauses Platz für Gartred zu schaffen. Alles war jetzt still, bis auf das beständige Auf und Ab der Soldaten im Hof und das Kommen und Gehen in der Küche unter mir. Sehr behutsam rollte ich mich in die Nordostecke des Zimmers und lüftete den Teppich. Ich ließ meine Hände über die Steinmauer gleiten, wie ich es schon einmal in der Dunkelheit getan hatte, als Jonathan mich überraschte, doch ich konnte auch diesmal keinen Spalt, keine Ritze im Stein entdecken.

Da erkannte ich, daß die Tür sich nur von außen öffnen ließ, heute für uns, die sie benützen mußten, ein großer Nachteil, aber zweifellos von dem Erbauer des Hauses sehr listig ausgedacht, damit sein wahnsinniger Sohn nicht nach Belieben kommen und gehen konnte. Ich schlug mit den Fäusten gegen die Mauer, aber sie tönte nicht hohl. Ich rief leise «John!», erwartete aber keine Antwort und erhielt auch keine.

Das war ein neues, schlimmes Dilemma, denn ich hatte John aufgetragen, keinerlei Versuch zu unternehmen, um in das Zimmer zu gelangen, weil ich darauf vertraut hatte, daß ich den Eingang von innen her finden würde. Das konnte ich nun nicht, und John und Dick warteten unterdessen in der Zelle unterhalb des Pfeilers auf mein Signal. Ich preßte mein Gesicht gegen die Mauer und rief: «John – John!», so laut ich es wagen durfte, aber mit sinkendem Mut erkannte ich, daß meine Stimme den unerbittlichen Stein niemals zu durchdringen vermochte.

Da hörte ich Schritte auf dem Gang, ließ den Vorhang fallen, rollte ans Fenster zurück und tat, als würde ich in den Hof hinunterschauen. Ich hörte die Schritte jetzt im Nebenzimmer, und einen Augenblick später wurde laut an meine Tür geklopft. «Herein!» rief ich, und die kaum reparierte Türe wurde aufgestoßen und hing lahm in ihren Angeln. Lord Robartes selbst betrat mein Zimmer, gefolgt von einem seiner Offiziere und Frank Penrose, dem die Hände auf dem Rücken gebunden waren.

«Ich bedaure dieses plötzliche Eindringen», sagte Lord Robartes, «aber wir haben soeben diesen Mann auf dem Feld draußen gefunden. Er hat uns einige Informationen gegeben, die ich interessant finde und die Sie wohl noch vervollständigen können.»

Ich warf Frank Penrose einen Blick zu. Er war ganz eingeschüchtert, sah sich um wie eine gehetzte Häsin und ließ die Zunge über die Lippen gleiten.

Ich antwortete nicht, sondern wartete ab, was Lord Robartes weiter sagen würde.

«Es scheint, daß bis zum heutigen Tage der Sohn Skellum Grenviles mit seinem Hofmeister hier gewohnt hat», sagte er und ließ keinen Blick von mir. «Sie sollen vor wenigen Stunden mit einem Fischerboot nach St. Mawes gebracht worden sein. Sie waren die Patin des Jungen, und Ihnen war er anvertraut, soviel ich höre. Wo sind die beiden jetzt?»

«Irgendwo jenseits des Dodman, hoffentlich», antwortete ich.

«Als das Boot von Polkerris fortsegelte, soll der Junge nicht zu finden gewesen sein», fuhr er fort, «und Penrose und John Rashleigh gingen auf die Suche nach ihm. Meine Leute haben aber weder John Rashleigh noch den Jungen finden können. Wissen Sie, was aus ihnen geworden ist?»

«Nein», sagte ich. «Ich hoffe nur, daß sie auf dem Boot sind.»

«Sie wissen wohl», sagte er barsch, «daß ein hoher Preis auf Skellum Grenviles Kopf gesetzt ist, und ihn oder einen seiner Verwandten zu beherbergen, wäre Hochverrat gegen das Parlament. In dieser Beziehung hat der Earl von Essex mir genaue Weisungen gegeben.»

«Wenn das so ist», meinte ich, «dann sollten Sie doch Mrs. Denys in strengeren Gewahrsam nehmen. Sie ist Sir Richards Schwester, wie Ihnen vermutlich bekannt ist.»

Damit hatte ich ihn in Verlegenheit gebracht. Er klopfte gereizt auf den Tisch. «Mrs. Denys steht, soviel ich weiß, in wenig oder gar keinen freundschaftlichen Beziehungen zu ihrem Bruder», sagte er steif. «Ihr verstorbener Gatte, Mr. Antony Denys, war als guter Freund des Parlaments und Gegner Karl Stuarts bekannt. Haben Sie mir sonst nichts über Ihr Patenkind zu sagen?»

«Nicht das geringste», erwiderte ich, «ich nehme nur an, daß es auf dem Fischerboot ist, und mit gutem Wind dürfte es jetzt schon auf halbem Weg nach St. Mawes sein.»

Er drehte mir den Rücken und verließ das Zimmer, gefolgt von dem unglücklichen Frank Penrose; und ich erkannte mit Erleichterung, daß Penrose ebensowenig von Dicks Verbleib wußte wie alle andern Bewohner von Menabilly, und, seiner Kenntnis nach, konnte meine Geschichte wahr sein, und beide, Dick und John, waren jetzt zehn Meilen weit auf dem Meer.

Und nun ahnte keine Seele im Haus das Geheimnis des Pfeilers außer mir allein, denn der Verwalter Langdon hatte meinen Schwager nach Launceston begleitet. Das war ein großer Vorteil, denn jeder Verrat war ausgeschlossen. Noch aber konnte ich das Problem nicht lösen, wie ich die beiden Flüchtlinge, die ich selber eingesperrt hatte, mit Speise und Trank versorgen und ihnen Trost zusprechen sollte. Und noch eine andere Furcht begann an mir zu nagen, denn ich erinnerte mich an meines Schwagers Worte: «. . . wo Luftmangel und strenge Absperrung ihn bald bewußtlos machten, so daß man leicht mit ihm umgehen konnte . . .» Onkel John, der in der kleinen Zelle unter dem Pfeiler nach Luft rang! Wieviel Luft gelangte durch den Tunnel in die Zelle? Genügte es für einige Stunden?

Abermals tropfte mir der Schweiß über das Gesicht, und halb unbewußt wischte ich ihn mit der Hand fort. Ich war besiegt. Ich hatte keinen Ausweg. Ein leichtes Geräusch im Nebenzimmer, das Weinen eines Kindes meldete mir, daß Joan mit ihren Kleinen das Zimmer nebenan bezogen hatte, und im nächsten Augenblick kam sie zu mir, die kleine Mary in den Armen und den kleinen Jonathan am Rock.

Die Stunden schleppten sich entsetzlich langsam weiter, und die Sonne sank schon hinter den Bäumen am Ende des Parks. Die Luft war dick vom Rauch der Lagerfeuer.

Und die ganze Zeit hindurch wurde unten hin und her gegangen, wurden Befehle gegeben, stampften die Pferde, und irgendwo weit im Park tönte die hartnäckige Trompete, der eine andere, manchmal unter unseren Fenstern, antwortete. Die Kinder waren unruhig, wälzten sich in ihren Bettchen und riefen nach ihrer Mutter oder nach Matty, und wenn Joan nicht mit ihnen beschäftigt war, stand sie am Fenster und berichtete mit flammenden Wangen immer neue Gewalttaten.

«Sie haben alles Vieh von den Weiden hier in den Park getrieben und eingepfercht», sagte sie, «und jetzt treiben sie die jungen Ochsen in eine andere Einfriedung.» Plötzlich schrie sie entrüstet auf. «Sie haben drei geschlachtet», sagte sie. «Die Männer zerlegen sie jetzt am Feuer. Und nun treiben sie auch die Schafe her!» Wir konnten das ängstliche Blöken und jetzt auch das Brüllen der Rinder hören. Ich dachte an die fünfhundert Mann, die hier im Park lagerten, und die vielen hundert zwischen uns und Lostwithiel, und daß sie und ihre Pferde ernährt werden müßten, aber ich sagte nichts. Joan schloß das Fenster, denn der Rauch der Lagerfeuer stieg stickig in das Zimmer, und der Lärm der Männer, die schrien und Befehle riefen, war ein widriges, beängstigendes Geräusch. Die Sonne sank, und die Schatten wuchsen.

Um halb neun etwa brachte Matty uns ein kleines Stück Pastete auf einem einzigen Teller und eine Karaffe Wasser. Ihre Lippen waren wütend aufeinandergepreßt.

«Das ist für Sie beide», sagte sie. «Mrs. Rashleigh und Lady Courtney haben es nicht besser. Lady Courtney hat eine Suppe für das Frühstück der Kinder gekocht, wenn wir keine Eier kriegen sollten.»

Joan aß meine Portion und die ihre, denn ich hatte keinen Hunger. Ich vermochte nur an eines zu denken, und das war, daß nun fünf Stunden lang ihr Gatte und Richards Sohn im Pfeiler versteckt lagen. Matty brachte Kerzen, und nun kamen Alice und Mary gute Nacht sagen; die arme Mary sah plötzlich vor Angst und Schrecken wie eine alte Frau aus und hatte tiefe Schatten unter den Augen.

«Sie fällen die Bäume im Obstgarten», sagte sie. «Ich habe gesehen, wie sie die Zweige absägen und das junge Obst abreißen, das noch kaum grün ist. Ich habe Lord Robartes eine Botschaft gesandt, aber er hat mir nicht geantwortet. Den Knechten wurde von den Soldaten befohlen, morgen das Korn zu schneiden, die Gerste von achtzehn Morgen Land und den Weizen vom großen Feld. Und bis zur Ernte sind noch drei Wochen!»

Die Tränen rollten über ihre Wangen, und sie wandte sich zu Joan. «Warum kommt John denn nicht?» fragte sie mit unnütz vorwurfsvollem Ton. «Warum ist er nicht hier, um seines Vaters Haus zu schützen?»

«Wenn John da wäre, könnte er auch nichts tun», sagte ich rasch, bevor Joan eine heftige Antwort geben konnte.

«Verstehst du denn nicht, Mary, daß das der Krieg ist? Das geschieht überall in England, und wir in Cornwall bekommen es erst jetzt zu spüren.»

Während ich sprach, drang lautes Gelächter vom Hof herauf, und eine Flamme züngelte bis zum Fenster. Die Soldaten brieten einen Ochsen, und weil sie zu faul waren, Feuerholz zu holen, zerschlugen sie die Türen von Milchkammer und Backhaus und nährten damit ihre Feuer.

«Es müssen dreißig Offiziere in der Galerie zum Essen gewesen sein», sagte Alice ruhig. «Wir haben sie nachher von unseren Fenstern aus auf der Terrasse auf und ab gehen gesehen. Einer oder zwei waren aus Cornwall – ich erinnere mich, daß ich sie vor dem Krieg gesehen habe –, aber die meisten waren Fremde.»

«Es heißt, daß der Earl von Essex in Fowey sein soll», sagte Joan, «und dort im Schloß sein Hauptquartier aufgeschlagen hat. Ob es wahr ist oder nicht, weiß ich nicht.»

«Die Treffys werden nicht zu leiden haben», sagte Mary bitter. «Sie haben zu viele Verwandte, die auf der Seite der Rebellen kämpfen. Bridgets Vorratskammern werden nicht geplündert worden sein.»

«Geh zu Bett, Mutter», sagte Alice sanft. «Honor hat recht -- es nützt nichts, sich zu grämen. Wir sind bis jetzt verschont gewesen. Wenn nur der Vater und Peter irgendwo in Sicherheit beim Heer des Königs sind, ist alles andere unwichtig.»

Sie gingen in ihre Zimmer hinüber und Joan ins Nebenzimmer zu den Kindern, während Matty mir beim Ausziehen half und nichts von meinen geheimen Ängsten ahnte.

«Eine Entdeckung habe ich heute abend gemacht», sagte sie grimmig und bürstete mein Haar.

«Und was ist das?» – «Mrs. Denys hat ihren Geschmack an Männern noch immer nicht verloren.»

Ich sagte nichts, sondern wartete auf das, was nun folgen mußte.

«Sie und die andern und Mrs. Sawle und Mistress Sparke haben nichts als ein Stück trockene Pastete gekriegt», sagte sie, «aber zu Mrs. Denys wurden Braten und Burgunder hinaufgetragen, und auf dem Tablett waren zwei Gedecke. Ihre Kinder wurden in das Ankleidezimmer gesteckt und hatten zu zweit ein Huhn.»

Ich begriff, daß Mattys Neigung, zu horchen und Klatsch weiterzutragen, uns in der nächsten Zukunft von Nutzen sein konnte.

«Und wer war der Glückliche, der mit Mrs. Denys speiste?» fragte ich.

«Lord Robartes selber», sagte Matty mit bitterem Triumph.

Mein erster Verdacht wurde zur Gewißheit. Es war kein bloßer Zufall, der Gartred nach fünfundzwanzig Jahren hierher nach Menabilly gebracht hatte. Sie war mit einer bestimmten Absicht hier.

«Lord Robartes sieht nicht schlecht aus», sagte ich. «Ich könnte ihn ja einladen, an einem andern Abend mein kaltes Essen zu teilen.»

Matty brummte und hob mich ins Bett. «Ich möchte Sir Richards Gesicht sehen, wenn Sie das täten», fuhr sie mich an.

«Sir Richard hätte nichts dagegen», antwortete ich. «Nicht, wenn sich irgend etwas dabei gewinnen ließe.»

Ich heuchelte eine Gemütsverfassung, von der ich weit entfernt war, und nachdem sie die Kerzen ausgelöscht hatte und gegangen war, legte ich mich zurück; meine Nerven waren am Zerreißen. Die

Flammen vor meinem Fenster erloschen, und langsam ebbte auch das Schreien und Lachen ab, das Stampfen der Füße, das Wiehern der Pferde, der Ton der Trompete verstummten. Ich hörte die Uhr auf dem Turm zehn, dann elf und dann Mitternacht schlagen. Die Menschen im Hause waren still geworden und draußen der Feind auch. Kurz nach Mitternacht heulte ein Hund in der Ferne, und als wäre das ein Signal, spürte ich plötzlich einen kalten Luftzug an meiner Wange. Ich setzte mich im Bett auf und wartete. Der Luftzug dauerte an und kam unmittelbar von dem Wandteppich her.

«John», flüsterte ich, und nochmals «John!» Ich hörte einen Laut hinter dem Teppich wie das Kratzen einer Maus. Langsam, verstohlen schob eine Hand den Teppich zur Seite, und eine Gestalt wurde sichtbar, die auf allen vieren zu meinem Bett kroch. «Ich bin's, Honor», sagte ich, und die kalte, eiskalte, feuchte Hand berührte mich und klammerte sich an mich, und die dunkle Gestalt schob sich auf mein Bett und lag zitternd neben mir.

Es war Dick, dessen Kleider noch immer feucht und kalt an ihm klebten, und er begann vor Erschöpfung und Angst lange und still zu weinen.

Ich drückte ihn an mich und wärmte ihn, so gut ich konnte, und als er sich beruhigt hatte, flüsterte ich: «Wo ist John?»

«In dem kleinen Raum», sagte er, «am Fuß der Treppe. Wir saßen da und haben eine Stunde nach der andern gewartet, und du bist nicht gekommen. Ich wollte zurückgehen, aber Mr. Rashleigh hat mich nicht fortgelassen.» Er schluchzte wieder, und ich zog ihm die Decke über den Kopf.

«Er ist jetzt da unten ohnmächtig geworden», sagte er. «Er liegt auf der Treppe, das Gesicht in den Händen. Ich habe das Seil erwischt, das dort hängt, und daran gezogen, und da hat der Stein sich gedreht, und ich konnte hier hereinkommen. Mir war alles gleich – ich konnte nicht länger bleiben, Honor. Es ist pechschwarz unten und enger als ein Grab.»

Er zitterte noch immer und barg den Kopf an meiner Schulter. Ich blieb liegen und überlegte, ob ich Joan rufen und so das Geheimnis verraten sollte oder warten, bis Dick sich beruhigt hatte, und ihn mit einer Kerze zu John zurückschicken. Und während ich wartete und mein Herz schlug und meine Ohren auf den leisesten Laut horchten, da hörte ich einen Schritt auf dem Gang, das Geräusch des Riegels, der behutsam gehoben und wieder fallen gelassen wurde, als die Person auf dem Gang merkte, daß die Tür geschlossen war. Dann war es sekundenlang still, und dann entfernte der leise Schritt sich wieder mit einem schwachen Rascheln von Kleidern. Irgendwer hatte sich in der Stille der Nacht zum Zimmer geschlichen, und es war eine Frau. Ich lag in meinem Bett, die Arme um den schlafenden Knaben geschlungen, und die Uhr auf dem Turm schlug eins, dann zwei, dann drei . . .

Siebzehntes Kapitel

Als das erste Grauen des Morgens durch die Läden drang, weckte ich Dick, der wie ein kleines Kind mit dem Kopf auf meiner Schulter schlief; er rieb sich die Augen und kam zur Besinnung. Da bat ich ihn, die Kerze anzuzünden und in die Zelle zurückzukriechen. Ich fürchtete vor allem, daß John aus Mangel an frischer Luft ohnmächtig geworden war, und bei seiner nicht sehr kräftigen Natur hätte alles mögliche geschehen sein können. Niemals in diesen fünfzehn Jahren, seit ich ein Krüppel war, hätte ich meine Beine so dringend gebraucht, aber ich war hilflos. Wenige Minuten später war Dick wieder da, sein kleines Geistergesicht wirkte in dem grauen Morgenschimmer noch blasser als je.

«Er ist wach», sagte er, «aber sehr krank, glaube ich. Er zittert am ganzen Körper und scheint nicht zu wissen, was geschehen ist. Sein Kopf brennt, aber sonst ist er eiskalt.»

So lebte er denn wenigstens, und eine Welle von Dankbarkeit überflutete mich. Doch nach Dicks Schilderung erkannte ich, was geschehen war. Das Fieber, das ihn seit seiner Geburt plagte, hatte John wieder mit gewohnter Heftigkeit befallen, und nach zehn Stunden in der Zelle war das kaum verwunderlich. Ich faßte einen raschen Entschluß. Ich bat Dick, den Stuhl neben mein Bett zu rücken, und mit seiner Hilfe hob ich mich hinein. Dann rollte ich mich an die Verbindungstür und rief nach Matty. Joan antwortete mir mit schläfriger Stimme, und eines der Kinder rührte sich.

«Es ist nichts», sagte ich. «Ich möchte nur, daß Matty zu mir kommt.»

Wenige Sekunden später erschien das runde, häßliche Gesicht, unter der Nachthaube gähnend, an der Tür; und Matty hätte mich gescholten, weil ich ohne ihre Hilfe aufgestanden war, aber ich legte warnend den Finger an den Mund.

Die Dringlichkeit der Lage war so, daß das Versprechen, das ich meinem Schwager gegeben hatte, nun gebrochen werden mußte, so wenig auch davon geblieben war. Und ohne Matty konnte ich unmöglich handeln. Sie trat ein, und ihre Augen rundeten sich erstaunt, als sie Dick erblickte.

«Du liebst mich doch, Matty», sagte ich zu ihr. «Jetzt brauche ich einen Beweis deiner Liebe wie nie zuvor. Sicherheit und Leben dieses Kindes sind in unseren Händen.» – Sie nickte, ohne zu antworten.

«Dick und Mr. John sind seit gestern abend hier verborgen», sagte ich. «Dort führt eine Treppe zu einem kleinen Raum in der Mauer. Mr. John ist krank. Du müßtest ihn holen und herbringen. Dick wird dir den Weg zeigen.»

Er schob den Teppich zur Seite, und zum erstenmal sah ich, wie die Tür funktionierte. Ein Steinblock von vier Quadratfuß hing an Angeln und ließ sich durch einen Hebel und ein Seil drehen, wenn man von der Stiege her an dem Seil zog. Die Öffnung war groß genug, um einen Mann durchkriechen zu lassen. Wenn der Stein die Öffnung schloß, war es unmöglich, vom Zimmer aus den Eingang zu entdekken, noch konnte man den Stein wegrücken, weil der Hebel ihn festhielt. Die kleine Treppe innerhalb des Pfeilers stieg steil in die Zelle hinunter, die eben nur erlaubte, daß ein Mann aufrecht stehen konnte. Mehr vermochte ich von meinem Stuhl aus nicht zu sehen; nur noch eine dunkle Masse, die auf den untern Stufen lag. Das mußte John sein. Bald würden die Soldaten das Haus unsicher machen, und so hatten wir nur wenig Zeit vor uns. Es mochte fünfzehn Minuten gedauert haben, bis wir ihn im Zimmer hatten, mir aber schien es eine Ewigkeit, und in diesen fünfzehn Minuten hatte das Tageslicht den Raum erfüllt, und unten im Hof begann wieder das Auf und Ab der Soldaten.

John war, Gott sei Dank, bei Bewußtsein und sein Geist klar, aber er zitterte am ganzen Körper und lag in hohem Fieber und brauchte nichts als sein Bett und die Pflege seiner Frau. Wir hielten rasch Rat, und ich beharrte fest darauf, daß niemand, nicht einmal Joan, seine Frau, und Mary, seine Stiefmutter, wissen durften, wie er ins Haus gekommen oder daß Dick noch bei uns war.

John sollte erzählen, daß das Fischerboot in eine der Buchten jenseits des Gribben eingefahren sei, wo er Dick an Bord gebracht habe, daß er dann, auf dem Rückweg über die Felder, die Ankunft der Soldaten beobachtet und sich bis zum Einbruch der Nacht verborgen gehalten habe. Doch das Fieber habe ihn befallen, und so sei er zu dem Entschluß gelangt, zurückzukehren, und darum sei er an der Bleiröhre und den Schlingpflanzen längst der Südfront des Hauses bis zum Fenster seines Vaters hinaufgeklettert. Um die Geschichte glaubhaft zu machen, mußte John sogleich in das Zimmer seines

Vaters gehen, wo seine Stiefmutter schlief, und sie wecken, damit sie seine Erzählung bestätigte. Und zwar mußte er das augenblicklich tun, bevor das Haus wach war. Ich dachte an das Versteckspiel, das ich in Lanrest mit meinen Brüdern und Schwestern gespielt hatte; jetzt, da es in tödlichem Ernst gespielt wurde, gab es keine Aufregung, nur eine erschöpfende Spannung, die den Schweiß auf die Stirn trieb, und eine Übelkeit im Magen. Als Matty zurückkehrte und berichtete, John sei glücklich im Zimmer seines Vaters untergebracht, war der erste Teil unserer Aufgabe beendet. Den nächsten hatte ich mit Dick zu erledigen, den ich mit einem Aufwand an Strenge und Autorität behandeln mußte, die mir sehr fern lagen. Ihm mußte klargemacht werden, daß er bei mir in meinem Zimmer bleiben durfte, aber darauf gefaßt sein mußte, vielleicht stundenlang in der geheimen Zelle auszuhalten, wo er auf einem Strohsack schlafen konnte, wenn Fremde in mein Zimmer kämen.

Er begann, wie ich erwartet hatte, zu weinen und flehte mich an, ihn nicht allein in der kleinen Zelle zu lassen. Er würde verrückt werden, sagte er, er könne das nicht aushalten; lieber sterben!

Ich war der Verzweiflung nahe, denn nun begann es sich im Haus zu regen, und die Kinder im Nebenzimmer sprachen schon.

«Schön», sagte ich. «Öffne die Tür, Matty. Ruf die Soldaten. Sag ihnen, daß Richard Grenviles Sohn hier ist und sich ihrer Gnade ergeben will. Sie haben scharfe Degen, und alle Qual wird rasch vorüber sein.» Gott vergebe mir, daß ich imstande war, den Knaben so zu erschrecken, aber das war die einzige Rettung.

Die Erwähnung der Degen weckte die Vorstellung von Blut und trieb alle Farbe aus seinem Gesicht, wie ich es vorausgesehen hatte. Er wandte sich zu mir, seine dunklen Augen glänzten verzweifelt, und er sagte: «Gut, ich werde tun, was Sie von mir verlangen.» Diese dunklen Augen sind es, die mich noch immer verfolgen und verfolgen werden bis zu meinem letzten Tag. Ich bat Matty, die Matratze von meinem Bett wegzunehmen, dazu den Stuhl, der am Fenster stand, und einige Decken, und das alles durch das offene Mauerloch hinunterzuschaffen. «Wenn die Luft rein ist», sagte ich, «dann werde ich es dich wissen lassen.»

«Wie können Sie das, wenn das Loch zu ist?» fragte Dick.

Und da war ich wieder vor dem Dilemma der letzten Nacht. Ich hätte vor Müdigkeit und Schwäche weinen können und sah verzweifelt zu Matty auf. – «Schließen Sie die Öffnung nicht vollständig», sagte sie, «sondern lassen Sie sie drei Zoll weit offenstehen. Wenn

Master Dick das Ohr an die Öffnung legt, kann er Ihre Stimme hören.»

Wir versuchten es, und obgleich mich der Plan nicht völlig befriedigte, schien es doch die einzige Lösung zu sein. Wir entdeckten auch, daß er mich bei einem Spalt von zwei oder drei Zoll hören konnte, wenn ich mit einem Stock auf den Boden klopfte, einmal, zweimal, dreimal. Und so verabredeten wir unsere Verständigung. Dreimal bedeutete ernste Gefahr, und dann mußte der Stein gänzlich in die Wand gedrückt werden.

Er war mit seiner Matratze, seinen Tüchern und einem halben Laib Brot, den Matty für ihn aufgetrieben hatte, in der Zelle verschwunden, als die Uhr auf dem Turm sechs schlug. Und da kam auch schon der kleine Jonathan aus dem Nebenzimmer, sein Spielzeug unter dem Arm, und verlangte laut, ich solle mit ihm spielen. Der Tag hatte begonnen. Wenn ich heute auf die unerträgliche Spannung und Qual jener Zeit zurückblicke, dann frage ich mich, wie in Gottes Namen ich das auszuhalten vermochte. Denn ich mußte nicht nur vor den Rebellen, sondern auch vor meinen Freunden, vor den Menschen, die ich liebte, auf der Hut sein. Mary, Alice und Joan mußten in Unkenntnis der Vorgänge gehalten werden, und ihre Besuche in meinem Zimmer, die in solchen Tagen ein Trost und eine Erquickung hätten sein sollen, erhöhten nur meine Besorgnis.

Was ich ohne Matty getan hätte, weiß ich nicht. Sie war, wie in der Vergangenheit, die Schildwache, die alle von meiner Türe fernhielt, wenn Dick bei mir war, und ich mußte den armen Kerl doch häufig den größten Teil des Tages bei mir behalten. Zum Glück diente mein Zustand als guter Vorwand, denn es war bekannt, daß ich auch vorher schon oft meine «schlechten Tage» gehabt hatte und man mich dann allein lassen mußte, und diese Lüge war jetzt mein einziger Schutz.

Johns Märchen wurde als reine Wahrheit hingenommen, und da er wirklich krank war und in hohem Fieber lag, durfte er im Zimmer seines Vaters bleiben, wo Joan ihn pflegte, und wurde nicht streng bewacht. Auch das scharfe Verhör, dem Lord Robartes ihn unterzog, konnte John nicht erschüttern, und zum Glück hatte Robartes allzu viele andere Sorgen, um sich noch länger darum zu kümmern, was aus Skellum Grenviles Sohn geworden sein mochte.

Vier ganze Wochen waren die Rebellen unsere Herren. Es sind jetzt fast zehn Jahre her seit jenem August 1644, aber jeder Tag dieses zeitlosen Monats ist mir ins Gedächtnis eingegraben.

Die erste Woche war heiß und stickig mit einem wolkenlos blau schimmernden Himmel, und noch heute habe ich den Geruch von Pferdefleisch, den Gestank schwitzender Soldaten in der Nase, der von dem schmutzigen Hof durch die Fenster zu mir heraufschlug.

Einmal am Tag durften wir für etwa dreißig Minuten in den Garten, und dann ließ ich Matty unter irgendeinem Vorwand in meinem Zimmer, und Alice schob meinen Stuhl, während die Kinderfrau mit den Kleinen ging.

Die armen Gärten waren verwüstet, die Buchsbäume gebrochen und die Blumenbeete zertrampelt; wir gingen auf den beschmutzten Wegen auf und ab, die Wachen an den Gartentüren musterten uns, und die Offiziere sammelten sich an den Fenstern der Galerie. Ihre abschätzenden, feindseligen Blicke brannten durch unsere Rücken, aber sie mußten der frischen Luft wegen ertragen werden, nach der wir uns sehnten, und manchmal drang auch ihr Gelächter zu uns. Ihre Stimmen waren hart und häßlich, denn die meisten waren aus London oder den östlichen Grafschaften, bis auf Lord Robartes' Stabsoffiziere – und ich konnte die Londoner Sprechart niemals ertragen, die jetzt überdies durch die Feindseligkeit der Sprecher noch fremder wirkte. Nicht ein einziges Mal sahen wir bei unseren Spaziergängen Gartred, obgleich ihre beiden Töchter, zurückhaltend und unfreundlich, im fernsten Winkel des Gartens spielten und uns und die andern Kinder mit ausdruckslosen Augen ansahen.

Keine von beiden hatte Gartreds Schönheit geerbt, sondern sie hatten die braunen Haare und den schweren Blick ihres toten Vaters, Antony Denys.

«Ich weiß nicht, wie ich das verstehen soll», flüsterte Alice mir zu. «Sie gilt als Gefangene wie wir, aber sie wird nicht als solche behandelt. Ich habe sie von meinem Fenster aus in dem Garten unter dem Sommerhaus gesehen, wie sie sich sehr heiter mit Lord Robartes unterhielt, und die Mägde sagen, daß er abends meist mit ihr speist.»

«Sie tut nur, was viele Frauen in Kriegszeiten tun», sagte ich, «und benützt eben die Strömung des Tages zu ihren Gunsten.»

«Du meinst, daß sie für das Parlament ist?» fragte Alice.

«Weder für das Parlament noch für den König, sondern ausschließlich für Gartred Denys», erwiderte ich. «Sie heult eben mit den Wölfen, wie man das nennt. Sie wird Lord Robartes zulächeln und mit ihm schlafen, wenn sie gerade Lust hat, solange es ihr eben paßt. Er würde sie morgen freigeben, wenn sie ihn darum bäte.»

«Warum tut sie es dann nicht», fragte Alice, «und kehrt nach Orley

Court zurück?»

«Ich würde viel darum geben, das herauszubekommen», sagte ich. Und während wir unter den feindseligen Blicken der Offiziere auf und ab gingen, dachte ich an die Schritte, die ich um Mitternacht auf dem Gang gehört, an die leise Hand, die sich auf den Riegel gelegt hatte, an das Rascheln eines Kleides. Warum sollte Gartred, während das ganze Haus schlief, den Weg zu meinem Zimmer in der Nordostecke des Hauses finden und meine Tür zu öffnen versuchen, da sie sich doch im Haus auskannte? Und wenn sie diesen Weg einschlug – was war die Ursache ihres Tuns?

Erst nach zehn Tagen erhielt ich die Antwort darauf.

Sonntag, den 11. August, kam der erste Wettersturz. Die Sonne schien wäßrig durch Lämmerwolken, und im Südwesten ballte es sich grau zusammen. Den ganzen Tag hatte es ein ständiges Kommen und Gehen gegeben, frische Regimenter waren durch den Park geritten, hatten zahlreiche Karren mit Verwundeten bei sich, die in den Wirtschaftsgebäuden außerhalb des Hauses untergebracht wurden. Ihr Jammer, ihr Elend war schrecklich echt, und sogar wir, ihre Feinde, empfanden nur Grausen und Entsetzen. An jenem Tag wollte das Rufen und Schreien kein Ende nehmen, und vom Morgen bis zum Abend tönte unablässig das Horn.

Zum erstenmal erhielten wir zum Abendessen nichts als Suppe und ein Stück hartes Brot, und das war, wie man uns versicherte, das Beste, was wir von jetzt an zu erhoffen hätten. Einen Grund gab man uns nicht an, aber Matty mit ihren spitzen Ohren hatte sich, mit dem Tablett unter dem Arm, in der Küche herumgetrieben und manches Geschwätz aufgeschnappt.

«Gestern wurde bei Braddock Down eine Schlacht geschlagen», sagte sie. «Sie haben große Verluste gehabt.» Sie sprach ganz leise, denn, von Feinden umgeben, hatten wir uns gewöhnt, zu flüstern und den Blick nicht von der Tür wegzunehmen.

Ich goß die Hälfte von meiner Suppe in Dicks Schale und sah, wie er gierig trank und mit der Zunge den Rand der Schale ableckte wie ein hungriger Hund.

«Der König ist nur drei Meilen weit, in Lostwithiel», sagte sie. «Er und Prinz Maurice haben ihre Kräfte vereinigt und ihr Hauptquartier in Boconnoc aufgeschlagen. Sir Richard ist mit etwa tausend Mann von Truro aufgebrochen und rückt von Westen her gegen Bodmin vor. ‹Eure Leute wollen uns ausquetschen›, sagte der Soldat in der Küche, ‹wie eine Orange. Aber das wird ihnen nicht gelingen.›»

«Und was hast du ihm geantwortet?» fragte ich Matty.

Sie lachte grimmig und schnitt Dick eine tüchtige Scheibe Brot ab.

«Ich habe ihm gesagt, ich würde für ihn beten, wenn er Sir Richard in die Hände fallen sollte.»

Nach dem Essen saß ich in meinem Stuhl, blickte über den Park und beobachtete, wie die Wolken sich verdichteten. Kaum ein Dutzend Ochsen war von der stolzen Herde noch übrig, die vor einer Woche draußen geweidet hatte, und nur einige wenige Schafe. Alles andere war geschlachtet worden. In den nächsten achtundvierzig Stunden würde auch dieser Rest verzehrt sein. Kein Kornhalm war auf den Feldern geblieben. Alles war geschnitten und gemahlen worden, und die Speicher waren leer. Das Gras im Park, wo die Pferde geweidet hatten, war jetzt blanke Erde. Kein Baum im Obstgarten war stehengeblieben. Wenn Mattys Geschichte richtig war und der König und Richard östlich und westlich von Lostwithiel standen, dann war der Earl von Essex mit zehntausend Mann auf einem schmalen Streifen von etwa neun Meilen Länge zusammengedrängt ohne einen andern Ausweg als das Meer. Zehntausend Mann, deren Vorräte knapp wurden, und nur das ausgeplünderte Land, um davon zu leben, während drei Armeen in ihrem Rücken standen.

An diesem Abend gab es auf dem Hof kein Lachen, kein Schreien und kein Schwatzen; nur ein hochflammendes Feuer, als sie die gefällten Bäume und die Küchenbänke und die Türen der Vorratskammer und die Tische aus dem Verwalterzimmer verbrannten, und bei den züngelnden Flammen konnte ich ihre düsteren Gesichter sehen.

Der Himmel dunkelte, und langsam, ganz still, begann der Regen zu fallen. Und als ich lauschte und mich an Richards Worte erinnerte, hörte ich ein Kleid rascheln und ein Pochen an meiner Tür.

Achtzehntes Kapitel

Dick war wie der Blitz in seinem Versteck, und Matty säuberte seinen Becher und Teller. Ich saß ganz still in meinem Stuhl, den Rücken zum Wandteppich, und sagte: «Herein!»

Es war Gartred. Sie trug, wenn ich mich recht erinnere, ein smaragdgrünes Kleid und Smaragde um den Hals und in den Ohren. Einen Augenblick lang blieb sie, ein halbes Lächeln auf den Zügen, in der Tür stehen. «Die gute Matty», sagte sie. «Immer noch so ergeben! Welch eine Beruhigung ist doch eine treue Magd!»

Ich sah, wie Matty die Nase rümpfte und geräuschvoll die Teller auf ihr Tablett stellte, während die Lippen sich auf sehr bezeichnende Art zusammenzogen. – «Störe ich dich, Honor?» sagte Gartred, immer noch mit demselben Lächeln. «Die Stunde ist vielleicht nicht gut gewählt – du gehst gewiß früh zu Bett.»

Alles Wesentliche ist im Tonfall enthalten, und wenn man die Worte allein zu Papier bringt, dann klingen sie einfach und harmlos genug. Ich setze Gartreds Bemerkungen hierher, wie sie sie aussprach, aber in ihrer Stimme wie in den Augen, die mich musterten, war die kaum versteckte Verachtung, der Hohn, die Vermutung, ich müsse um halb zehn zu Bett gebracht werden und im Dunkel liegen, weil ich ein Krüppel war.

«Wann ich zu Bett gehe, hängt von meiner Laune ab», antwortete ich; «bei dir ja wahrscheinlich auch. Und es hängt auch von meiner Gesellschaft ab.»

«Du mußt doch die Stunden furchtbar langweilig finden», sagte sie. «Aber daran bist du wohl jetzt schon gewöhnt. Du hast so lange als Gefangene gelebt, daß unsere jetzige Haft für dich kaum ein neues Erlebnis ist. Ich meinerseits gestehe, daß ich sie recht wenig unterhaltsam finde.» Sie trat näher, obgleich ich sie nicht aufgefordert hatte, und spähte umher.

«Du hast die neuesten Nachrichten schon vernommen?» fragte sie.

«Daß der König in Boconnoc ist und es gestern zu einem Treffen kam, bei dem die Rebellen besiegt wurden? Ja, das habe ich gehört», antwortete ich. – Auf einer Schale am Fenster lagen die letzten

Früchte, die vor dem Einmarsch der Rebellen gepflückt worden waren. Gartred nahm eine Feige und fing an zu essen. Dabei sah sie sich noch immer in dem Raum um. Matty ließ ein entrüstetes Knurren hören, das unbeachtet blieb, und ging mit ihrem Tablett aus dem Zimmer, nicht ohne auf Gartreds Rücken einen Blick zu werfen, der sie fast durchbohrt hätte.

«Wenn die Geschichte hier noch lange andauert», sagte Gartred, «dann wird keiner von uns es vergnüglich finden. Die Männer sind schon in recht böser Stimmung. Eine Niederlage kann aus Menschen wilde Tiere machen.» – «Sehr wahrscheinlich», sagte ich.

Sie warf die Haut der Feige weg und nahm eine zweite.

«Richard ist in Lanhydrock», sagte sie. «Heute hat ein Gefangener das gemeldet. Es ist eine Ironie, daß der Besitzer von Lanhydrock jetzt dieses Haus hier beherrscht. Wie immer dieser Feldzug ausfallen mag – Richard wird ihm wenig übriglassen. Jack Robartes schäumt vor Wut.»

«Es ist seine Schuld», sagte ich, «denn er hat dem Earl von Essex geraten, in Cornwall einzumarschieren und mit zehntausend Mann in eine Falle zu rennen.»

«Es ist also eine Falle?» fragte sie. «Und mein skrupelloser Bruder wäre der Fallensteller? So ungefähr hatte ich es mir schon gedacht.»

Ich antwortete nicht. Ich hatte schon zuviel gesagt. Und Gartred war sichtlich darauf aus, Informationen einzuholen. «Nun, wir werden ja sehen», sagte sie und aß ihre Feige mit größtem Behagen, «aber wenn die Sache noch viel länger dauert, dann werden die Rebellen zu wahren Kannibalen werden. Sie haben das Land zwischen Menabilly und Lostwithiel bereits ausgesogen, und in Fowey gibt es nichts mehr zu essen. Ich schaudere bei dem Gedanken, was Jack Robartes mit Richard tun würde, wenn er seiner habhaft werden sollte.» – «Das Umgekehrte wäre auch nicht anders», meinte ich. – Sie lachte und sog die letzten Tropfen Saft ein.

«Alle Männer sind Dummköpfe», sagte sie, «und ganz besonders in Kriegszeiten. Sie verlieren jedes Gefühl für Werte.»

«Das hängt davon ab, was man als Wert ansieht», meinte ich.

«Ich werte nur eines», sagte sie. «Meine eigene Sicherheit.»

«Auf die warst du nicht sehr bedacht», sagte ich, «als du vor zehn Tagen die Straßen befahren hast.»

Sie beobachtete mich unter den schweren Lidern und lächelte.

«Deine Zunge ist mit den Jahren nicht stumpfer geworden», sagte sie. «Noch hat dein Leben dich sanfter gemacht. Sag mir doch –

hängst du noch immer an Richard?» – «Das ist meine Sache.»

«Seine eigenen Offiziere hassen ihn. Das weißt du wahrscheinlich», sagte sie. «Und er ist in Cornwall ebenso verhaßt wie in Devon. Seine einzigen Freunde sind ein paar grüne Jungen, die nicht wagen, ihm zu widersprechen. Von denen hat er einige bei sich, die in seinem Schatten kriechen.»

O Gott, dachte ich, du verfluchtes Weibsbild! Du weißt, daß dieser Gedanke mich wahnsinnig machen kann! Ich sah zu, wie sie mit ihren Ringen spielte.

«Arme Mary Howard», sagte sie. «Was mußte sie ausstehen! Dadurch, daß du ihn nicht geheiratet hast, Honor, bist du von abscheulichen Unwürdigkeiten verschont geblieben. Richard hat in der letzten Zeit viel Wesens davon gemacht, daß er dich trotzdem liebt, und das mag er auf seine merkwürdige, lasterhafte Art wohl auch tun. Ein seltsamer Zeitvertreib, eine Frau, die einem Mann nichts gewähren kann!»

Sie gähnte und trat ans Fenster. «Wie er Dick behandelt hat, war wirklich schlimm», sagte sie. «Der arme Junge hat seine Mutter angebetet, und nur um sie zu kränken, ist Richard auf den wunderlichen Einfall gekommen, ihn selber großzuziehen. Was hat der Junge dir für einen Eindruck gemacht, während er hier war?»

«Er war jung und reizbar wie viele andere Kinder», sagte ich.

«Ein Wunder, daß er überhaupt geboren wurde», sagte Gartred, «wenn ich an die widerliche Geschichte denke, die Mary mir erzählte. Nun, ich will deine Gefühle schonen, da du ihn noch immer auf einen Sockel stellst. Um des Burschen willen bin ich froh, daß Jack Robartes ihn nicht in Menabilly gefunden hat. Er hat einen Eid geschworen, alle Verwandten Richards zu hängen.» – «Dich ausgenommen», sagte ich.

«Ach, ich zähle nicht», antwortete sie. «Mrs. Denys von Orley Court ist nicht dasselbe wie Gartred Grenvile.» Abermals sah sie an den Wänden hinauf und dann in den Hof.

«Ist das nicht das Zimmer, wo sie den Wahnsinnigen eingesperrt hielten?» sagte sie. «Ich kann mich erinnern, wie er auf Kit hinunter fluchte, als wir vor fünfundzwanzig Jahren hier waren.»

«Ich habe keine Ahnung», sagte ich. «Man spricht in der Familie nicht davon.»

«Es gab beim Bau des Hauses irgend etwas Besonderes», sagte sie lässig. «Ich weiß nicht mehr genau, was es war. Irgendein Wandschrank, glaube ich, in den sie den Wahnsinnigen einsperrten, wenn er tobsüchtig wurde. Kit hatte mir das erzählt. Hast du nichts dergleichen bemerkt?»

«Hier gibt es keine Wandschränke», sagte ich. «Nur ein Kabinett dort drüben.»

«Es tut mir leid», sagte sie, «daß meine Ankunft dich gezwungen hat, dein Zimmer Joan Rashleigh zu überlassen. Ich hätte mich ganz gut mit diesem hier begnügen können, das ja bisher, wie die Dienstleute sagen, nie benützt worden war.»

«Es war viel einfacher», meinte ich, «dich und deine Töchter in einem größeren Raum unterzubringen, wo du auch Gäste zum Abendessen empfangen kannst.»

«Du warst immer eine Freundin von Dienstbotenklatsch, nicht wahr?» erwiderte sie. «Das Steckenpferd aller alten Jungfern. Es reizt ihren Appetit, sich vorzustellen, was hinter geschlossenen Türen geschieht.»

«Ich weiß nicht», sagte ich. «Meine Suppe schmeckt mir darum nicht besser, wenn ich mir dich Seite an Seite mit Lord Robartes vorstelle.»

Sie sah auf mich herunter, die Handschuhe in der Hand, und ich fragte mich, wer stärker hassen konnte, sie oder ich.

«Daß ich hier bin», sagte sie, «hat euch allen bisher wenigstens die schlimmsten Belästigungen erspart. Ich kenne Jack Robartes seit vielen Jahren.» – «Dann sieh nur zu, daß er dauernd beschäftigt ist», sagte ich, «das ist alles, was wir von dir erbitten.»

Am Ende begann die Szene mich zu amüsieren, und da sie das spürte, ging sie zur Tür. «Ich kann nicht dafür einstehen, daß seine erträgliche Stimmung andauert. Heute abend war er beim Essen sehr schlecht gelaunt, als er hörte, daß Richard in Lanhydrock ist, und jetzt ist er nach Fowey zu einer Beratung mit Essex und dem Stab geritten.»

«Ich verlasse mich darauf, daß du ihn bis zum Morgen wieder besänftigt haben wirst», sagte ich.

Sie stand noch an der Tür, und ihre Blicke streiften die Wandteppiche. «Wenn sie den Feldzug verlieren», sagte sie, «dann werden sie auch die gute Laune verlieren. Ein geschlagener Soldat ist ein gefährliches Tier. Jack Robartes wird den Befehl geben, Menabilly zu plündern und innen und außen zu zerstören.»

«Ja», sagte ich, «das ist uns allen bekannt.»

«Jedes einzelne Stück wird geraubt werden», sagte sie, «Kleider, Schmuck, Möbel, Vorräte; und auch von den Bewohnern wird nicht viel übrigbleiben. Er muß ein merkwürdiger Mensch sein, dein Schwager Jonathan Rashleigh, daß er sein Haus im Stich läßt, wenn er doch weiß, was geschehen wird.»

Ich zuckte die Schultern. Und dann, auf der Schwelle, verriet sie sich. «Zieht er noch immer das Silber für die Münze ein?» fragte sie. Und nun lächelte ich zum erstenmal, denn ich hatte die Erklärung ihres Besuches erhalten.

«Das kann ich dir nicht sagen», erwiderte ich. «Ich habe keine Ahnung. Aber wenn du so lange wartest, bis das Haus geplündert wird, dann wirst du vielleicht auf das Silber stoßen, das er deiner Meinung nach verborgen hat. Gute Nacht, Gartred.»

Sie sah mich noch einen Augenblick an und ging dann. Endlich wußte ich, worauf sie es abgesehen hatte, und wenn ich weniger mit dem Problem beschäftigt gewesen wäre, Dick verborgen zu halten, hätte ich es wohl schon früher erraten können. Wer auch den Feldzug im Westen gewinnen mochte – Gartred würde das wenig ausmachen, sie würde das ihrige tun, um immer auf der Seite des Siegers zu stehen. Und die Silberschüsseln von Cornwall wären allerdings eine fette Beute gewesen, wenn sie die Hand darauf hätte legen können.

Das war offenbar ihr Beweggrund, und ihr Verdacht richtete sich bereits auf mein Zimmer. Sie kannte das Geheimnis des Pfeilers wohl nicht, aber sie erinnerte sich daran, daß es innerhalb der Mauern von Menabilly ein Versteck gab. Und mit ihrem scharfen Verstand war sie zu dem Schluß gelangt, daß mein Schwager in Kriegszeiten von diesem Versteck Gebrauch machen würde. Daß dieses Versteck auch ihren Neffen beherbergen könnte, war ihr gewiß nicht in den Sinn gekommen. Sie spielte ihr eigenes Spiel, und wenn dieses Spiel davon profitieren konnte, daß sie sich mit Robartes in eine Liebesaffäre einließ, so mußte das eben auch hingenommen werden; überdies hatte sie eine Vorliebe für Männer seiner Statur. Entdeckte sie aber, daß sie durch diese Art zu spielen nicht erreichte, was sie haben wollte, so legte sie eben die Karten auf den Tisch, und der Teufel hole die Folgen!

Das also hatten wir zu befürchten, und keiner im Hause wußte es – außer mir. So kam Sonntag, der 18. August, und verging, und wir erwachten am nächsten Morgen, und eine neue Woche voller Rätsel brach an, denn mancherlei konnte geschehen, da die drei königlichen Armeen die Rebellen Stunde um Stunde enger zusammendrängten, der Landstreifen, der ihnen noch blieb, immer kahler und wüster wurde und ein unaufhörlicher, heftiger Regen die Straßen in Sümpfe verwandelte.

Vorbei war das heiße Wetter, der glänzende Himmel, die Sonne. Nicht länger hingen die Kinder an den Fenstern, horchten auf die Hornsignale, sahen die Soldaten kommen und gehen. Nicht länger genossen wir unseren Spaziergang vor den Fenstern der Galerie. Ein Sturmwind brauste durch den Park, und von meinen festgeschlossenen Fenstern aus konnte ich die tropfenden Zelte sehen, die Pferde, die Reihe um Reihe unter den Bäumen standen und die Köpfe melancholisch sinken ließen, während die Mannschaft in düsteren Gruppen beisammenhockte, und die Feuer, kaum daß sie angezündet waren, auch schon erloschen.

Aus der Offiziersmesse in der Galerie hörte man jetzt nur wenig Gelächter und Geschwätz, und die Offiziere gingen mit grimmigen Gesichtern im Speisesaal ein und aus, den Lord Robartes sich vorbehalten hatte, und hin und wieder hob seine Stimme sich zornig und gereizt, wenn ein Bote durch den Regen geritten kam und irgendeinen Gegenbefehl des Earls von Essex oder eine neue Hiobsbotschaft brachte.

Ob Gartred im Haus zu sehen war, wußte ich nicht. Alice meinte, sie halte sich in ihrem Zimmer auf. Von Joan sah ich wenig, denn der Anfall des armen John dauerte noch immer an; aber Mary besuchte mich von Zeit zu Zeit, das Gesicht täglich verstörter, wenn sie von immer neuen Verwüstungen auf dem Gut hörte. Mehr als dreihundert Schafe waren bereits geschlachtet worden, ferner dreißig Mastochsen und sechzig junge Ochsen. Alle Zugochsen waren geraubt worden, ebenso alle Arbeitspferde, etwa vierzig an der Zahl. Ein Dutzend Schweine mochte übrigbleiben, wo es vorher achtzig gegeben hatte, und auch diese würden verzehrt sein, bevor die Woche um war. Das Korn des vergangenen Jahres war in der ersten Woche der Besetzung verschwunden, und jetzt hatten sie auch das neue Korn genommen und keinen Halm stehengelassen. Von den Wagen und Karren und Ackergeräten war natürlich nichts mehr da – alles war weggeschleppt worden. Und die Magazine mit dem Feuerholz für den Winter waren ebenso leer wie die Getreidespeicher. Tatsächlich war – wie die Dienstleute Mary furchtzitternd berichteten – von dem großen Gut, das Jonathan Rashleigh ihr vor kaum vierzehn Tagen anvertraut hatte, kaum noch etwas da. Die Gärten zerstört, der Obstgarten vernichtet, das Holz gefällt, die Vorräte aufgezehrt. Wie immer auch der Krieg im Westen ausgehen mochte – mein Schwager war ein ruinierter Mann.

Und dabei hatten sie das Haus und seine Bewohner noch verschont. Unsere Ernährung war allerdings eine schwierige Frage geworden. Nur mit Mattys Hilfe war es mir möglich, Dick durchzufüttern. Durch irgendwelche mehr oder weniger vornehmen Mittel, die ich nicht näher untersuchte, hatte sie den zweiten Küchenburschen zu ihrem Verbündeten gemacht, dem sie eine lange Geschichte von ihrer armen, gebrechlichen Herrin erzählte, und das Ergebnis war, daß noch ein wenig Suppe unter Mattys Schürze in mein Zimmer geschmuggelt wurde, ohne daß jemand es ahnte. Es war derselbe Küchenbursche, der uns mit Nachrichten versorgte, die für seine Partei geradezu verhängnisvoll waren. Und ich fragte mich, ob eine kleine Bestechung ihn nicht zum Deserteur machen würde.

Um die Mitte der Woche hörten wir, daß Richard sich der Burg Restormel bei Lostwithiel bemächtigt habe, und daß Lord Goring, der die Reiterei des Königs kommandierte, Brücke und Straße unterhalb von St. Blazey besetzt hielt. Essex war jetzt mit zehntausend Mann, die er ernähren mußte, auf unserer Halbinsel in einem Raum von etwa sieben Meilen Länge und zwei Meilen Breite eingesperrt. Und die Geschütze von Polruan bestrichen den Hafen von Fowey. Es konnte nicht mehr lange dauern. Entweder Essex und die Rebellen wurden von einem Heer, das aus dem Osten zu ihm stieß, befreit, oder aber er mußte kämpfen. Und wir saßen Tag für Tag mit kalten Herzen und leeren Mägen da und schauten auf die mißgelaunten Soldaten, die in losen Gruppen vor ihren Zelten im Regen standen, während ihre Führer im Haus verzagt Kriegsrat hielten.

Noch ein Sonntag kam, und unter den Rebellen flüsterte man sich angstvoll zu, daß das Landvolk sich nachts in ihre Reihen stahl und Mordtaten verübte. Wachen wurden erdrosselt an ihren Plätzen aufgefunden, Männer erwachten und sahen ihre Kameraden mit durchschnittener Kehle. Andere taumelten von der Landstraße ins Hauptquartier, die Hände abgeschnitten, die Augen geblendet. Cornwall begann sich zu erheben.

Dienstag, den 27. August, gab es mittags keine Suppe für uns, sondern nur ein halbes Dutzend Brotlaibe für zwanzig Menschen. Mittwoch nur eine Schale Milch für die Kinder, und auch diese Milch war gewässert.

Donnerstag verteilten Alice, Joan, Mary, die beiden Schwestern Sparke und ich unser Brot unter die Kinder und brauten uns einen Kräutertee. Wir waren nicht hungrig. Jede Lust am Essen war uns vergangen, wenn wir die Kinder das harte Brot kauen und hinunterwürgen sahen, und wenn sie sich dann zu uns umwandten und um noch ein Stück bettelten, das wir ihnen nicht geben konnten. Und die ganze Zeit brauste der Südwestwind unter dem regenschwangeren Himmel, und das Horn der Rebellen, das uns so lange gemartert hatte, tönte jetzt wie in letzter Verzweiflung durch den Park.

Neunzehntes Kapitel

Freitag, den 30. August, blieb ich den ganzen Tag auf meinem Bett liegen, denn es wäre ein Hohn gewesen, sich mit den andern zu versammeln, und in jedem Fall hätte ich nicht die Kraft dazu besessen. Meine feige Seele erlaubte mir nicht, mitanzusehen, wie die Kinder um ihre einzige Brotkruste flehen und weinen würden. Matty braute mir eine Schale Tee, und selbst das war wahrscheinlich ein Fehler. Der Hunger hatte mich gleichgültig gemacht, und ohne Rücksicht auf die Gefahr ließ ich Dick heraufkommen und auf seiner Matratze neben meinem Bett liegen, während er an einem Knochen nagte, den Matty für ihn erschwindelt hatte. Seine Augen schauten größer als je aus seinem blassen Gesicht, und seine schwarzen Locken waren schlaff und glanzlos. Mir war es, als würde er in seinem Hunger immer mehr seiner Mutter gleichen, und manchmal, wenn ich zu ihm hinuntersah, hatte ich den Eindruck, als liege sie an seiner Stelle, und als sei es Mary Howard, die ich fütterte und vor dem Feinde schützte, und die mit ihren kleinen spitzen Zähnen am Knochen nagte und mit gierigen, schmalen Händen Fleischfetzen davon abriß.

Matty selbst war fahl und hohläugig. Vorbei war die Zeit der drallen Hüften und der Apfelwangen. Was sie an Nahrung von ihrem Freund, dem Küchenburschen, beschaffen konnte – und selbst für die Soldaten gab es jetzt nur wenig –, das schmuggelte sie Dick oder den Kindern zu.

Tagsüber, während ich von einem quälenden Traum in den andern glitt und Dick sich wie ein kleiner Hund zu meinen Füßen einrollte, stand Matty am Fenster und sah in den Nebel hinein, der dem Regen gefolgt war und Zelte und Pferde vor unseren Blicken verbarg.

Kurz nach zwei Uhr weckte mich das Klappern der Hufe, und Matty, die das Fenster geöffnet hatte, spähte in den äußeren Hof hinunter und sah Reiter unter dem Pförtnerhaus in den Hof einreiten. Es seien ein Dutzend Offiziere mit einer Eskorte, und der Führer auf einem großen Rappen trage einen dunkelgrauen Mantel. Sie schlüpfte aus dem Zimmer, um sie im inneren Hof absitzen zu sehen, und als sie wiederkam, berichtete sie, Lord Robartes habe selbst auf der Treppe gestanden, um sie zu empfangen, und dann seien sie alle in den Speisesaal gegangen, und vor der Tür stünden Wachen.

Selbst mein müder Geist erfaßte die Möglichkeit, daß dies der letzte Kriegsrat sein mochte, und daß der Earl von Essex wahrscheinlich selbst dazu erschienen war. «Geh zu deinem Küchenburschen», sagte ich zu Matty, «mach mit ihm, was du willst, aber bring ihn zum Reden!»

Sie nickte, zog die Lippen zusammen und brachte, bevor sie ging, noch einen zweiten Knochen für Dick zum Vorschein. Damit lockte sie ihn wie einen Hund in seine Hütte, damit er jetzt in die Zelle unter dem Pfeiler zurückkehrte.

Drei, vier, fünf, und es dunkelte bereits, die Dämmerung brach durch Nebel und Regen früh herein, als ich die Pferde abermals unter dem Pförtnerhaus durch den Park traben hörte. Um halb sechs kam Matty. Was sie in der Zwischenzeit getan hatte, danach habe ich sie bis zum heutigen Tage nie gefragt, aber sie sagte mir, der Küchenbursche sei draußen und wünsche mich zu sprechen. Sie zündete die Kerzen an, denn wir saßen im Dunkeln, und als ich mich auf die Ellbogen hob und sie mit einem Blick befragte, wies sie mit dem Kopf nach dem Gang.

«Wenn Sie ihm Geld geben», flüsterte sie, «dann tut er, was Sie wollen.»

Ich ließ mir meine Börse reichen, und dann winkte sie dem Burschen auf dem Gang. Er blinzelte in dem trüben Licht, ein dummes Grinsen auf dem Gesicht – doch dieses Gesicht war wie die unseren, mager und hungrig.

Ich winkte ihn an mein Bett, und er kam mit einem hastigen Blick über die Schulter. Ich gab ihm ein Goldstück, das er rasch einsteckte. «Was weißt du Neues?» fragte ich.

Er sah zu Matty hinüber, und sie nickte ihm zu. Er ließ die Zunge über die Lippen gleiten.

«'s ist nur ein Gerücht», sagte er, «aber das sagen sie auf dem Hof draußen.» Er machte eine Pause und blickte wieder nach der Tür.

«Der Rückzug fängt heute abend an», sagte er, «fünftausend sollen im Dunkeln nach dem Strand marschieren. Sie wer'n sie hören, wenn Sie aufpassen. Sie wer'n da unten durchgehn, hinunter nach Pridmouth und Polkerris. Wenn der Wind gut is, wer'n die Boote sie aufnehmen.»

«Pferde kann man nicht in kleine Boote einschiffen», sagte ich, »was werden eure Generäle mit den zweitausend Pferden tun?»

Er schüttelte den Kopf und sah nach Matty. Ich gab ihm noch ein Goldstück.

«Ich hab' was vom Burschen von Sir William Balfour aufgeschnappt», sagte er. «Wenn das Fußvolk weg is, wollen sie heut nacht durch die königlichen Stellungen durchbrechen. Aber ob's wahr is oder nich, das kann ich nich sagen und er auch nich.»

«Was soll mit dir und den andern Köchen geschehen?» fragte ich.

«Wir fahren mit dem Boot wie die andern», sagte er.

«Nicht wahrscheinlich», meinte ich. «Hör nur den Wind.»

Er brauste durch die Bäume, und der Regen klatschte an mein Fenster.

«Ich will dir sagen, was mit euch geschehen wird», sagte ich. «Wenn der Morgen kommt, werden keine Boote da sein, um euch aufzunehmen. Ihr werdet dort unten in Sturm und Regen stehen, und die Brandung von Pridmouth wird den Strand überschwemmen, und das Landvolk wird mit Mistgabeln von den Klippen heruntersteigen und euch angreifen. Die Leute von Cornwall sind nicht sehr freundlich, wenn sie Hunger haben.»

Der Mann schwieg, und seine Zunge glitt wieder über seine Lippen.

«Warum desertierst du nicht?» fragte ich. «Lauf heute nacht davon, bevor dir das Schlimmste zustößt. Ich kann dir ein Wort an einen der Führer der Königlichen mitgeben.»

«Das habe ich ihm auch gesagt», erklärte Matty. «Ein Wort von Ihnen an Sir Richard Grenvile würde ihm durch die Reihen der Königlichen helfen.»

Der Mann sah von einer zur andern, albern, zweifelnd, gierig. Ich gab ihm ein drittes Goldstück. «Wenn du dich binnen einer Stunde bis zur Armee des Königs durchschlägst», sagte ich, «und dort erzählst, was du mir erzählt hast – über den Ausbruchsversuch heute nacht –, dann geben sie dir noch viele von diesen Goldstücken und ein ordentliches Essen obendrein.» Er kratzte sich den Kopf und sah Matty an. «Wenn das Allerschlimmste geschieht, wirst du eben gefangen», setzte ich hinzu, «und das ist immer noch besser, als wenn dir die Leute von Cornwall die Eingeweide herausreißen.»

Diese letzte Vorstellung gab den Ausschlag. «Ich gehe», sagte er, «wenn Sie mir was aufschreiben.»

Ich kritzelte rasch einige Worte an Richard, die ihn wahrscheinlich nicht erreichen konnten – ihn auch tatsächlich nie erreichten, wie ich später erfuhr –, und bat den Burschen, sich wenn möglich durch die Wälder nach Fowey zu schlagen und sich in der Dunkelheit ein Boot nach Bodinnick zu verschaffen, das die Königlichen besetzt hielten, und dort den Plan der Rebellen zu melden.

Es war zweifellos zu spät, um noch viel zu nützen, aber es lohnte doch den Versuch. Nachdem er mit Matty gegangen war, legte ich mich in meinem Bett zurück und lauschte auf den Regen, und von der Landstraße jenseits des Parks hörte ich das Stampfen marschierender Füße. Stunde um Stunde, unablässig, ging es stapf, stapf durch die lange Nacht, und der dünne, scharfe Ton des Horns durchdrang das Brausen des Windes. Als der Morgen dunstig und naß und grau anbrach, marschierten sie noch immer über die Landstraße, naß und kotig und schmutzig, Hunderte und Hunderte in losen Reihen stolpernd, durch den Park hindurch nach dem Strand hinunter.

Samstag mittag hatte alle Ordnung sich gelockert, war alle Disziplin durchbrochen, denn als eine wäßrige Sonne durch die jagenden Wolken blinzelte, hörten wir das erste Geschützfeuer von Lostwithiel, als Richard aus dem Hinterhalt über sie hereinbrach. Wir saßen an unseren Fenstern, vergessen war der Hunger, ließen uns den Regen in die müden Gesichter peitschen, aber durch den Park schleppte sich den ganzen Tag lang ein hoffnungsloser Wirrwarr von Menschen und Pferden und Wagen; Stimmen gellten Befehle, die nicht befolgt wurden, Männer sanken erschöpft zu Boden und weigerten sich, auch nur noch einen Schritt weiterzugehen, Pferde, Karren und das wenige noch übriggebliebene Vieh steckten in dem Sumpf fest, der einst ein Park gewesen war.

Das Dröhnen der Kanonen und das Knattern der Musketen war jetzt viel näher, und einer der Diener, der auf den Turm gestiegen war, berichtete, daß auf der Erhebung bei Castledore alles schwarz von Truppen und Rauch sei, während unten kleine Gestalten von den Feldern gelaufen kämen, erst ein Dutzend, dann fünfzig, dann hundert und noch hundert, um sich dem Gedränge auf den Wegen und im Park anzuschließen.

Und es regnete weiter, und der Rückzug dauerte an.

Um fünf Uhr wurde die Parole ausgegeben, daß wir alle uns in der Galerie zu versammeln hätten. Selbst John, auf seinem Krankenbett, mußte sich diesem Befehl fügen. Die andern hatten kaum die Kraft, sich zu schleppen, und ich konnte mich schwer auf meinem Stuhl aufrecht halten. Seit zwei ganzen Tagen war nichts mehr über unsere Lippen gekommen als schwacher Kräutertee. Alice sah wie ein Geist aus, denn sie hatte bestimmt ihrer drei kleinen Kinder wegen auf alles verzichtet. Ihrer Schwester Elizabeth ging es kaum besser, und ihr einjähriges Baby war wie eine Wachspuppe. Bevor ich mein Zimmer verließ, überzeugte ich mich davon, daß Dick sicher in seiner Zelle saß, und diesmal schloß ich den Stein, trotz seinen Protesten, vollständig.

Wir waren eine seltsame Schar, als wir jetzt mit bleichen Gesichtern in der Galerie kauerten; die Kinder verhielten sich ungewöhnlich ruhig, und ihre hohlen Augen blickten trüb. John sah ich zum erstenmal seit jenem Morgen vor einem Monat, und er schien immer noch recht elend dran zu sein, sein Gesicht war gelb, und er zitterte an allen Gliedern. Er sah zu mir herüber, als wollte er mich etwas fragen, und ich nickte ihm mit mühsam erzwungenem Lächeln zu. So warteten wir, und keiner hatte Kraft oder Lust zu sprechen. Ein wenig entfernt von uns saß Gartred mit ihren beiden Töchtern am Mittelfenster. Auch sie waren magerer und blasser als vorher und hatten wohl auch schon seit vielen Tagen keine Hühner mehr gekostet, aber im Vergleich mit den armen Kindern von Rashleighs und Courtneys wirkten sie noch recht wohlgenährt.

Ich bemerkte, daß Gartred keinen Schmuck trug und sehr einfach gekleidet war, und irgendwie war das für mich wie ein schlimmes Vorzeichen. Von ein paar Worten zu Mary abgesehen, nahm sie keine Notiz von uns und setzte sich an den kleinen Tisch, an dem sie Patience zu legen pflegte. Sie schlug die Karten mit den Bildern nach oben auf und betrachtete sie mit großer Spannung. Das mochte der Augenblick gewesen sein, auf den sie seit mehr als dreißig Tagen gewartet hatte.

Plötzlich wurde draußen ein Schritt laut, und Lord Robartes betrat die Galerie, die Stiefel kotbedeckt, der Mantel triefend vom Regen. Seine Stabsoffiziere stellten sich neben ihn, und ihre Gesichter waren grimmig und entschlossen. – «Sind alle Hausbewohner hier?» fragte er rauh.

Es gab ein Gemurmel, das er als Bejahung ansah.

«Gut», sagte er und ging auf meine Schwester Mary und ihren Stiefsohn John zu, vor denen er stehen blieb.

«Es ist mir zur Kenntnis gekommen», begann er, «daß Ihr übelgesinnter Gatte, Madam, und Ihr Vater, Sir, hier auf dem Grundstück große Mengen Silber verborgen hat, die von Rechts wegen dem Parlament gehören. Jetzt ist nicht mehr die Zeit für Proteste und eitles Gerede. Der Druck auf unsere Armeen zwingt uns zu einem zeitweiligen Rückzug. Das Parlament bedarf jeder Unze Silber im Land, um diesen Krieg erfolgreich zu beenden. Ich fordere Sie darum auf,

Madam, mir mitzuteilen, wo das Silber versteckt ist.» – Mary – Gott segne ihre Ahnungslosigkeit! – wandte ihm ein bestürztes Gesicht zu.

«Ich weiß von keinem Silber», sagte sie, «abgesehen von den wenigen Stücken, die wir selbst besaßen und über die Sie heute verfügen, da Sie ja meine Schlüssel haben.»

«Ich spreche von großen Mengen, Madam, die in irgendeinem Versteck liegen, bis Ihr Gatte sie in die Münze überführen kann.»

«Mein Gatte hatte wohl das Silber in Cornwall einzusammeln, das ist wahr, Mylord. Aber davon, daß er es hier in Menabilly versteckt hält, hat er mir nie ein Wort gesagt.» – Er wandte sich zu John.

«Und Sie, Sir? Ihr Vater hat Sie doch zweifellos von seinen Geschäften unterrichtet?»

«Nein», sagte John fest. «Ich weiß nichts von den Geschäften meines Vaters, noch kenne ich irgendein Versteck. Meines Vaters einziger Vertrauensmann ist sein Verwalter Langdon, der mit ihm fortgeritten ist. Kein Mensch in Menabilly kann Ihnen irgend etwas anderes sagen.»

Einen Augenblick lang musterte Lord Robartes John, dann drehte er sich um und befahl seinen drei Offizieren: «Plündert das Haus! Reißt alle Wandbehänge herunter und zerschlagt die Möbel. Zerstört alles, was ihr findet. Nehmt Schmuck, Kleider und Wertgegenstände mit. Laßt nichts als die leeren Wände zurück!»

Da erhob John sich mühsam. «Das dürfen Sie nicht tun», sagte er. «Welches Recht hat das Parlament Ihnen gegeben, daß Sie solch eine unsinnige Vernichtung befehlen? Ich protestiere im Namen der Sitte und Menschlichkeit.»

Und meine Schwester Mary warf sich auf die Knie. «Mylord Robartes», sagte sie. «Ich schwöre Ihnen bei allem, was mir teuer ist, daß es in meinem Haus nichts Verborgenes gibt. Wenn es etwas gäbe, so müßte ich es wissen. Ich flehe Sie an, unser Heim zu schonen!»

Lord Robartes blickte sie mit harten Augen an.

«Madam», sagte er, «warum sollte ich Ihr Haus schonen, wenn mein Haus nicht geschont wurde? Beide, Sieger und Besiegte, zahlen im Bürgerkrieg die Buße. Seien Sie dankbar, daß ich ein Herz habe und das Leben der Bewohner schone.» Damit drehte er sich auf dem Absatz um und verschwand mit seinen Offizieren. Vor der Tür blieben zwei Wachen stehen.

Abermals bestieg er im Hof sein Pferd und ritt nach den Hecken und Gräben von Castledore zurück, wo im unablässig rieselnden Regen nutzlose Rückzugsgefechte ausgekämpft wurden. Wir hörten, wie der Major, den er als Stellvertreter zurückgelassen hatte, seinen Leuten Befehle erteilte, und unverzüglich begannen sie, die Täfelung im Speisesaal zu zertrümmern. Wir konnten das Holz krachen hören und das Glas klirren, als sie die Fenster mit den verzierten Mittelleisten einschlugen.

Bei diesem Anfang der Verwüstungen wandte Joan sich mit tränenüberströmtem Gesicht zu John. «Um Himmels willen», sagte sie, «wenn du von irgendeinem Versteck weißt, sag es ihnen, damit wir doch das Haus retten. Ich will die volle Verantwortung dafür übernehmen, wenn der Vater heimkommt.»

John antwortete nicht. Er sah mich an. Und keiner von allen bemerkte diesen Blick, bis auf Gartred, die eben den Kopf gehoben hatte. Ich bewegte die Lippen nicht, aber ich sah ihn so hart und erbarmungslos an wie Lord Robartes. Er ließ Sekunden verstreichen und antwortete dann ganz langsam: «Ich weiß von keinem Versteck.»

Wenn die Rebellen mit Geschrei und Hohnlachen und in voller Trunkenheit an ihr Werk gegangen wären, hätten wir es vielleicht besser ertragen. Aber weil sie geschlagen waren und es sehr wohl wußten, war kalte, wilde Mordlust in ihren Herzen, und sie taten, was sie taten, in tiefem Schweigen.

Die Tür der Galerie war offen, die beiden Wachen standen davor, aber keine Stimme wurde laut, kein Wort wurde gesprochen. Man hörte nur das Krachen des Holzes, das Brechen der Möbelstücke, man hörte, wie der große Eßtisch in Stücke geschlagen wurde und wie die Soldaten knurrten, wenn sie ihre Äxte hoben. Das erste, was uns aus der Halle, zerrissen und zerschlagen, zugeworfen wurde, war das Bild des Königs; ein kotiger Stiefel hatte es zertreten, und über den Mund lief ein breiter Riß, doch auch das hatte die Schwermut dieser Augen nicht vernichtet, die aus dem zerbrochenen Rahmen ohne Mitleid zu uns aufblickten.

Wir hörten sie jetzt die Treppe hinaufsteigen und in die Südzimmer eindringen, und als sie die Tür von Marys Zimmer einschlugen, begann sie lange und wortlos zu weinen, und Alice nahm sie in die Arme und wiegte sie wie ein Kind. Wir andern taten gar nichts, sondern saßen wie Gespenster da. Dann sah Gartred vom Fenster her zu mir herüber.

«Du und ich, Honor, als die einzigen in der Gesellschaft ohne einen Tropfen Rashleighblut, müssen die Zeit irgendwie totschlagen. Willst du eine Partie Piquet spielen?»

«Ich habe nicht mehr gespielt, seit dein Bruder es mich vor sechzehn Jahren gelehrt hat», antwortete ich.

«Dann habe ich ja gute Aussichten», sagte sie. «Willst du eine Partie wagen?» Sie lächelte, während sie sprach, mischte die Karten, und ich ahnte den doppelten Sinn, den sie ihren Worten geben wollte.

«Vielleicht steht mehr auf dem Spiel als ein paar Silberstücke», sagte ich.

Wir hörten über unseren Köpfen Trampeln und das Dröhnen der Äxte, und auf die Terrasse fiel splitternd das Glas der Fenster.

«Fürchtest du dich, deine Karten mit meinen zu messen?» fragte Gartred.

«Nein», erwiderte ich, «ich fürchte mich nicht.»

Ich rollte meinen Stuhl näher und saß nun ihr gegenüber am Tisch. Sie reichte mir die Karten zum Mischen und Abheben, und dann gab ich sie ihr zurück, und sie teilte jedem zwölf Karten aus. Und das war die seltsamste Partie Piquet, die ich jemals zuvor oder nachher gespielt habe, denn während Gartred ein Vermögen zu gewinnen hoffte, ging es für mich um Richards Sohn, und keiner außer mir wußte das.

Die andern waren völlig apathisch und zu schwach, um uns zu beachten, und wenn sie es taten, war es mit Ekel und Empörung darüber, daß wir – weil wir nicht zu Menabilly gehörten – so herzlos sein konnten.

«Fünf Blatt», sagte Gartred an.

«Wieviel macht das?» fragte ich. – «Neun.»

«Gut.»

«Fünf.»

«Eine Quart major. Drei Buben.» – «Nicht gut.»

Sie spielte das Herzas aus, auf das ich den Zehner zugab. Und während sie den Stich nahm, hörten wir die Rebellen an den Wandbehängen in den Schlafzimmern über uns reißen. Ein dumpfer Geruch drang bis zu uns, und eine Rauchwolke wehte an den Galeriefenstern vorüber.

«Sie legen Feuer an die Ställe und die Wirtschaftsgebäude», sagte John ruhig. – «Der Regen wird die Flammen bestimmt löschen», flüsterte Joan. «In diesem Regen können sie nicht brennen.»

Eines der Kinder begann zu weinen, und ich sah, wie die mürrische Deborah es auf ihr Knie nahm und beruhigte. Der Rauch der brennenden Gebäude roch in dem unaufhörlichen Regen ganz bitter, und das Stampfen der Männer und das Dröhnen der Äxte über unsern Köpfen klang, als ob sie das große vierpfostige Bett in Stücke schlügen, in dem Alice ihre Kinder geboren hatte. Sie warfen den großen Spiegel auf die

Terrasse hinunter, wo er in tausend Stücke zersplitterte, und hinterher flogen die zerbrochenen Kerzenhalter, die hohen Vasen und die Gobelinstühle.

«Fünfzehn», sagte Gartred und spielte den Karokönig aus, und «achtzehn» antwortete ich und stach mit dem As.

Einige der Rebellen kamen jetzt unter der Führung eines Sergeanten die Treppe herunter; sie schleppten sämtliche Kleider mit sich, die sie in Jonathans und Marys Schlafzimmer gefunden hatten, und ihren Schmuck und ihre Kämme und auch den schönen, figurenreichen Teppich, der an der Wand gehangen hatte. Das alles luden sie auf die Packpferde, die im Hof warteten. Sobald sie beladen waren, wurden sie durch den Torbogen weggeführt, und zwei weitere kamen an ihre Stelle.

Durch die zerschlagenen Fenster des geplünderten Eßzimmers hindurch konnten wir die zügellosen Rebellenhaufen sehen, die an den qualmenden Wirtschaftsgebäuden vorüber nach den Weiden und dem Strand zogen, und als sie grinsend zum Haus hinaufschauten, schrien ihre Kameraden, die sich bei ihrer Arbeit erwärmt hatten und immer rücksichtsloser wurden, ihnen schrille Rufe zu und warfen Matratzen, Stühle, Tische hinunter – alles, was sie nur packen konnten, und was die Flammen nähren würde, die in dem langsam rieselnden Regen nur widerstrebend an den geschwärzten Mauern emporleckten.

Einer von den Kerlen machte ein Bündel aus all den Kleidern und der Wäsche. Alices Hochzeitskleid und die kleinen Kleidchen, die sie für ihre Kinder gestickt hatte, und Peters reiche Gewänder, die sie mit solcher Sorgfalt in Schränken verwahrte, bis er sie brauchen mochte.

Jetzt hörte das Stampfen über unseren Köpfen auf, und wir merkten, daß sie sich in die Räume unterhalb des Turms verzogen. Einer riß höhnisch an dem Glockenstrang, und der klagende Ton mischte sich in das Schreien und Gellen und das Rumpeln der Wagenräder, das immer noch aus dem Park zu uns drang, und den stetig wachsenden Kanonendonner, der jetzt kaum zwei Meilen entfernt war.

«Jetzt werden sie im Pförtnerhaus sein», sagte Joan. «Deine Bücher und all deine Habe, Honor – sie werden sie ebensowenig schonen wie unsere.» In ihrer Stimme war Vorwurf und Enttäuschung, weil ich, ihre Lieblingstante und Patin, keinerlei Zeichen von Kummer von mir gab.

«Mein Vetter Jonathan hätte das niemals erlaubt», sagte Will Sparke, und seine Stimme war noch höher als sonst. «Wenn hier irgendwo Silber versteckt ist, dann hätte er es willig und gern herausgegeben, statt daß das ganze Haus geplündert wird und wir, seine Verwandten, alles verlieren.»

Noch immer tönte die Glocke, und die Zimmerdecken wurden durch schwere Mörderschritte erschüttert, und nun warfen sie in den inneren Hof, was sie im westlichen Teil des Hauses erbeutet hatten, Bilder und Bänke, Teppiche und Wandbehänge, alles in wüstem Durcheinander aufgehäuft, während die Leute unten das Wertlose ausschieden und den Flammen übergaben.

Wir begannen das dritte Spiel der Partie. «Terz bis zum König», sagte Gartred, und «gut», sagte ich und gab Pik zu. Und währenddessen wußte ich, daß die Rebellen jetzt zum leeren Raum des Hauses gekommen waren und den Wandteppich vor dem Pfeiler heruntergerissen.

Ich sah, wie Mary ihr gramdurchfurchtes Gesicht hob und uns ansah.

«Wenn du nur ein Wort zu dem Offizier sprechen würdest», sagte sie zu Gartred, «würde er vielleicht die Leute davon abhalten, weiterzuplündern. Du bist mit Lord Robartes befreundet und hast einen gewissen Einfluß auf ihn. Kannst du gar nichts tun?»

«Ich könnte vieles tun», sagte Gartred, «wenn ich dürfte. Aber Honor meint, daß es besser ist, wenn das Haus über unseren Ohren zusammenstürzt. – Fünfzehn, sechzehn, siebzehn und achtzehn. Mein Stich, glaube ich.»

Sie notierte den Stand auf dem Täfelchen neben ihr.

«Honor», sagte Mary, «du weißt, daß es Jonathan das Herz brechen wird, wenn er sein Heim in diesem Zustand sieht. Alles, wofür er gearbeitet und gelebt hat und vor ihm sein Vater; fast fünfzig Jahre lang! Wenn Gartred uns irgendwie retten kann und du sie daran hinderst, dann könnte ich dir das niemals vergeben, und Jonathan auch nicht, wenn er es erfährt.»

«Gartred wird niemanden retten außer sich selbst», antwortete ich und begann das vierte Spiel auszuteilen.

«Fünf Blatt», sagte Gartred an. – «Ich auch», erwiderte ich.

«Ein Quart bis zum König.» – «Ein Quart bis zum Buben.»

Wir waren im fünften und letzten Spiel, nachdem jede zwei Spiele gewonnen hatte. Da hörten wir sie die Treppe herunterstapfen, der Major an der Spitze.

Terrasse und Hof lagen voll mit zerbrochenen Überresten, die Dinge, an denen eine Familie fünfzig Jahre lang gehangen hatte, und was nicht auf die Lastpferde aufgepackt worden war, sollte vernichtet werden. Sie legten Feuer an die Reste und sahen zu, wie es brannte; die Männer auf ihre Äxte gestützt, und jetzt, da ihr Werk getan war, schwer atmend. Als der Haufen lichterloh brannte, drehte der Major sich um, kam in die Galerie, schlug die Hacken zusammen und machte vor John eine Verbeugung.

«Die Befehle, die Lord Robartes mir erteilt hat, sind mit aller Treue vollzogen worden», verkündete er. «Es bleibt nichts im Haus Menabilly als Sie selbst, meine Damen und Herren, und die nackten Mauern.»

«Und Sie haben kein verstecktes Silber gefunden?» fragte Mary.

«Nein, Madam, nur Ihr eigenes – das jetzt in unserem Besitz ist.»

«Dann war all diese verruchte Zerstörung völlig zwecklos?»

«Ein kräftiger Schlag wurde im Namen des Parlaments geführt, Madam, und das ist alles, was wir, seine Soldaten und seine Diener, in Betracht zu ziehen haben.»

Er verbeugte sich und ging, und wenige Sekunden später hörten wir ihn weitere Befehle geben, Pferde wurden vorgeführt, er saß auf und ritt weg, wie Lord Robartes es vor einer Stunde getan hatte. Die Flammen umzuckten den Haufen unten auf dem Hof, und abgesehen von ihrem dumpfen Zischen und dem Rieseln des Regens war jetzt kein Laut zu hören. Eine seltsame Stille hatte sich über das Haus gesenkt. Selbst die Wachen vor der Türe waren gegangen. Will Sparke schlich in die Halle.

«Sie sind fort», sagte er. «Sie sind alle weggeritten. Das Haus ist leer und verlassen.»

Ich sah Gartred an, und diesmal war ich es, die lächelte, und ich, die ihre Karten auf den Tisch legte.

«Carte blanche», sagte ich ruhig, schrieb zehn zu meinem Stand zu, hatte sie somit zum erstenmal überholt, und mit drei Assen gegen ihr einziges hatte ich die Partie gewonnen.

Sie stand wortlos vom Tisch auf, machte mir einen spöttischen Knicks, rief ihre Töchter und ging hinauf. Ich blieb allein sitzen, mischte die Karten, wie sie es getan hatte, während die armen, schwachen Bewohner des Hauses sich in der Halle versammelt hatten und das Schauspiel anstarrten, das sich ihren Augen bot.

Die Täfelungen zerschlagen, die Fußböden aufgerissen, die Fenster in ihren Rahmen zersplittert, und dazu der Regen, dem weder Türen noch Fenster wehrten, und der ihnen still und unablässig ins Gesicht schlug, dazu große Flecke von verkohltem Holz und der schwarze Ruß von dem brennenden Haufen im Hof draußen.

Die letzten Rebellen hatten sich an den Strand zurückgezogen, bis auf die wenigen, die sich in Castledore hielten, und in Menabilly blieb keine Spur von ihnen, bis auf die Verwüstungen, die sie angerichtet hatten, und den schwarzen Sumpf, der einst eine Straße und ein Park gewesen war.

Als ich so dasaß und horchte und immer nòch die Karten mischte, hörte ich zum erstenmal einen neuen Laut, der Kanonen und Musketen und den strömenden Regen übertönte. Nicht gellend und hartnäkkig wie das Horn, das mich so lange gemartert hatte, sondern schnell, triumphierend, immer näher – den scharfen, kräftigen Wirbel der königlichen Trommeln.

Zwanzigstes Kapitel

Die Rebellenarmee ergab sich dem König in den frühen Morgenstunden des Sonntags. Für die Hunderte, die am Strand zusammengepfercht waren, gab es keine Möglichkeit, nach dem Meer zu entrinnen. Ein einziges Fischerboot stach von Fowey im trüben Licht vor dem Morgengrauen in See, um nach Plymouth zu gelangen, und in seiner Kajüte führte es den Lord-General, Earl von Essex, und seinen Ratgeber, Lord Robartes, mit sich. Das erfuhren wir später, und wir erfuhren auch, daß Mattys Küchenbursche sein Versprechen gehalten und seine Botschaft Freitagabend zu Sir Jakob Astley nach Bodinnick gebracht hatte. Doch bevor diese Nachricht Seine Majestät erreicht hatte, waren die Vorposten auf der Straße bereits gewarnt, und die Kavallerie des Parlaments hatte die Reihen der Königlichen erfolgreich durchbrochen und war nach Saltash entwischt. So hatten sich, durch eine Verzögerung, mehr als zweitausend Reiter der Rebellenarmee gerettet, um bei einer nächsten Gelegenheit den Kampf wiederaufzunehmen, ein ernsthaftes Mißgeschick, das unsere Kräfte in der Aufregung und Freude über die große Kapitulation übersahen, und der einzige unter unsern Befehlshabern, den dieser Streich rasend gemacht hatte, mochte wohl Sir Richard Grenvile sein.

Es war typisch für ihn, daß er an jenem Sonntagmorgen nicht selber kam, als er uns ein Regiment Infanterie schickte, das uns befreien und Proviant bringen sollte, sondern mir eine kurze Botschaft bringen ließ, ohne sich bei der Überlegung aufzuhalten, ob ich lebte oder tot war, oder ob sein Sohn sich noch bei mir befand.

«Du wirst bald erfahren», schrieb er, «daß mein Plan nur teilweise gelungen ist. Die Kavallerie konnte entrinnen, und daran ist einzig und allein jener besoffene Idiot Goring schuld, der berauscht in seinem Hauptquartier liegt und – du wirst es kaum glauben – die Rebellen durch seine Reihen durchbrechen ließ, ohne ihnen auch nur einen Musketenschuß nachzufeuern. Gott möge uns vor unseren eigenen Kommandanten schützen! Ich marschiere jetzt in aller Eile nach Saltash, habe aber wenig Hoffnung, die Lumpen einzuholen, da es Goring mit seiner Kavallerie nicht gelungen ist.»

Erst Soldat, dann Liebhaber, hatte Richard keine Zeit an eine darbende Familie und eine verkrüppelte Frau zu verschwenden, die überdies das ganze Haus um seines Sohnes willen hatte verwüsten lassen, den er gar nicht liebte.

So war es auch schließlich nicht der Vater, der den ohnmächtigen Knaben nochmals in mein Zimmer trug, sondern der arme, kranke John Rashleigh, der zum zweitenmal in den Tunnel unter dem Sommerhaus kroch, Dick bewußtlos in der Zelle im Pfeiler fand, an dem Strick zog und so die Geheimtür zu meinem Zimmer öffnete.

Das geschah Samstag abend um neun Uhr, nachdem das Haus von den Rebellen verlassen worden war und wir alle zu schwach waren und gerade nur lächeln konnten, als die Trommeln der königlichen Infanterie Sonntag früh unter unsern Fenstern rasselten.

Das Dringendste war Milch für die Kinder und Brot für uns selbst, und im späteren Verlauf des Tages, nachdem wir wieder ein wenig zu Kräften gekommen waren und die Soldaten uns in der Galerie – dem einzigen bewohnbaren Raum – ein Feuer angezündet hatten, hörten wir nochmals Hufgetrappel, diesmal aber ermutigend und willkommen, denn es waren unsere Männer, die heimkehrten. Wahrscheinlich hatte ich in den letzten vier Wochen unter einem stärkeren Druck gelebt als die andern, weil ich jenes Geheimnis bewahrte; und als nun alles vorüber war, erlitt ich eine seltsame Reaktion, möglicherweise erhöht durch eine natürliche Schwäche, und war tagelang nicht imstande, den Kopf zu heben.

Die Szenen der Freude und des Wiederfindens galten ohnehin nicht mir. Alice hatte ihren Peter, Elizabeth ihren John von Coombe, Mary hatte ihren Jonathan, und sie küßten sich und weinten und küßten sich wieder, und all die Schrecken der vergangenen Tage mußten geschildert und die Verwüstungen besichtigt werden.

Aber ich hatte keine Schulter, an die ich meinen Kopf lehnen, keine Brust, an der ich weinen konnte. Ein kleines Rollbett aus der Bodenkammer diente mir als Lager, eines der wenigen Dinge, die die Rebellen nicht zerstört hatten. Ich erinnere mich, daß mein Schwager sich gleich nach seiner Rückkehr über mein Bett beugte und meinen Mut lobte; John habe ihm alles erzählt, und wenn er selber daheim gewesen wäre, hätte er auch nicht anders gehandelt als ich. Doch was ich brauchte, war nicht mein Schwager, sondern Richard. Und Richard verfolgte die Rebellen bei Saltash.

Am zweiten Tag unserer Befreiung, als die Männer nach Boconnoc geritten waren, um von Seiner Majestät Urlaub zu nehmen, hörte ich im äußeren Hof Rädergerassel und Vorbereitungen für eine Abreise, und dann knarrten die Räder über die Steine und verhallten im Park. Ich war zu müde, um mich zu erkundigen, doch als im Laufe des Tages Matty zu mir kam, fragte ich sie, wer denn Menabilly auf so unauffällige Art verlassen habe. – «Wer anders», antwortete Matty, «als Mrs. Denys?»

So hatte Gartred, als echte Spielerin, es für das beste gehalten, ihre Verluste abzuschreiben und sich von uns zu trennen.

«Wie hat sie die Transportmittel gefunden?» fragte ich.

Matty verzog das Gesicht, während sie ein Stück Stoff auswrang, um meinen Rücken zu reiben.

«Unter den Royalisten, die gestern mit Mr. Rashleigh gekommen waren, gab es auch einen Herrn, den sie anscheinend kannte. Ein Mr. Ambrose Manaton. Und er hat ihr für heute eine Eskorte verschafft.»

Ich lächelte wider Willen. Wie sehr ich Gartred auch hassen mochte, empfand ich doch einen gewissen Respekt vor der Art, wie sie unter allen Umständen wieder auf die Füße fiel.

«Hat sie Dick zu sehen bekommen», fragte ich, «bevor sie fortgegangen ist?»

«Ja», sagte Matty. «Er ging zum Frühstück zu ihr hinüber und begrüßte sie. Sie starrte ihn ganz verdutzt an – ich beobachtete sie. Und dann fragte sie ihn: ‹Bist du heute früh mit der Infanterie gekommen?› Und da grinste er wie ein kleiner Kobold und erwiderte: ‹Ich bin die ganze Zeit dagewesen.›» – «Unvorsichtiger Junge!» sagte ich. «Und was sagte sie dazu?»

«Sie antwortete zunächst gar nichts, Miß Honor, und dann lächelte sie – Sie kennen ja ihre Art und Weise – und sagte: ‹Ich hätte es wissen sollen. Du kannst deiner Kerkermeisterin sagen, daß du keinen Barren Silber wert bist.›» – «Und das war alles?»

«Das war alles. Bald darauf reiste sie ab. Sie wird nicht wieder nach Menabilly kommen.» Und Matty rieb mit ihren harten, vertrauten Händen meinen Rücken. Aber Matty hatte unrecht, denn Gartred kam nochmals nach Menabilly, und der Mann, der sie hierher brachte, war mein eigener Bruder. Doch ich greife meiner Geschichte vor, denn wir sind erst im September 1644.

In der ersten Woche, während wir uns erholten, ging mein Schwager mit seinem Verwalter daran, auszurechnen, was es kosten werde, all den Schaden wiedergutzumachen, den die Rebellen über Haus und Gut gebracht hatten. Die Kosten waren ungeheuer und überstiegen bei weitem seine Mittel. Ich sehe ihn noch, wie er in einer Ecke der

Galerie saß, in seinem großen Hauptbuch studierte, jeden Penny, den er verloren hatte, sorgsam berechnete und an den Rand schrieb. Es würde Monate, selbst Jahre dauern, sagte er, um das Haus wieder in seinen früheren Zustand zu bringen.

Da Jonathans Haus in Fowey ebenso zugerichtet worden war wie Menabilly, blieb seine Familie völlig ohne Heim, und wir mußten uns dazu entschließen, uns zu trennen. Die Sawles gingen zu ihrem Bruder nach Penrice, und die Sparkes zu andern Verwandten nach Tavistock. Die Rashleighs selbst verteilten sich mit ihren Kindern bei ihren Nachbarn, bis ein Flügel von Menabilly instand gesetzt worden war. Ich wollte nach Lanrest zurückkehren, erfuhr aber, daß das ganze Haus ein noch schlimmeres Schicksal erlitten hatte als Menabilly und an eine Wiederherstellung überhaupt nicht zu denken war.

Da blieb nichts übrig, als bei meinem Bruder Jo in Radford Unterkunft zu suchen, denn wenn Plymouth selbst wohl noch vom Parlament gehalten wurde, so war doch die ganze Gegend fest in den Händen der Königlichen, und die Kapitulation von Festung und Hafen war, nach der Ansicht unserer Optimisten, eine Frage von höchstens drei Monaten.

Ich hätte auch zu meiner Schwester Cecilia nach Mothercombe oder zu meiner Schwester Bridget nach Holbeton gehen können, die beide angenehmere Gefährten waren als mein Bruder Jo, den seine offizielle Stellung in der Grafschaft Devon ein wenig kalt und stolz gemacht hatte, aber ich wählte Radford, weil es bei Plymouth lag – und Richard war abermals Befehlshaber der Belagerungstruppen. Welche Hoffnungen ich an das Wiedersehen mit ihm knüpfte, weiß nur Gott allein, aber ich hatte mich tief in meinem eigenen Netz verfangen, und auf eine Botschaft von ihm, auf einen kurzen Besuch zu warten, war mein einziger Daseinszweck geworden.

«Warum kannst du nicht mit mir nach Buckland kommen?» bat Dick, dessen Hofmeister ausgeschickt worden war, um ihn heimzubringen. «Ich wäre zufrieden in Buckland und würde mich auch eher mit meinem Vater vertragen, wenn du da wärst.»

«Dein Vater», antwortete ich ihm, «hat genug zu tun, auch ohne einen Haushalt für eine verkrüppelte Frau zu führen.»

«Du bist nicht verkrüppelt», erklärte der Knabe leidenschaftlich. «Deine Beine sind nur schwach, und darum mußt du in deinem Stuhl sitzen. Ich würde dich pflegen und Stunde um Stunde mit Matty für dich sorgen, wenn du nur mit mir nach Buckland kommen wolltest.»

Ich lächelte und fuhr mit der Hand durch seine dunklen Locken.

«Du wirst mich in Radford besuchen», sagte ich, «und mir davon erzählen, was du lernst. Was für Fortschritte du im Fechten und im Tanzen machst, und wie du Französisch sprichst.»

«Das ist nicht dasselbe», sagte er, «als wenn wir in einem Haus miteinander leben würden. Soll ich dir was sagen? Ich habe dich am liebsten von allen Leuten, die ich kenne – gleich nach meiner Mutter.»

Ja, das war doch ein Erfolg, abermals die zweite nach Mary Howard zu sein! Am nächsten Tag ritt er mit seinem Hofmeister fort und wandte sich um und winkte, solange er noch im Park war, und ich zerdrückte eine unnütze, sentimentale Träne, als ich ihn nicht mehr sehen konnte.

Und so mußte ich wieder auf die Straße hinaus und Menabilly den Rücken kehren; wie wenig dachte ich daran, daß das endgültige Drama des Hauses mit Blut und Tränen noch bevorstand. Ich küßte meine lieben Rashleighs und gelobte, daß ich zurückkehren würde, sobald sie mich nur aufnehmen könnten.

Jonathan begleitete meine Sänfte bis Saltash, wohin Robin mir entgegenkam. Ich fühlte mich recht elend – nicht der Reisestrapazen wegen, sondern durch das, was ich unterwegs sehen mußte. Die Spuren des Krieges waren kein erfreulicher Anblick für den Beobachter.

In Saltash auf dem Marktplatz standen Galgen, an denen, noch warm, die Leichen von Rebellen hingen, und als ich meine Augen angewidert abwandte, hörte ich, wie Jonathan einen Soldaten fragte, was sie eigentlich verbrochen hätten.

Er grinste, ein schöner, großer Bursche mit dem Wappen der Grenvile auf der Schulter. «Nichts verbrochen», sagte er, «außer daß sie Rebellen waren, und so müssen sie eben hängen.»

«Wer hat den Befehl dazu erteilt?»

«Unser General natürlich. Sir Richard Grenvile.»

Jonathan sagte kein Wort, aber ich sah, wie ernst seine Züge wurden, und ich lehnte mich in meine Kissen zurück, und weil es Richards Taten waren und ich ihn liebte, hatte ich das Gefühl, daß ich selber irgendwie die Schuld trüge und verantwortlich sei.

Wir machten hier Rast, und am nächsten Morgen kam Robin mit Gefolge, um mich über den Tamar und durch die Reihen der Königlichen rund um die Befestigungen von Plymouth nach Radford zu geleiten.

Robin sah gut aus und war sonnenverbrannt, und abermals kam mir der zynische Gedanke, daß die Männer, trotz all ihrem Bekenntnis zum Frieden, doch in Wahrheit für den Krieg geboren seien und sich im Krieg wohl fühlten. Er stand nicht unter Richards Kommando, sondern war Oberst bei der Infanterie unter Sir John Berkeley in der Armee des Prinzen Maurice, und er erzählte uns, der König habe beschlossen, keinen entscheidenden Angriff auf Plymouth zu unternehmen, sondern es Grenvile zu überlassen, die Stadt langsam auszuhungern, während Seine Majestät und Prinz Maurice ostwärts durch Devon nach Somerset und Wiltshire marschieren und sich mit den Truppen des Prinzen Rupert vereinigen wollten, um die noch nicht besiegten Parlamentsarmeen anzugreifen. Bei mir dachte ich, daß Richard keine hohe Meinung von dieser Strategie haben mochte, denn Plymouth war keine unbedeutende kleine Stadt, sondern, nach Portsmouth, der beste Hafen von England, und die Festung zu erobern und dadurch die Herrschaft über das Meer zu erzwingen, wäre für Seine Majestät von großer Bedeutung gewesen.

Als wir in weitem Bogen um die Befestigungen von Plymouth nach Radford reisten, stellte ich mit geheimem Stolz fest, daß die einzigen Männer, die sich wie Soldaten hielten, jene waren, die das Wappen der Grenvile auf der Schulter trugen. Einige von Gorings Reitern waren in St. Budeaux einquartiert, und sie lungerten im Dorf herum, tranken mit den Einwohnern, während die Wache auf einem Stuhl kauerte, die Muskete zu ihren Füßen, den großen Mund zum Gähnen weit aufgerissen. Aus dem Wirtshaus daneben kam eine Gruppe Offiziere, lachend und sehr gerötet, aber der Wachsoldat sprang nicht auf, als er sie sah. Robin wechselte mit den Offizieren einige Begrüßungsworte, und als wir das Dorf hinter uns hatten, erzählte er mir, der betrunkenste von den Offizieren sei Lord Goring selbst gewesen, ein sehr netter Kerl und ein hervorragender Pferdekenner.

«Macht ihn das schon zu einem guten Kommandanten?» fragte ich.

«Er ist sehr mutig», sagte Robin, «und ein großer Draufgänger. Darauf kommt es vor allem an.» Und dann fuhr er mit seiner Erzählung fort. Am Tag vorher habe man vor der Nase der Rebellen ein Rennen veranstaltet, und Lord Gorings Brauner habe Lord Wentworths Rotschimmel um eine halbe Länge geschlagen.

«Sind das die Methoden, mit denen die Armeen des Prinzen Maurice Krieg führen?» fragte ich. Und Robin lachte – er fand, das sei guter Sport.

Doch der nächste Posten, an dem wir vorüberkamen, wurde von Grenviles Leuten gehalten. Und da war ein Schlagbaum über der

Straße mit Bewaffneten davor, und Robin mußte ein von Sir John Berkeley unterzeichnetes Papier vorweisen, bevor wir passieren durften. Ein Offizier rief den Leuten einen Befehl zu, und der Schlagbaum hob sich. Vor einer Tür stand etwa ein Dutzend Soldaten, die ihre Waffen putzten; sie sahen hager und zäh aus, und irgend etwas schwer zu Beschreibendes war an ihnen, das sie sogleich als Grenviles Leute kenntlich machte. Ich hätte sie auch erkannt ohne die scharlachfarbenen Wimpel an der Tür, mit den drei goldenen Zinnen in der Mitte und darüber ein lachender Greif.

Wir gelangten endlich über Plymstock nach Radford und zum Haus meines Bruders. Er war jetzt Witwer, denn Elizabeth Champernowne war wenige Jahre vor Kriegsausbruch im Kindbett gestorben, und mein jüngster Bruder Percy war mit seiner Frau Philippa zu ihm übergesiedelt, um Jos siebenjährigen Sohn John zu betreuen, denn sie selbst waren kinderlos. Ich hatte nie viel für Radford übrig gehabt, selbst als ich noch ein Mädchen gewesen war, und jetzt hatte ich in diesen kasernenartigen Mauern Heimweh, weniger nach Lanrest und der früheren Zeit als nach den letzten Monaten in Menabilly. Die Gefahr, die ich dort miterlebt, die Belastung, die ich geteilt, hatten mir das Haus auf eigentümliche Art teuer gemacht. Hier in Radford spürte man, trotz der Nähe von Plymouth, nichts von den Kämpfen, und man sprach dennoch beständig von der Peinlichkeit der militärischen Kontrolle, unter der man leben mußte.

Da ich geradewegs aus einem geplünderten Haus kam und eben noch die schwersten Entbehrungen erlitten hatte, war ich nicht wenig verwundert, daß sie sich so beklagten, während ein reichliches Essen auf dem Tisch stand; aber wir hatten kaum mit dem Abendessen begonnen – am ersten Abend hatte ich noch nicht gewagt, mir meine Mahlzeit in mein Zimmer bringen zu lassen –, als Jo schon begann, in großer Aufregung über die diktatorischen Manieren der königlichen Armee zu klagen.

«Seine Majestät hat es für richtig gehalten», sagte er, «Richard Grenvile den Titel eines Generals im Westen zu verleihen. Gut und schön. Gegen diese Ernennung habe ich nichts einzuwenden. Wenn aber Grenvile, auf seinen Titel gestützt, sich die Herrschaft über alles Vieh im Umkreis von dreißig Meilen anmaßt, um seine Truppen zu füttern, und sich über die Gefühle des Landadels mit dem Wort ‹Zuerst kommen die militärischen Notwendigkeiten› hinwegsetzt, dann ist es an der Zeit, daß wir alle protestieren. Weißt du, daß die Kommissäre von Devon ihm tausend Pfund wöchentlich für den

Unterhalt seiner Truppen bewilligen mußten? Ich kann euch sagen, daß uns das sehr hart trifft.»

«Es würde euch noch härter treffen», warf ich ein, «wenn eure Häuser vom Parlament niedergebrannt würden.»

Sie starrten mich überrascht an, und ich sah, wie die junge Philippa meine Verwegenheit bestaunte, denn in Radford ermutigte man die Frauen nicht dazu, sich ins Gespräch zu mischen.

«Das, meine liebe Honor», sagte Jo kühl, «ist höchst unwahrscheinlich.» Dann wandte er mir den Rücken zu und blieb beim Thema vom gekränkten Landadel von Devon; dieser neuernannte General habe sie unverfroren wissen lassen, daß er all ihre Pferde und Musketen benötige, und wenn sie sie ihm nicht freiwillig auslieferten, dann würde er eben eine Kompanie seiner Soldaten schicken, um sie zu holen.

«Der Kerl ist wahrhaftig ganz skrupellos», sagte Percy, «aber um ihm doch Gerechtigkeit widerfahren zu lassen, muß ich sagen, daß das ganze Landvolk erklärt, es habe weit lieber Grenviles Leute im Dorf als die Leute Gorings. Wenn Grenvile einen seiner Soldaten beim Plündern erwischt, läßt er ihn auf der Stelle erschießen. Aber Gorings Leute sind vollkommen zuchtlos und besaufen sich vom Morgen bis zum Abend.»

«Ach was», meinte Robin, «Goring und seine Reiter haben das Recht auf Erleichterung, jetzt, da das Schlimmste vorüber ist. Es hat keinen Sinn, die Burschen den ganzen Tag in Achtungstellung zu halten.»

«Robin hat recht», sagte auch Jo. «Eine gewisse Freiheit muß man ihnen erlauben, damit sie in guter Stimmung bleiben. Anders werden wir den Krieg niemals gewinnen.»

«Ihr werdet ihn eher dadurch verlieren», sagte ich, «daß ihr sie in unordentlichem Aufzug in den Dörfern herumlungern laßt.»

Diese Erklärung kam um so unglücklicher heraus, als im gleichen Augenblick ein Diener erschien und Sir Richard Grenvile meldete. Seine Stiefel klirrten über die Fliesen, als er jetzt auf seine brüske Art eintrat, die mir so wohlbekannt war, völlig unbefangen und unbekümmert um die Wirkung, die er hervorbringen mochte. Er nickte Jo, dem Hausherrn, kühl zu und trat dann sogleich zu mir und küßte meine Hand.

«Warum, zum Teufel», sagte er, «bist du hierhergekommen und nicht nach Buckland?»

Daß er mich durch diese Worte vor meinen Verwandten in eine

unangenehme Lage versetzte, war ihm gleichgültig. Ich murmelte etwas von der Einladung meines Bruders und begann, ihn den andern vorzustellen. Er verbeugte sich vor Philippa, wandte sich dann aber gleich wieder mir zu.

«Du hast das Gewicht verloren, das so gut zu dir paßt», sagte er. «Du bist mager wie eine Kirchenmaus.»

«Das wärst du auch», antwortete ich, «wenn die Rebellen dich vier Wochen gefangenhalten würden.»

«Der Welpe fragt den ganzen Tag nach dir», sagte Richard. «Er singt dein Lob, bis ich ganz krank davon werde. Er ist mit Joseph draußen. He, Junge!» Er drehte sich auf den Absätzen um und rief seinen Sohn.

Ich habe niemals einen Menschen gekannt, der so wie Richard in der ersten Sekunde einen Raum mit seiner Gegenwart erfüllen und sich zum Herrn eines Hauses aufwerfen konnte, das durchaus nicht das seine war. Jo stand an seinem eigenen Tisch, die Serviette in der Hand, und Robin auch und Percy, und sie sahen aus wie stumme Diener, während Richard den Befehl übernahm. Dick schlich sich schüchtern und verängstigt wie immer herein, und seine dunklen Augen leuchteten auf, als er mich erblickte; hinter ihm kam der junge Joseph Grenvile, Richards Verwandter und Adjutant, und in Zügen und Gesichtsfarbe dem General so ähnlich, daß ich mich fragte – und nicht zum erstenmal –, ob Richard mit Absicht keine nähere Aufklärung über den Verwandtschaftsgrad gab und ob Joseph nicht – Gott verzeihe mir meinen Verdacht! – ebenso sein Sohn war wie Dick. Verdammt, dachte ich. Er hat Söhne hier im Lande gezeugt, bevor ich noch ein Krüppel gewesen war!

«Habt ihr alle schon gespeist?» fragte Richard und griff nach einer Pflaume. «Diese zwei Burschen und ich, wir würden sehr wohl noch mit einem Abendessen fertig werden.»

Jo wurde rot und verlegen und ließ noch einmal auftragen. Dick drängte sich an mich wie ein kleiner Hund, der die verlorene Herrin wiedergefunden hat, und während des Essens klagte Richard darüber, daß der König schlecht beraten gewesen sei, als er nach Osten marschierte, bevor Plymouth genommen war.

«Es ist, als spreche man gegen eine Ziegelwand, Gott segne ihn», sagte Richard, an einem Hammelknochen nagend. «Er versteht von der Kriegführung nicht mehr als das tote Schaf, an dem ich jetzt kaue.»

Ich sah, wie meine Brüder einander Blicke zuwarfen, weil der

General es wagte, Kritik an seinem König zu üben.

Richard fuhr fort: «Es ist dieser verdammte Rechtsanwalt, an den man sich halten muß», sagte er, «dieser Hyde, ein Emporkömmling aus irgendeiner jämmerlichen Landstadt und jetzt hoch in Gunst und Schatzkanzler. Seine Majestät rührt keinen Finger, ohne ihn zu befragen. Soviel ich weiß, will Rupert nichts mehr damit zu tun haben und ist nach Deutschland zurückgekehrt. Wenn es darauf ankommt, dann sind es solche Leute, durch die wir den Krieg verlieren werden.»

«Ich bin Sir Edward Hyde begegnet», sagte mein Bruder. «Er hat auf mich den Eindruck eines sehr fähigen Mannes gemacht.»

«Im Arsch!» sagte Richard. «Jeder, der mit Finanzen zu tun hat, muß zunächst einmal doppelzüngig sein. Ich bin noch nie einem Anwalt begegnet, der nicht schon seine eigenen Taschen gefüttert hatte, bevor er noch daranging, seinen Klienten zu rupfen.» Er klopfte Joseph auf die Schulter. «Gib mir Tabak», sagte er.

Der junge Mann zog eine Pfeife und einen Tabaksbeutel aus seinem Rock.

«Ich glaube wohl», sagte mein ältester Bruder langsam, «daß ich sehr übel beraten wäre, wenn ich versuchte, auch nur ein Wort der Kritik an Sie zu richten, General, aber . . .»

«Allerdings, Sir», unterbrach ihn Richard. «Da wären Sie tatsächlich sehr übel beraten.» Er legte Joseph die Hand auf die Schulter und stand auf. «Vorwärts, Jungen, holt eure Pferde! Honor, ich werde dich in dein Zimmer begleiten. Guten Abend, meine Herren.»

Ich fühlte, daß der gute Ruf, den ich vielleicht in den Augen meiner Familie haben mochte, jetzt in alle Winde zerstoben war, als er mich in mein Zimmer rollte. Matty wurde in die Küche geschickt, und er legte mich auf mein Bett und setzte sich neben mich.

«Du tätest viel besser», sagte er, «mit mir nach Buckland zu kommen. Deine Brüder sind Esel. Und was die Champernownes angeht – ich habe zwei von ihnen bei meinem Stab, und sie taugen alle beide nichts. Erinnerst du dich an Edward? Der Bursche, der dich heiraten wollte? Vom Hals aufwärts nicht zu gebrauchen.»

«Und was sollte ich in Buckland tun?» fragte ich. «Mitten unter all den Soldaten? Was würde man von mir glauben?»

«Du könntest dich um den Welpen kümmern», sagte er, «und mich abends zerstreuen. Ich habe die Gesellschaft von Soldaten sehr satt.»

«Es gibt eine Menge Frauen», sagte ich, «die deine Wünsche erfüllen würden.» – «Ich bin noch keiner begegnet.»

«Hol sie dir von der Straße», sagte ich, «und schick sie morgens wieder fort. Das wäre weit weniger umständlich, als mich von morgens bis abends auf dem Hals zu haben.»

«Mein Gott», sagte er, «wenn du glaubst, daß ich mich nach einer harten Tagesarbeit, wenn ich meine Eingeweide vor den Mauern von Plymouth ausgeschwitzt habe, noch mit irgendeinem fetten Weibsbild vergnügen will, so ist das sehr schmeichelhaft für meine Widerstandskraft. Halt jetzt still, damit ich dich küssen kann.»

Unter dem Fenster führten Joe und Dick die Pferde auf und ab.

«Es kann jemand kommen», sagte ich.

«Meinetwegen», entgegnete er. «Was schere ich mich darum?»

Ich wünschte, ich hätte die gleiche Mißachtung für meines Bruders Haus haben können wie er. Als er ging, war es dunkel, und ich hatte genauso das Gefühl, etwas Unrechtes getan zu haben, wie mit achtzehn Jahren, wenn ich vom Apfelbaum sprang.

«Ich bin nicht nach Radford gekommen», sagte ich, «um mich so zu benehmen.»

«Ich kann mir nicht recht vorstellen», antwortete er, «wozu du sonst noch nach Radford gekommen sein solltest.»

Ich dachte an Jo und Robin, Percy und Philippa, die alle unten in der Halle saßen, und an die beiden Burschen, die unter den Sternen ihre Pferde auf und ab führten.

«Du hast mich in eine höchst peinliche Lage gebracht», sagte ich.

«Mach dir keine Sorgen, Liebling», sagte er. «Das habe ich vor sechzehn Jahren auch schon getan.» Als er jetzt an der Tür stand und mich anlachte, hatte ich nicht übel Lust, ein Kissen nach ihm zu werfen.

«Du und deine doppelzüngigen Anwälte», sagte ich. «Und wie ist es mit dir? Dieser Bursche da unten – dein treuer Joseph –, du hast mir gesagt, daß er ein Verwandter von dir ist.»

«Das ist er auch», grinste er. – «Wer war seine Mutter?»

«Eine Stallmagd in Killigarth. Eine herzensgute, gefällige Seele. Sie hat einen Farmer geheiratet und ist die Mutter seiner zwölf kräftigen Kinder.»

«Wann hast du Joseph entdeckt?»

«Vor einem Jahr etwa, auf der Rückkehr aus Deutschland, und bevor ich nach Irland ging. Die Ähnlichkeit war unverkennbar. Ich kaufte der Mutter Käse und eine Schale Rahm ab, und sie erinnerte sich an die Geschichte. Wir haben uns in ihrer Küche köstlich darüber unterhalten. Sie hatte es mir gar nicht übelgenommen. Der Junge war ein schöner Kerl. Das mindeste, was ich tun konnte, war, ihr ihn abzunehmen. Und jetzt möchte ich ihn um nichts in der Welt mehr missen.»

«Das sind die Geschichten», sagte ich mürrisch, «die mir einen schlechten Geschmack im Mund zurücklassen.»

«Dir vielleicht», sagte er, «aber nicht mir. Sei doch nicht so prüde, Liebling!»

«Du hast in Killigarth gewohnt», sagte ich, «während du mir den Hof gemacht hast.»

«Gott verdamm' mich!» meinte er. «Ich bin ja nicht alle Tage zu dir gekommen.»

Ich hörte sie im nächsten Augenblick unter meinem Fenster lachen, ihre Pferde besteigen und die Auffahrt hinuntergaloppieren. Ich dachte daran, daß die Blüten meines Apfelbaumes, die so lange Zeit hindurch so berückend und duftig gewesen waren, ein wenig von ihrem Schimmer verloren hatten. Schließlich war es ein gewöhnlicher Apfelbaum geworden. Doch diese Erkenntnis, die mich einst gemartert hätte, ließ sich jetzt mit vierunddreißig Jahren voller Gleichmut ertragen.

Einundzwanzigstes Kapitel

Ich war durchaus vorbereitet, am nächsten Morgen zu früher Stunde den Besuch meines Bruders zu empfangen, der mich mit eisigem Ton darauf aufmerksam machen würde, daß er sein Haus nicht als Soldatenbordell behandelt zu sehen wünsche. Ich kannte die Form solcher Reden nur allzugut. Das Ansehen seiner Stellung, die Wohlfahrt seines jungen Sohnes, das Zartgefühl Philippas, unserer Schwägerin – und mochten auch die Zeiten hart sein und der Krieg manche merkwürdigen Manieren mit sich gebracht haben, so müßten doch Leute unseres Standes an gewissen Grundsätzen festhalten.

Ich plante bereits, mich der Gastlichkeit meiner Schwester Cecilia in Mothercombe anzuvertrauen, und hatte meine Ausreden schon fertig, als ich das vertraute Geräusch stampfender Schritte vernahm. Ich schickte Matty ans Fenster, und sie berichtete mir, daß eine Kompanie Infanterie mit dem Grenvilewappen anmarschiert käme. Und das mußte Öl auf die Flammen gießen, die bereits in meines Bruders Brust brennen mochten.

Nun, meine Neugier war allzu groß, und statt wie ein Kind, das sich schlecht benommen hat, in meinem Zimmer zu bleiben, ließ ich mich von den Dienstleuten hinunter in die Halle tragen. Hier fand ich meinen Bruder Jo in hitzigem Streit mit einem schmucken jungen Offizier, der kaltblütig und unerschütterlich erklärte, sein General habe entdeckt, Radford sei hervorragend geeignet, um von hier aus die feindlichen Geschützstellungen auf dem Mount Batten zu beobachten, und darum wünsche er, über einige Räume des Hauses als zeitweiliges Hauptquartier zu verfügen, und bitte Mr. John Harris, dem Offizier eine Zimmerflucht mit der Aussicht nach dem Nordwesten zu zeigen.

Mr. Harris, fuhr der Offizier fort, würde dadurch in keiner Weise behelligt werden, denn der General habe die Absicht, Diener, Köche und Proviant mitzubringen.

«Ich muß dagegen protestieren», hörte ich meinen Bruder sagen, «das ist ein höchst unkorrektes Vorgehen. Wir haben keinerlei Möglichkeiten, Soldaten unterzubringen. Ich selbst bin mit Arbeit für die

Grafschaft überlastet und . . .»

«Der General sagte mir», unterbrach ihn der junge Offizier, «er habe ein königliches Dekret, das ihn bevollmächtige, jedes Haus in Devon oder Cornwall mit Beschlag zu belegen. Er hat bereits Hauptquartiere in Buckland, Werrington und Fitzford, und dort wurde es den Hausbewohnern nicht gestattet zu bleiben, sondern sie mußten sich anderswo unterbringen. Er hat selbstverständlich nicht vor, mit Ihnen, Sir, auf die gleiche summarische Art zu verfahren. Kann ich jetzt die Zimmer besichtigen?»

Mein Bruder sah ihn mit zusammengepreßten Lippen an, dann drehte er sich auf seinem Absatz um und führte ihn die Stiege hinauf, über die ich eben heruntergekommen war. Ich ließ es mir sehr angelegen sein, seinem Blick auszuweichen.

Während des Vormittags ging die Kompanie daran, es sich im Nordflügel des Hauses bequem zu machen, und als ich von dem langen Fenster in der Halle hinaussah, bemerkte ich Köche und Küchenburschen auf den Kücheneingang zugehen, die gerupfte Hühner und Enten und Speckseiten trugen, überdies Kisten und abermals Kisten mit Weinflaschen. Philippa saß neben mir und arbeitete an ihrer Stickerei.

«Des Königs General», sagte sie mild, «legt viel Wert auf gutes Leben. Seit dem Beginn der Belagerung von Plymouth habe ich solche Proviantvorräte nicht mehr gesehen. Wo mag er all das her haben?»

Ich betrachtete meine Nägel, die der Schere bedurften, und so mußte ich Philippa nicht ins Gesicht sehen.

«Aus den vielen Häusern», antwortete ich, «über die er verfügt.»

«Ich dachte doch», sagte Philippa mit bohrender Hartnäckigkeit, «daß Percy uns sagte, Sir Richard erlaube seinen Leuten niemals zu plündern.»

«Möglich», sagte ich sehr unbefangen, «daß Sir Richard Enten und Burgunder als Zubehör zum Krieg ansieht.»

Bald darauf verzog sie sich in ihr Zimmer, und ich war allein, als mein Bruder Jo die Treppe herunterkam.

«Nun», sagte er grimmig, «diesen Überfall habe ich wohl dir zu verdanken.» – «Ich weiß nichts davon», erwiderte ich.

«Unsinn. Ihr habt es gestern abend verabredet.»

«Wirklich nicht.»

«Was habt ihr sonst im verschlossenen Zimmer getan?»

«Die Zeit ist uns rasch damit vergangen, daß wir alte Erinnerungen auffrischten», sagte ich.

«Ich dächte», sagte er nach kurzer Pause, «daß dein heutiger Zustand, meine liebe Honor, das Gespräch über eure einstige Vertrautheit recht unerträglich machen müßte. Und ein Wiederaufleben dieser Beziehung ist doch völlig außer Frage.»

«Das dächte ich auch», antwortete ich.

Er sah auf mich herunter, und seine Lippen kräuselten sich.

«Du bist schon als Mädchen immer unverschämt gewesen», sagte er. «Wir hatten dich schrecklich verzogen, Robin, deine Schwestern und ich. Und jetzt, mit vierunddreißig, benimmst du dich wie eine Stallmagd.»

Er hätte kein unglücklicheres Beispiel finden können.

«Mein Benehmen gestern abend», sagte ich, «war von dem einer Stallmagd sehr verschieden.»

«Das höre ich gern. Aber der Eindruck, den wir hier unten haben mußten, war anders. Sir Richards Ruf ist eindeutig, und wenn er eindreiviertel Stunden allein mit einer Frau in einem geschlossenen Zimmer zubringt, so kann man das, meiner Ansicht nach, nur auf eine einzige Art auslegen.»

«Meiner Ansicht nach», antwortete ich, «kann man es auf ein Dutzend Arten auslegen.»

Mit diesen Worten hatte ich mir selbst mein Urteil gesprochen, das wußte ich, und so war ich auch nicht überrascht, als er ohne weitere Diskussion das Zimmer verließ und nur noch den Wunsch aussprach, ich möge ein wenig Achtung vor seinem Dach haben.

Ich war den ganzen Tag unerschütterlich und reuelos, und als Richard abends wütend in meinem Zimmer erschien und das Abendessen heraufbringen ließ, das seine Leute zubereitet hatten, empfand ich eine boshafte Genugtuung bei dem Gedanken, daß meine Verwandten zur selben Zeit in düsterer Stimmung unten saßen, während ich hier oben mit dem General gebratene Ente aß.

«Da du nicht nach Buckland kommen wolltest», sagte er, «mußte ich eben zu dir kommen.»

«Es ist immer ein Fehler», sagte ich, «sich mit den Brüdern einer Frau zu überwerfen.»

«Dein Bruder Robin ist mit Berkeleys Pferd nach Tavistock geritten», erwiderte er, «und Percy schicke ich mit einer Abordnung zum König. So muß man nur noch eine Beschäftigung für Jo finden. Man könnte ihn vielleicht zur Königin von Frankreich schicken.»

Er machte sich einen Knoten in sein Taschentuch, um das nicht zu vergessen.

«Und wie lange wird es noch bis zum Fall von Plymouth dauern?» fragte ich. – Er schüttelte den Kopf und sah bedenklich drein.

«Seit unserem Feldzug in Cornwall ist die Festung verstärkt worden», sagte er. «Und das ist das Schlimme. Hätte Seine Majestät meinen Rat befolgt, und wäre er nur vierzehn Tage lang mit seiner Armee hiergeblieben, so wären wir heute die Herren der Stadt. Doch nein; er muß auf Hyde hören und nach Dorset marschieren, und ich bin genauso weit, wie ich Ostern war, und soll mit weniger als tausend Mann die Sache erledigen.»

«Du kannst die Festung also keinesfalls erstürmen?» fragte ich.

«Nicht, wenn ich keine Verstärkungen erhalte», sagte er, «und zwar zum mindesten noch tausend Mann. Ich hebe ohnehin schon in der ganzen Grafschaft Rekruten aus. Ich fange Deserteure ein und schicke Werber durchs Land. Aber die Burschen müssen ihren Sold haben. Sonst kämpfen sie nicht, und ich kann sie daher nicht tadeln. Warum, zum Teufel, sollten sie auch?»

Er war aufgestanden und blickte durch das Fenster nach dem fernen Cattwater und Plymouth.

«Heute abend», sagte er ruhig, «habe ich ein Spiel gewagt. Es kann gut ausgehen, es kann hoffnungslos sein. Wenn es glückt, dann ist Plymouth bei Tagesanbruch unser.» – «Was meinst du damit?»

Er sah noch immer durch das Fenster zu den flimmernden Lichtern von Plymouth hinüber.

«Ich habe mich mit dem Stellvertreter des Kommandanten in Verbindung gesetzt», sagte er leise, «einem gewissen Oberst Searle. Es besteht eine Möglichkeit, daß er für einen Betrag von dreitausend Pfund die Stadt übergibt. Bevor man weitere Menschenleben vergeudet, habe ich gemeint, daß man es mit einer Bestechung versuchen sollte.»

Ich schwieg. Der Plan war unsicher und roch irgendwie unsauber.

«Wie hast du das angestellt?» fragte ich ihn endlich.

«Der junge Joe ist heute abend bei Sonnenuntergang durch die Reihen geschlüpft», antwortete er, «und verbirgt sich derzeit in der Stadt. Er hat meine Botschaft an den Oberst bei sich und das feste Versprechen einer Zahlung von dreitausend Pfund.»

«Mir gefällt das nicht sehr», sagte ich. «Daraus kann nichts Gutes entstehen.»

«Vielleicht nicht», sagte er gleichgültig, «aber es lohnt doch den Versuch. Die Aussicht, mir den ganzen Winter lang den Schädel an den Toren von Plymouth einzurennen, hat wenig Verlockendes für mich.»

Ich dachte an den jungen Joe und seine kecken braunen Augen. «Und nimm einmal an», sagte ich langsam, «daß man deinen Joseph fängt!»

Richard lächelte. «Der Bursche ist durchaus fähig, sich selber zu helfen.»

Aber ich dachte an Lord Robartes, wie ich ihn zuletzt gesehen hatte, in kotbespritzten Stiefeln und durchnäßtem Mantel, hart und tückisch in der Niederlage, und ich wußte, wie sehr er den bloßen Namen Grenvile hassen mußte.

«Ich werde morgen sehr früh auf sein», sagte Richard, «lange, bevor du wach bist. Und wenn du mittags eine Salve von sämtlichen Geschützen der Festung hörst, dann weißt du, daß ich nach einem kurzen und sehr blutigen Kampf in Plymouth eingedrungen bin.» Er nahm mein Gesicht in seine Hände und küßte mich. Dann wünschte er mir gute Nacht. Aber ich konnte nicht schlafen. Die Aufregung, die seine Anwesenheit über das Haus gebracht hatte, verwandelte sich in Sorge und Spannung. Mit allem Erkenntnisvermögen von Geist und Körper wußte ich, daß er verspielt hatte.

Ich hörte ihn um halb sechs Uhr früh mit seinem Stab davonreiten, und dann fiel ich todmüde in einen schweren Schlaf.

Als ich erwachte, war zehn Uhr vorüber. Ein grauer Tag mit einem Herbsthauch in der Luft. Ich hatte kein Bedürfnis nach meinem Frühstück und keine Lust aufzustehen, sondern blieb im Bett. Ich hörte die Geräusche des Haushalts und das Kommen und Gehen der Soldaten in ihrem Flügel, und um zwölf Uhr hob ich mich auf meine Ellbogen und sah nach dem Fluß. Fünf Minuten nach zwölf. Fünfzehn Minuten nach zwölf. Keine Salve der Geschütze dröhnte. Nicht einmal ein Musketenschuß. Um zwei Uhr regnete es, dann hellte es sich auf, und dann regnete es wieder. Der Tag schleppte sich öde, endlos hin. Ich hatte die ganze Zeit ein peinliches Gefühl der Ungewißheit. Um fünf Uhr brachte Matty mir mein Abendessen, an dem ich ohne großen Appetit knabberte. Ich fragte sie, ob sie irgendwelche Neuigkeiten gehört habe, aber sie wußte von gar nichts. Doch später, als sie das Tablett holen kam und meine Vorhänge schloß, sah sie verstört aus.

«Was ist geschehen?» fragte ich.

«Einer von Sir Richards Leuten hat der Schildwache etwas gesagt», antwortete sie. «In Plymouth ist irgendwas los. Einer ihrer besten jungen Offiziere soll von Lord Robartes gefangengenommen worden sein, und das Kriegsgericht hat ihn zum Tode verurteilt, heißt es. Sir Richard hat den ganzen Tag lang versucht, ihn auszulösen, aber es ist ihm nicht gelungen.»

«Wie heißt er?»

«Das weiß ich nicht.»

«Was wird mit dem Offizier geschehen?»

«Das hat der Soldat nicht gesagt.»

Ich legte mich in meinem Bett zurück, die Hände über den Augen, um das Licht der Kerze abzublenden. Meine Ahnungen hatten mich nie getrogen, nicht, wenn sie mich eine ganze Nacht und einen ganzen Tag plagten. Vielleicht gehörte diese Fähigkeit zu meinem Zustand. Später hörte ich die Pferde über die Auffahrt herauftraben und die Schildwachen Achtungstellung einnehmen. Schritte stiegen die Treppe hinauf, langsam, schwer, und verhallten im Nordflügel. Eine Tür wurde zugeschlagen, dann war es still. Lange mußte ich so auf meinem Rücken liegen und warten. Kurz vor Mitternacht hörte ich ihn auf dem Gang, und seine Hand suchte den Drücker an meiner Tür. Die Kerzen brannten nicht mehr, und es war dunkel. Alles im Haus schlief. Er kam an mein Bett und kniete nieder. Ich legte meine Hand auf seinen Kopf und preßte ihn an mich. So kniete er eine ganze Weile, ohne ein Wort. – «Sprich zu mir», sagte ich, «wenn es dir helfen kann.»

«Sie haben ihn gehängt», sagte er. «Oberhalb des Stadttors, wo wir ihn sehen konnten. Ich habe eine Kompanie ausgeschickt, um ihn herunterzuholen, aber sie wurde mit Geschützfeuer niedergemäht. Vor meinen Augen haben sie ihn gehängt.»

Nun war die Ungewißheit gebrochen, und der lange Tag voll Zwang und Druck lag hinter mir. Ich spürte jenes Gefühl der Erleichterung, das uns alle ergreift, wenn die Krise vorüber ist und das Leid nicht unser eigenes Leid ist. Dies war Richards Kampf. Ich konnte nicht für ihn kämpfen. Ich konnte ihn nur im Dunkel an mich drücken.

«Dieser elende Searle», sagte er, und seine Stimme war gebrochen, hatte nichts von ihrem gewohnten Klang, «hat den Plan verraten, und so haben sie den Jungen erwischt. Ich ging selbst bis an die Mauern der Festung, um mit Robartes zu verhandeln. Ich bot ihm jedes Lösegeld, jeden Austausch an. Er antwortete mir nicht einmal. Und während ich dort stand und wartete, haben sie ihn oberhalb des Tors gehängt.»

Er konnte nicht weiter. Sein Kopf lag auf mir, und ich hielt seine Hände, die sich wild an die vielfarbig zusammengestückte Bettdecke klammerten.

«Morgen», sagte ich, «hätte es dasselbe sein können. Eine Kugel durch den Kopf, ein Stoß einer Pike, ein unglücklicher Fall vom Pferd. Das geschieht alle Tage. Eine Alltäglichkeit im Krieg. So mußt du es ansehen. Joe ist in deinem Dienst gestorben, und das hatte er sich gewünscht.»

«Nein», sagte er dumpf. «Es war meine Schuld. Meine Schuld – jetzt, heute nacht, in alle Ewigkeit. Ein Irrtum in der Beurteilung. Ein falscher Entschluß.» – «Joe würde dir verzeihen. Joe würde es begreifen.»

«Ich selbst kann mir nicht verzeihen. Und das ist das Qualvolle.»

Ich dachte nun an alles, was ich ihm sagen wollte. Daß er nicht unfehlbar sei, niemals unfehlbar gewesen sei, und daß dieser Schicksalsschlag eine grimmige Mahnung daran war. Sein eigenes hartes Verfahren gegen den Feind war ihm vergolten worden, Maß für Maß, Grausamkeit gegen Grausamkeit. Verrat gebar Verrat, die Eigenschaften, die er in diesen letzten Jahren in sich selbst entwickelt und gehegt hatte, rächten sich nun an ihm.

Die Parlamentsleute hatten sein perfides Vorgehen nicht vergessen, als er sich im Frühjahr bei ihnen eingeschmeichelt hatte und dann mit ihren Geheimnissen zum König übergegangen war. Sie hatten die Hinrichtungen ohne Gerichtsverfahren nicht vergessen, nicht die zum Tod verurteilten Gefangenen von Lydford Castle, noch die lange Reihe Soldaten am Galgen auf dem Marktplatz von Saltash. Und Lord Robartes, dessen Heim Lanhydrock geplündert und verwüstet, dessen Besitz beraubt worden war, hatte nur eine rauhe, gerechte Rache darin gesehen, als er den Boten hängen ließ, der Bestechung und Verrat in seiner Tasche trug.

Es war ein Hohn des Teufels oder des allmächtigen Gottes, daß dieser Bote kein entfernter Verwandter, sondern Richard Grenviles Sohn sein mußte. Und all das bedachte ich, als ich jetzt Richard in meinen Armen hielt. Nun sind wir zur Krise in seinem Leben gelangt, dachte ich. Zum Kreuzweg. Entweder aus der Tragödie von dieses Knaben Tod zu lernen, daß Grausamkeit keine Erwiderung sei, daß Ehrlosigkeit ihren Gegenschlag bereithielt, daß nach kurzer oder längerer Frist aus jedem Freund ein Feind werden mußte, wenn man kein Urteil als das eigene anerkannte; oder aber nichts zu lernen, Monate und Jahre dasselbe zu tun wie bisher, jedem Rat gegenüber taub bleiben, skrupellos, verbittert, der Skellum Grenvile, auf dessen Kopf ein Preis gesetzt ist, der Rotfuchs, auf den man mit Fingern zeigt, ein Beispiel mangelnder Ritterlichkeit, ein abscheulicher Gegensatz zu seinem allgemein beliebten Bruder.

«Richard», flüsterte ich, «Richard, mein einziger Geliebter . . .» Aber er stand auf und trat langsam ans Fenster, schob die Vorhänge zur Seite und stand im Licht des Mondes; die Hände lagen auf dem Degen, und sein Gesicht war im Schatten.

«Ich werde ihn rächen», sagte er. «Mit jedem Leben, das ich ihnen raube. Keine Schonung mehr! Kein Pardon! Keiner von ihnen soll mir davonkommen. Von dieser Stunde an habe ich nur ein einziges Ziel im Leben – die Rebellen zu töten. Und um zu tun, was ich will, muß ich das Kommando über die Armee haben, sonst gelingt es mir nicht. Ich will keine Diskussion mehr mit Gleichgestellten, ich will keine Befehle von Rangälteren. Seine Majestät hat mich zum General im Westen gemacht, und, bei Gott, die ganze Welt soll es merken!»

Da wußte ich, daß sein schlechteres Ich Besitz von ihm ergriffen hatte – Leib und Seele –, und daß nichts, was ich sagen oder tun konnte, ihm in Zukunft zu helfen vermochte. Wären wir Mann und Frau oder ein wirkliches Liebespaar gewesen, so hätte ich vielleicht im täglichen vertrauten Umgang gelernt, ihn zu besänftigen; doch das Geschick und die Umstände hatten aus mir nur einen Schatten seines Lebens gemacht, ein Gespenst von dem, was hätte sein können. Er war heute nacht zu mir gekommen, weil er mich brauchte, aber weder Tränen noch Proteste, noch Liebesschwüre und Zärtlichkeit hätten ihn davon abhalten können, dem trüben, bösen Stern zu folgen, der ihm winkte.

Zweiundzwanzigstes Kapitel

Während der folgenden sechs Monate war Richard beständig in Radford. Obgleich sein Hauptquartier in Buckland blieb und er häufig durch Devon und Cornwall ritt, um neue Rekruten auszuheben, lag dennoch eine Kompanie seiner Soldaten im Haus meines Bruders, und Richards Zimmer standen immer bereit.

Und so verging der Herbst, und abermals zog ein neues Jahr für uns herauf. Der ganze Westen des Landes war fest in den Händen der Königlichen, bis auf Taunton, Lyme und Plymouth, die sich hartnäkkig gegen jeden Eroberungsversuch wehrten, und die beiden Seehäfen, dauernd von den Schiffen des Parlaments versorgt, waren nicht in Gefahr, ausgehungert zu werden. Solange diese Festungen sich hielten, konnte der Westen nicht als gesichert gelten, und mochten auch die royalistischen Führer guten Mutes sein und sehr vertrauensvoll, so fand doch das Volk, das ganze Land sei schon elend dran und des Krieges müde, der ihm nichts als Verluste und hohe Steuern gebracht hatte. Dasselbe mochte auch für das Parlament gelten, und täglich verließen Deserteure die Armeen. Die Männer wollten wieder daheim sein und nach ihren Geschäften sehen. Dieser Streit war nicht ihr Streit. Sie wollten weder für den König noch für das Parlament kämpfen. «Die Pest über alle beide!» hieß es ganz allgemein.

Im Januar wurde Richard Sheriff von Devon, und mit dieser erhöhten Amtsgewalt konnte er frische Truppen ausheben und Rekruten einstellen, aber seine Methoden waren niemals nach den Herzen der Kommissäre der Grafschaft. Er setzte sich hart über ihre Gefühle hinweg, verlangte Mannschaften und Geld als sein Recht, und unter dem geringsten Vorwand ließ er einen Landedelmann festnehmen und in den Kerker werfen, bis ein Lösegeld gezahlt wurde.

Das war kein Gerücht, das mein Bruder verbreitete, sondern Richard gab es ganz offen zu. Immer skrupellos, wenn es um Geld ging, war ihm jetzt, da eine Armee zu besolden war, jedes Maß verlorengegangen. Immer wieder mußte ich mir seine Rechtfertigung anhören:

«Das Land ist im Krieg. Ich bin Berufssoldat und will keine Armee befehligen, die nicht bezahlt wird. Solange ich meine Bestallung von Seiner Majestät habe, will ich es auf mich nehmen, die Kräfte unter meinem Kommando zu ernähren, zu kleiden und zu bewaffnen, daß sie sich wie Männer und Soldaten verhalten und nicht raubend, plündernd und in Lumpen durch das Land streifen wie das zuchtlose Gesindel unter dem sogenannten Kommando Berkeleys, Gorings und der andern. Dazu aber muß ich Geld haben. Und um Geld zu kriegen, muß ich es von den Börsen der Kaufleute und Landadligen in Cornwall und Devon verlangen.»

Er wurde täglich verhaßter, aber bei dem gemeinen Volk genoß er Achtung. Seine Truppen waren ihrer Disziplin wegen so angesehen, daß ihr Ruf weit bis in die östlichen Grafschaften drang, und so dürfte zum erstenmal der Same der Eifersucht in Herzen und Köpfen seiner Kameraden im Kommando gekeimt sein. Keiner von ihnen war Berufssoldat wie er, sondern es waren Leute von Besitz und Vermögen, die durch ihren Rang gleich bei Ausbruch des Krieges hohe Führerstellungen erlangten und frischausgehobene Armeen in die Schlacht führen sollten. Es waren Landedelleute mit viel Muße und wenig Erfahrung, und wenn auch viele unter ihnen tapfer waren, so bestand doch die Kriegführung für sie im wesentlichen aus einer wilden Reiterattacke auf Vollblutpferden, ein aufregendes, gefährliches Spiel und erheblich interessanter als ein Tag auf der Falkenjagd. Aber es war anderseits aufreizend, meinte ich, zu hören, wie Grenviles Leute gepriesen wurden und wie Grenviles Leute bezahlt und ernährt und gekleidet waren, und Sir John Berkeley, der die Truppen in Exeter befehligte und dauernd die Klagen des Volkes über Lord Gorings Reiterei und Lord Wentworths Infanterie anhören mußte, war zweifellos recht zufrieden, wenn er seinem obersten Kommandanten, dem Prinzen Maurice, melden konnte, daß die Truppen Grenviles wohl diszipliniert seien, daß aber die Kommissäre in Devon und Cornwall über ihn selbst wenig Gutes zu berichten hätten und daß trotz aller Grausamkeiten gegen die Rebellen Plymouth noch nicht erobert worden sei.

«Sie erwarten von mir», sagte Richard, «daß ich meine Leute rücksichtslos gegen die Mauern anrennen lassen soll, und wenn drei Viertel von ihnen bei einem Angriff geblieben sind, dann kann ich in der folgenden Woche fünfhundert andere rekrutieren. Hätte ich unbegrenzte Kräfte zu meiner Verfügung und Schätze von Munition, dann würde ein Bombardement von drei Tagen Plymouth in Schutt und Asche legen. Doch mit dem wenigen, was ich habe, kann ich nicht hoffen, die Festung vor dem Frühjahr zu erobern. In der Zwischenzeit aber kann ich die Schweine Tag und Nacht plagen, und das ist mehr, als Digby jemals getan hat.»

Zu Land war die Blockade von Plymouth vollständig, aber da die Rebellen den Sund beherrschten, konnten sie Proviant und Nachschub auf dem Seeweg erhalten, und das war das wahre Geheimnis ihres Erfolges. Alles, was Richard als Befehlshaber der Belagerungsarmee tun konnte, war, die Verteidiger durch beständige Überraschungsangriffe auf die Außenstellungen mürbe zu machen; vielleicht würden sie auf diese Art mit der Zeit zur Übergabe gezwungen werden.

Es war eine hoffnungslose, aufreibende Arbeit, und die einzigen, die für ihre Zähigkeit und ihren Widerstand Ruhm ernten konnten, waren die Belagerten in der Stadt.

Kurz vor Weihnachten beschloß Richard, seinen Sohn Dick mit Herbert Ashley, dem Hofmeister, in die Normandie zu schicken.

«Es ist kein Leben für ihn in Buckland», sagte er. «Seit Joe tot ist, muß ich ihn dauernd bewachen lassen, Tag und Nacht, und der Gedanke, daß er so nahe ist, wenn der Feind einen Ausfall unternehmen sollte, wird zu einer ständigen Belastung für mich. Er kann nach Caen oder Rouen gehen; und wenn die Geschichte vorüber ist, lasse ich ihn wieder holen.»

«Denkst du nie daran», sagte ich schüchtern, «ihn zu seiner Mutter nach London zurückzuschicken?»

Er starrte mich an, als hätte ich den Verstand verloren.

«Zurück zu dieser verfluchten Hexe?» sagte er ganz verblüfft. «Und noch mehr zum Reptil werden, als er es schon ist? Lieber würde ich ihn auf der Stelle zu Robartes schicken und hängen lassen.»

«Er liebt sie», sagte ich. «Sie ist seine Mutter.»

«So schnüffelt ein kleiner Hund nach dem Köter, der ihn gesäugt hat», sagte er, «aber ist er einmal entwöhnt, so vergißt er den Geruch. Ich habe nur einen Sohn, Honor, und wenn er mir keine Ehre macht und nicht der Mann werden kann, als den ich ihn sehen will, dann habe ich keine Verwendung für ihn.»

Er wechselte brüsk das Thema, und abermals fühlte ich mich daran gemahnt, daß ich die Wahl getroffen hatte, Freundin, nicht Gattin, Gefährtin, nicht Geliebte zu sein, und daß ich kein Recht besaß, mich einzumischen, wenn es um sein Kind ging. So kam Dick nach Radford, um sich von mir zu verabschieden, schlang seine Arme um mich, versicherte mich seiner Liebe.

«Wenn Sie nur in die Normandie mitkommen könnten», sagte er.

«Vielleicht bleibst du nicht lange drüben», sagte ich. «Und jedenfalls wird es etwas Neues für dich sein, und du wirst Freunde haben und dich wohl fühlen.»

«Mein Vater will nicht, daß ich Freunde habe», sagte er. «Ich habe gehört, wie er das Mr. Ashley gesagt hat. Er sagte, in Caen seien wenig Engländer, und deswegen wäre es besser, dorthin zu gehen und nicht nach Rouen, und ich solle mit niemandem sprechen und ohne Mr. Ashleys Wissen und Erlaubnis nirgendshin gehen. Ich weiß auch, warum er das alles tut. Weil er Angst hat, ich könnte jemandem begegnen, der mit meiner Mutter befreundet ist.»

Auf dieses Argument hatte ich keine Antwort, denn ich fühlte, daß es wahr war.

Und so schiffte sich der Knabe mit dem schüchternen, wankelmütigen Herbert Ashley am letzten Tag des Dezember nach der Normandie ein, in der Tasche einen Wechsel über zwanzig Pfund; das war alles, was der General im Westen erübrigen konnte. Dick nahm überdies meine Liebe und meinen Segen mit, was ihm nicht viel half. Und während die beiden den Kanal zwischen Falmouth und St. Malo überquerten, unternahm Richard einen Angriff auf Plymouth; und diesmal sollte es gelingen, das versprach er fest. Ich sehe ihn noch in seinem Zimmer über die Karten von Stadt und Festung gebeugt, und als ich auch einen Blick darauf werfen wollte, schob er mir die Karten lachend hin und sagte, keine Frau würde sich jemals in seinen Notizen und Kreuzen zurechtfinden.

Und er hatte recht, denn ich hatte nie eine Karte gesehen, die derart mit Punkten und Strichen bedeckt gewesen wäre. Doch selbst mein ungeübtes Auge erkannte, daß das Netzwerk von Befestigungen tatsächlich sehr stark war, denn bevor ein Angriff auf Stadt und Festung angesetzt werden konnte, war es unerläßlich, den Widerstand der Außenforts zu brechen.

Richard war in bester Laune, wie immer vor einer größeren Aktion, und plötzlich sagte er zu mir, während er die Karte zusammenfaltete: «Du hast meine Burschen niemals in voller Kriegsbemalung vor der Schlacht gesehen. Würde dich das interessieren?»

Ich lächelte. «Willst du mich vielleicht zu deinem Adjutanten machen?»

«Nein. Aber ich werde dich durch die Stellungen führen.»

Es war drei Uhr nachmittags, ein schöner, kalter Januartag. Einer der Wagen wurde als Sänfte für mich hergerichtet, und, Richard zu

Pferd neben mir, machten wir uns auf den Weg, um seine Streitkräfte zu besichtigen.

Das erste Zeichen, daß der General persönlich erschien, war die Achtungstellung der Wachen vor dem Lager, und sogleich hörten wir einen Trommelwirbel, gefolgt von einem zweiten in einiger Entfernung und dann einem dritten und einem vierten, so daß die Luft rund um mich binnen weniger Augenblicke vom Trommelwirbel erfüllt zu sein schien, denn die Trommeln jeder Kompanie begrüßten die Ankunft des Generals. Und rasch entfaltete sich in der kalten, frischen Luft das scharlachrote Banner an der Spitze der Fahnenstange, von dem die drei goldenen Zinnen glänzten.

Zwei Offiziere näherten sich, grüßten mit dem Degen und blieben vor uns stehen. Das nahm Richard mit einem Wink zur Kenntnis, und dann wurde mein Rollstuhl vom Wagen gehoben, und ein junger Korporal schob mich durch das Lager.

Noch heute vermag ich den Rauch des Holzfeuers zu riechen, dessen blaue Ringe sich kräuselten, sehe ich die Männer über Waschbecken und Kochtöpfe gebeugt und sich mit einem Ruck aufrichten, wenn wir näher kamen, und strammstehen wie ein stählerner Stab. Die Infanterie war getrennt von der Kavallerie gelagert, und diese inspizierten wir zuerst, große, sehnige Burschen von fünf Fuß zehn oder mehr, denn Richard mochte kleine Kerle nicht leiden und rekrutierte sie auch nicht. Sie sahen braungebrannt und sauber aus, die Wirkung des Lebens im Freien, wie Richard sagte. – «Meine Soldaten werden nicht in Häusern mitten unter den Dorfleuten einquartiert», sagte er. «Das ist immer dasselbe Ergebnis – Schlamperei und sinkende Disziplin.»

Ich hatte noch das Bild des Rebellenregiments vor Augen, das Menabilly besetzt hatte. Obgleich sie auf den ersten Blick mit ihren knappsitzenden Helmen und den Kollern bedrohlich genug gewirkt hatten, war dieser äußere Anschein bald verlorengegangen, sie waren mit den Wochen schmutzig und zuchtlos geworden, und unter der drohenden Niederlage blieb nichts übrig als ein Londoner Pöbel in Panik.

Richards Leute zeigten ein anderes Gepräge, und wenn sie auch zumeist von den Farmen und Mooren Cornwalls und Devons stammten und in Sprache und Herkunft bäurisch waren, so hatten doch wenige Monate unter seinem Kommando sie zu einem Korps von Berufssoldaten geschmiedet, rasch in Auffassung und Bewegung und voll Bewunderung für ihren Führer, ein Gefühl, das sich sogleich in ihrer Kopfhaltung und dem stolzen Aufleuchten ihrer Augen zeigte, wenn er sie ansprach. Eine seltsame Inspektion! Ich in meinem Rollstuhl, einen Kapuzenmantel um die Schultern, und Richard an meiner Seite; die Lagerfeuer brannten, der weiße Reif schimmerte auf dem geschorenen Rasen, die Trommeln dröhnten, wenn wir uns einer Kompanie näherten.

Die Pferde waren auf dem andern Feld untergebracht, und wir sahen zu, wie sie für die Nacht gestriegelt und getränkt wurden, schöne, geschmeidige Tiere – viele von ihnen sichtlich auf Rebellengütern beschlagnahmt –, und sie stampften den harten Grund, das Zaumzeug klirrte, und ihr Atem stieg in die kalte Luft auf wie der Rauch der Feuer.

Die Sonne senkte sich in wildem Rot hinter dem Tamar über Cornwall, und als sie hinter den Bergen verschwand, warf sie noch einen letzten stumpfen Schein auf die Forts von Plymouth im Süden. Wir konnten die winzigen Gestalten der feindlichen Wachen wie kleine, schwarze Punkte auf den äußeren Befestigungswerken sehen, und ich fragte mich, wie viele der Grenvileleute rund um mich den donnerspeienden Geschützen der Rebellen geopfert werden mußten. Zuletzt, als es Nacht wurde, besuchten wir die Vorposten, und hier wurden keine Uniformen gereinigt, keine Pferde gestriegelt, sondern die Männer standen kampfbereit, schweigend, regungslos, und wir durften nur flüstern, denn wir waren kaum zweihundert Yards von den feindlichen Stellungen entfernt.

Diese Stille war drückend, unheimlich. Die Angriffskräfte wirkten im wachsenden Dunkel noch düsterer, denn sie hatten die Gesichter geschwärzt, um weniger leicht gesehen zu werden, und ich konnte nichts erkennen als das Weiße der Augen und die Zähne, wenn sie lächelten.

Die Brustplatten waren für den Nachtangriff abgelegt worden, und in den Händen trugen sie scharf geschliffene Hellebarden. Ich betastete die Schneide von einer und schauderte.

Auf dem letzten Posten, den wir besichtigten, waren die Soldaten weniger stramm als bei den andern, und ich hörte, wie Richard dem diensttuenden jungen Offizier einen scharfen Verweis erteilte. Der Oberst des Infanterieregiments, dem dieser Posten unterstand, kam herbei, um sich zu entschuldigen, und ich erkannte in ihm meinen einstigen Bewerber, Jos Schwager, Edward Champernowne. Er verbeugte sich ein wenig steif vor mir, dann wandte er sich zu Richard und stammelte etliche Erklärungsversuche. Die beiden traten ein wenig abseits. Als Richard wiederkam, sagte er kein Wort; wir kehrten zu meinem Wagen zurück, und ich wußte, daß die Inspektion zu Ende war.

«Du mußt allein nach Radford zurück», sagte er. «Ich werde dir eine Eskorte mitgeben. Es ist ganz gefahrlos.»

«Und die bevorstehende Schlacht?» fragte ich. «Bist du deiner Sache sicher?»

Er schwieg einen Augenblick, bevor er antwortete.

«Ja», sagte er dann, «ich habe alle Hoffnung, daß es gelingt. Der Plan ist gut, und an den Truppen liegt es nicht. Wenn nur meine Unterführer zuverlässiger wären.» Er wies mit dem Kopf nach dem Posten, den wir eben verlassen hatten. «Dein alter Verehrer, Edward Champernowne», sagte er. «Manchmal meine ich, er sollte lieber eine Schar Enten kommandieren. Wenn er seine lange Nase, zehn Meilen vom Feind entfernt, über die Karte beugt, dann hat er einen Schimmer von Vernunft, aber gib ihm eine Aufgabe hundert Yards vor den feindlichen Stellungen, und er ist verloren.» – «Kannst du ihn nicht durch einen andern ersetzen?» fragte ich.

«Nicht in diesem kritischen Augenblick. Ich muß es mit ihm versuchen», sagte er.

Er küßte mir die Hand und lächelte, und erst, als er verschwunden war, dachte ich daran, daß ich nicht gefragt hatte, ob er nur deswegen nicht mit mir nach Radford zurückkehrte, weil er den Angriff selbst leiten wollte.

Kurz vor Tagesanbruch begann der Angriff. Das erste, was wir davon hörten, war das Echo des Geschützfeuers über dem Cattwater – ob es die Geschütze der Festung oder der Außenforts waren, vermochten wir nicht zu unterscheiden –, mittags aber erfuhren wir, daß drei der Außenforts erobert worden seien und von den Königlichen gehalten würden, und das stärkste darunter, das Fort Maudlyn, von dem Kommandierenden General selbst.

Die Geschütze wurden gewendet, und die Besatzung von Plymouth spürte zum erstenmal das Feuer ihrer eigenen Kanonen auf den Wällen der Stadt. Von meinem Fenster aus konnte ich nichts sehen als einen Rauchschleier, der wie ein Vorhang am Himmel hing, und hin und wieder glaubte ich, im Nordwind das Dröhnen fernen Geschützfeuers der Belagerten in der Festung zu hören.

Um drei Uhr, als kaum noch drei Stunden Tageslicht übrig war, lauteten die Nachrichten weniger günstig. Die Rebellen hatten einen Gegenangriff unternommen und zwei der Forts zurückerobert. Nun hing das Schicksal von Plymouth davon ab, ob die Rebellen den Boden, den sie verloren hatten, auf der ganzen Linie zurückgewinnen konnten, und vor allem das Fort Maudlyn. Ich beobachtete den Sonnenuntergang, wie ich es am Vortag getan hatte, und ich dachte an sie alle, Rebellen und Royalisten, die in diesen vierundzwanzig Stunden das Leben gelassen hatten.

Wir speisten um halb sechs in der Halle, mein Bruder Jo saß obenan, wie es Sitte war, zu seiner Rechten Philippa und an seiner Linken sein kleiner, mutterloser Sohn John. Wir aßen schweigend, denn keiner trug Verlangen nach Tischgesprächen, während einige Meilen von uns entfernt die Schlacht tobte. Wir waren beinahe fertig, als mein Bruder Percy, der nach Plymstock geritten war, um die neuesten Nachrichten zu hören, hereinstürzte.

«Die Rebellen haben den Tag gewonnen», sagte er grimmig, «und Grenvile mit dreihundert Mann Verlusten zurückgeworfen. Sie haben das Fort von allen Seiten angegriffen und endlich, vor kaum einer Stunde, zurückerobert. Es scheint, daß Grenviles Reserve, die ihn unterstützen und den Kampf entscheiden sollte, nicht zur rechten Zeit eingetroffen ist. Da hat irgendeiner einen furchtbaren Fehler begangen.»

«Zweifellos der General selber», sagte Jo trocken, «der zuviel Vertrauen zu dem Betreffenden hatte.»

«In Plymstock heißt es, Grenvile habe den verantwortlichen Offizier wegen Vernachlässigung seiner Pflicht niedergeschossen», sagte Percy, «und er liege jetzt mit einer Kugel im Kopf in seinem Zelt. Wer es ist, konnte mir keiner sagen, aber das werden wir bald hören.»

Ich konnte an nichts anderes denken als an die dreihundert Mann, die jetzt unter den Sternen auf ihren Gesichtern lagen, und eine tiefe Kriegsmüdigkeit erfüllte mich, ein Abscheu vor Kanonen und Hellebarden und Blut und Schlachtgeschrei. Die braven Burschen, die mir noch gestern abend zugelächelt hatten, so kräftig, so jung, so vertrauensvoll, waren jetzt die Beute der Seemöven, die über dem Sund von Plymouth schwebten und kreisten, und Richard war es, mein Richard, der sie in den Tod geführt hatte. Ich konnte ihn nicht tadeln. Er hatte nur seine Pflicht getan, als er angriff. Er war Soldat.

Als ich mich abwandte, um einen Diener zu rufen, der mich fortschieben sollte, stürzte ein junger Sekretär in den Raum, ein Angestellter meines älteren Bruders bei dem Kommissariat von Devon, und verlangte, ihn allein zu sprechen. – «Was ist los?» sagte Jo rauh. «Hier sind nur Mitglieder meiner Familie anwesend.»

«Oberst Champernowne liegt tödlich verwundet in Egg Buckland», sagte der Sekretär. «Er wurde nicht in der Schlacht getroffen, sondern der General hat ihn bei seiner Rückkehr ins Hauptquartier mit der Pistole niedergeschossen.»

Ein tiefes Schweigen folgte. Jo stand langsam von seinem Stuhl auf, sehr bleich und verstört, und ich sah, wie er sich zu mir wandte und mich anblickte. Und mein Bruder Percy auch. Und im Nu wußte ich, was sie dachten. Edward Champernowne war vor siebzehn Jahren ein Bewerber um meine Hand gewesen, und sie beide sahen in diesem plötzlichen Streit nach der Hitze des Gefechts keine militärischen Ursachen, sondern ganz private Eifersucht, die Erledigung einer persönlichen Fehde.

«Das», sagte mein ältester Bruder langsam, «ist der Anfang von Richard Grenviles Ende.»

Seine Worte drangen kalt wie Stahl an mein Ohr; ich rief leise den Diener, der mich in mein Zimmer brachte.

Am nächsten Tag verließ ich Radford und reiste nach Mothercombe zu meiner Schwester Cecilia, denn es wäre unmöglich gewesen, länger unter dem Dach meines Bruders zu bleiben. Die Vendetta hatte begonnen.

Mein ältester Bruder, hinter sich die ganze Sippe der Champernownes und unterstützt von den führenden Familien von Devon wie auch von den meisten Mitgliedern des Kommissariats, drängte auf die Abberufung Sir Richard Grenviles von seiner Stellung als Sheriff und als Befehlshaber der königlichen Truppen im Westen. Richard antwortete damit, daß er meinen Bruder aus Radford verdrängte und Haus und Gut zum Ausgangspunkt eines neuen Angriffs auf Plymouth verwendete. In Mothercombe, bei den Pollexefens eingeschneit, erfuhr ich wenig von dem, was sich begab, und Cecilia, mit ihrem vollendeten Takt und Zartgefühl, vermied das Thema. Ich hatte seit jenem Abend, da ich ihm vor der Schlacht Lebewohl gesagt hatte, keine Nachricht von Richard mehr, und da er jetzt in einen Streit mit Gegnern und früheren Freunden verwickelt war, hielt ich es für das beste zu schweigen. Er wußte, wo ich war, denn ich hatte ihm meine Übersiedlung mitgeteilt, und wenn er ein Bedürfnis nach mir hatte, würde er zu mir kommen. Gegen Ende März taute es, und wir empfingen nach vielen Wochen die erste Nachricht von der Außenwelt.

Die Friedensverhandlungen zwischen König und Parlament waren gescheitert, denn der Vertrag von Uxbridge war nicht zustande gekommen, und nun wurde der Krieg anscheinend rücksichtsloser als zuvor weitergeführt.

Das Parlament sollte eine neue Musterarmee gebildet haben, die, nach dem Urteil der Sachverständigen, imstande war, jeden Widerstand zu vernichten, während der König ein Edikt erließ, in dem er sagte, daß die Rebellen, wenn sie nicht bereuten, ein Ende in Verdammnis, Elend und Schande nehmen würden. Der junge Prinz von Wales sollte jetzt den Titel eines Oberbefehlshabers über alle Kräfte im Westen tragen und war nach Bristol gereist, doch da er ein Knabe von kaum fünfzehn Jahren war, kam die wirkliche Autorität seinen Ratgebern zu, an deren Spitze Hyde, der Schatzkanzler, stand.

Ich erinnere mich, daß John Pollexefen bei diesen Nachrichten den Kopf schüttelte.

«Jetzt wird es nichts als Zwietracht zwischen dem Rat des Königs und den Generälen geben», sagte er. «Jeder wird die Befehle des andern widerrufen. Anwälte und Soldaten vertragen sich nie. Und während sie zanken, wird die Sache des Königs darunter leiden. Mir gefällt das nicht.»

Ich dachte daran, daß Richard einmal genau dieselbe Meinung geäußert hatte. «Was geschieht mit Plymouth?» fragte meine Schwester.

«Die Partie steht auf Patt», sagte ihr Gatte. «Eine Armeegruppe von weniger als tausend Mann wird zur Blockade der Festung zurückgelassen, und Grenvile mit dem Rest seiner Truppen vereinigt sich in Somerset mit Goring zur Belagerung von Taunton. Der Frühjahrsfeldzug hat begonnen.»

Ein Jahr war gekommen und gegangen, seit ich Lanrest verlassen hatte und nach Menabilly übergesiedelt war. Der Schnee schmolz in dem Tal von Devon, wo Cecilia ihr Haus hatte, und Krokus und gelbe Narzissen erschienen. Ich machte keine Pläne. Ich saß da und wartete. Irgend jemand brachte das Gerücht, daß im Hauptquartier größte Uneinigkeit herrsche und Grenvile, Goring und Berkeley aneinandergeraten seien.

Auf den März folgte der April. Der goldene Ginster stand in voller Blüte. Und am Ostertag kam ein Mann ins Tal geritten, der die Farben der Grenvile trug. Er fragte nach Miß Harris, grüßte und reichte mir einen Brief.

«Was gibt es?» fragte ich, noch bevor ich das Siegel aufbrach. «Ist irgend etwas geschehen?»

Meine Kehle war seltsam trocken, und meine Hände zitterten.

«Der General ist in einem Kampf vor dem Wellington House in Taunton schwer verwundet worden», antwortete der Soldat. «Man fürchtet für sein Leben.»

Ich riß den Brief rasch auf und las Richards zitterndes Gekritzel.

«Liebstes Herz», hieß es. «Jetzt ist wahrhaftig der Teufel los. Ich werde vielleicht mein Bein verlieren, wenn nicht mein Leben. Ich habe ein großes Loch im Schenkel unterhalb der Leiste. Nun weiß ich, was Du leiden mußtest. Komm mich Geduld lehren. Ich liebe Dich.»

Ich faltete den Brief zusammen und fragte den Boten, wo der General untergebracht sei.

«Als ich fortritt, wurde er von Taunton nach Exeter gebracht», erwiderte er. «Seine Majestät hat seinen eigenen Leibarzt geschickt, der Sir Richard pflegen soll. Er war sehr schwach und bat mich, unverzüglich zu reiten und Ihnen diesen Brief zu bringen.»

Ich warf Cecilia, die am Fenster stand, einen Blick zu.

«Möchtest du Matty auftragen, meine Kleider zu packen», sagte ich, «und John fragen, ob er mir eine Sänfte und Pferde beschaffen könnte? Ich reise nach Exeter.»

Dreiundzwanzigstes Kapitel

Wir schlugen die südliche Straße nach Exeter ein, und bei jeder Rast erwartete ich, die Nachricht von Richards Tod zu vernehmen. Als ich endlich die Hauptstadt von Devon erreichte und die große Kathedrale hoch über Stadt und Fluß aufragen sah, da war es mir, als sei ich seit Wochen unterwegs.

Richard lebte noch. Das war meine erste Frage und das einzige, worauf es ankam. Er war im Gasthof auf dem Cathedral Square untergebracht, wohin auch ich mich unverzüglich begab. Er hatte das ganze Haus für seinen persönlichen Gebrauch beschlagnahmt, und vor der Tür stand eine Wache.

Als ich meinen Namen nannte, erschien sogleich ein junger Offizier aus dem Innern des Hauses, und irgend etwas an seinem frischen Gesicht und seiner Haltung war mir so vertraut, daß ich einen Augenblick lang zögerte, bevor ich ihn ansprach. Dann aber löste sein Lächeln mir das Rätsel.

«Du bist Jack Grenvile, Bevils Junge», sagte ich, und er erinnerte mich daran, daß er einmal, kurz vor Kriegsausbruch, mit seinem Vater nach Lanrest gekommen war. Ich erinnerte mich auch daran, daß ich ihn bei meinem denkwürdigen Besuch in Stowe im Jahre 1628 gewaschen hatte, als er noch ein Baby gewesen war, aber das erwähnte ich nicht.

«Mein Onkel wird sehr glücklich sein, Sie zu sehen», sagte er, nachdem man mich aus meiner Sänfte gehoben hatte. «Seit er Ihnen geschrieben hat, konnte er kaum von etwas anderem sprechen. Er hat mindestens schon zehn Frauen weggejagt und hat geflucht, sie seien zu grob und verstünden ihr Handwerk nicht und wüßten nicht, wie man eine Wunde zu pflegen habe. Das soll Matty tun, sagte er, während Honor mit mir spricht.»

Ich sah, wie Matty bei diesen Worten vor Freude errötete und sogleich dem Korporal gegenüber, der unser Gepäck ablud, eine gebieterische Haltung annahm.

«Und wie geht es ihm?» fragte ich, als ich in dem großen Wohnzimmer des Gasthofs war, das, nach dem langen Tisch in der Mitte zu schließen, von Richard als Messe für seinen Stab benützt wurde.

«In den letzten drei Tagen besser», erwiderte sein Neffe. «Als er verwundet wurde, bat ich den Prinzen von Wales, er möge mir gestatten, mich um ihn zu kümmern, und ich brachte ihn auch von Taunton hierher. Und jetzt will er mich nicht wieder fortlassen. Und ich lege auch gar keinen Wert darauf fortzugehen.»

«Dein Onkel», sagte ich, «hat gern einen Grenvile bei sich.»

«Ich kenne nur eines», sagte der junge Mann. «Er hat mehr Vergnügen an der Gesellschaft von Leuten meines Alters als an seinen Altersgenossen, und das sehe ich als großes Kompliment an.»

In diesem Augenblick kam Richards Diener die Treppe herunter und meldete, der General wünsche Miß Harris augenblicklich zu sehen. Ich ging zuerst in mein Zimmer, wo Matty mich wusch und mir in ein anderes Kleid half, und dann, von Jack Grenvile begleitet, rollte ich meinen Stuhl über den Korridor zu Richards Zimmer.

Das Fenster blickte auf den gepflasterten Hof, und als ich eintrat, schlug die große Glocke von der Kathedrale vier Uhr.

«Zum Teufel mit der verdammten Glocke», sagte eine vertraute Stimme, die kräftiger klang, als ich zu hoffen gewagt hatte, aus den Vorhängen hervor, die das Bett in der Ecke verbargen. «Ein dutzendmal habe ich den Bürgermeister dieser verdammten Stadt ersucht, die Glocke nicht schlagen zu lassen, aber nichts dergleichen ist geschehen. Harry, um Gottes willen, notier das!»

«Sir», antwortete eiligst ein hochgewachsener junger Mann, der am Fußende des Bettes stand und ein Wort auf eine Tafel schrieb.

«Und schieb die Kissen zurecht, ja?! Nicht so, du ungeschickter Schlingel. Wo zum Teufel steckt Jack? Jack ist der einzige, der weiß, wie ich liegen will.»

«Hier bin ich, Onkel», sagte sein Neffe, «aber jetzt wirst du mich nicht mehr brauchen. Ich habe dir jemanden mitgebracht, der zartere Hände hat als ich.»

Er rollte lächelnd meinen Stuhl an das Bett, und ich sah, wie Richard seine Hand ausstreckte, um die Vorhänge zurückzuschieben.

«Ach», sagte er und seufzte tief, «endlich bist du gekommen!» Er war totenblaß. Und seine Augen wirkten, vielleicht im Kontrast zu der Blässe seines Gesichtes, größer. Seine rötlichbraunen Haare waren kurz geschnitten, und das gab ihm einen seltsam jugendlichen Ausdruck. Zum erstenmal bemerkte ich an ihm eine Ähnlichkeit mit Dick. Ich nahm seine Hand und hielt sie fest.

«Als ich deinen Brief gelesen hatte», sagte ich, «habe ich nicht gezögert.»

Er wandte sich zu den beiden Burschen, die am Fußende des Bettes standen, seinem Neffen und dem andern, den er Harry genannt hatte.

«Hinaus mit euch zweien», sagte er, «und wenn der verdammte Arzt sich sehen läßt, so sagt ihm, daß er zum Teufel gehen soll.»

«Sir», erwiderten sie, schlugen die Hacken zusammen, und ich hätte schwören können, daß der junge Jack Grenvile, als sie das Zimmer verließen, seinem Kameraden zuzwinkerte.

Richard hob meine Hand an seine Lippen und bettete sie dann an seine Wange. «Das ist ein guter Scherz des Allmächtigen», sagte er. «Du und ich mit zerschlagenen Beinen.» – «Schmerzt es sehr?» fragte ich.

«Schmerzen? Mein Gott, ein Granatsplitter unterhalb der Leiste brennt heftiger als ein Weiberkuß. Natürlich schmerzt es.»

«Wer hat die Wunde untersucht?»

«Jeder Arzt in der ganzen Armee, und einer hat mehr Wesens damit gemacht als der andere.»

Ich rief Matty, die vor der Tür wartete, und sie kam sogleich mit einem Becken voll warmem Wasser und Verbandszeug und Handtüchern.

«Grüß dich Gott, Schafsgesicht», sagte Richard. «Mit wieviel Korporälen hast du unterwegs geschlafen?»

«Keine Zeit, mit Korporälen zu schlafen», fuhr Matty ihn an, «bei dieser Hetzjagd. Miß Honor hat gerade nur Rast gemacht, um ein paar Stunden zu ruhen. Und jetzt kommen wir her und werden gleich beschimpft.»

«Ich werde dich nicht beschimpfen», sagte er, «außer wenn du mir den Verband zu fest machst.»

«Na, lassen Sie mal anschauen», meinte sie. «Wir wollen sehen, was man Ihnen getan hat.»

Mit kundigen Fingern löste sie die Verbände und legte die Wunde frei. Sie war allerdings sehr tief, und die Splitter waren in den Knochen eingedrungen und saßen dort fest. Bei jeder Berührung stöhnte er und fluchte und schalt sie mit jedem möglichen Schimpfnamen; aber das ließ sie kalt.

«Sie ist sauber», sagte Matty. «Das ist schon etwas. Ich meinte, sie würde brandig geworden sein. Aber einige von diesen Splittern werden Sie bis ans Ende Ihrer Tage behalten, wenn Sie sich das Bein nicht abnehmen lassen.»

«Das werde ich nicht», erwiderte er, «lieber will ich die Splitter und die Schmerzen behalten.»

«Das wird Ihnen jedenfalls eine Ausrede für Ihre schlechte Laune geben», sagte sie.

Sie wusch die Wunde und verband sie wieder, und unterdessen hielt er meine Hand, wie es wohl auch Dick getan hätte. Dann war sie fertig, und er preßte den Finger an die Nase, während Matty das Zimmer verließ.

«Über drei Monate», sagte er, «seit ich dich nicht mehr gesehen habe. Sind die Pollexefens ebenso unangenehme Leute wie deine übrige Familie?»

«Meine Familie wurde erst unangenehm, als du sie dazu gemacht hattest.»

«Sie mochten mich von Anfang an nicht leiden. Und jetzt verfolgen sie mich mit ihrer Feindschaft durch das ganze Land. Die Kommissäre von Devon sind gerade jetzt in Exeter mit einer meilenlangen Beschwerdeliste gegen mich.» – «Das wußte ich nicht.»

«Es ist eine Verschwörung, die dein Bruder ausgeheckt hat. Drei Mitglieder vom Rat des Prinzen sind von Bristol hierhergekommen und diskutieren die Sache mit den Kommissären; und sobald ich mich rühren kann, muß ich vor ihnen erscheinen. Jack Berkeley, der hier in Exeter kommandiert, ist bis zum Hals in der Intrige drin.»

«Und worin besteht eigentlich die Intrige?»

«Sie wollen, daß ich meines Kommandos entsetzt werde und Berkeley an meine Stelle kommt.»

«Und wäre dir das gar so unangenehm? Die Blockade von Plymouth hat dich doch nicht sehr befriedigen können.»

«Jack Berkeley ist willkommen vor Plymouth. Aber ich denke nicht daran, abzudanken und irgendeine zweitklassige Kommandostelle anzunehmen, die mir der Rat des Prinzen anbietet; ich habe mein Amt vom König selbst empfangen.»

«Seine Majestät», meinte ich, «scheint selber keine geringen Sorgen zu haben. Wer ist denn dieser General Cromwell, von dem man so viel hört?»

«Noch so ein gottverdammter Puritaner mit einer Sendung», sagte Richard. «Man behauptet, daß er jeden Abend mit dem Allmächtigen selber Zwiesprache pflegen soll, aber ich halte es für viel wahrscheinlicher, daß er trinkt. Übrigens ist er ein guter Soldat. Und Fairfax auch. Ihre neue Musterarmee wird aus unserem zuchtlosen Gesindel Hackfleisch machen.»

«Und obschon du das weißt, zerstreitest du dich mit deinen

Freunden?»

«Sie sind nicht meine Freunde. Sie sind eine Bande niedriger, verleumderischer Lumpen. Und das habe ich ihnen ins Gesicht gesagt.»

Es hatte keinen Zweck, mit ihm zu diskutieren. Und seine Wunde hatte ihn in allem und jedem noch empfindlicher gemacht. Ich fragte, ob er Nachrichten von Dick habe, und er zeigte mir einen gespreizten Brief des Hofmeisters sowie Kopien der Instruktionen, die er Herbert Ashley erteilt hatte. Es war nichts besonders Freundliches oder Ermutigendes darin. Ich las mit raschem Blick die Worte: «Was seine Ausbildung anbetrifft, wünsche ich, daß er beständig dazu angehalten werde, die französische Sprache zu lernen; lesen, schreiben, rechnen, ferner reiten, fechten, tanzen. All das erwarte ich von ihm, und wenn er, zu seinem eigenen Besten, meinen Wünschen gehorcht, dann soll es ihm an nichts fehlen. Wenn ich aber vernehmen muß, daß er in irgendeiner Beziehung vernachlässigt, was ich ihm hiermit auftrage, dann werde ich keinen weiteren Penny für seinen Unterhalt verwenden noch ihn als meinen Sohn ansehen.» – Ich legte die Instruktionen zusammen und schob sie in das Futteral, das er verschloß und bei sich behielt.

«Glaubst du», fragte ich, «auf diese Art seine Neigung zu gewinnen?»

«Ich verlange keine Neigung», sagte er. «Ich verlange Gehorsam.»

«Mit Joe bist du nicht so rauh umgegangen. Auch gegen deinen Neffen Jack bist du nicht so unbeugsam.»

«Joe war einer von einer Million, und Jack hat eine gewisse Ähnlichkeit mit ihm. Der Bursche hat bei Landsdowne wie ein Tiger gefochten, als der arme Bevil gefallen war. Und er war fünfzehn Jahre alt, genauso alt wie Dick heute.» Nochmals küßte Richard meine Hand. «Lassen wir den kleinen Dick», sagte er. «Am Ende ist ja nicht er es, der ein Dutzend Splitter in seinem Schenkel hat.»

Kein Mann dürfte je ein unangenehmerer Patient gewesen sein als Richard Grenvile und keine Pflegerin gleichgültiger gegen seine Drohungen, gegen sein Murren und Fluchen als Matty. Meine Rolle war wohl weniger anspruchsvoll, bedurfte aber dennoch großen seelischen Gleichmuts. Da ich eine Frau war, warf er mir nicht seine Sporen an den Kopf wie seinen unglücklichen Offizieren, aber ich hatte manche harte Anklage zu erdulden, weil ich eine Harris war, und er neckte mich auch gern damit, daß ich im südöstlichen Cornwall geboren und erzogen worden war, wo die Frauen alle als Hexen und böse Sieben galten und die Männer Feiglinge und Deserteure seien.

«Noch nie ist etwas Gutes aus Cornwall gekommen», sagte er, «es sei denn von der Nordküste.» Und wenn er merkte, daß er mich dadurch nicht reizen konnte, versuchte er mit andern Mitteln, mich in Wut zu bringen, ein eigenartiger und unnützer Zeitvertreib für einen kranken Mann, aber einer, den ich im vollen Ausmaß begriff, denn ich selbst hatte vor siebzehn Jahren gewünscht, mir auf diese Art Luft zu machen, doch ich hatte nie den Mut zu meiner schlechten Laune gefunden.

Ungefähr fünf Wochen lang mußte er das Bett hüten, und Ende Mai war es so weit, daß er mit Hilfe eines Stocks im Zimmer aufstehen und gleichzeitig seine gequälten Offiziere als Müßiggänger beschimpfen konnte.

Die Federn flogen, als er zum erstenmal wieder die Treppe herunterkam, wie bei einem Hahnenkampf, und ich habe noch niemals hohe Offiziere derart bis zu den Ohren erröten sehen wie die Obersten und Majore, zu denen er an jenem Maimorgen sprach. Mit sehnsüchtigen Augen blickten sie nach der Tür, wie Schulbuben, und in ihrem Kopf war nur ein Gedanke – sich so rasch wie möglich dieser geißelnden Zunge zu entziehen. So wenigstens urteilte ich nach ihren Mienen. Aber als ich später auf dem Platz frische Luft schnappte und mich mit ihnen unterhielt, bereit, mich mitleidig zu erweisen, da waren sie einstimmig in ihrem Entzücken über Gesundheit und gute Laune des Generals.

«Es tut einem wohl», sagte ein Infanterieoberst, «den General selber wiederzusehen. Vor einem Monat hätte ich das kaum zu hoffen gewagt.»

«Sie nehmen ihm also nicht übel, wie er heute morgen zu Ihnen gesprochen hat?» fragte ich.

«Übelnehmen?» sagte der Oberst ganz verdutzt. «Warum sollte ich ihm etwas übelnehmen? Der General wollte sich einfach in Übung halten.»

Die Denkweise der Berufssoldaten blieb mir ein Rätsel.

Inzwischen waren die Räte des Prinzen nach Exeter gekommen, um mit den Kommissären von Devon zu verhandeln und die Klagen anzuhören, die gegen Sir Richard Grenvile vorgebracht wurden. Es traf sich nicht glücklich, daß der Präsident des Rates des Prinzen eben jener Sir Edward Hyde war, den Richard mir in Radford als einen Emporkömmling geschildert hatte. Diese Bemerkung mochte ihm weitererzählt worden sein, denn als er, begleitet von den Lords

Culpepper und Capel, Richard im Gasthof besuchte, fand ich ihn sehr kühl und förmlich, und es war leicht zu merken, daß er dem General, der ihn auf so herabsetzende Art charakterisiert hatte, nur wenig Freundschaft entgegenbrachte. Ich wurde den Herren vorgestellt und zog mich sogleich zurück. Was sie von mir denken mochten, wußte ich nicht, noch kümmerte ich mich darum. Man mochte eben noch eine Skandalgeschichte mehr über Sir Richard Grenvile verbreiten – daß er einen Krüppel zur Geliebten hatte.

Was in Wahrheit hinter dieser geschlossenen Tür vorging, habe ich nie entdeckt. Sobald die drei Mitglieder des prinzlichen Rates zu sprechen versuchten, wurden sie von Richard unter einer Flut von Beschuldigungen gegen den Gouverneur der Stadt, Sir John Berkeley, ertränkt, der, wie Richard beteuerte, seit Monaten nichts getan habe, als ihm Hindernisse in den Weg zu legen. Die Kommissäre von Devon aber seien allesamt Verräter, die ihr Geld lieber in der Tasche behalten wollten, als die Armee zu bezahlen, die sie verteidigte.

Daraufhin legte er in aller Form sein Amt als Befehlshaber von Plymouth nieder und schickte die Lords nach Bristol zurück; der Prinz möge sie ermächtigen, ihm ein anderes Kommando anzuvertrauen.

«Ich habe sie mit Samthandschuhen behandelt», sagte er lustig zu mir. «Mag John Berkeley vor Plymouth schmoren, dazu viel Glück auf den Weg!»

Und er trank zum Abendessen anderthalb Flaschen Burgunder, und am nächsten Morgen war seine Wunde in schlimmem Zustand.

Ich habe vergessen, wie lange wir auf das königliche Dekret warteten, das ihn mit der Aushebung von Truppen betrauen sollte, aber es müssen wohl zehn Tage oder mehr gewesen sein. Endlich erklärte Richard, er habe keine Lust, auf einen Fetzen Papier zu warten, den ohnehin kaum ein Mensch lesen würde, und so begann er denn, Rekruten für die neue Armee auszuheben. Seine Offiziere verteilten sich über das Land, um Leute zusammenzutreiben, die sich gedrückt hatten oder desertiert und während seiner Krankheit heimgegangen waren. Allen wurde Kleidung und Sold versprochen. Und als Sheriff von Devon – denn diese Stellung hatte Richard nicht niedergelegt – befahl er seinen alten Feinden, den Kommissären, zu diesem Zweck frische Gelder aufzubringen. Ich ahnte, daß er damit in ein Nest von Hornissen stach.

Ich saß eines Tages an meinem Fenster, das nach der Kathedrale schaute, und sah Sir John Berkeley, der noch nicht nach Plymouth gegangen war, den Gasthof verlassen; seine Miene war finster wie eine Gewitterwolke. Es hatte unten eine stürmische Begegnung gegeben, und – nach dem Bericht des jungen Jack – hatte Sir John den kürzeren gezogen.

«In meiner Bewunderung für meinen Onkel», sagte Richards Neffe, «stehe ich hinter keinem zurück. Er hat immer recht gegen seine Feinde. Aber ich wollte, er würde seine Zunge besser hüten.»

«Worum geht jetzt der Streit?» fragte ich müde.

«Es ist immer dieselbe Geschichte», sagte Jack. «Mein Onkel behauptet, als Sheriff der Grafschaft könne er die Kommissäre zwingen, die Truppen zu bezahlen. Sir John behauptet das Gegenteil. Er, als Gouverneur der Stadt und Kommandierender vor Plymouth, habe Anspruch darauf, daß dieses Geld ihm ausbezahlt werde. Darüber wird es noch zu einem Duell zwischen ihnen kommen.»

Kurz nachher kam Richard, blaß vor Erregung, in mein Zimmer.

«Bei Gott», sagte er, «ich kann diesen verdammten Jammer keinen Augenblick länger mehr aushalten. Ich reite unverzüglich nach Bristol zum Prinzen. Im Zweifel soll man sich an die höchste Stelle wenden. Das war immer mein Grundsatz. Und wenn ich von Seiner Hoheit keine Genugtuung erhalte, dann werfe ich den ganzen Plunder hin.»

«Du bist noch nicht wohl genug, um zu reiten», sagte ich.

«Ich kann's nicht ändern. Soll ich hier hocken und mir bei jedem Schritt von diesem Einfaltspinsel John Berkeley Knüppel zwischen die Beine werfen lassen? Er ist ein Herz und eine Seele mit deinem verdammten Bruder. Und das ist die ganze Plage.»

«Diese Plage hast du dir selber eingebrockt», sagte ich, «als du dir meinen Bruder zum Feind machen mußtest. All das kommt daher, daß du Edward Champernowne erschossen hast.»

«Und was hätte ich sonst tun sollen? Den Lumpen avancieren lassen?» stürmte er. «Ein elender Feigling, der den Tod von dreihundert meiner besten Soldaten verschuldet hat, weil er zu hasenherzig war, sich dem Geschützfeuer der Rebellen auszusetzen und mir zu Hilfe zu kommen. Eine Kugel war viel zu gut für ihn. Vor hundert Jahren hätte man ihn gefoltert und gevierteilt.»

Am nächsten Tag ritt er nach Barnstaple, wohin der Prinz von Wales sich vor der Pest, die in Bristol wütete, zurückgezogen hatte, und ich war nur zufrieden, daß er wenigstens seinen Neffen Jack als Adjutanten mitnahm. Drei Männer mußten ihn in den Sattel heben, und er sah noch recht elend aus. Er lächelte mir zu, als ich mich aus dem Fenster beugte, und grüßte mit dem Degen.

«Nur keine Angst», sagte er, «in vierzehn Tagen bin ich wieder da.

Laß es dir gut gehen!»

Doch er kam nicht wieder, damit war meine Rolle als Pflegerin und Trösterin in Exeter zu Ende.

Am achtzehnten Juni brachte General Cromwell dem König und Prinz Rupert bei Naseby eine schwere Niederlage bei, und die Rebellenarmee unter dem Oberbefehl des Generals Fairfax marschierte abermals gegen den Westen. Die gesamte Strategie der Königlichen mußte geändert werden, um dieser neuen Drohung zu begegnen, und während die Gerüchte mit Bestimmtheit wissen wollten, daß Fairfax auf dem Marsch nach Taunton sei, empfing ich eine Botschaft von Richard: der Prinz von Wales habe ihn mit der Belagerung von Lyme betraut, und er habe seine Ernennung zum Feldmarschall in der Tasche.

«Sobald ich mein Hauptquartier eingerichtet habe, werde ich dich holen lassen», schrieb er. «Unterdessen bleib, wo du bist. Ich halte es für sehr wahrscheinlich, daß wir alle miteinander, noch bevor der Sommer vorüber ist, wieder unterwegs sein werden.»

Am letzten Junitag kam Jack Grenvile tatsächlich mit Pferden und einer Sänfte, um mich zu holen. Matty und ich hatten bereits gepackt und waren bereit. Seit vierzehn Tagen hatten wir gewartet.

«Wohin bringt man uns?» fragte ich. «Nach Lyme oder nach London?»

«Weder das eine noch das andere», sagte er grimmig. «Nach einem baufälligen Haus in Ottery St. Mary. Der General hat sein Patent zurückgeschickt.»

Von dem, was sich begeben hatte, wußte er mir wenig zu sagen, bis auf das eine, daß der Großteil der frischen Truppen, die Richards Kommando unterstellt waren und in Tiverton zu ihm stoßen sollten, plötzlich auf den Befehl des prinzlichen Rates und ohne ein Wort der Verständigung an den General zur Verteidigung von Barnstaple abgezogen worden sei.

Wir kamen nach Ottery St. Mary, einem verschlafenen Dorf in Devon, wo die Einwohner den seltsamen Zug anstarrten, der vor dem Herrenhaus hielt, als wäre die ganze Welt plötzlich verrückt geworden – und zu dieser Annahme hatten sie wahrhaftig guten Grund. Auf den Wiesen hinter dem Dorf lagerten Richards Fußtruppen und Reiterei, die seit Anfang des Krieges seiner Fahne gefolgt waren.

Richard selbst saß im Speisesaal seines Hauptquartiers, das verwundete Bein auf einem Stuhl.

«Ein Krüppel begrüßt den andern», sagte er spöttisch. «Wir wollen zu Bett gehen und sehen, wer mehr Erfindungsgabe hat.»

«Wenn das deine Absicht ist», sagte ich, «dann werden wir uns später darüber unterhalten. Jetzt bin ich müde, hungrig und durstig. Möchtest du mich aber wissen lassen, was, zum Teufel, du in Ottery St. Mary anfängst?»

«Ich bin ein freier Mann geworden», erwiderte er lächelnd, «weder Mensch noch Tier untertänig. Wenn sie mir keine Truppen geben, werde ich gewiß nicht allein mit meinem Neffen Jack gegen Fairfax und seine zwanzigtausend Mann reiten.»

«Ich dachte», sagte ich, «du seist zum Feldmarschall ernannt worden!»

«Ein Titel ohne Mittel», antwortete er, «der gar nichts bedeutet. Ich habe dem Prinzen von Wales das Patent soeben in einem leeren Umschlag zurückgeschickt; mag er es an dem dafür geeigneten Körperteil verwenden. Was wollen wir zum Abendessen trinken? Rheinwein oder Burgunder?»

Vierundzwanzigstes Kapitel

Dies dürften die phantastischsten Wochen gewesen sein, die ich je erlebt habe. Richard hauste, ohne Bestallung und ohne Kommando, in dem armseligen Dorf Ottery St. Mary wie ein königlicher Prinz, und die Leute brachten, auf mehrere Meilen im Umkreis, ihr Korn und ihr Vieh ins Lager, im festen Glauben, er sei der Höchstkommandierende über die Truppen des Königs von Lyme bis Land's End. Wegen der Bezahlung verwies er sie gnädigst an die Kommissäre von Devon. Am ersten Sonntag nach seiner Ankunft ließ er in der Kirche von Ottery St. Mary und den Nachbargemeinden ein Edikt verlesen, in dem er alle jene, die von dem Gouverneur von Exeter, Sir John Berkeley, geplündert worden seien, als seine Truppen bei ihnen im Quartier gelegen hätten, aufforderte, die Liste ihrer Schäden zu ihm, Sir Richard Grenvile, des Königs General im Westen, zu bringen, und er werde dafür sorgen, daß alles bezahlt werde.

Die bescheidenen Dorfleute glaubten, der Erlöser selbst sei unter ihnen erschienen; sie kamen von mehr als zwanzig Meilen Entfernung, und jeder hatte die Liste von Verbrechen und Ausschweifungen bei sich, die, ihrer Behauptung nach, Lord Gorings und Sir John Berkeleys Truppen begangen hatten, und ich sehe noch heute Richard auf dem Dorfplatz vor der Kirche stehen und mit fürstlicher Freigebigkeit Entschädigungen verteilen, die von einem größeren Betrag stammten, der hinter einer Täfelung in seinem Hauptquartier entdeckt worden war; das Haus gehörte einem unglückseligen Landedelmann mit vagen Sympathien für das Parlament, den Richard sofort verhaftet hatte. Da das Wetter schön war, hielt er Mittwoch mit seinen Truppen eine Parade ab, bei der die Dorfleute zusehen durften. Die Trommeln rasselten, die Kirchenglocken dröhnten, abends wurden Freudenfeuer angezündet, und im Hauptquartier wurde ein großes Souper für die Offiziere veranstaltet, bei dem ich wie eine Königin obenan an der Tafel saß.

«Wir wollen lustig sein», sagte Richard, «solange das Geld reicht.»

Der Bluff war köstlich, solange er dauerte, und da der Parlamentsanhänger, den er eingesperrt hatte, einen wohlgefüllten Keller besaß, hatten wir bald jeden Jahrgang gekostet, und Richard trank sein Glas auf den Untergang der Anhänger beider Parteien, des Parlaments und der Krone.

«Was wirst du tun?» fragte ich, «bevor der Rat nach dir schickt?»

«Nicht das geringste», erwiderte er, «bevor ich nicht ein Handschreiben des Prinzen von Wales habe.»

Und mit einem Lächeln, das sein Neffe unheilvoll genannt hätte, öffnete er die nächste Flasche.

«Wenn wir so weitermachen», sagte ich und drehte mein Glas um, «dann wirst du genauso ein Trunkenbold wie Goring.»

«Goring kann nach fünf Glas nicht mehr auf den Beinen stehen», sagte Richard. «Und ich kann nach zwölf Glas noch eine ganze Division exerzieren lassen.» Und damit erhob er sich und rief die Ordonnanz, die vor der Tür stand. «Sir Jack Grenvile soll herkommen!» befahl er.

Einen Augenblick später erschien Jack, gleichfalls ein wenig gerötet und allzu heiter.

«Meine Empfehlungen an die Obersten Roscarrock und Arundell», sagte Richard. «Die Truppen haben sich auf der Wiese zu sammeln. Ich werde sie exerzieren lassen.»

Sein Neffe zuckte nicht mit den Lidern, aber ich sah seine Lippen zittern.

«Sir», sagte er, «es ist nach acht Uhr. Die Mannschaft ist bereits in ihre Quartiere entlassen worden.»

«Das ist mir wohl bekannt», sagte sein Onkel. «Und um sie aus ihren Quartieren zu rufen, wurde die Armee mit Trommeln ausgestattet. Meine Empfehlungen an die Obersten Roscarrock und Arundell.»

Jack schlug die Hacken zusammen und verschwand. Richard ging langsam und feierlich zu dem Stuhl, wo Degen und Feldbinde lagen. Er gürtete sie um.

«Die Schleife sitzt verkehrt», sagte ich.

Er bückte sich ernst und brachte die Schleife in die richtige Lage. Und von draußen begannen im Zwielicht die Trommeln scharf und frisch zu rasseln.

Das war, wie ich beschwören könnte, das einzige Mal in den Annalen von seiner Majestät Armee, daß zwei Regimenter vor ihrem Kommandierenden General in der Dämmerung nach einem allzu guten Abendessen exerzieren mußten. Es war der passende Höhepunkt dieser tollen vierzehn Tage. Am nächsten Morgen, als wir beim Frühstück saßen, kam ein Bote aus dem Hauptquartier geritten.

Bridgwater sei von Fairfax und den Rebellentruppen erstürmt worden, der Rat des Prinzen sei nach Launceston geflohen, und der Prinz ersuche Sir Richard Grenvile, unverzüglich mit seinen Truppen zu ihm nach Cornwall zu marschieren.

«Ist das ein Ersuchen oder ein Befehl?» fragte der General.

«Ein Befehl, Sir», erwiderte der Offizier und reichte ihm ein Dokument, «und zwar nicht vom Rat, sondern vom Prinzen selbst.»

Abermals rasselten die Trommeln, diesmal aber zum Aufbruch, und als die lange Kolonne der Truppen durch das Dorf und auf die Landstraße nach Okehampton marschierte, fragte ich mich, wie lange die Bewohner von Ottery St. Mary sich an Sir Richard Grenvile und seine Leute erinnern würden.

Matty und ich folgten nach einem oder zwei Tagen mit einer Eskorte und dem Befehl, uns nach Werrington Park bei Launceston zu begeben, einem Herrenhaus, das Richard ganz ohne Skrupel dem Besitzer von Buckland Monachorum, Francis Drake, beschlagnahmt hatte. Wir kamen an und fanden Richard in bester Stimmung, wieder hoch in der Gunst des Prinzen, nachdem er drei recht peinliche Stunden vor dem Rat verbracht hatte. Es wäre noch peinlicher gewesen, wenn man nicht so dringend seiner Dienste bedurft hätte.

«Was ist beschlossen worden?» fragte ich.

«Goring soll nach Norden marschieren, um die Rebellen aufzuhalten», sagte er, «während ich in Cornwall bleibe und eine Streitmacht von dreitausend Mann Infanterie auf die Beine zu stellen habe. Es wäre besser gewesen, mich gegen Fairfax zu schicken, denn Goring wird bestimmt nichts ausrichten.»

«Es gibt aber keinen Mann außer dir», sagte ich, «der in Cornwall Truppen zusammenbringt. Einem Grenvile werden sich die Leute anschließen, einem andern nicht. Sei doch dankbar, daß der Rat nach deinem unverschämten Benehmen überhaupt noch nach dir geschickt hat.»

«Sie können es sich nicht leisten», sagte Richard, «auf mich zu verzichten. Ich gebe keinen Penny für den ganzen Rat und diese Schlange von Hyde. Ich übernehme diesen Auftrag nur, um dem Prinzen gefällig zu sein. Er ist ein Kerl nach meinem Herzen. Wenn Seine Majestät fortfährt, so ohne zusammenhängenden strategischen Plan weiterzuwursteln, dann bin ich gar nicht sicher, ob wir nicht am besten täten, ganz Cornwall für den Prinzen zu verteidigen, darin wie in einer Festung zu leben und das übrige England zum Teufel gehen zu lassen.»

«Du brauchst das nur ein wenig anders auszudrücken», sagte ich, «und ein übelwollender Freund würde es Hochverrat nennen.»

«Zur Hölle mit dem Hochverrat», sagte er. «Es ist nichts als der gesunde Menschenverstand. Keiner kann Seiner Majestät treuer sein als ich! Aber er selber tut mehr, um seine Sache zugrunde zu richten, als irgendein Mann, der unter ihm dient.»

Während Matty und ich in Werrington blieben, durchreiste Richard ganz Cornwall nach allen Weltrichtungen und rekrutierte Truppen für die Armee des Prinzen. Es war kein leichtes Unternehmen. Die Menschen wünschten nichts, als in Ruhe ihr Land zu bestellen und ihren Geschäften nachzugehen. Geld war ebenso schwer aufzutreiben wie in Devon, und mit bösen Ahnungen sah ich, wie Richard die gleichen willkürlichen Maßnahmen gegen die Kommissäre des Herzogtums anwandte, wie er es in der Nachbargrafschaft getan hatte. Jene, die sich bei taktvoller Behandlung in guter Haltung gefügt hätten, wichen dem Druck nur murrend, und Richard machte sich im Sommer und Frühherbst des Jahres 1645 unter den Grundbesitzern von Cornwall ebenso viele Feinde wie in Devon.

An der Nordküste folgten die Männer seinem Ruf, weil er aus Stowe stammte; der bloße Name Grenvile klang wie eine Trompete. Sie kamen auch von jenseits der Grenze zu ihm, von Appledore und Bideford und, längs der sturmgepeitschten Küste des Atlantischen Ozeans, von Hartland bis Padstowe. Das waren seine besten Rekruten. Helläugig, langgliedrig und überdies stolz auf das scharlachfarbene Wappen mit den drei Zinnen auf der Schulter. Doch im Süden erlitt er Rückschläge. Den Leuten westlich von Truro schien die Gefahr noch in weiter Ferne zu liegen, und selbst die Eroberung Bristols durch Fairfax und das Parlament, die am zehnten September wie ein Blitz einschlug, vermochte nicht, die Leute aus ihrer Stumpfheit aufzurütteln.

«Truro, Helston und St. Ives», sagte Richard, «sind die drei verkommensten Städte in Cornwall», und er ritt mit etwa sechshundert Reitern hin, um einen Aufruhr unter dem Stadtvolk zu unterdrücken, das sich gegen eine Aushebung wehrte, die er dort eine Woche zuvor durchgeführt hatte.

Er ließ mindestens drei Mann hängen, während die andern entweder Geldbußen zahlen mußten oder eingekerkert wurden. Er benützte auch die Gelegenheit, um die Burg in St. Mawes zu besichtigen und deren Kommandanten, Major Bonython, einen scharfen Verweis zu erteilen, weil er versäumt hatte, die Soldaten unter seinem Kommando zu entlöhnen.

«Wer nur mit halbem Herzen bei der Sache des Prinzen ist, muß entweder anders werden oder disziplinarische Strafen erdulden», erklärte Richard.

«Du vergißt», sagte ich an einem Abend in Werrington zu ihm, «daß die Leute von Cornwall unabhängig sind und ihre Freiheit mehr lieben als ihre Nachbarn.»

«Ich weiß nur eines», erwiderte er mit dem dünnen, bitteren Lächeln, das ich nur allzugut kannte, «daß die Leute von Cornwall Feiglinge sind und ihre Bequemlichkeit mehr lieben als ihren König.»

Doch im Verlauf des Herbstes begann ich mich zu fragen, ob am Ende des Jahres auch nur ein einziger von uns sich Freiheit oder Bequemlichkeit bewahren würde.

Chard, Crediton, Lyme und endlich Tiverton eroberte Fairfax im Oktober, und Lord Goring hatte nichts getan, um ihn aufzuhalten. Viele seiner Leute waren desertiert und kamen in Scharen, um sich Richards Armee anzuschließen, weil sie zu ihm als Befehlshaber mehr Vertrauen hatten. Das führte abermals zu Eifersüchteleien und Beschwerden, und es sah aus, als würde Richard sich mit Goring ebenso verfeinden, wie er es drei Monate vorher mit Sir John Berkeley getan hatte. Auch beim Rat des Prinzen in Launceston suchte man beständig, ihm etwas am Zeug zu flicken, und kaum ein Tag verging, ohne daß der Kanzler Edward Hyde mit irgendeiner Maßnahme eingegriffen hätte.

«Wenn sie mich nur in Frieden lassen wollten», tobte Richard, «damit ich meine Truppen rekrutieren und ausbilden kann, statt mein Hauptquartier Tag für Tag mit irgendwelchen Akten zu überschwemmen, verfaßt von Advokaten, die mit all ihrer Fingerfertigkeit noch kein Pulver gerochen haben! Dann wäre viel mehr Wahrscheinlichkeit vorhanden, daß ich Fairfax standhalten kann, wenn er anrückt.»

Abermals war das Geld knapp, und die Ausrüstung der Armee für den Winter wurde zu einem Alpdruck für meinen General.

Schuhe und Strümpfe waren verschlissen und schwer zu ersetzen, und das Lebensnotwendigste von allem, die Munition, war spärlich geworden; der Hauptgrund dafür war, daß schon zu Beginn des Herbstes das königliche Magazin für die Truppen im Westen von den Rebellen erbeutet worden war, als sie Bristol eingenommen hatten, und alles, was Richard zur Verfügung stand, waren die geringen Reserven in Bodmin und Truro.

Dann legte plötzlich und ohne Warnung Lord Goring sein Kommando nieder und ging nach Frankreich; als Grund gab er an, seine Gesundheit habe gelitten, und er sei nicht mehr imstande, eine Verantwortung auf sich zu nehmen.

«Die Ratten», sagte Richard langsam, «fangen an, eine nach der andern, das sinkende Schiff zu verlassen.»

Goring nahm einige seiner besten Offiziere mit sich, und zum Kommandanten von Devon wurde Lord Wentworth ernannt, ein Offizier von sehr geringer Erfahrung, dessen Vorstellungen von Disziplin noch weit mehr im argen lagen als die Lord Gorings. Er bezog sogleich Winterquartiere in Bovey Tracey und erklärte, vor dem Frühjahr könne man nichts gegen den Feind unternehmen. In diesem Augenblick mochte es gewesen sein, daß die Ratgeber des Prinzen den Mut zum erstenmal sinken ließen und das ganze Ausmaß dessen erfaßten, was sich ereignen konnte. Sie kämpften für eine verlorene Sache.

Es wurden Vorbereitungen getroffen, um von Launceston in das weiter westlich gelegene Truro überzusiedeln. Das, sagte Richard grimmig, als er es mir erzählte, lasse sich auf eine einzige Art auslegen. Sie wollten in der Nähe von Falmouth sein, damit, im Fall einer Krise, der Prinz von Wales und seine Ratgeber sich nach Frankreich einschiffen könnten. Damals fragte ich ihn offen, was er selber tun würde.

«Eine Linie vom Bristolkanal bis zum Tamar besetzen und Cornwall für den Prinzen halten. Das ist durchführbar. Eine andere Antwort gibt es nicht.»

«Und Seine Majestät?»

Richard antwortete nicht gleich. Ich erinnere mich, daß er an dem prasselnden Holzfeuer stand, die Hände auf dem Rücken, und mich ansah. Er war in diesen letzten Monaten hager und alt geworden, ein Ergebnis der endlosen Sorgen, die auf ihm lasteten, und der Silberstreifen, der durch seine rötlichbraunen Locken lief, hatte sich oberhalb der Stirn verbreitert. Das rauhe Novemberwetter machte sich in seiner Wunde bemerkbar, und nach meinen eigenen Erfahrungen konnte ich schließen, was er zu leiden haben mußte.

«Für Seine Majestät gibt es keine Hoffnung», sagte er endlich, «es sei denn, daß er zu einem Einvernehmen mit den Schotten gelangen und von ihnen eine Armee bekommen könnte. Wenn das fehlschlägt, dann ist seine Sache verloren.»

Dreiundvierzig, vierundvierzig, fünfundvierzig, und nun war das Jahr sechsundvierzig vor der Tür. Mehr als drei Jahre lang kämpften und litten und starben Männer für diesen stolzen, steifen, kleinen

Mann und seine starren Grundsätze, und ich dachte an das Bild, das im Speisesaal von Menabilly gehangen hatte und das nachher die Rebellen zerfetzt und zertrampelt hatten. Alles wurde mit einem Mal schwankend und düster und hoffnungslos.

«Richard», sagte ich, und er spürte, daß meine Stimme anders klang, und trat zu mir. «Würdest auch du das sinkende Schiff verlassen?»

«Nicht, wenn es eine Möglichkeit gibt, Cornwall für den Prinzen zu behaupten», entgegnete er.

«Wenn aber der Prinz selber nach Frankreich fliehen würde», fragte ich beharrlich weiter, «und Cornwall vom Feind überrannt wäre – was dann?»

«Ich würde ihm folgen», erwiderte er, «und eine französische Armee von fünfzigtausend Mann aufstellen und abermals in Cornwall landen.»

Er kniete neben mir, und ich hielt sein Gesicht zwischen meinen Händen.

«Auf unsere seltsame Art sind wir glücklich gewesen, du und ich», sagte ich. – «Meine Marketenderin», lächelte er, «meine Schlachtengefährtin!»

«Du weißt, daß alle Wohlgesinnten mich verloren geben», sagte ich. «Meine Familie hat mich verstoßen und spricht nicht mehr von mir. Selbst mein guter Robin schämt sich seiner Schwester. Heute morgen bekam ich einen Brief von ihm. Er dient unter Sir John Digby vor Plymouth. Er beschwört mich, dich zu verlassen und zu den Rashleighs nach Menabilly zurückzukehren.» – «Und willst du gehen?»

«Nein. Nicht, wenn du mich brauchen kannst.»

«Ich werde dich immer brauchen. Ich werde mich nie wieder von dir trennen. Wenn es zur Krise kommt und Fairfax den Tamar überschreitet, dann schicke ich dich mit Matty nach Menabilly. Siegen wir, dann ist ja alles gut. Verlieren wir aber und merke ich, daß unsere Sache verloren ist, dann reite ich zu deinen Rashleighs, wir mieten in Polkerris ein Fischerboot, überqueren den Kanal, segeln nach St. Malo und fahren zu Dick.»

«Versprichst du es?» – «Ja, Liebste, ich verspreche es.»

Und als er mich beruhigt hatte und an sich gepreßt hielt, fühlte ich mich einigermaßen wohler, wenn auch stets der Gedanke an mir nagte, daß ich nicht nur eine Frau, sondern auch ein Krüppel war und somit eine schlimme Bürde für einen Flüchtling. Am nächsten Tag berief der Rat des Prinzen ihn nach Truro und fragte ihn dort vor der ganzen Versammlung, was er von der Verteidigung Cornwalls gegen den Feind halte und wie die Sicherheit des Prinzen am besten gewährleistet werden könne.

Er antwortete ihnen nicht sofort, sondern erst am nächsten Tag; in seinem Gasthof schrieb er einen Brief an den Kriegsminister und gab alle Einzelheiten des Planes bekannt, die er bisher nur mir in tiefstem Vertrauen mitgeteilt hatte. Er verschwieg nichts von dem, was er für unumgänglich notwendig hielt. Bei seiner Rückkehr zeigte er mir den Entwurf des Briefes, und vieles von dem, was er vorschlug, erfüllte mich mit bösen Ahnungen; nicht, weil es undurchführbar gewesen wäre, sondern weil das Wesentliche seines Planes zu Mißdeutungen Veranlassung geben konnte. Sein Vorschlag lautete in dürren Worten, mit dem Parlament einen Vertrag zu schließen, demzufolge Cornwall von dem übrigen Reich abgetrennt und als Herzogtum an den Prinzen von Wales fallen sollte. Das Herzogtum sollte seine eigene Armee, seine eigenen Befestigungen haben und seine eigene Schiffahrt. Dagegen würde Cornwall sich verpflichten, die Parlamentskräfte nicht anzugreifen. So hätte das Volk von Cornwall und vor allem die Armee im Westen eine Atempause gewonnen, um sich zu erholen, und würde in etwa einem Jahr derart stark sein, daß es möglich wäre, Seine Majestät abermals zu unterstützen.

Das letztere sollte natürlich nicht im Vertrag stehen.

Schlug die Verständigung mit dem Parlament fehl, so riet Richard, eine Linie von Barnstaple bis zum Kanal zu halten und von der Nordküste bis zum Tamar Schanzen aufzuwerfen, so daß Cornwall im ganzen praktisch zu einer Insel würde. Das Flußufer wäre die erste Verteidigungsstellung, und alle Brücken müßten zerstört werden. Diese Linie konnte, nach seiner Darstellung, unbegrenzt lange behauptet und jeder Invasionsversuch sogleich zurückgeschlagen werden. Nachdem er seinen Plan ausgearbeitet und an den Rat gesandt hatte, kehrte er nach Werrington zurück und erwartete die Antwort. Fünf Tage, eine Woche und noch immer keine Nachricht. Und dann kam endlich ein kühler Bescheid vom Kanzler und vom Kriegsminister; sein Plan sei in Erwägung gezogen worden, habe aber keine Zustimmung gefunden. Der Rat des Prinzen würde andere Maßnahmen ins Auge fassen und Sir Richard Grenvile verständigen, wenn seine Dienste benötigt würden.

«So», sagte Richard und warf mir den Brief in den Schoß, «ein Schlag in Grenviles Auge und eine Warnung, sich nicht über sein Amt erheben zu wollen. Der Rat sieht vor, den Krieg auf seine eigene Fasson zu verlieren. Mögen sie doch! Die Zeit drängt, und wenn ich Fairfax richtig beurteile, dann wird weder Schnee noch Hagel noch Frost ihn in Devon stören. Es wäre klug, Honor, wenn du Mary Rashleigh verständigen würdest, daß du das Weihnachtsfest bei ihr verbringen willst.»

Die Stunde war da. Ich konnte es seiner gelassenen Art, seinem Schulterzucken entnehmen. «Und du?» fragte ich, und abermals regte sich in meinem Herzen die böse Ahnung.

«Ich komme später», sagte er, «und wir werden das neue Jahr in dem Zimmer oberhalb des Pförtnerhauses miteinander feiern.»

Und so machte ich mich am Morgen des 3. Dezember auf den Weg, um nach achtzehn Monaten in das Haus meines Schwagers in Menabilly zurückzukehren.

Fünfundzwanzigstes Kapitel

Meine zweite Ankunft war von der ersten sehr verschieden. Damals war es Frühling gewesen, der goldene Ginster stand in Blüte, und der junge John Rashleigh war mir auf der Straße vor dem Park entgegengekommen. Der Krieg hatte die Gegend noch nicht berührt, im Park weideten Kühe und Schafherden mit den jungen Lämmern, und im Obstgarten sanken die letzten Blüten von den Bäumen.

Jetzt war es Dezember, ein beißender Wind fegte über Hügel und Täler, und kein junger, lachender Kavalier kam mich begrüßen. Als wir durch das Parktor bogen, sah ich sogleich, daß die Mauern in Trümmern lagen und seit der Zerstörung durch die Rebellen nicht repariert worden waren. Wo die Felder sich oberhalb von Polkerris nach dem Meer neigten, pflügte ein Landarbeiter mit einem Ochsengespann einen einzelnen schmalen Ackerstreifen, doch nach Osten und nach Westen blieb der Boden unbestellt. Was üppiges, braunes Getreideland sein sollte, war den Disteln überlassen worden. Im Park grasten einige magere Kühe, und selbst jetzt, nach mehr als einem Jahr, bemerkte ich die kahlen Stellen, wo die Rebellen ihre Zelte aufgeschlagen hatten. Als wir den Hügel zum Haus hinaufstiegen, konnte ich sehen, wie der Rauch sich ermutigend aus den Schornsteinen in die Höhe kräuselte, konnte von den Ställen her die Hunde bellen hören, und mit einem seltsamen Gefühl des Bedauerns und der Trauer fragte ich mich, ob ich heute ebenso willkommen sein würde wie vor achtzehn Monaten. Wir kamen in den äußeren Hof, und auf den ersten Blick sah ich von meiner Sänfte aus, daß mein altes Zimmer oberhalb des Pförtnerhauses verschlossen und unbewohnt war, ebenso wie der Raum daneben, und der ganze Westflügel wirkte kläglich und verlassen. Mary hatte mich in ihrem Brief wissen lassen, daß nur der östliche Teil des Hauses instand gesetzt worden sei, und daß sie nur ein halbes Dutzend Räume bewohnten, für die sie Wandbehänge und die nötigsten Möbel aufgetrieben hatten. Abermals langten wir im inneren Hof an, hoch auf dem Turm drehte sich die Wetterfahne, und dann trat – ach, so war es auch damals gewesen! – meine Schwester Mary auf die Treppe hinaus, und erschüttert sah ich, daß ihr Haar vollkommen weiß geworden war. Und doch begrüßte sie mich mit dem gleichen ernsten Lächeln und freundlichen Kuß, und dann wurde ich sofort in die Galerie gebracht, wo ich meine liebe Alice, umgeben von ihrer Kinderschar, fand, und das Jüngste, knapp zwölf Monate alt, klammerte sich bei seinen ersten Gehversuchen an ihr Knie. Das war nun unser ganzer Kreis. Die Sawles waren in Penrice und die Sparkes in Devon, und mein Patenkind Joan wohnte mit John und den Kindern in dem Stadthaus der Rashleighs in Fowey. Mein Schwager war anscheinend noch auf dem Gut draußen, und gleich nachdem man mir eine Erfrischung gereicht hatte, mußte ich all die Nachrichten des vergangenen Jahres hören – daß Jonathan von der Krone keinen Penny zum Wiederaufbau seines Besitzes erhalten, und daß er alles, was bisher getan worden sei, mit Hilfe von Dienern und Pächtern fertiggebracht habe.

«Cornwall ist vollständig verarmt», sagte meine Schwester traurig, «und die Unzufriedenheit allgemein. Die Ernte dieses Sommers konnte nicht wiedergutmachen, was wir im vorigen Jahr verloren haben, und jeder, der ein Gut bewirtschaftet, sagt dasselbe. Wenn der Krieg nicht sehr bald zu Ende ist, sind wir alle zugrunde gerichtet.»

«Er wird vielleicht bald zu Ende sein», erwiderte ich, «aber nicht so, wie ihr es wünschen mögt.»

Ich sah, wie Mary einen raschen Blick auf Alice warf, und Alice wollte schon etwas sagen, schwieg aber. Und ich begriff, daß meine Beziehung zu Richard nicht erwähnt worden war, weil die Rashleighs vorzogen, sie nicht zur Kenntnis zu nehmen. Man hatte mich nicht mit einem Wort nach meinen Schicksalen in den vergangenen Monaten gefragt.

«Jonathan sagt, daß alles drunter und drüber gehe», berichtete Mary weiter. «Es gibt keine oberste Autorität, die im Westen den Befehl übernehmen würde. Der prinzliche Rat sagt das eine, die Kommandanten sagen das andere. Ich verstehe nichts von alldem. Ich habe nur den einzigen Wunsch, daß es vorüber sein möge!»

Ihren Reden konnte ich entnehmen, daß sie alle – selbst Alice, die doch so gut und großherzig war – hier in Menabilly für Sir Richard Grenvile, seine willkürlichen Maßnahmen und seine Rücksichtslosigkeit, nur die schärfste Mißbilligung hatten, und wenn ich nicht selber seinen Namen nannte, würde, während der ganzen Dauer meiner Anwesenheit, ein unbehagliches Schweigen bewahrt werden. Keiner von ihnen würde den ersten Schritt tun, und auf diese Art mußte sich ein Abgrund zwischen uns auftun, den alle als peinlich empfinden mußten.

«Vielleicht», sagte ich, «bin ich für Richard Grenvile voreingenommen, weil ich die letzten acht Monate, seit seiner Verwundung, bei ihm gelebt habe. Ich weiß, daß er viele Fehler hat, aber er ist der beste Soldat in der ganzen königlichen Armee. Der Rat des Prinzen würde guttun, in militärischen, wenn schon nicht in anderen Dingen, auf ihn zu hören.»

Zunächst erwiderte niemand ein Wort, dann sagte Alice mit leicht geröteten Wangen: «Peter steht, wie du weißt, mit deinem Bruder Robin unter Sir John Digby vor Plymouth. Als er zuletzt hier war, erzählte er uns, daß Sir Richard dauernd Befehle an Sir John ergehen lasse, wozu er kein Recht habe.» – «Was für Befehle, gute oder schlechte?» fragte ich.

«Ich glaube nicht, daß die Befehle an sich ein Grund zur Diskussion waren», sagte Alice, «sie mochten durchaus richtig und notwendig sein. Aber die Tatsache, daß er Sir John Befehle erteilte, der ja nicht sein Untergebener ist, mußte schon Verstimmungen hervorrufen.»

In diesem Augenblick trat mein Schwager in die Galerie, und das Gespräch wurde unterbrochen; aber ich fragte mich mit schwerem Herzen, wie viele Freunde meinem Richard noch unter jenen verblieben sein mochten, die vorher auf seine Führung geschworen hatten. Nach einigen Tagen brachte mein Schwager selbst die Sache ganz offen zur Sprache. Ihm fiel es nicht ein, Richards Namen schonungsvoll zu verschweigen. Er fragte mich geradeheraus, ob Richard sich von seiner Wunde erholt habe; ihm sei berichtet worden, daß der General bei seiner letzten Unterredung mit dem Rat des Prinzen in Truro sehr müde und gar nicht gut ausgesehen habe.

«Ich glaube auch», sagte ich, «daß er müde und nicht wohl ist. Und die jetzige Lage gibt ihm wenig Grund zu besonders guter, vertrauensvoller Stimmung.»

«Er hat sich selber hier in Cornwall nicht wiedergutzumachenden Schaden zugefügt», sagte mein Schwager, «als er befahl, statt zu ersuchen.»

«Harte Zeiten erfordern harte Maßnahmen», meinte ich. «Es ist nicht der Augenblick, um mit der Mütze in der Hand Geld zu erbetteln, während der Feind in der Nachbarschaft steht.»

«Er hätte weit mehr erreicht, wenn er höflich und mit Verständnis für die allgemeine Verarmung an sein Geschäft gegangen wäre. Das ganze Herzogtum hätte ihm beigestanden, wenn er nur die Hälfte von der Einsicht seines Bruders Bevil bewiesen hätte.»

Darauf konnte ich nichts entgegnen, denn ich wußte, daß es wahr war.

Das Wetter war kalt und trostlos, und ich verbrachte einen großen Teil meiner Zeit in meinem Zimmer – demselben, das vor achtzehn Monaten Gartred bewohnt hatte. Ich fühlte mich recht zufrieden, aber seltsam leer; denn es ist schwer, wieder allein zu sein, nachdem man acht Monate mit dem Mann verbracht hat, den man liebt. Ich hatte seine Sorgen und sein Mißgeschick und auch seine Tollheit geteilt. Seine Stimmungen waren mir vertraut und lieb geworden, und ich hatte sie begriffen. Der grausame Spott, die rasche höhnische Antwort auf eine Frage und dann plötzlich die aufflutende Zärtlichkeit, die so unberechenbar, so wärmend war und ihn im Nu aus einem rücksichtslosen Soldaten in einen Liebhaber verwandelte.

Zu Weihnachten kamen John und Joan von Fowey und Peter Courtney, dem Sir John Digby einige Tage Urlaub bewilligt hatte, und der Kinder – vielleicht auch unserer selbst – wegen zwangen wir uns zur Fröhlichkeit. An dem Feuer in den beiden Kaminen in der Galerie brieten wir Kastanien und verbrannten uns die Finger, wenn wir Zuckerpflaumen aus den Flammen holten, und ich erinnere mich auch an den alten, blinden Harfner, dem wir am Weihnachtsabend Unterkunft gaben, und der hinaufkam und beim sanften Schein der Kerzen spielte. Seit Kriegsbeginn gab es auf den Straßen viele solche Wanderer, die kein Heim hatten, von Dorf zu Dorf zogen und mehr Flüche als Silberstücke ernteten. Vielleicht hatte die Zeit Jonathan freigebiger gemacht, denn der alte Mann wurde nicht fortgewiesen, und ich sehe ihn noch heute vor mir in dem fadenscheinigen Wams und der zerrissenen Hose, einen schwarzen Schirm vor den Augen; er saß in der fernsten Ecke der Galerie, seine geschickten Finger schlugen die Saiten der Harfe, und seine zittrige, alte Stimme klang seltsam süß und echt.

Am nächsten Morgen erwachten wir in einer weißen, eigentümlich stillen Welt unter einem sonnenlosen Himmel, der weitere Schneefälle in sich barg, während klar und lockend die Weihnachtsglocken von der Kirche in Tywardreath durch das Schweigen tönten.

Ich dachte an Richard, der allein mit seinen Offizieren in Werrington saß, und ich fürchtete, daß er jetzt, bei dem Wetterumsturz und den Schneetriften, die auf dem Moor von Bodmin zehn Fuß hoch liegen mochten, sein Versprechen niemals halten konnte.

Doch am Mittag des neunten Januar, als für vierundzwanzig Stunden das Tauwetter den gefrorenen Schnee zu Schlamm verwandelt hatte und die Straße von Launceston nach Bodmin für einen unerschrockenen Reiter benützbar geworden war, kam er. Er brachte Jack Grenvile mit und Jacks jüngeren Bruder Bunny, einen Knaben, ungefähr in Dicks Alter, mit trotzigem Kinn und lustigen Augen, der Weihnachten bei seinem Onkel verlebt hatte und schwor, er werde nicht nach Stowe zu Mutter und Hauslehrer zurückkehren, sondern sich der Armee anschließen und Rebellen töten. Als ich sah, wie Richard ihn ins Ohr kniff und mit ihm lachte und scherzte, gab es mir einen Stich ins Herz, wenn ich an Dick dachte, der, einsam und ungeliebt, nur mit dem öden Herbert Ashley jenseits des Meeres in der Normandie war, und ich fragte mich, ob es denn immer so sein müsse, daß Richard mit andern jungen Menschen so rücksichtsvoll und gütig umging und ihre Neigung zu gewinnen wußte, während er für seinen eigenen Sohn ein Fremder blieb. Mein Schwager, der mit Bevil befreundet gewesen war, hieß Bevils Jungen herzlich willkommen, und nach einem kurzen peinlichen Augenblick – denn der Besuch war unerwartet – begrüßte er auch Richard sehr höflich. Ich fand, daß Richard besser aussah, das kalte Wetter tat ihm wohl, und nach fünf Minuten war in der langen Galerie keine andere Stimme zu vernehmen als die seine; seine Gegenwart schien die ganze Familie Rashleigh zum Schweigen zu verurteilen, und ich fühlte, daß sein Kommen ihrer Feststimmung ein Ende gemacht hatte. Peter Courtney, der Lustigste von allen, war verstummt, und ich sah, wie er Alice zuwinkte, sie solle ihr ältestes Mädchen rufen, das sich furchtlos an Richards Seite gewagt hatte und an seiner Feldbinde zog.

Richards Anwesenheit hatte zur Folge, daß keiner sich mehr natürlich geben konnte, und mit einem Blick auf meine Schwester Mary bemerkte ich den wohlbekannten sorgenvollen Zug auf ihrem Gesicht, denn sie dachte an ihre Vorratskammer und an die kümmerliche Nahrung, die sie zu bieten hatte; und ich erriet, daß sie sich auch darum Sorgen machte, welches Zimmer sie ihm anweisen könnte, denn wir waren ohnehin in dem bewohnbaren Flügel schon eng zusammengedrängt.

«Sie sind vermutlich auf dem Weg nach Truro», sagte sie in der leisen Hoffnung, er werde am nächsten Morgen weiterreiten.

«Nein, nein», antwortete er. «Ich dachte, solange das Frostwetter anhält, könnte ich eine Woche in Menabilly bleiben und keine Rebellen, sondern Enten schießen.»

Ich bemerkte den bestürzten Blick, den sie Jonathan zuwarf, und es gab eine Stille, die Richard durchaus nicht auffallend fand, denn er war ja ohnehin nicht gewohnt, eine andere Stimme zu hören als seine eigene; und so fuhr er fort, mit großem Nachdruck über die aufreizende Langsamkeit der Leute von Cornwall zu schimpfen. Wenn die Unterhaltung eine Woche lang in diesem Ton weiterging, dann würde die Atmosphäre von Menabilly alles andere als gemütlich sein. Aber Jack Grenvile mit seiner angeborenen Vornehmheit und überdies mit einiger Erfahrung klopfte seinem Onkel auf die Schulter.

«Sehen Sie nur, Sir», sagte er. «Dort haben Sie auch schon Ihre Enten!» Er wies nach dem Himmel, der noch schwer und grau von ungefallenem Schnee war, und wir sahen die Enten gegen den Gribben zu fliegen.

Richard war sogleich wie verwandelt; er benahm sich wie ein Knabe, lachte, scherzte, klopfte seinem Neffen auf die Schulter, und im nächsten Augenblick waren auch die andern Männer des Hauses von seinem Stimmungswechsel mitgerissen, und John und Peter und sogar mein Schwager machten sich auf den Weg zum Strand. Wir Frauen wickelten uns in unsere Mäntel und beobachteten die Jagd vom Mauerweg aus. Abends setzten wir uns dann um das Feuer in der Galerie, während Jonathan und Mary sich bald zurückzogen.

Mit dem neuen Jahr hatte der blinde Harfner uns verlassen, und so war niemand da, der uns Musik machen konnte, außer Alice mit ihrer Laute und Peter mit seinem Singen; die beiden Brüder Grenvile, Jack und Bunny, pfiffen leise dazu, wie sie es vor langer Zeit von ihrem Vater Bevil gelernt hatten, als das große Haus in Stowe noch von Musik und Gesang widerhallt hatte.

John häufte Scheite auf das Feuer und blies die Kerzen aus, und die Flammen erhellten den ganzen Raum von einem Ende zum andern, spiegelten sich in der Täfelung und in unseren Gesichtern, die wir hier um das Feuer saßen.

In zarter Klage glitten Alices Finger über die Saiten der Laute, und Jack und Bunny höhlten die Hand über dem Mund und pfiffen leise die Gegenstimme. Ich sah Richard an. Er starrte in die Flammen, sein verwundetes Bein lag auf einem Stuhl. Das flackernde Feuer warf Schatten über seine Züge, verzerrte sie zu einer Grimasse, und ich vermochte nicht zu unterscheiden, ob er lächelte oder weinte.

«Du hast vor langer Zeit auch gesungen», flüsterte ich ihm zu, aber er regte sich nicht; er wartete, bis der letzte Vers von Alices Lied verklungen war, dann legte er seine Pfeife beiseite und griff nach Alices Laute.

«Wir sind ja hier alle Liebende», sagte er. «Jeder auf seine Art – bis auf diese Burschen.» Er lächelte spöttisch und begann die Laute zu schlagen.

Die allerschönste Braut im Myrtenkranz,
Die Feuer sprüht aus ihrer Augen Glanz,
Deren Wangen so hold und die Haare so gold,
Daß die Sterne allein
Dürfen Diener ihr sein –
In hundert Jahren längst des Todes Raub,
Klappernde Knochen, eine Handvoll Staub.

Er machte eine Pause, lächelte ihnen verschmitzt zu, und ich sah, wie Alice in ihrem Stuhl zusammenfuhr und Peter einen ungewissen Blick zuwarf. Joan zupfte an ihrem Kleid und biß sich auf die Lippen. Ach Gott, dachte ich, warum mußt du den Zauber brechen? Warum mußt du sie kränken? Sie sind doch alle fast noch Kinder!

Was nützt's, wenn man in Kummer sich verzehrt,
Wenn unsre Lust in Tränen sich verkehrt?
Wir wollen's vergessen, daß die Würmer uns fressen,
Denn sicher – post mortem
Gibt's nulla voluptas,
Und Schönheit, Witz und Reichtum und Verstand,
Sie folgen nicht über des Grabes Rand.

Ein letzter Akkord, dann stand er auf und reichte Alice mit einer Verbeugung die Laute. Irgend jemand – es mochte Peter gewesen sein – zwang sich zu einem Lachen, und dann stand John auf und zündete die Kerzen an. Joan beugte sich vor und stocherte in dem Feuer, bis die Scheite nicht mehr in hellen Flammen brannten. Sie flackerten trübe und schwärzten sich. Der Bann war gebrochen.

«Es schneit noch», sagte Jack Grenvile und öffnete einen Laden. «Wir wollen nur hoffen, daß es in Devon zwanzig Fuß hoch schneit und Fairfax und seine fröhlichen Krieger ersticken.»

«Wahrscheinlicher wird der Schnee Wentworth ersticken», meinte Richard, «der in Bovey Tracey auf seinem Hintern sitzt.»

«Warum stehen denn alle auf?» fragte der junge Bunny. «Wird keine Musik mehr gemacht?» Doch keiner antwortete ihm. Der Krieg hatte sich wieder in unsere Mitte gedrängt, die Angst, der Zweifel, die nagende Ungewißheit, und alle Ruhe war von dem Abend gewichen.

Sechsundzwanzigstes Kapitel

In jener Nacht schlief ich unruhig und glitt von einem wirren Traum in den andern, und einmal glaubte ich, Pferdehufe durch den Park traben zu hören. Doch meine Fenster gingen nach der Ostseite, und so sagte ich mir, es müsse wohl nur in meiner Einbildung gewesen sein, oder der Wind, der durch die verschneiten Bäume wehte. Aber als Matty mit dem Frühstück erschien, brachte sie mir einen Brief Richards, und ich erfuhr, daß diese Einbildung reine Wirklichkeit gewesen war und daß er und die beiden Grenviles und Peter Courtney kurz nach Tagesanbruch fortgeritten waren.

Ein Bote war nach Menabilly gekommen mit der Nachricht, daß Cromwell Lord Wentworths Lager in Bovey Tracey bei Nacht angegriffen und vierhundert Kavalleristen gefangengenommen habe, während die übrigen in wüster Unordnung und völliger Auflösung nach Tavistock geflohen seien.

«Wentworth ist im Schlaf überrascht worden», hatte Richard auf ein abgerissenes Stück Papier gekritzelt, «und genau das habe ich befürchtet. Was ein kleiner Rückschlag sein könnte, wird zur Katastrophe, wenn der Befehl zum allgemeinen Rückzug gegeben wird. Ich habe vor, zu dem Rat des Prinzen zu reiten und ihm meine Dienste anzubieten. Wenn sie sich nicht entschließen, einen Oberbefehlshaber zu ernennen, der Wentworths Gesindel in Zucht nimmt, werden wir Fairfax und Cromwell an diesem Ufer des Tamar haben.»

So brauchte Mary sich keine Sorgen zu machen. Sir Richard Grenvile hatte nur eine einzige Nacht unter ihrem Dach verbracht und nicht eine ganze Woche, wie sie gefürchtet hatte.

Ich erhob mich an jenem Morgen mit schwerem Herzen, und als ich in die Galerie kam, fand ich Alice in Tränen aufgelöst, denn sie wußte, daß Peter in der ersten Reihe stand, wenn es zum Kampf kam. Mein Schwager sah ernst drein und ritt mittags nach Launceston, um sich zu erkundigen, welche Hilfe von den Grundbesitzern und Landadeligen im Falle einer Invasion benötigt würde. John machte sich mit Frank Penrose auf den Weg, um die Pächter auf dem Gut zu benachrichtigen, daß ihre Dienste vielleicht abermals benötigt würden, und so erinnerte der Tag unheimlich an jenen Augusttag vor fast achtzehn Monaten. Doch nun waren wir nicht im Sommer, sondern im Winter. Und es gab keine starke Armee in Cornwall, die die Rebellen in eine Falle lockte, und in ihrem Rücken noch ein zweites königliches Heer.

Unsere Männer standen allein, und Seine Majestät war dreihundert oder mehr Meilen entfernt; General Fairfax aber war ein anderer Führer als der Earl von Essex. Er würde in keine Falle gehen, sondern wenn er den Tamar überschritt, dann wußte er, was er tat.

Nachmittags kam Elizabeth von Coombe zu uns, denn ihr Mann war fortgeritten, und sie erzählte uns, in Fowey gehe das Gerücht, die Belagerung von Plymouth sei aufgehoben, und Digbys Truppen zögen sich mit Wentworths Armee in aller Eile auf die Tamarbrücken zurück.

Wir hockten vor dem schwelenden Feuer in der Galerie, eine kleine Schar unglücklicher Frauen, und ich starrte auf das Stück Eschenholz, das gestern abend noch so lustig gebrannt hatte, als unsere Männer bei uns saßen, und jetzt ein verkohlter Strunk war. Und plötzlich sah ich, wie Elizabeth ihren Blick auf mich richtete – sie war weniger zurückhaltend als Alice.

«Was sagt denn Sir Richard Grenvile?» fragte sie. «Du mußt ja von allem wissen, was vorgeht. Wird er angreifen und die Rebellen nach Dorset zurückjagen?»

Ihre Ahnungslosigkeit war so unendlich, daß ich weder den Mut noch die Absicht hatte, sie aufzuklären.

«Angreifen?» sagte ich. «Und mit welchen Kräften soll er denn angreifen?»

«Nun, mit dem, was er zur Verfügung hat», antwortete sie. «Wir haben doch genügend waffenfähige Männer in Cornwall!»

Ich dachte an die widerspenstigen Banden und an die Handvoll stämmiger Burschen auf den Feldern hinter Werrington, die das Wappen der Grenvile auf der Schulter trugen.

«Eine kleine Schar beherzter Leute und Freiwilliger gegen ungefähr fünfzigtausend Mann ausgebildeter Soldaten.»

«Aber wenn es Mann gegen Mann geht, sind wir ihnen überlegen», erklärte Elizabeth. «Das sagt jeder. Die Rebellen sind gut ausgerüstet, doch wenn unsere Burschen ihnen in ritterlichem Kampf auf offenem Gelände gegenüberstehen . . .»

«Hast du nichts von Cromwell und der neuen Musterarmee gehört?» fragte ich ruhig. «Begreifst du denn nicht, daß solch eine Armee bisher in England noch niemals aufgestellt worden ist?»

Sie starrten mich verblüfft an, und Elizabeth meinte schulterzukkend, ich habe mich seit einem Jahr sehr verändert und sei jetzt unter die Bangemacher gegangen.

«Wenn wir alle so sprächen», sagte sie, «wären wir schon längst geschlagen. Du hast das alles vermutlich von Sir Richard. Kein Wunder, daß er so unbeliebt ist.»

Alice sah verlegen drein, und Mary stieß Elizabeth mit dem Fuß an.

«Tut nichts», sagte ich. «Ich kenne seine Fehler besser als ihr alle. Aber wenn der Rat des Prinzen nur diesmal auf ihn hören würde, dann bliebe Cornwall vielleicht die Invasion erspart.»

Am Abend, als ich in meinem Zimmer war, sah ich nach dem Wetter aus; die Nacht war klar, und die Sterne leuchteten. Nun würde es wohl eine Zeitlang nicht schneien. Ich rief Matty und teilte ihr meinen Entschluß mit. Und der war, Richard nach Werrington zu folgen, wenn ich in Tywardreath Transportmöglichkeiten finden konnte; am nächsten Tag nach Bodmin zu reisen, wo wir übernachten konnten, und dann tags darauf nach Werrington. Wenn ich das tat, mißachtete ich wohl seine Weisungen, aber ich hatte ein Vorgefühl, als würde ich ihn nie wiedersehen, wenn ich ihn nicht jetzt sah. Was ich dachte, was ich fürchtete, kann ich nicht sagen. Aber es kam mir in den Sinn, er könne in der Schlacht fallen, und wenn ich ihm folgte, so wäre ich doch bis zuletzt bei ihm.

Der nächste Morgen war schön, wie ich es erwartet hatte, und ich stand sehr früh auf, ließ mich zum Frühstück hinunterbringen und setzte die Familie Rashleigh von meinem Plan in Kenntnis. Sie baten mich alle zu bleiben, aber ich war entschlossen; und am Ende traf John Rashleigh, der gute, treue Freund, alle Reisevorbereitungen für mich und begleitete mich auch bis Bodmin.

Auf dem Moor war es bitterkalt, und als ich bei Tagesanbruch mit Matty an meiner Seite den Gasthof in Bodmin verließ, war mir nicht sehr behaglich zumute. Die lange Straße nach Launceston dehnte sich öde und trostlos vor uns, zu beiden Seiten mächtige Schneewehen, und ein falscher Tritt unserer Pferde hätte meine Sänfte unbrauchbar gemacht. Obwohl wir in Decken gewickelt waren, drang der schneidende, harte Wind doch durch die Vorhänge, und als wir in Five Lanes haltmachten, um uns mit heißer Suppe und Wein zu erwärmen, war ich schon beinahe entschlossen, nicht weiterzureisen, sondern die Nacht in Altarnun zu verbringen. Der Wirt machte meinem Schwanken allerdings rasch ein Ende.

«Vor zwei Tagen hatten wir Soldaten hier», sagte er. «Deserteure von der Armee vor Plymouth. Leute von Sir John Digby. Sie kehrten in ihre Heimstätten im westlichen Cornwall zurück. Sie hätten keine Lust, zu bleiben und sich an dem Ufer des Tamar schlachten zu lassen, sagten sie.»

«Was wußten sie sonst zu berichten?» fragte ich, und mein Herz wurde schwer.

«Nichts Gutes», erwiderte er. «Überall Verwirrung. Befehle und Gegenbefehle. Sir Richard Grenvile war in Tamarside, um die Brükken zu inspizieren, und gab den Befehl, sie notfalls zu sprengen, aber ein Infanterieoberst weigerte sich, diesem Befehl zu gehorchen. Er stehe einzig und allein unter dem Kommando Sir John Digbys. Was soll aus uns werden, wenn die Generäle sich untereinander bekämpfen?»

Da war mir jämmerlich zumute, und ich wandte mich ab. In Altarnun würde es heute abend keinen Raum geben. Ich mußte vor Einbruch der Nacht Werrington erreichen.

Der kurze Winternachmittag neigte sich bald seinem Ende zu, und als wir nach Launceston kamen und uns hinter der Stadt nach St. Stephens wandten, war es stockfinster geworden, und der Schnee begann wieder zu fallen. Eine Stunde später, und ich wäre auf der Straße im Schnee steckengeblieben, zu beiden Seiten nichts als ödes Moor. Endlich kamen wir in Werrington an, das ich schon kaum mehr wiederzusehen gehofft hatte, und als die verdutzte Wache am Tor mich erkannte und die Pferde durch den Park passieren ließ, da hatte ich den Eindruck, daß sogar er, ein Grenvilemann, sein stolzes, selbstbewußtes Aussehen verloren habe und, im Unglück, nicht mehr wert sein werde als die Deserteure auf der Landstraße.

Wir gelangten in den gepflasterten Hof, und ein Offizier trat auf uns zu, dessen Gesicht mir unbekannt war. Es sagte ihm auch nichts, als ich meinen Namen nannte, und er erklärte, der General sei bei einer Besprechung und dürfe nicht gestört werden. Ich dachte, daß Jack mir helfen könnte, und fragte darum, ob Sir John Grenvile oder sein Bruder, Mr. Bernard, in einer äußerst wichtigen Angelegenheit Miß Honor Harris empfangen könnte.

«Sir John ist nicht mehr bei dem General», erwiderte der Offizier. «Der Prinz von Wales hat ihn gestern in seinen Stab berufen. Und Bernard Grenvile ist nach Stowe zurückgekehrt. Ich bin derzeit der Adjutant des Generals.»

Das klang nicht sehr hoffnungsvoll, denn er wußte nichts von mir, und als ich die Soldaten in der Halle, drin im Haus, hin und her gehen sah und aus der Ferne das Rasseln der Trommeln hörte, bedachte ich, wie toll und unzeitgemäß doch mein Besuch war, denn was konnten sie in dieser Stunde höchster Not und Bedrängnis mit mir, einer Frau und einem Krüppel dazu, anfangen?

Ich hörte ein Stimmengewirr. «Jetzt kommen sie», sagte der Offizier. «Die Beratung ist zu Ende.»

Ich erblickte Oberst Roscarrock, den ich als treuen Freund Richards kannte, und rief ihn an. Er kam sogleich, höchst erstaunt, an meine Sänfte, unterdrückte aber im Nu seine Bestürzung und gab mit großer Höflichkeit den Befehl, mich ins Haus zu bringen.

«Fragen Sie mich nichts», sagte ich. «Ich habe für mein Kommen einen schlechten Augenblick gewählt. Das merke ich schon. Kann ich ihn sehen?»

Er zauderte den Bruchteil einer Minute.

«Ja, natürlich», sagte er. «Selbstverständlich wird er Sie sehen wollen. Aber ich muß es Ihnen gleich sagen, die Dinge stehen nicht günstig für ihn. Wir alle sind mitbetroffen . . .» Er unterbrach sich verwirrt und sah sehr verlegen und unglücklich drein.

«Bitte», sagte ich und vermied seinen Blick, «bitte, sagen Sie ihm, daß ich hier bin.»

Er ging sogleich in das Zimmer, das Richard sich vorbehalten hatte, und wo wir, vor mehr als sieben Monaten, allabendlich einander gegenübergesessen hatten. Er kam sehr rasch wieder, um mich zu holen. Mein Stuhl war aus der Sänfte gehoben worden, der Oberst rollte mich in das Zimmer und schloß dann die Tür. Richard stand am Tisch. Sein Gesicht trug die harten Züge, die ich wohl kannte. Es war nicht schwer zu merken, daß ich in diesem Augenblick für ihn die letzte Sorge war.

«Was, zum Teufel», sagte er müde, «machst du hier?»

Das war nicht der Willkomm, nach dem ich mich gesehnt hatte, aber ich verdiente es nicht anders.

«Es tut mir leid», antwortete ich, «aber nachdem du fort warst, konnte ich nicht bleiben. Wenn irgend etwas geschieht – und ich weiß, daß es dazu kommt –, möchte ich es mit dir teilen. Die Gefahr, meine ich. Und die Zeit nach dem Krieg.»

Er lachte kurz auf und warf mir ein Papier in den Schoß.

«Es wird keine Gefahr geben», sagte er. «Weder für dich noch für mich. Vielleicht ist es am Ende ganz gut, daß du gekommen bist. Wir können miteinander reisen.»

«Was meinst du damit?»

«Dieser Brief – du kannst ihn lesen», sagte er. «Es ist die Abschrift eines Schreibens, das ich an den Rat des Prinzen geschickt habe. Ich quittiere meinen Dienst in der Armee Seiner Majestät. In einer Stunde werden sie es haben.»

Ich konnte nicht gleich antworten. Ich war wie erfroren.

«Was bedeutet das?» fragte ich schließlich. «Was ist denn geschehen?»

Er trat ans Feuer und legte die Hände hinter den Rücken. «Sobald ich von Menabilly kam, ging ich zu ihnen und erklärte ihnen, sie müßten einen Oberbefehlshaber ernennen, wenn sie Cornwall und den Prinzen retten wollten. Die Leute desertierten zu Hunderten, es gibt keine Disziplin mehr. Das sei die einzige Hoffnung, die endgültig letzte Chance. Sie dankten mir. Sie sagten, sie würden die Sache erwägen. Ich ging fort. Ich ritt am nächsten Morgen nach Cunnislake und Callington. Ich inspizierte die Verteidigungsanlagen. Einem Infanterieoberst befahl ich, im Notfall eine Brücke zu sprengen. Er bestritt meine Zuständigkeit und sagte, er habe die entgegengesetzte Weisung. Willst du seinen Namen wissen?»

Ich sagte nichts. Mein Gefühl hatte ihn mir schon genannt.

«Es war dein Bruder Robin Harris», sagte er. «Er wagte sogar, deinen Namen in eine militärische Frage hineinzuziehen. ‹Ich kann keine Befehle von einem Mann annehmen›, sagte er, ‹der Leben und Ruf meiner Schwester zugrunde gerichtet hat. Sir John Digby ist mein Kommandant, und Sir John hat mich beauftragt, die Brücke nicht zu zerstören.›»

Richard starrte mich sekundenlang an, und dann ging er auf dem Teppich vor dem Feuer auf und ab.

«Du würdest solch einen Wahnsinn, solch eine Ahnungslosigkeit nicht für möglich halten», sagte er. «Es kommt jetzt nicht darauf an, daß er dein Bruder ist und einen privaten Streit mit dem Dienst des Königs vermengt. Aber die Brücke für Fairfax stehen zu lassen und die Stirn zu haben, mir zu sagen, mir, einem Grenvile, daß John Digby am besten wisse, was er zu tun habe . . .»

Ich konnte Robin vor mir sehen, rot bis zum Hals, mit klopfendem Herzen und aufsteigender Wut, wie er, der liebe, verdammte Dummkopf, glaubte, wenn er seinem Kommandanten trotzte, verteidige er gewissermaßen mich selbst und bringe auf irgendeine bestürzend hitzköpfige Art dem Verführer seiner Schwester eine Niederlage bei.

«Und dann?» fragte ich. «Hast du mit Digby gesprochen?»

«Nein», antwortete er. «Was hätte es für einen Zweck, wenn er sich ebenso verstockt zeigen würde wie dein Bruder? Ich kehrte nach Launceston zurück, um mir von dem Rat meine Ernennung zum Oberstkommandierenden zu holen und dann der ganzen Armee meine Macht zu zeigen, und dann sollte sie der Teufel holen!»

«Und hast du die Ernennung?»

Er beugte sich über den Tisch, griff nach einem kleinen Pergamentblatt und hielt es mir vor die Augen. «Der Rat des Prinzen», las er, «ernennt Lord Hopton zum Oberbefehlshaber von Seiner Majestät Truppen im Westen und wünscht, daß Sir Richard Grenvile unter ihm den Rang eines Generalleutnants der Infanterie übernehme.»

Er las langsam, mit betonter Verachtung; und dann riß er das Dokument in kleine Fetzen und warf sie ins Feuer.

«Das ist meine Antwort», sagte er. «Sie mögen tun, was ihnen beliebt. Morgen kehren wir beide, du und ich, nach Menabilly zurück, und ich werde Enten schießen.» Er zog die Glockenschnur neben dem Feuer, und sein neuer Adjutant erschien. «Die Diener sollen uns das Abendessen bringen. Miß Harris war lange unterwegs und hat noch nicht gespeist.»

Nachdem der Offizier gegangen war, streckte ich meine Hand aus.

«Du darfst das nicht tun», sagte ich. «Du mußt tun, was sie von dir verlangen.»

Er drehte sich wütend um. «Muß?» fragte er. «Da gibt es kein ‹Muß›. Glaubst du, daß ich mich in diesem kritischen Augenblick einem verfluchten Advokaten unterwerfen soll? Denn das alles ist sein Werk, ihn trifft die Schuld. Ich kann ihn vor mir sehen mit seinen glatten Advokatenmanieren. ‹Dieser Mann ist gefährlich›, sagt er zu den Mitgliedern des Rates. ‹Dieser Soldat, dieser Grenvile! Wenn wir ihm den Oberbefehl geben, dann wird er sich den Vorrang vor uns anmaßen und uns beiseite schieben. Wir geben Hopton den Oberbefehl. Hopton wird nicht wagen, ungehorsam zu sein. Und wenn der Feind den Tamar überschreitet, dann wird Hopton ihn so lange aufhalten, bis wir mit dem Prinzen nach Guernsey entkommen sind.› Das ist die Art, wie der Advokat redet; und das ist es, was er im Sinn hat. Der Verräter, der verdammte, treulose Feigling!»

Weiß vor Wut stand er mir gegenüber.

«Ja, aber, Richard», beharrte ich, «verstehst du denn nicht, mein Liebster, daß du es bist, den man in dieser Stunde treulos nennen wird? Du weigerst dich, unter einem anderen Mann zu dienen, während der Feind in Devon steht! Du bist es, auf den man mit Fingern zeigen, den man schmähen wird. Du und nicht Hyde.»

Er wollte nicht hören, er schob meine Hand beiseite.

«Das ist keine Frage des Stolzes», sagte er, «sondern es betrifft meine Ehre. Sie trauen mir nicht, und darum ziehe ich mich zurück. Und nun, um Gottes willen, wollen wir essen und nicht mehr darüber sprechen. Hat es in Menabilly noch geschneit?»

Und so schlug all meine Bemühung fehl. Jämmerlich fehl. Ich machte gar keine Anstrengung, mich seiner Laune anzupassen, die jetzt plötzlich von schwarzer Wut auf erzwungene Fröhlichkeit umschlug. Ich wollte über die Zukunft sprechen, wollte wissen, was er vorhatte, aber es war unmöglich. Ich fragte ihn, was seine Offiziere dächten, was Oberst Roscarrock gesagt habe, und die Obersten Arundell und Fortiscue? Unterstützten sie ihn in seinem schwerwiegenden, unkorrekten Entschluß? Aber er wollte nicht mehr darüber sprechen. Er ließ eine zweite Flasche Wein öffnen und trank sie lächelnd aus, wie er es vor sieben Monaten in Ottery St. Mary getan hatte. Es war fast Mitternacht, als der Adjutant an die Türe klopfte und ihm einen Brief reichte.

Richard nahm ihn und las die Botschaft; dann warf er das Papier mit einem Lachen ins Feuer.

«Eine Aufforderung des Rates», sagte er, «morgen um zehn Uhr im Burghof in Launceston vor ihm zu erscheinen. Wahrscheinlich haben sie irgendeine einfache Zeremonie vor und machen mich zum Earl. Das ist die übliche Belohnung für Offiziere, die versagt haben.»

«Wirst du gehen?» fragte ich.

«Ja», sagte er, «ich werde gehen, und nachher reisen wir zusammen nach Menabilly.»

«Du willst deinen Entschluß nicht ändern?» fragte ich. «Nicht deinen Stolz oder deine Ehre, wie du es nennst, aus dem Spiel lassen und tun, was sie von dir verlangen?»

Er sah mich sekundenlang an und lächelte nicht.

«Nein», sagte er langsam. «Ich werde meinen Entschluß nicht ändern.»

Ich ging in meinem alten Zimmer, das neben dem seinen lag, zu Bett und ließ die Verbindungstür offen, für den Fall, daß er keine Ruhe finden konnte und zu mir kommen wollte. Doch morgens um halb vier hörte ich seinen Schritt auf der Stiege, und er hatte kein Wort mehr mit mir gesprochen.

Ich schlief noch eine oder zwei Stunden. Ich erinnere mich nicht mehr. Es schneite noch, als ich erwachte, und draußen war es düster und grau. Ich bat Matty, mich eiligst anzuziehen, und ließ Richard fragen, ob ich zu ihm kommen könne.

Statt dessen kam er in mein Zimmer und riet mir sehr zärtlich, im Bett zu bleiben; zum mindesten bis zu seiner Rückkehr aus Launceston.

«In einer Stunde, längstens in zwei ist es erledigt», sagte er. «Ich werde es mir ersparen, dem Rat zu sagen, was ich von ihm halte, und zum Frühstück bin ich wieder bei dir. Mein Ärger ist verraucht. Heute morgen fühle ich mich frei und leicht. Es ist ein seltsames Gefühl, weißt du, endlich aller Verantwortung ledig zu sein.»

Er küßte meine Hände und ging. Ich hörte die Pferde durch den Park traben. Es gab nur einen Trommelwirbel, dann war es still. Nichts als die Schritte der Wache, die vor dem Haus auf und ab ging. Ich setzte mich in meinem Stuhl ans Fenster, eine Decke über den Knien.

Es mußte wohl schon später als drei Uhr sein, als ich hörte, wie die Wache Achtungstellung annahm und eine Trommel gedämpft rasselte. Durch das Nordtor stapften Pferde in den Hof, aber von meinem Fenster aus konnte ich sie nicht sehen. Ich wartete. Richard konnte wohl nicht sofort kommen – es gab gewiß unten eine Menge zu erledigen. Um ein Viertel vor vier wurde an meine Tür geklopft und ein Diener fragte, ob Oberst Roscarrock Miß Harris seine Aufwartung machen dürfe. «Gewiß», sagte ich und setzte mich, die Hände im Schoß gefaltet, auf. Jene Angst, die ich nur allzugut kannte, erfüllte mich. Er kam und blieb an der Tür stehen. Das Unheil war ihm deutlich an die Stirn geschrieben.

«Reden Sie», sagte ich. «Ich möchte gleich das Schlimmste hören.»

«Er wurde verhaftet», sagte er langsam, «unter der Anklage der Treulosigkeit gegen den Prinzen und gegen Seine Majestät. Vor uns, seinem Stab und allen seinen Offizieren, haben sie ihn verhaftet.»

«Wo ist er gefangen?»

«Dort, in der Burg von Launceston. Der Gouverneur und eine Eskorte erwarteten ihn. Ich ritt an seiner Seite und flehte ihn an, zu kämpfen. Sein Stab, sein Gefolge, die ganze Armee, sagte ich ihm, würde hinter ihm stehen, wenn er den Befehl gab. Aber er weigerte sich. ‹Dem Prinzen muß gehorcht werden›, sagte er. Auf dem Rasen der Burg lächelte er uns zu; wir sollten nur guten Mutes sein. Dann reichte er dem Gouverneur seinen Degen und wurde abgeführt.»

«Sonst nichts?» fragte ich. «Kein weiteres Wort? Keine Abschiedsbotschaft?»

«Sonst nichts», sagte er, «nur daß er mich ersuchte, Ihnen zur Seite zu stehen und Sie sicher zu Ihrer Schwester zurückgeleiten zu lassen.»

Ich saß ganz still, mein Herz war wie betäubt, alles Gefühl, alle Leidenschaft war entflohen.

«Das ist das Ende», sagte Oberst Roscarrock. «In der ganzen Armee ist, außer Richard Grenvile, kein Mann, der uns zu führen vermag. Wenn Fairfax vorstößt, wird er keinen Widerstand antreffen. Das ist das Ende.»

Ja, dachte auch ich, das ist das Ende. Viele hatten gekämpft, viele waren gestorben – und alles vergebens. Jetzt würden die Brücken nicht abgebrochen, die Straßen nicht bewacht, die Verteidigungsstellungen nicht gehalten werden. Wenn Fairfax jetzt den Befehl zum Vormarsch gab, wurde dieser Befehl ausgeführt, und seine Truppen würden den Tamar überschreiten und nicht wieder zurückweichen. Das war das Ende der Freiheit in Cornwall, auf viele Monate, auf viele Jahre, vielleicht auf Generationen hinaus. Und Richard Grenvile, der sein Land vielleicht gerettet hätte, saß jetzt als Gefangener seiner eigenen Partei in der Burg von Launceston.

«Wenn wir nur Zeit hätten», sagte Oberst Roscarrock, «würden wir eine Petition einbringen, unterschrieben von jedem Mann und jeder Frau im Herzogtum, und seine Freilassung fordern. Irgendwie könnten wir eine Botschaft an Seine Majestät selbst schicken, Pardon für Richard Grenvile erbitten, erklären, der Spruch des Rates sei ungerecht. Wenn wir nur Zeit hätten . . .»

Wenn wir nur Zeit hätten, wenn es taute, wenn das Frühjahr käme . . . Aber es war der neunzehnte Januar, und der Schnee fiel unablässig.

Siebenundzwanzigstes Kapitel

Noch am selben Abend verließ ich Werrington, bevor Sir Charles Trevannion, vom Stab Lord Hoptons, das Kommando übernahm. Ich hatte keinen Grund, länger zu bleiben, und wünschte auch Charles Trevannion, der meinen Vater gut gekannt hatte, keine Verlegenheit zu bereiten. Ich zog in das Gasthaus in der Broad Street in Launceston, neben der Burg, und nachdem Oberst Roscarrock mich dort untergebracht hatte, suchte er den Gouverneur auf, den ich in einem Brief bat, mir für den folgenden Morgen eine Zusammenkunft mit Richard zu gewähren. Um neun Uhr kehrte er mit einer höflichen, aber entschiedenen Absage zurück. Auf strikten Befehl des prinzlichen Rates dürfe niemand Sir Richard Grenvile besuchen.

«Wir haben vor», sagte Oberst Roscarrock, «eine Abordnung zum Prinzen selbst nach Truro zu schicken. Jack Grenvile wird gewiß für seinen Onkel sprechen und viele andere auch. Schon jetzt, seit die Nachricht sich verbreitet hat, murren die Truppen und mußten vierundzwanzig Stunden lang in ihren Quartieren bleiben. Aus dem, was der Gouverneur sagte, kann ich entnehmen, daß man Meutereien befürchtet.»

Mehr konnte ich an diesem Tag nicht von ihm verlangen – ich hatte ohnehin seine Zeit schon über Gebühr in Anspruch genommen –, so sagte ich ihm dann gute Nacht und ging zu Bett. Aber ich verbrachte schlimme Stunden und fragte mich immer wieder, in welches Verlies sie ihn geworfen haben mochten oder ob sie ihn seinem Rang entsprechend behandelten.

Am nächsten Tag, dem zwanzigsten Januar, ging ein Hagelschauer nieder, und darum, wie auch meines Elends wegen, habe ich niemals eine Stadt so sehr gehaßt wie Launceston. Der bloße Name ließ mich an Kerker denken. Kurz vor Mittag erschien Oberst Roscarrock mit der Nachricht, in der ganzen Stadt habe man verkündet, daß Sir Richard Grenvile aus jedem Regiment, das er kommandiert hatte, entlassen und aus Seiner Majestät Armee ausgestoßen sei – und das alles ohne Kriegsgericht!

«Das darf nicht sein», sagte er heftig. «Das ist gegen jedes Militärgesetz und jede Tradition. Solch ein Unrecht wird eine Meuterei in allen Truppenteilen zur Folge haben. Wir werden heute eine Protestversammlung abhalten, und ich werde Sie gleich nachher wissen lassen, was beschlossen wurde.»

Versammlungen und Beratungen – ich hatte wenig Vertrauen dazu. Doch wie verwünschte ich meine Krüppelhaftigkeit, die mich zwang, hier in diesem Mietszimmer an der gepflasterten Straße von Launceston zu sitzen.

Abends, nach Einbruch der Dunkelheit, hörte ich das Stampfen zahlreicher Füße auf dem Marktplatz und fernes Geschrei, während Fackeln und Windlichter zum Himmel aufleuchteten. In die Fenster des Stadthauses wurden Steine geworfen, und der Wirt unseres Gasthofes, der um seine Fenster bangte, schloß sehr früh Läden und Türen.

«Die Wache vor dem Schloß wurde verdoppelt», erzählte er Matty, «und die Truppen müssen immer noch in ihren Quartieren bleiben.»

Wie bezeichnend war es doch, dachte ich bitter, daß jetzt, im Unglück, mein Richard so populär geworden war. Furcht war die Peitsche, die das Volk antrieb. Sie hatten kein Vertrauen zu Lord Hopton oder irgendeinem andern Kommandanten. Nur ein Grenvile, sagten sie, könne den Feind davon abhalten, den Tamar zu überschreiten.

Als Oberst Roscarrock endlich wieder bei mir erschien, konnte ich seiner müden Haltung ansehen, daß nicht viel zustande gekommen war. «Der General hat uns sagen lassen», berichtete er, «er wolle nicht durch Gewalt befreit sein. Er verlange, vor ein Kriegsgericht gestellt und vom Prinzen selbst angehört zu werden. Und uns und seine Truppen ersuche er, unter Lord Hopton zu dienen.»

Warum, in Gottes Namen, fragte ich mich, konnte er vor zwölf Stunden nicht für sich den gleichen Entschluß fassen?!

«So wird es denn keine Meuterei geben», fragte ich, «und keinen Sturm auf die Burg?»

«Nicht von der Armee aus», sagte Oberst Roscarrock niedergeschlagen. «Wir haben Lord Hopton den Treueeid geleistet. Haben Sie schon die letzten Nachrichten gehört?»

«Nein.»

«Dartmouth ist gefallen. Der Gouverneur, Sir Hugh Pollard, und über tausend Mann wurden gefangengenommen. Fairfax hält jetzt eine Linie vom Norden nach dem Süden quer durch Devon besetzt.»

Jetzt war nicht der Augenblick, Verhandlungen vor dem Kriegsgericht abzuhalten.

«Welche Befehle haben Sie von Ihrem neuen Kommandanten empfangen?» fragte ich müde.

«Bisher gar keine. Er ist in Stratton, wissen Sie, und damit beschäftigt, sein neues Amt zu übernehmen. Vor ein oder zwei Tagen erwarten wir keine Nachrichten von ihm. Darum stehe ich zu Ihrer Verfügung. Und ich glaube – Sie verzeihen wohl –, daß Ihr Aufenthalt in Launceston keinen Zweck hat.» Armer Oberst Roscarrock! Er empfand mich bereits als Bürde, und man konnte ihm kaum einen Vorwurf daraus machen. Doch der Gedanke, Richard als Gefangenen in der Burg von Launceston zurückzulassen, war mehr, als ich ertragen konnte.

«Wenn ich vielleicht selber mit dem Gouverneur sprechen könnte?» sagte ich.

Doch er gab mir wenig Hoffnung. Der Gouverneur, sagte er, sei keiner jener Männer, die vor einer Frau weich würden. «Ich werde morgen früh noch einmal hingehen», versicherte er, «um mich wenigstens davon zu überzeugen, daß der General bei guter Gesundheit ist und es ihm an nichts fehlt.» Und mit diesem Trost verließ er mich, und ich verbrachte noch eine einsame Nacht; frühmorgens erwachte ich bei dem Schall ferner Trommeln, und dann hörte ich Hufschlag und Marschtritte vor meinem Fenster, und ich fragte mich, ob während der Nacht Befehle von Lord Hopton in Stratton gekommen seien und die Armee schon abrücke. Ich schickte Matty hinunter, und der Wirt sagte ihr, die Truppen hätten schon vor Tagesanbruch mit dem Abmarsch begonnen. «Die ganze Kavallerie», sagte er, «ist gegen Norden geritten.»

Kaum hatte ich mein Frühstück beendet, als ein Eilbote mir ein hastiges Wort der Entschuldigung von Oberst Roscarrock brachte. Er habe die Order erhalten, sogleich nach Stratton aufzubrechen, denn Lord Hopton gedenke sich nordwärts nach Torrington zu wenden, und wenn ich Freunde oder Verwandte in der Gegend hätte, wäre es das beste, ich würde mich unverzüglich zu ihnen begeben. Ich hatte weder Freunde noch Verwandte, und so beauftragte ich den Wirt, mich zur Burg tragen zu lassen, weil ich den Gouverneur sprechen wolle. In Mäntel gewickelt, Matty an meiner Seite, wurde ich von vier Männern in meiner Sänfte zur Burg getragen und verlangte am Tor, den Hauptmann der Wache zu sprechen. Er kam aus der Wachstube, unrasiert, noch damit beschäftigt, den Degen umzugürten, und ich konnte mir vorstellen, wie Richard mit ihm verfahren wäre.

«Ich wäre Ihnen sehr dankbar», sagte ich zu ihm, «wenn Sie dem

Gouverneur eine Botschaft von mir überbringen wollten.»

«Der Gouverneur empfängt niemanden ohne schriftliche Verabredung», sagte er sogleich.

«Ich habe einen Brief», sagte ich. «Vielleicht könnten Sie ihn dem Gouverneur geben.»

Er drehte das Papier in der Hand und sah mich zweifelnd an. «Was ist eigentlich Ihr Begehr, Madam?» fragte er.

Trotz seines vernachlässigten Äußeren wirkte er nicht unfreundlich, und so wagte ich einen Versuch. «Ich bin gekommen, um mich nach Sir Richard Grenvile zu erkundigen», sagte ich.

Daraufhin gab er mir meinen Brief zurück. «Ich bedaure, Madam», sagte er, «doch dann haben Sie sich unnütze Mühe genommen. Sir Richard ist nicht mehr hier.»

Ich wurde von einer Panik erfaßt und sah eine geheime, rasche Hinrichtung vor mir. «Was meinen Sie damit», fragte ich, «‹nicht mehr hier›?»

«Er wurde heute morgen unter sicherem Geleit nach St. Michaels Mount gebracht», erklärte mir der Hauptmann der Wache. «Einige seiner Leute sind heute nacht aus ihren Quartieren entwichen und haben vor der Burg demonstriert. Da hielt es der Gouverneur für das beste, ihn von Launceston zu entfernen.»

Mit einemmal verloren der Hauptmann, die Burgmauern, die Zinnen jegliche Bedeutung. Richard war nicht mehr ihr Gefangener. «Vielen Dank», sagte ich. «Leben Sie wohl!» Und ich sah, wie er mir nachstarrte und dann in seine Wachstube zurückkehrte.

St. Michaels Mount! Etwa siebzig Meilen weit, im Westzipfel von Cornwall. Wohl war er mindestens aus der Reichweite von Fairfax; wie in der Welt aber sollte ich dorthin gelangen? Ich kehrte in den Gasthof zurück mit dem einzigen Gedanken, so rasch wie möglich Launceston zu verlassen.

Als ich ankam, trat der Wirt auf mich zu und sagte, ein Offizier habe nach mir gefragt und erwarte mich. Ich dachte, es müsse Oberst Roscarrock sein, und ließ mich rasch ins Haus rollen; aber es war nicht der Oberst, sondern mein Bruder Robin.

«Gott sei Dank», sagte er, «daß ich dich endlich gefunden habe. Als ich von Sir Richards Verhaftung hörte, nahm ich Urlaub bei Sir John, um nach Werrington zu reiten. Dort sagte man mir, du seist schon seit zwei Tagen fort.»

Ich war nicht ganz sicher, ob ich mich freute, ihn wiederzusehen. In dieser Stunde war es mir, als könne kein Mann mein Freund sein, der nicht auch Richards Freund war. «Wozu bist du gekommen?» fragte ich kalt. «Was willst du eigentlich?»

«Dich zu Mary zurückbringen», sagte er. «Du kannst unmöglich hierbleiben.»

«Vielleicht lege ich keinen Wert darauf zurückzugehen», sagte ich.

«Das ist jetzt nicht wichtig», sagte er eigensinnig. «Die ganze Armee ist mitten in einer Reorganisation, und du kannst nicht schutzlos in Launceston bleiben. Ich selbst habe die Order, Sir John Digby in Truro zu treffen, wohin er mit einer Abteilung aufgebrochen ist, um, im Falle einer Invasion, den Prinzen zu schützen. Ich habe vor, dich unterwegs in Menabilly abzusetzen.»

Ich überlegte schnell. Truro war das Hauptquartier des Rates, und wenn ich hinkam, gab es eine Möglichkeit, mochte sie auch noch so gering sein, den Prinzen selber zu sprechen.

«Gut», sagte ich zu Robin und zuckte die Schultern. «Ich komme mit dir, aber unter einer Bedingung. Und zwar, daß du mich nicht in Menabilly läßt, sondern nach Truro mitnimmst.»

Er sah mich zweifelnd an. «Was ist dabei gewonnen?» fragte er.

«Nichts gewonnen und nichts verloren», erwiderte ich, «nur, um der alten Zeiten willen, tu, um was ich dich bitte.»

Da trat er auf mich zu, ergriff meine Hand und hielt sie sekundenlang fest.

«Honor», sagte er, und seine blauen Augen blickten mich an, «du mußt mir glauben, wenn ich dir sage, daß zwischen dem, was ich getan habe, und seiner Verhaftung nicht die geringste Beziehung besteht. Die ganze Armee ist entsetzt. Sir John selber, der manchen bitteren Streit mit ihm ausfechten mußte, hat an den Rat geschrieben und seine unverzügliche Freilassung verlangt. Er wird in dieser Stunde dringender gebraucht als irgendein anderer Mann in Cornwall.»

«Warum habt ihr euch das nicht vorher überlegt?» fragte ich bitter. «Warum hast du dich geweigert, seinem Befehl zu gehorchen, als es um die Brücke ging?»

Robin war verdutzt und sah unbehaglich drein.

«Ich war in Wut», gab er zu. «Wir waren an jenem Tag alle außer Rand und Band, und Sir John hatte mir meine Befehle gegeben. Du verstehst nicht, Honor, was es für mich und Jo und deine ganze Familie bedeutet, daß dein Name im ganzen Lande sprichwörtlich geworden ist. Seit du im letzten Frühjahr Radford verlassen hast, um nach Exeter zu gehen, haben die Leute Anspielungen gemacht und geklatscht und sogar ganz laut die schlimmsten Dinge zu sagen gewagt.»

«Ist es so schlimm», sagte ich, «einen Mann zu lieben und zu ihm zu gehen, wenn er verwundet ist?»

«Warum hast du ihn dann nicht geheiratet?» fragte Robin. «Wärest du vor Gott seine Frau, dann hättest du jetzt das Recht, seine Ungnade zu teilen. Ihm aber von Lager zu Lager zu folgen wie ein verlorenes Weib . . . Ich will dir erzählen, Honor, was man in Devon sagt. Daß er seinen Beinamen Skellum wohl verdient, weil er sich mit einer Frau herumtreibt, die ein Krüppel ist.»

Ja, dachte ich, das mochte man in Devon wohl sagen.

«Wenn ich nicht Lady Grenvile bin», sagte ich, «so liegt es daran, daß ich nicht wollte.»

«Hast du denn gar keinen Stolz? Gar kein Gefühl für deinen Namen?»

«Mein Name ist Honor, und ich habe ihn nicht befleckt», entgegnete ich ihm.

«Das ist das Ende! Weißt du es?» sagte er nach kurzer Pause. «Trotz einer Petition, die unser aller Namen trägt, wird der Rat kaum seine Enthaftung beschließen. Nicht, wenn sie keine Weisung von Seiner Majestät erhalten.»

«Und Seine Majestät», sagte ich, «hat andere Sorgen. Ja, Robin, ich verstehe. Und was wird der Ausgang sein?»

«Gefangenschaft, nach dem Gutdünken Seiner Majestät, und möglicherweise ein Pardon nach Ende des Krieges.»

«Und wenn der Krieg nicht den Verlauf nimmt, den wir wünschen, sondern die Rebellen Cornwall für das Parlament erobern?»

Robin zauderte, und so gab ich mir selbst an seiner Statt die Antwort.

«Sir Richard wird dem General Fairfax als Gefangener ausgeliefert», sagte ich, «und als Kriegsverbrecher zum Tode verurteilt.»

Ich schützte Müdigkeit vor, ließ mich in mein Zimmer bringen und schlief, zum erstenmal seit vielen Nächten, gut, nur weil ich nach Truro reisen sollte, das etwa dreißig Meilen von St. Michaels Mount entfernt lag. Der Schnee der letzten Tage hatte die Straße ungangbar gemacht, und wir mußten die längere Fahrt über die Küstenstraße unternehmen, denn die Moore zu passieren war derzeit unmöglich. Dieser Umstand und dazu viele Rasten hatten zur Folge, daß wir mehr als eine Woche unterwegs waren, um bei unserer Ankunft in Truro zu entdecken, daß der Rat sich jetzt nach Pendennis Castle an der Mündung des Fal begeben hatte, wo auch John Digby mit seinen

Truppen einquartiert war.

Robin fand für mich und Matty eine Unterkunft in Penryn, ging sogleich zu seinem Kommandanten und nahm auch einen Brief von mir für Jack Grenvile mit, der, meiner Meinung nach, zur engeren Umgebung des Prinzen gehören mochte. Am folgenden Tag kam Jack mich besuchen – ich hatte den Eindruck, als seien Jahre vergangen, seit ich zuletzt einen Grenvile gesehen hatte. Und doch war es kaum drei Wochen her, daß Richard und er und der junge Bunny zu dritt nach Menabilly geritten waren. Ich weinte fast, als er eintrat.

«Keine Angst», sagte er. «Mein Onkel ist guten Mutes und bei bester Gesundheit. Ich habe Botschaften von ihm erhalten, und er ersuchte mich, Ihnen zu schreiben, daß Sie sich nicht um ihn sorgen sollen. Eher macht er sich Sorgen um Sie, denn er glaubt, Sie seien bei Ihrer Schwester, Mrs. Rashleigh.»

Da beschloß ich, den jungen Jack ins Vertrauen zu ziehen.

«Sag mir zuerst», fragte ich, «was man hier vom Krieg hält.»

Er verzog das Gesicht und hob die Schultern.

«Sie sehen wohl, daß wir in Pendennis sind», sagte er ruhig, «und das allein ist schon kein gutes Zeichen. Auf der Reede liegt eine vollbemannte und verproviantierte Fregatte vor Anker, die nur auf den Befehl wartet, um nach den Scillyinseln in See zu stechen. Der Prinz selbst wird diesen Befehl nie geben, er ist für den Kampf bis zum äußersten, aber dem Rat fehlt es an Mut. Und Sir Edward Hyde wird das letzte Wort haben, nicht aber der Prinz.»

«Wieviel Zeit bleibt uns noch bis zu diesem Befehl?»

«Hopton ist mit der Armee nach Torrington marschiert», erwiderte Jack, «und es besteht eine Hoffnung – wenn auch leider eine sehr geringe –, daß Hopton die Initiative ergreift und eine Entscheidung erzwingt. Er ist ein tapferer Mann, aber er hat nicht die Persönlichkeit meines Onkels, und die Truppen hängen nicht an ihm. Wenn er bei Torrington versagt und Fairfax Sieger bleibt – dann dürfte die Fregatte in See stechen.»

«Und dein Onkel?»

«Ich fürchte, daß er auf dem Mount bleiben wird. Er hat keine andere Wahl. Aber Fairfax ist ein Soldat und ein Edelmann, er wird ihn ritterlich behandeln.» Das war keine Antwort für mich. Mochte Fairfax auch ein Soldat und ein Edelmann sein, so war er doch dem Parlament verpflichtet, und das Parlament hatte im Jahre 1643 dekretiert, Richard sei ein Verräter.

«Jack», sagte ich, «würdest du, um deines Onkels willen, etwas für mich tun?»

«Für euch beide», antwortete er, «alles in der Welt.»

Ach, Gott segne dich, dachte ich, du echter Sohn Bevils!

«Verschaff mir eine Audienz beim Prinzen von Wales!» sagte ich zu ihm.

Er ließ ein Pfeifen hören und rieb sich die Wange.

«Ich will mein Bestes tun, das schwöre ich», sagte er, «aber es wird Zeit und Geduld brauchen, und ich kann Ihnen keinen Erfolg versprechen. Er ist der Gefangene der Mitglieder des Rates und wagt nichts zu tun als das, was Sir Edward Hyde ihm sagt. Ich sage Ihnen, Honor, er hat bis jetzt ein Hundeleben geführt. Zuerst seine Mutter und jetzt der Kanzler. Wenn er großjährig sein wird und selbständig handeln kann, dann wird er die Sterne in Brand setzen, darauf wette ich.»

Er verließ mich mit dem festen Versprechen, alles zu tun, was in seiner Macht lag, und damit mußte ich mich zufriedengeben. Dann kam eine Wartezeit, die Jahrhunderte zu dauern schien, in Wirklichkeit aber nur vierzehn Tage umspannte. Während dieser Zeit kam Robin mich häufig besuchen und beschwor mich, nicht in Penryn zu bleiben, sondern nach Menabilly zurückzukehren. Jonathan Rashleigh würde selber kommen, um mich zu holen, wenn ich ihm eine Botschaft sandte.

«Im Vertrauen muß ich dich warnen», sagte er. «Der Rat erwartet nicht viel von Hoptons Widerstand gegen Fairfax. Der Prinz wird mit seiner engsten Umgebung nach den Scillyinseln segeln. Wir andern hier in der Festung werden Pendennis halten, bis es in Flammen aufgeht. Mag auch die ganze Rebellenarmee kommen – wir ergeben uns nicht.»

Guter Robin! Als du das sagtest, glänzten deine blauen Augen, und dein Kinn schob sich trotzig vor; und ich verzieh dir deine Feindseligkeit gegen Richard und den törichten, unnützen Schaden, den du dadurch angerichtet hattest, daß du ihm nicht gehorchen wolltest.

Ruhmvoller Tod, erwog ich. Das war der Weg, den mein Richard gewählt haben würde. Und ich saß hier und zettelte eine Verschwörung an, um ihm die Möglichkeit zu geben, sich wie ein Dieb in der Nacht davonzuschleichen.

«Ich gehe nach Menabilly zurück», sagte ich langsam, «wenn der Prinz nach den Scillyinseln segelt.»

«Dann werde ich dir nicht mehr helfen können», sagte Robin. «Ich werde in Pendennis in der Festung sein, und unsere Geschütze werden

Penryn beschießen.»

«Eure Geschütze schrecken mich nicht», sagte ich. «Nicht mehr als Fairfax' Reiterei, die vom Tamar über das Moor galoppiert. In der Chronik der Familie Harris wird es sich später einmal sehr gut ausnehmen, daß Honor bis zuletzt ausgehalten hat und im Jahre 1646 starb ...»

Tapfere Worte – und doch, bei aller Tollkühnheit, klangen sie so wenig echt.

Am 14. Februar, dem Tag des heiligen Valentin, des Schutzpatrons der Liebenden, empfing ich eine Botschaft von Jack Grenvile. Der Wortlaut war vage, und es wurden keine Namen genannt.

«Die Schlange ist nach Truro», hieß es darin, «und mein Freund und ich werden dich heute nachmittag eine Weile sehen können. Ich werde dich holen lassen. Sag deinem Bruder nichts davon!»

Ich machte mich allein auf den Weg, ohne Matty, denn in einer so heiklen Sache war es am besten, überhaupt keine Mitwisser zu haben.

Treu seinem Wort schickte Jack eine Eskorte für mich und erwartete mich am Burgtor. Diesmal gab es keine Verhandlung mit einem Hauptmann der Wache. Nur ein rasches Wort, und wir wurden eingelassen und waren in der Festung, bevor noch eine einzige Seele, außer der Wache, etwas ahnen konnte.

Mir kam der Gedanke, daß Jack heute vielleicht nicht zum erstenmal eine Frau in die Burg schmuggelte. Solch rasche Erledigung rührte vielleicht von langer Übung her. Zwei Diener in der Livree des Prinzen trugen mich über eine Treppe, wahrscheinlich eine Hintertreppe, und das war es ja auch, was mir entsprach. Man brachte mich in einen kleinen Raum in einem Turm und setzte mich auf einen Diwan. Ach, wäre nur der Anlaß meiner Audienz nicht so tödlich ernst gewesen! In Reichweite standen Früchte und Wein und frische Blumen, und ich fand, daß Seiner Hoheit das französische Blut, das er geerbt hatte, durchaus nicht schadete.

Einige Minuten war ich mir selbst überlassen, um mich zu erholen, und dann öffnete sich die Tür abermals, und Jack ließ einen jungen Mann, etwa in seinem Alter, eintreten. Er war nicht schön, glich mehr einem Zigeuner als einem Prinzen mit seinen schwarzen Locken und der dunklen Haut, doch wenn er lächelte, gefiel er mir besser als all die berühmten Bilder seines Vaters, die meine Generation nun dreißig Jahre lang gesehen hatte.

«Haben meine Diener sich um Sie gekümmert?» fragte er sogleich. «Hat man Ihnen alles gegeben, was Sie wünschten? Wir leben nun einmal in einer Festung – Sie müssen entschuldigen.»

Während er sprach, spürte ich, wie seine kecken Augen mich musterten, als wäre ich ein junges Ding und nicht um fünfzehn Jahre älter als er.

«Vorwärts, Jack», sagte er, «stellen Sie mich Ihrer Cousine vor.»

Und ich fragte mich, was für eine Geschichte Jack erfunden haben mochte.

Wir aßen und tranken, und während er sprach, starrte er mich an; was mochte seine Knabenphantasie sich bei dem Gedanken ausmalen, daß sein berühmter widerspenstiger General einen Krüppel liebte?

«Ich habe kein Recht, Ihre Zeit zu mißbrauchen, Sir», sagte ich endlich, «aber Sir Richard, Jacks Onkel, ist mein lieber Freund und das schon seit einer langen Spanne von Jahren. Die Zahl seiner Fehler ist nicht gering, und ich bin nicht gekommen, sie abzustreiten. Aber seine Treue gegen Sie konnte niemals in Frage gestellt werden.»

«Daran zweifle ich nicht», sagte der Prinz, «aber Sie wissen, wie es sich abgespielt hat. Er hat sich gegen den Rat und insbesondere gegen Sir Edward widersetzlich gezeigt. Ich persönlich schätze ihn außerordentlich, doch in diesen Dingen dürfen meine Gefühle nicht mitsprechen. Ich hatte keine andere Wahl, als den Haftbefehl zu unterzeichnen.»

«Sir Richard hat sehr unrecht gehandelt, als er sich nicht bereit erklärte, unter Lord Hopton zu dienen», sagte ich. «Sein schlimmster Fehler ist seine Heftigkeit, und an jenem Tag hat sich, soviel ich weiß, vieles begeben, um ihn zu reizen. Nach reiflicher Überlegung hätte er anders gehandelt.»

«Er hat auch keinen Versuch unternommen, Sir», fiel Jack ein, «sich seiner Verhaftung zu widersetzen. Seine Begleitung wäre ihm zu Hilfe gekommen, wenn er nur ein Wort gesprochen hätte. Das habe ich aus bester Quelle. Aber er erklärte allen, er wünsche, sie möchten sich dem Befehl Eurer Hoheit fügen.»

Der Prinz stand auf und ging im Zimmer auf und ab.

«Es ist eine ganz und gar verfahrene Geschichte», sagte er. «Grenvile ist der einzige, der vielleicht Cornwall gerettet hätte, und nun schlägt Hopton in Torrington eine vollkommen hoffnungslose Schlacht. Ich kann nichts tun, verstehen Sie – das ist das Höllische daran. Ich werde selbst erledigt sein, bevor ich noch weiß, was vorgeht.»

«Wenn Sie mir meine Freiheit verzeihen wollen, Sir – es gibt eines, was Sie tun können», sagte ich.

«Und das ist?»

«Nach St. Michaels Mount eine Botschaft zu senden, daß es Sir Richard Grenvile im Augenblick, da Sie selbst und Ihr Rat sich nach den Scillyinseln einschiffen, erlaubt wird, zu entweichen und sich ein Fischerboot nach Frankreich zu beschaffen.»

Der Prinz von Wales sah mich sekundenlang an, und dann erhellte das gleiche Lächeln, das ich vorher bemerkt hatte, sein ganzes häßliches Gesicht.

«Sir Richard Grenvile ist ein sehr glücklicher Mann», sagte er, «eine so treue Bundesgenossin zu haben wie Sie. Wenn ich selbst in seine Lage käme und flüchten müßte, dann hoffe ich, einen halb so guten Freund zu finden.»

Er warf Jack einen Blick zu. «Sie können das wohl arrangieren, nicht wahr?» sagte er. «Ich werde einen Brief an Sir Arthur Bassett schreiben. Sie können ihn selber hinbringen und bei dieser Gelegenheit mit Ihrem Onkel sprechen. Ich möchte nicht vorschlagen, ihn um seine Gesellschaft auf unserer Fregatte zu ersuchen, wenn wir segeln, denn ich glaube kaum, daß das Schiff sein und Sir Edward Hydes Gewicht zu tragen vermöchte.»

Die beiden jungen Leute lachten wie ein paar Schuljungen, die einen schlimmen Streich vorhaben. Dann wandte der Prinz sich zu mir, trat an den Diwan, verbeugte sich tief und küßte mir die Hand.

«Haben Sie keine Angst», sagte er. «Ich werde dafür sorgen. Sir Richard soll in der Minute frei sein, in der wir uns nach den Scillyinseln einschiffen. Und wenn ich zurückkehre – denn eines Tages werde ich zurückkehren! –, dann hoffe ich, Sie und auch ihn in Whitehall zu sehen.»

Er verbeugte sich tief und ging und vergaß mich wahrscheinlich für alle Zeit, mir aber hinterließ er den Eindruck von schwarzen Augen in einem Zigeunergesicht, den ich bis zum heutigen Tag behalten habe.

Jack brachte mich wieder zum Eingang der Burg.

«Er wird an sein Versprechen denken», sagte er, «das schwöre ich Ihnen. Ich habe noch nie erlebt, daß er sein Wort nicht gehalten hätte. Morgen reite ich mit dem Brief nach St. Michaels Mount.»

Ich kehrte nach Penryn zurück und fühlte mich jetzt, da meine Sendung erfüllt war, müde und erschöpft. Ich verlangte nur nach meinem Bett und nach Ruhe. Matty empfing mich mit säuerlicher Miene und den gespitzten Lippen, die ihre Mißbilligung verrieten.

Zwei Tage später war Lord Hopton bei Torrington geschlagen worden und die ganze Armee in vollem Rückzug über den Tamar.

Mich betraf das wenig, denn ich lag mit hohem Fieber in dem Gasthof in Penryn. Am 25. Februar hatte Fairfax Launceston genommen, und am 2. März überquerte er die Moore auf dem Marsch nach Bodmin.

In derselben Nacht stach die Fregatte «Phoenix» mit dem Prinzen von Wales und seinem Rat an Bord in See – und der Krieg im Westen war zu Ende.

Am Tag, da Lord Hopton in Truro den Vertrag mit General Fairfax unterzeichnete, kam mein Schwager Jonathan Rashleigh mit Bewilligung des Parlaments nach Penryn, um mich zu holen. Die Straßen waren von Soldaten besetzt, nicht den unsrigen, sondern den andern, und der ganze Weg von Truro nach St. Austell trug die Zeichen von Niederlage und Kapitulation. Ich saß mit versteinertem Gesicht und blickte durch die Vorhänge meiner Sänfte, während Jonathan Rashleigh an meiner Seite ritt, die Schultern gebeugt, tiefe Falten in den verdüsterten Zügen.

Wir sprachen nicht miteinander. Wir hatten uns nichts zu sagen. Wir kamen über die Brücke von St. Blazey, und Jonathan reichte seinen Paß der Rebellenwache, die uns unverschämt angaffte. Dann nickte der Mann und ließ uns passieren. Sie waren überall. Auf der Straße, in den Türen der Bauernhäuser in Tywardreath, an den Schlagbäumen, am Fuß des Polmearhügels.

Das also war unsere Zukunft für alle Zeit, fragen zu müssen, wenn wir auf unseren eigenen Straßen reisen wollten. Doch dieser Umstand bekümmerte mich nicht mehr, denn meine Reisezeit war vorüber.

Ich kehrte nach Menabilly zurück und war nicht länger ein Frauenzimmer, das der Trommel nachlief, eine Schlachtenbummlerin, sondern einfach Honor Harris, ein Krüppel, der nur auf dem Rücken liegen konnte.

Und das machte mir nichts aus, es lag mir nichts daran.

Denn Richard Grenvile war nach Frankreich entkommen.

Achtundzwanzigstes Kapitel

Niederlage und Nachkriegszeit – nichts Heiteres für die Besiegten. Gott weiß, daß wir noch immer darunter leiden – und ich schreibe dies im Herbst des Jahres 1653 –, aber im Jahre 1646 war der Zustand uns neu, und wir hatten uns noch nicht zu fügen gelernt. Der Verlust der Freiheit dürfte es gewesen sein, was die Leute von Cornwall am härtesten traf. Unsere Befehle kamen nun aus Whitehall, und ein Ausschuß für Cornwall richtete in London über uns. Wir konnten nicht länger unsere Maßnahmen selbst treffen und durch örtliche Befragungen feststellen, was jeder Stadt und jedem Dorf gemäß war. Der Ausschuß für Cornwall traf die Entscheidungen für uns.

Seine erste Handlung war, von dem Volk von Cornwall eine wöchentliche Zahlung zur Einkommenssteuer zu fordern, und diese wöchentliche Abgabe war so hoch angesetzt, daß man die nötigen Barmittel unmöglich auftreiben konnte, denn die Zerstörungen des Krieges hatten das Land arm gemacht. Sein nächster Schritt war, das Gut jedes Grundbesitzers, der für den König gekämpft hatte, mit Beschlag zu belegen. Da der Ausschuß weder die Zeit noch die geeigneten Männer hatte, um diese Güter zu bewirtschaften, durften die Eigentümer darauf wohnen, mußten aber dem Ausschuß in Monatsraten den vollen Wert des Besitzes abzahlen. Diese lähmende Verschärfung war um so härter, da die Besitzungen zum Vorkriegswert eingeschätzt worden waren, sich nun aber zumeist durch die Kämpfe in einem trostlosen Zustand des Verfalls befanden; erst den späteren Generationen konnte der Boden wieder einen Ertrag liefern.

Ein Schwarm spürnasiger Beamter, die ihr festes Gehalt vom Parlament empfingen und in diesen Zeiten die einzigen waren, deren Taschen sich füllten, wurden von Whitehall ausgeschickt, um die dem Ausschuß schuldigen Summen einzutreiben; und diese Agenten fand man in jeder Stadt und in jedem Flecken, sie bildeten selber Ausschüsse und Unterausschüsse, so daß am Ende keiner auch nur einen Laib Brot kaufen konnte, ohne vorher mit der Mütze in der Hand zu einem dieser Burschen zu gehen und seinen Namen auf einen Wisch Papier zu setzen.

Ich glaube wirklich, daß Cornwall in jenem Sommer 1646 das unglücklichste Land im ganzen Königreich war. Die Ernte war schlecht – abermals ein schwerer Schlag für Eigentümer und Arbeiter –, und der Preis des Weizens stieg sofort in phantastische Höhen. Der Preis des Zinns dagegen fiel, und zahlreiche Gruben mußten die Arbeit einstellen. Armut und Krankheit herrschten bei Beginn des Herbstes allenthalben, und auch unser alter Feind, die Pest, tauchte wieder auf und verlangte in St. Ives und den westlichen Bezirken große Opfer. Eine schwere Last war auch die Sorge um die vielen Verwundeten und dienstunfähigen Soldaten, die halb nackt und halb verhungert durch die Dörfer streunten und bettelten. Es gab weder Mann noch Frau, noch Kind, die irgendwelchen Nutzen aus der neuen Staatsführung durch das Parlament zogen, und die einzigen, die es sich gut gehen ließen, waren jene Agenten von Whitehall, die ihre Nasen von früh bis abends in unsere Angelegenheiten steckten, und ihre reichen Herren, die Großgrundbesitzer der Parlamentspartei.

Was außerhalb des Landes geschah, darüber kann ich nichts sagen – ich spreche nur von Cornwall. Von jenseits des Tamar drangen kaum Nachrichten bis zu uns.

Und wenn das Leben hart war, so wurde auch die Mußezeit in gleicher Weise beschränkt. Die Puritaner hatten die Oberhand. Fröhlichkeit galt für Leichtfertigkeit, und Leichtfertigkeit war ein Greuel vor dem Herrn. Oft dachte ich daran, wie wohl Temperance Sawle trotz ihrer royalistischen Traditionen sich in dieser prächtigen, neuen Welt gefühlt hätte, aber die arme Temperance war unter den ersten Opfern der Pest gewesen.

Der einzige Ruhm in diesem höchst unseligen Jahr 1646 war der tapfere, wenn auch leider nutzlose Widerstand der Burg Pendennis, die für ihren König eine Belagerung von fünf langen Monaten aushielt. Wir andern waren längst erledigt und unterworfen, verfangen in den Schlingen von Whitehall, während Pendennis noch immer dem Feind trotzte. Ihr Befehlshaber war Jack Arundell, ein Verwandter und, in früheren Zeiten, ein guter Freund der Grenviles, und sein Stellvertreter im Kommando Sir John Digby. Mein Bruder Robin war unter ihm zum Generalmajor ernannt worden. In unserer Niederlage war es unsere letzte Handvoll Stolz, daß diese kleine Schar von Männern, ohne Hoffnung auf Entsatz und ohne Proviantvorräte, des Königs Fahne vom 2. März bis zum 17. August flattern ließen, und daß sie selbst dann sich lieber in die Luft sprengen als kapitulieren wollten. Doch Hunger und Krankheit hatten die Menschen geschwächt, und um ihretwillen holte Jack Arundell die Fahne nieder. Selbst der Feind achtete ihren Mut, und die Besatzung durfte, wie Robin uns später berichtete, mit militärischen Ehren, bei Trommelschlag, fliegenden Fahnen und schmetternden Trompeten abziehen. – Ja, wir hatten unsere großen Stunden hier in Cornwall.

Doch nachdem sie kapituliert hatten, verblich unsere letzte Hoffnung, und es blieb uns nichts übrig, als zu seufzen und in den dunklen Quell der Zukunft zu blicken.

Meinem Schwager Jonathan Rashleigh wurde ebenso wie den andern royalistischen Grundbesitzern sein Land vom Ausschuß beschlagnahmt, und als er im Juni nach Truro ritt, wurde ihm mitgeteilt, er habe einen Betrag von eintausendundachtzig Pfund zu erlegen, wenn er sich loskaufen wollte. Seine Verluste nach dem Feldzug des Jahres 1644 überstiegen bereits achttausend Pfund, aber da war nichts zu tun, als sich vor den Siegern zu beugen und zu versprechen, daß die Summe im Lauf der nächsten Jahre bezahlt würde. Er hätte das Land verlassen und nach Frankreich gehen können, wie es viele unserer Nachbarn taten, doch die Bindungen an den Boden waren zu stark, und im Juli fügte er sich, gebrochen und mutlos, dem Nationalvertrag, mit dem er sich eidlich verpflichtete, nie mehr die Waffen gegen das Parlament zu tragen. Und dieser harte Schlag für seinen Stolz genügte dem Ausschuß noch immer nicht, man ließ ihn kurz nachher nach London kommen und befahl ihm, dort zu bleiben und nicht nach Cornwall zurückzukehren, bevor die Buße bezahlt war. So wurde ein Heimwesen vernichtet, und wir in Menabilly mußten die Niederlage bis zum bittersten Bodensatz auskosten. An einem Septembertag verließ er uns, als gerade der Rest einer kärglichen Ernte eingebracht worden war; er war fünfundfünzig Jahre alt, sah aber zehn Jahre älter aus, und als ich in seine Augen blickte, da erkannte ich, daß der Verlust der Freiheit die menschliche Seele derart tödlich treffen kann, daß es einem Mann am Ende gleichgültig ist, ob er lebt oder stirbt.

Für Mary, meine arme Schwester, und für John, seinen Sohn, war nichts anderes zu tun, als das Gut so zu verwalten, daß die Schuld Monat für Monat abgezahlt werden konnte; aber wir wußten sehr wohl, daß es Jahre, ja vielleicht den Rest des Lebens dauern konnte. Die letzten Worte, die er vor seiner Abreise nach London zu mir sprach, waren gütig und großherzig.

«Menabilly ist dein Heim», sagte er, «solange du willst. Wir sind alle Leidensgenossen in diesem Unglück. Wache für mich über deine

Schwester, teile ihre Sorgen. Und ich bitte dich, hilf John. Von denen, die hier zurückbleiben, hast du den klügsten Kopf.»

Den klügsten Kopf – daran zweifelte ich. Man mußte gerissen sein und alle Tricks der Winkeladvokaten in den Fingerspitzen haben, um mit dem Ausschuß und den bezahlten Agenten des Parlaments auszukommen. Und keiner konnte uns helfen. Nach der Kapitulation von Pendennis war mein Bruder Robin zu meinem Bruder Jo nach Radford gegangen, der in den gleichen Schwierigkeiten steckte wie wir, während Peter Courtney, dem die Untätigkeit verhaßt war, den Westen verlassen hatte, und wir hörten nur noch, daß er ins Ausland gegangen war, um sich dem Prinzen von Wales anzuschließen. Viele jungen Leute folgten seinem Beispiel – am französischen Hof war das Leben ja so süß! Hätten sie mehr an ihren Heimstätten gehangen, so wären sie im Land geblieben und hätten die Bürde der Niederlage mit den Frauen geteilt.

Alice sagte nicht ein Wort des Vorwurfs, aber ihr Herz mochte gebrochen sein, als sie hörte, daß er gegangen war. – Zuerst mutete es seltsam an, John und Frank Penrose Seite an Seite mit den Pächtern auf den Feldern arbeiten zu sehen, aber man brauchte jede Hand, wenn das Land bestellt werden und vollen Ertrag abwerfen sollte. Zur Erntezeit halfen auch unsere Frauen mit – Mary selber und Alice und Elizabeth, während die Kinder, für die das ein neues, amüsantes Spiel war, beim Einführen des Korns mittaten.

Uns selbst überlassen, hätten wir uns bald mit der Arbeit abgefunden und wären sogar recht zufrieden gewesen, aber die Agenten des Parlaments bespitzelten uns dauernd, forschten nach diesem und jenem, zählten Schafe und Kühe, rechneten beinahe jede Ähre nach, und nichts durfte aufgespeichert, nichts fortgegeben, nichts unter uns verteilt werden, sondern alles mußten wir den geschniegelten, selbstbewußten Beamten in Fowey vorlegen, die ihre Stellung vom Parlament hatten. Das Parlament – das Parlament!

«Das Parlament», sagte John Rashleigh müde, «bestimmt, daß kein Mensch ohne besondere Bewilligung Gottes Luft einatmen darf, und auch das nur an jedem zweiten Tag eine Stunde lang. Mein Gott, Honor, das kann kein Mensch aushalten!»

«Du vergißt», sagte ich, «daß Cornwall ja nur ein Teil des Königreichs ist. In kurzem wird ganz England das gleiche Geschick erleiden.»

«Sie werden, sie können das nicht ertragen», sagte er.

«Was bleibt ihnen für eine Wahl? Der König ist im Grunde

genommen ein Gefangener. Die Partei mit dem meisten Geld und der stärksten Armee beherrscht das Land. Und für jene, die ihre Meinungen teilen, ist das Leben ohne Zweifel recht angenehm.»

«Kein Mensch kann ihre Meinungen teilen und ihnen seine Seele verschreiben.»

«Darin irrst du dich. Das ist lediglich eine Sache der Anpassung, und es handelt sich nur darum, den rechten Leuten die Hände zu schütteln. Lord Robartes lebt in Lanhydrock in großem Behagen. Die Treffrys, die mit Hugh Peters und Jack Trefusis verwandt sind, lassen es sich sehr gut gehen. Wenn du ihrem Beispiel zu folgen gedenkst und dich demütig dem Parlament unterwirfst, wirst du das Leben hier in Menabilly viel erträglicher finden.»

Er sah mich mißtrauisch an.

«Du willst, daß ich vor ihnen kriechen und buckeln soll, während mein Vater in London darbt und in jeder Stunde des Tages bespitzelt wird? Lieber sterben!»

Ich wußte, daß er lieber sterben würde, und er stand mir darum nur um so näher. Guter John, es wären dir weit mehr Jahre neben deiner Joan gegönnt worden und du könntest wohl noch heute leben, wenn du dich und deine schwache Gesundheit in jenen ersten Nachkriegsmonaten geschont hättest.

Und doch war für mich, deren Schultern von keiner Bürde belastet waren, dieses erste Jahr der Niederlage auf seltsame Art still und friedlich. Es gab keine Gefahr mehr. Die Armeen waren entlassen. Der Druck des Krieges war gewichen. Der Mann, den ich liebte, war in Sicherheit drüben in Frankreich und dann, mit seinem Sohn, in Italien, und hin und wieder erhielt ich aus irgendeiner fremden Stadt eine wohlgelaunte Nachricht von ihm; daß ich ihm fehlte, war nicht zu merken. Mit großer Begeisterung sprach er davon, gegen die Türken zu ziehen, als hätte er, wie ich mit einem Schulterzucken dachte, nach den drei Jahren Bürgerkrieg noch immer nicht genug. «Ohne Zweifel», schrieb er, «wirst Du Dein Leben in Cornwall eintönig finden.» Ja, ohne Zweifel, das tat ich. Aber für Frauen, die Besetzung und Hunger kennengelernt hatten, kann die Eintönigkeit sehr erträglich sein.

Nach so vielen Monaten des Wanderns war es eine Erlösung, endlich ein Heim zu finden und es mit Menschen zu teilen, die ich liebte, wenn wir auch alle Gefährten in der Niederlage waren. Gott segne die Rashleighs, die mir diese Monate in Menabilly erlaubten! Das Haus war leer und hatte nichts von seinem früheren Glanz, aber ich besaß doch mindestens einen Raum, den ich mein eigen nennen durfte. Das Parlament mochte dem Gut alles rauben, was dazugehört hatte, die Kühe, die Schafe, die ganze Ernte, aber sie konnten weder mir noch den Rashleighs die Schönheit nehmen, die wir Tag für Tag schauen durften. Vergessen war die Verwüstung der Gärten, wenn im Frühjahr die Primeln sprießten und das junge Grün aus den Ästen knospte. Wir, die Geschlagenen, durften immer noch am Maimorgen den Vögeln lauschen und zusehen, wie der Kuckuck sich unbeholfen den Weg in das Gehölz neben dem Gribben suchte.

Ein Jahr war gekommen und gegangen, und wenn wir auch besiegt worden waren, so lebten wir doch und überlebten. Ich war einsam, aber das war mein Los seit meinem achtzehnten Jahr. Und auch die Einsamkeit trägt ihren Lohn in sich. Besser innerlich allein zu leben als mit andern zusammen in beständiger Angst. Und während ich das dachte, sah ich, wie Mattys rundes Gesicht mich anstarrte.

«Heute gab es in Fowey merkwürdige Gerüchte», sagte sie ruhig.

«Was für Gerüchte, Matty? Gerüchte gibt es immer.»

«Unsere Männer kommen zurückgeschlichen», murmelte sie. «Erst einer, dann zwei, dann drei. Die Leute, die vor einem Jahr nach Frankreich geflohen waren.»

«Warum sollten sie zurückkehren? Sie können ja doch nichts ausrichten.»

«Allein nicht. Aber wenn sie sich insgeheim zusammenschließen . . .»

Ich saß ganz still, und plötzlich erinnerte ich mich an eine Stelle in dem letzten Brief, der aus Italien gekommen war.

«Vielleicht hörst du von mir, noch bevor der Sommer vorüber ist», hieß es darin, «und zwar auf einem andern Weg . . .» Ich hatte das so aufgefaßt, daß er gegen die Türken zog.

«Werden keine Namen genannt?» fragte ich Matty, und zum erstenmal seit vielen Monaten spürte ich eine leise Angst im Herzen. Sie antwortete nicht gleich. Endlich sprach sie; ihre Stimme war ganz leise und verstohlen.

«Man redet von einem großen Führer», sagte sie, «der insgeheim bei Plymouth gelandet sein soll.»

Eine Fledermaus schlägt verirrt und erschrocken an mein Fenster, und unweit vom Haus schreit warnend eine Eule.

Und in diesem Augenblick hatte ich das Gefühl, als sei die Fledermaus kein scheues Tier der Sommernacht, sondern das verängstigste Symbol aller gehetzten Dinge.

Neunundzwanzigstes Kapitel

Gerüchte. Immer Gerüchte. Niemals etwas Sicheres. Das war unser Los während dieses Winters 1647/48. So streng unterdrückte die Parlamentspartei alle Nachrichten, daß wir in Cornwall nichts als die offiziellen Erklärungen zu hören bekamen, und das war ganz wertlos, denn sie enthielten nur, was Whitehall uns wissen zu lassen für gut fand.

So wurde eben geflüstert, einer flüsterte dem andern zu, und wenn das Geflüster uns erreichte, war es schon aus fünfter Hand, und wir mußten es sieben, um das Körnchen Wahrheit zu finden. Die Royalisten rüsteten. Von Frankreich aus wurden Waffen ins Land geschmuggelt, und man fand auch Verstecke für sie. Die Edelleute trafen in ihren Häusern zusammen. Die Arbeiter flüsterten auf den Feldern miteinander. Ein Mann an einer Straßenecke winkte dem andern zu – scheinbar um über die Marktpreise zu sprechen; eine Frage, eine rasche Antwort, dann trennten sie sich, aber eine Nachricht war weitergegeben, ein neues Glied in der Kette geschmiedet worden.

Mary kam mit einem Brief von Jonathan aus London zu mir. «Der Kampf kann jeden Tag wiederaufflammen», waren seine Worte. «Die Unzufriedenheit mit unseren neuen Herren ist sogar hier sehr groß. Mancher Londoner, der gegen den König gefochten hat, würde ihm jetzt Treue schwören. Mehr kann ich nicht sagen. John möge wohl darauf achten, mit wem er spricht und zu wem er geht. Denke daran, daß ich durch einen Eid gebunden bin. Wenn wir in solche Dinge verstrickt werden, dann müssen wir beide, er und ich, es mit dem Leben büßen.»

Mary faltete den Brief ängstlich zusammen und verbarg ihn in ihrem Kleid. «Was bedeutet das?» fragte sie. «Worauf bezieht sich das?»

Darauf konnte es nur eine Antwort geben. Die Royalisten erhoben sich.

Namen, die seit zwei Jahren nicht mehr genannt worden waren, tauchten auf, und einer flüsterte sie dem andern zu. Trelawney –

Trevannion – Arundell – Bassett – Grenvile . . . Ja, vor allem Grenvile. Er sei in Stowe gesehen worden, sagte der eine. Nein, das sei falsch, nicht in Stowe, aber im Haus seiner Schwester bei Bideford. Auf der Insel Wight, sagte der dritte. Der Rotfuchs sei nach Carisbrocke gegangen, um mit dem König insgeheim Rat zu halten. Er sei überhaupt nicht im Westen gewesen. Er sei in Schottland gesehen worden. Man habe in Irland mit ihm gesprochen. Sir Richard Grenvile sei zurückgekehrt. Sir Richard Grenvile sei in Cornwall . . .

Ich blieb allen Gerüchten gegenüber taub. Einmal in meinem Leben hatte ich alle Gerüchte satt. Und doch war es seltsam, daß kein Brief aus Italien oder aus Frankreich mehr kam.

John Rashleigh ließ kein Wort laut werden, wenn es um solche Dinge ging. Sein Vater hatte ihn gebeten, sich in nichts einzumischen, sondern Tag und Nacht an der Bewirtschaftung des Guts zu arbeiten, damit die drückende Schuld an das Parlament bezahlt werden könne. Aber ich vermochte seine Gedanken zu ahnen. Dann erkrankte Jonathan in London, die Erlaubnis, nach Cornwall zurückzukehren, wurde ihm verweigert, und so schickte er nach Mary, und sie reiste zu ihm. Die nächste, die uns verlassen sollte, war Alice. Peter schrieb ihr aus Frankreich, sie möge doch mit den Kindern nach Trethurfe, seinem Besitz, gehen, der sich, wie er hörte, in traurigem Zustand befand, und zusehen, was sich tun ließe.

Am 1. März reiste sie, und nun wurde es plötzlich seltsam still in Menabilly. Ich war so lange Zeit an die Kinderstimmen gewöhnt gewesen, daß ich mich jetzt ohne sie und ohne Alices Stimme, die sie rief, und ohne das Rascheln von Marys Kleid einsamer als jemals fühlte und auch ein wenig traurig war. Meine einzige Gesellschaft war John, und ich fragte mich, wie wir miteinander die langen Abende totschlagen würden.

«Ich hätte fast Lust», sagte er am dritten Abend, «Menabilly in deiner Obhut zu lassen und nach Mothercombe zu reiten.»

«Von mir erfährt niemand etwas, wenn du es tust», sagte ich.

«Ich will nichts gegen die Wünsche meines Vaters unternehmen», gab er zu, «aber es ist jetzt schon mehr als sechs Monate her, daß ich Joan und die Kinder gesehen habe, und hierher dringt kein Wort von dem, was im Land vorgeht. Nur, daß der Krieg von neuem ausgebrochen ist. Es wird in Wales und in den östlichen Grafschaften gekämpft. Ich sage dir, Honor, die Untätigkeit macht mich ganz krank. Es fehlt nicht viel, und ich werde mein Pferd nehmen und nach Wales reiten.»

«Überflüssig, nach Wales zu reiten», sagte ich sehr ruhig, «wenn der Aufstand auch in deinem eigenen Land ausbrechen wird.»

Er warf einen Blick nach der halboffenen Galerietür. Das war ein Instinkt und überflüssig, da die wenigen Dienstleute, die wir noch hatten, vertrauenswürdig waren. Doch seit wir vom Parlament regiert wurden, war uns das zur Gewohnheit geworden.

«Hast du irgend etwas gehört?» fragte er vorsichtig. «Etwas Sicheres, meine ich, kein leeres Geschwätz.»

«Nichts», erwiderte ich, «was du nicht auch gehört hast.»

«Ich dachte, daß vielleicht Sir Richard . . .», begann er, aber ich schüttelte den Kopf.

«Seit dem letzten Jahr», sagte ich, «geht das Gerücht, er halte sich im Land verborgen. Ich habe keine Botschaft von ihm.»

Er seufzte und sah abermals nach der Tür.

«Wenn ich nur wüßte, was ich tun soll. Gibt es einen Aufstand und ich nehme nicht daran teil, dann sieht es aus, als würde ich dem König nicht die Treue halten, und welch eine Schmach wäre das für den Namen Rashleigh!»

«Wenn es aber einen Aufstand gibt und er schlägt fehl», sagte ich, «wie feucht wären die Mauern deines Kerkers und wie locker säße dein Kopf auf den Schultern.»

Trotz allem Ernst mußte er lächeln. «Um den Eifer eines Mannes zu dämpfen», sagte er, «kann man sich auf eine Frau verlassen.»

«Erwirke dir die Erlaubnis und reise nach Mothercombe», sagte ich. «Du brauchst deine Frau und keine Revolution. Aber ich warne dich; einmal in Devon, wirst du es vielleicht nicht so leicht finden zurückzukehren.»

Diese Warnung war in den vergangenen Wochen oft wiederholt worden. Wer in seinen Geschäften, mit der Bewilligung der örtlichen Parlamentsbeamten ausgestattet, nach Devon oder Somerset reiste, mußte sich auf eine große Verzögerung seiner Heimreise gefaßt machen, wurde eingehend befragt und ausgeforscht, auch nach Waffen und Dokumenten untersucht und blieb unter Umständen auch eine oder mehrere Nächte im Gefängnis. Wir, die Besiegten, waren ja nicht die einzigen, denen Gerüchte zu Ohren kamen.

Zu jener Zeit war der Sheriff von Cornwall einer unserer Nachbarn, Sir Thomas Herle von Prideaux bei St. Blazey, der wohl ein entschiedener Anhänger des Palaments, dennoch aber ein rechter und gerechter Mann war. Er hatte aus Achtung vor meinem Schwager alles getan, was in seinen Kräften stand, um die schwere Buße zu mildern, die dem Besitz der Rashleighs auferlegt worden war, doch für seine lokalen Machtbefugnisse war Whitehall zu stark. Er war es auch, der jetzt John Rashleigh die Erlaubnis verschaffte, seine Frau in Mothercombe in Devon zu besuchen, und so fügte es sich in jenem verhängnisvollen Frühjahr, daß von der ganzen Familie ich allein in Menabilly zurückblieb. Eine Frau und ein Krüppel dazu. Selbst das Verwalterhaus stand leer, denn der alte John Langdon war zu seinen Vätern gerufen worden, und bei der furchtbaren Belastung des Guts hatte man seine Stelle nicht wieder besetzt. Seine Schlüssel, einst so geheimnisvoll und wichtig, waren jetzt meiner Obhut anvertraut, und das Sommerhaus, das Heiligtum meines Schwagers, schützte mich jetzt an windigen Nachmittagen. Ich hatte kein Bedürfnis mehr, in den Papieren der Rashleighs zu stöbern. Die meisten Bücher waren weggeräumt, im Haus verwahrt oder eingepackt und ihm nach London nachgeschickt worden. Der Schreibtisch war kahl und leer. An den Wänden hing Spinngewebe. An der Decke zeigten sich grüne Feuchtigkeitsflecke. Doch die zerrissene Matte auf dem Boden verdeckte noch immer die Fliese mit dem eisernen Ring. Einmal sah ich eine Ratte aus ihrem Winkel hervorkriechen und mich mit ihren reglosen Perlaugen anstarren. Eine große schwarze Spinne spann ein Netz in die zerbrochene Scheibe des Ostfensters, während der Efeu schon eine Ranke nach dem Fensterbrett streckte. Noch wenige Jahre, dachte ich, und die Natur würde von dem allem ihren Tribut verlangt haben.

Eines Tages im März sah ich von dort aus nach dem Meer hinaus und beobachtete, wie die Schatten einen Augenblick lang das blasse, leicht gekräuselte Wasser hinter Pridmouth verdunkelten. Die Uhr auf dem Turm schlug vier. Matty war nach Fowey gegangen und sollte jetzt heimkehren. Ich hörte einen Schritt auf dem Pfad unterhalb des Mauerweges und rief, denn ich dachte, es sei ein Landarbeiter, der heimging und eine Botschaft von mir ins Haus bringen könnte. Die Schritte verstummten, aber ich erhielt auch keine Antwort.

Ich rief noch einmal, und diesmal hörte ich ein Rascheln im Gebüsch. Mein Freund, der Fuchs, war vielleicht auf Beute aus. Dann aber sah ich, wie eine Hand nach dem Fenstersims langte und sekundenlang eine Stütze suchte. Doch die Mauern des Sommerhauses waren glatt, boten keinen Halt, und in der nächsten Sekunde war die Hand weggeglitten.

Irgendwer bespitzelte mich – wenn einer jener spürnasigen Parlamentsagenten, die ihre Zeit damit verbrachten, dem Landvolk Schrekken einzujagen, jetzt auch mit mir ein Spiel treiben wollte, so würde das rasch erledigt sein.

«Wünscht jemand Mr. Rashleigh zu sprechen? Er ist nicht zu Hause!» rief ich laut. «Niemand ist mit der Verwaltung von Menabilly betraut außer mir, Miß Honor Harris, Ihnen zu Diensten.»

Ich wartete einen Augenblick, das Auge auf das Fenster gerichtet, dann aber fiel plötzlich ein Schatten über meine rechte Schulter und bewies mir, daß ein Mensch an der Tür war. Im Nu hatte ich die Räder meines Stuhls gedreht und sah die schmale, schlanke Gestalt eines Mannes im gewöhnlichen dunklen Anzug eines Londoner Kaufmanns, den Hut tief in die Stirne gezogen. So stand er da und sah mich an, die Hand am Türrahmen.

«Wer sind Sie?» fragte ich. «Was wollen Sie?»

Irgend etwas in seiner Haltung schien eine Saite anzuschlagen – die Art, wie er zauderte, auf einem Bein stand, den Daumennagel biß –, ich suchte nach einer Lösung des Rätsels, und mein Herz pochte, als er jetzt den Hut von den schwarzen Locken streifte und ich ihn lächeln sah, erst unsicher und fragend, bis er merkte, daß auch ich lächelte und ihm die Arme entgegenstreckte.

«Dick . . .», flüsterte ich. Er kniete sogleich neben mir und bedeckte meine Hände mit Küssen.

Ich vergaß die Jahre, die dazwischen lagen, und hielt einen kleinen, verschüchterten Knaben in meinen Armen, der an einem Knochen nagte und schwor, er sei ein Hund und ich seine Herrin. Und dann, als er den Kopf hob, erkannte ich, daß er kein Knabe war, sondern ein junger Mann mit einem Flaum auf der Oberlippe, und die Locken waren auch nicht länger widerspenstig, sondern geschmeidig. Seine Stimme war tief und weich, eine Männerstimme.

«Vier Jahre», sagte ich. «Bist du aber in diesen vier Jahren gewachsen.»

«In zwei Monaten werde ich achtzehn», erwiderte er lächelnd. «Haben Sie das vergessen? Im ersten Jahr haben Sie mir zu meinem Geburtstag geschrieben, seither aber nicht mehr.»

«In diesen letzten zwei Jahren war es nicht möglich zu schreiben, Dick.»

Ich konnte die Augen nicht von ihm wenden, so groß, so verändert war er. Und doch war der Blick der klugen, mißtrauischen schwarzen Augen noch immer derselbe, und er kaute auch noch immer an seinen Nägeln.

«Sag mir rasch, bevor man mich holen kommt», sagte ich, «was tust du hier? Wozu bist du da?»

Er sah mich fragend an. «Bin ich also der erste?» fragte er. «Mein Vater ist noch nicht da?»

Mein Herz machte einen Satz, aber ob es Erregung oder Angst war, vermochte ich nicht zu sagen. Wie in einer blitzschnellen Eingebung schien mir alles bewußt zu sein. Die Erwartung der vergangenen Monate war vorüber. Alles sollte von neuem beginnen, alles nahm abermals seinen Anfang.

«Niemand ist hier», antwortete ich, «außer dir. Selbst die Rashleighs sind fort.»

«Ja, das wußten wir», sagte er. «Darum wurde auch Menabilly gewählt.»

«Gewählt? Wozu?» fragte ich.

Er antwortete nicht. Er nagte an seiner Hand. «Das werden sie Ihnen sagen», erklärte er blinzelnd, «wenn sie kommen.»

«Wer sind ‹sie›?»

«Zunächst mein Vater», erwiderte er, den Blick auf die Tür gerichtet, «und dann Peter Courtney und Ambrose Manaton von Trecarrel und Ihr Bruder Robin und, natürlich, meine Tante Gartred.»

Gartred – ich fühlte mich wie einer, der sehr lange krank oder der Welt entzogen war und ein anderes Leben geführt hat. Es hatte, weiß Gott, genügend Gerüchte im südöstlichen Cornwall gegeben, die einen verblüffen konnten, keines aber war so erstaunlich wie das, was ich jetzt hörte.

«Es dürfte wohl am besten sein», sagte ich langsam, «wenn du mir erzählst, was sich begeben hat, seitdem du in England bist.»

Er stand auf, streifte mit lässiger Hand den Staub von seinen Kleidern und setzte sich auf den Fenstersims.

«Im Herbst haben wir Italien verlassen», begann er, «und sind zunächst nach London gegangen. Mein Vater war als holländischer Kaufmann verkleidet und ich als sein Sekretär. Seither haben wir England vom Süden nach dem Norden durchreist, äußerlich als ausländische Geschäftsleute, insgeheim aber als Agenten des Prinzen. Um Weihnachten kamen wir über den Tamar nach Cornwall und gingen zunächst nach Stowe. Meine Tante ist tot, das wissen Sie wohl, und es war niemand da als der Verwalter und mein Vetter Bunny und die andern. Mein Vater gab sich dem Verwalter zu erkennen, und seither wurden zahlreiche geheime Zusammenkünfte im ganzen Herzogtum abgehalten. Von Stowe ist es ja nur ein Schritt nach Bideford und Orley Court. Dort fanden wir meine Tante Gartred, die sich mit ihren parlamentarischen Freunden verfeindet hatte und sehr begierig darauf war, gemeinsame Sache mit uns zu machen, und Ihren Bruder Robin.»

Die Welt war in Wahrheit an Menabilly vorübergegangen. Das Parlament hatte immerhin diesen einen Vorteil für sich, daß mit der Nachrichtensperre auch der Klatsch nicht zu uns drang.

«Ich wußte nicht», sagte ich, «daß mein Bruder Robin in Bideford ist.»

Dick zuckte die Schultern.

«Er und meine Tante sind sehr befreundet», erwiderte er. «Soviel ich weiß, hat er die Verwaltung ihres Gutes übernommen. Sie ist die Besitzerin eines Grundstückes, das einmal Ihrem verstorbenen Bruder gehörte.»

Ja, auf diese Art mochten sie sich getroffen haben. Der Boden, auf dem Lanrest gestanden hatte, die Felder unterhalb der Mühle in Lametton. Warum sollte ich Robin tadeln, wenn er in der Niederlage müde und müßig geworden war?

«Und dann?» fragte ich.

«Und dann reiften die Pläne, sammelten sich die Clans. Sie sind alle dabei, vom Osten bis zum Westen, ganz Cornwall in die Länge und Breite. Die Trelawneys, die Trevannions, die Bassetts, die Arundells. Und jetzt ist die Zeit nahe. Die Musketen sind geladen, die Degen geschliffen. Sie, Honor, werden einen Logensitz bei diesem Schlachten haben.»

Ein seltsam bitterer Ton war in seiner weichen Stimme, und ich sah, wie seine Hände den Sims umklammerten.

«Und du?» fragte ich. «Bist du gar nicht erregt bei dieser Aussicht? Bist du nicht froh, auch einer von ihnen zu sein?»

Er antwortete nicht gleich, und als er sprach, sah ich, daß die Augen ebenso schwarz und groß aus dem blassen Gesicht blickten wie damals vor vier Jahren, als er noch ein Knabe war.

«Ich will Ihnen eines sagen, Honor», begann er leidenschaftlich. «Ich gäbe alles, was ich in der Welt besitze – viel ist es ja nicht – darum, wenn ich nicht dabei wäre.»

Er sagte das mit solcher Inbrunst, daß ich zunächst entrüstet war, aber ich achtete wohl darauf, daß er es nicht merkte.

«Warum nicht?» fragte ich. «Hast du keinen Glauben an den Erfolg?»

«Glauben?» fragte er müde. «Ich glaube überhaupt an gar nichts. Ich habe ihn angefleht, mich in Italien zu lassen, wo ich auf meine Art glücklich war, aber er wollte nicht. Ich entdeckte, daß ich malen kann, Honor. Ich wollte Maler werden. Ich hatte auch Freunde, junge Menschen in meinem Alter, zu denen ich mich hingezogen fühlte. Doch nein. Malerei sei weibisch, ein Zeitvertreib für Frauen. Auch meine Freunde seien weibisch und würden mich nur herabziehen. Wenn ich leben wollte, wenn ich hoffte, einen Penny zu kriegen, müßte ich ihm folgen, tun, was er verlangte, seine Art nachäffen, ebenso werden wie meine Vettern, die Grenviles. Gott im Himmel, wie verhaßt war mir am Ende der bloße Name Grenvile!»

Achtzehn Jahre, aber er hatte sich nicht verändert. Achtzehn, aber er war noch immer vierzehn. Das war der kleine Junge, der vor Haß gegen seinen Vater geschluchzt hatte.

«Und deine Mutter?» fragte ich leise.

Er hob die Schultern. «Ja, ich habe sie aufgesucht», sagte er gleichgültig, «aber jetzt ist es zu spät, sich zu versöhnen. Ihr liegt nichts an mir. Sie hat andere Interessen. Vor vier Jahren hätte sie mich noch geliebt. Jetzt nicht. Es ist zu spät. Seine Schuld. Immer seine Schuld!»

«Vielleicht», sagte ich, «wenn dieses neue – Vorhaben beendet ist, bist du frei. Ich werde für dich sprechen. Ich werde darum bitten, daß er dich nach Italien zurückkehren läßt, zu deiner Malerei, zu deinen Freunden.»

Er zupfte mit den langen, schlanken Händen am Saum seines Rocks – sie waren zu lang, zu schlank für einen Grenvile, dachte ich.

«Es wird Kämpfe geben», sagte er langsam, «Menschen werden einander töten, ganz ohne Zweck, nur, um Blut zu vergießen. Immer nur, um Blut zu vergießen.»

Es dämmerte in dem Sommerhaus, und noch hatte ich nichts Weiteres von ihren Plänen gehört. Die Angst, die ich in seinen Augen las, fand in meinem Herzen ein Echo, und der alte Druck, der alte Zwang war wieder da. «Wann hast du Bideford verlassen?» fragte ich.

«Vor zwei Tagen», erwiderte er. «So lautete mein Befehl. Wir sollten einzeln reisen, jeder auf einem andern Weg. Lady Courtney ist wohl nach Trethurfe gefahren?»

«Anfangs des Monats ist sie fort.»

«Das war Peters Absicht. Es gehörte zu der Kriegslist, verstehen Sie, das Haus zu leeren. Peter war in Cornwall und seit Weihnachten bei uns.»

Noch eine Beute für Gartred? Noch einer, der in Orley Court

Dienst tat? Und Alice hier, mit hohlen Wangen, das Kinn auf die Hand gestützt, den Blick in die Ferne gerichtet – Richard wählte seine Helfer nicht aus reiner Herzensgüte.

«Aus dem gleichen Grund wurde Mrs. Rashleigh nach London gelockt», sagte Dick. «Der Plan war sehr schlau ausgedacht, wie alle Pläne meines Vaters. Und auch die letzte Falle, um John aus dem Haus zu entfernen, paßte ganz zu seinem Charakter.»

«John ist aus freiem Entschluß fortgeritten», erwiderte ich, «um seine Frau in Mothercombe in Devon zu besuchen.»

«Jawohl, aber vorher empfing er eine Botschaft», erzählte Dick, «einen Fetzen Papier, den man ihm in Fowey zusteckte. Und darauf stand, daß seine Frau sich in einen Nachbarn verliebt habe, der in ihres Vaters Haus wohnt. Ich weiß es, denn ich sah, wie mein Vater den Brief kritzelte und sich mit Tante Gartred, die hinter ihm stand, vor Lachen ausschüttete.»

Da verschlug es mir die Rede. Gott verdamme sie beide für diese Grausamkeit, dachte ich. Und ich kannte Richards Antwort auch jetzt, als ich ihn in Gedanken anklagte: «Alle Mittel sind gut, wenn sie das Ende sichern, das ich wünsche.»

«Hat dein Vater mir eine Botschaft geschickt?» fragte ich. «Wußte er, daß ich hier bin?»

Dick starrte mich sekundenlang so verständnislos an, als wäre ich wirklich so töricht, wie ich selbst in dieser Stunde zu sein glaubte.

«Ja, natürlich wußte er es», sagte er. «Darum hat er ja auch Menabilly gewählt und nicht Caerhayes. In Caerhayes gibt es keine Frau, die ihm Beistand leisten kann.»

«Braucht denn dein Vater nach zwei langen Jahren in Italien noch immer Beistand?»

«Das hängt davon ab», erwiderte er, «was Sie unter Beistand verstehen wollen. Ich habe meinen Vater niemals mit italienischen Frauen umgehen sehen. Wenn er es getan hätte, wäre seine Stimmung besser gewesen.»

Vor meinem geistigen Auge sah ich Richard, die Feder in der Hand, die Karte von Cornwall auf dem Tisch vor sich. Und auf der Karte waren alle Besitzungen an der Küste angestrichen, die Unterkunft gewähren konnten. Trelawney ... zu stark bewaldet. Penrice ... nicht nahe genug beim Meer. Caerhayes ... ja, ein guter Landeplatz für Truppen, aber keine Miß Trevannion. Menabilly ... mit Strand und Versteck und obendrein einer alten Liebe, die sein Leben vorher geteilt hatte und auch jetzt, nach langem Schweigen, wohl bereit war, ihm nach dem Abendessen ein paar Minuten lang zuzulächeln. Und die Feder zog einen Kreis um den Namen Menabilly.

So zynisch war ich in der Niederlage geworden. Die Herrschaft des Parlaments hatte mich manches gelehrt.

Doch als ich hier saß und Dick beobachtete und feststellte, wie wenig er seinem Vater glich, da wußte ich, daß all mein Zorn nur ein Bluff war, der niemanden, auch mein härteres Ich nicht, zu täuschen vermochte, und daß ich nichts auf der Welt heißer ersehnte, als abermals bei Kerzenlicht Richards Wirtin zu sein und jenes Leben der Spannung und des Wahnsinns, der Angst und des Entzückens noch einmal zu erleben.

Dreißigstes Kapitel

Mir oblag es, die Dienstleute zu verständigen. Ich berief jeden allein in mein Zimmer.

«Es stehen uns gefährliche Tage bevor», sagte ich ihnen. «In Menabilly werden Dinge geschehen, die ihr weder sehen noch hören dürft. Gäste werden kommen und gehen. Stellt keine Fragen. Verlangt keine Auskunft. Ich glaube doch, daß ihr alle miteinander treue Untertanen Seiner Majestät seid.»

Das wurde auf das Gebetbuch geschworen.

«Ein unbedachtes Wort außerhalb des Hauses», sagte ich, «und euer Herr in London hat sein Leben verwirkt und wir wahrscheinlich auch. Das ist alles, was ich euch sagen kann. Seht zu, daß es auf den Betten saubere Wäsche gibt und reichlich zu essen für die Gäste. Doch seid stumm und blind und taub gegenüber jenen, die hierherkommen.»

Auf Mattys Rat hatte ich sie derart ins Vertrauen gezogen.

«Jeder von ihnen ist zuverlässig», sagte sie, «aber ein Wort von Ihnen wird sie alle verpflichten, und dann können sämtliche Agenten im Westen sie nicht zum Plappern bringen.»

Seit der Besetzung des Jahres 1644 hatten wir äußerst bescheiden gelebt, und so gab es für die Gäste, die wir erwarteten, nur wenig Bequemlichkeiten.

Keine Wandbehänge, keine Teppiche in den oberen Zimmern, Strohmatratzen statt Betten. Sie mußten sich eben einrichten, wie sie konnten, und dankbar sein.

Peter Courtney erschien als erster. Für ihn gab es kein Geheimnis. Er prahlte ganz offen mit seiner Rückkehr aus Frankreich, hatte mit den Treffrys gespeist und laut verkündet, wie gern er seine Kinder wiedersehen wolle. Nach Trethurfe abgereist? Aber alles, was er besaß, war doch in Menabilly! Alice hatte seinen Brief mißverstanden.

Er wirkte durchaus nicht schäbig und heruntergekommen. Der Samtrock, den er trug, mußte ein Vermögen gekostet haben. Arme Alice und ihre Mitgift!

«Du hättest ihr irgendwie mitteilen sollen, daß du gesund zurückgekehrt bist», sagte ich. «Sie hätte es geheimgehalten.»

Er zuckte sorglos die Schultern. «In solchen Tagen, da ein Mann von heute auf morgen von der Hand in den Mund leben muß, kann eine Frau ein verdammt lästiges Anhängsel sein. Um dir die Wahrheit zu sagen, Honor, ich bin derart mit Schulden überhäuft, daß ein vorwurfsvoller Blick aus ihren Augen mich toll machen könnte.»

«Dafür siehst du gar nicht schlecht aus», sagte ich. «Es macht mir nicht den Eindruck, als würde dein Gewissen dich übermäßig drücken.»

Er zwinkerte mir zu, und ich dachte, wie doch diese Manieren, die ich einst so bewundert hatte, durch Wohlleben und Leichtfertigkeit verändert waren. Zu viel französischer Wein, zu wenig Bewegung im Freien. Die Nachkriegszeit, die Folgen der Niederlage. Eine Ehe mehr im Schmelztiegel . . .

Der nächste Ankömmling war Bunny Grenvile. Bunny war mit siebzehn schon um einen Kopf größer als sein Vetter Dick. Bunny mit einer Stupsnase und Sommersprossen. Bunny mit eifrigen, fragenden Augen und einer Karte der Küste unter dem Arm.

«Wo ist der Strand? Wo sind die Landungsplätze? Nein, ich brauche keine Erfrischung. Ich habe zu tun. Ich will das Terrain studieren.»

Und schon war er fort nach dem Gribben, ein richtiger Spürhund, ganz das Zeug zum Soldaten wie sein Bruder Jack.

«Sehen Sie», sagte Dick höhnisch, und seine schwarzen Augen hafteten auf mir, «wie alle Männer der Grenviles bis auf mich mit der Witterung für Blut geboren sind? Sie verachten mich, nicht wahr, weil ich nicht mit ihm gehe?»

«Nein, Dick», antwortete ich sanft.

«Ja, aber Sie werden es tun. Bunny wird Ihre Neigung gewinnen, wie er die Neigung meines Vaters gewonnen hat. Bunny ist mutig, Bunny ist verwegen. Der arme Dick ist keines von beiden. Er ist nur zum Malen tauglich, wie ein Weib.»

Er warf sich auf den Diwan und starrte an die Zimmerdecke. Und auch dagegen mußte man ankämpfen, dachte ich. Der böse Geist der Eifersucht untergrub seine Kraft. Der Wunsch, sich hervorzutun, der Wunsch, vor seinem Vater zu glänzen. Vor seinem Vater, den er zu hassen vorgab.

Unser dritter Gast war Mr. Ambrose Manaton – ein langvertrauter Name für mich, denn die Familie Harris hatte durch Generationen mit den Manatons wegen ihres Gutes Trecarrel Prozesse geführt. Was im Grund an der Sache dran war, hätte ich nicht sagen können, aber ich wußte, daß mein Vater nie mit einem Manaton gesprochen hätte. Ein Ambrose Manaton hatte vor dem Krieg Launceston im Parlament vertreten. Dieser hier war sein Sohn. Er mochte einige Jahre älter sein als Peter Courtney, etwa vierunddreißig. Ein gewandter, höflicher Mann von lässigem Charme. Er trug sein eigenes blondes Haar, das sich auf den Schultern lockte. Meiner Ansicht nach war es das beste, den Familienstreit zu erwähnen und damit gleichzeitig zu erledigen, und so sagte ich gleich bei der Vorstellung:

«Unsere Familien waren seit Generationen verfeindet. Wegen irgendeines Besitzes. Da ich die jüngste Tochter bin, brauchen Sie nichts zu fürchten. Ich kann keinerlei Ansprüche erheben.»

«Einem so schönen Advokaten könnte ich nichts verweigern», erwiderte er.

Ich betrachtete ihn nachdenklich, während er mir die Hand küßte. Allzu schnell fertig war das Kompliment, allzu bereit sein Lächeln. Was mochte eigentlich sein Anteil an dem Unternehmen sein? Als Kriegsmann hatte ich seinen Namen niemals nennen gehört. Geld? Besitz? Jene Landgüter in Trecarrel und Southhill, die mein Vater ihm nicht abzugewinnen vermocht hatte?

Richard hatte ihren Wert ohne Zweifel in Betracht gezogen. Ein royalistischer Aufstand konnte nicht ohne Geld begonnen werden. War es also Ambrose Manaton, der die Mittel aufbrachte? Was mochte ihn veranlaßt haben, sein Leben und Vermögen aufs Spiel zu setzen? In der nächsten Minute gab er selbst mir die Lösung dieses Rätsels.

«Ist Mrs. Denys noch nicht angekommen?»

«Nein. Kennen Sie sie näher?»

«Wir sind Nachbarn im nördlichen Cornwall und in Nord-Devon.»

Der Ton war unbefangen, das Lächeln selbstbewußt. O Richard, mein skrupelloser Geliebter! Gartred war also der Köder, mit dem dieser Tiger gefangen wurde!

Was, in Teufels Namen, war denn in all diesen langen Wintermonaten in Bideford vorgegangen? Mit Gartred als Hausfrau konnte ich mir manches vorstellen. Jetzt war ich in Menabilly die Hausfrau. Und die Strohmatratzen in den Gastzimmern waren weniger weich als die Federbetten in Orley Court.

«Soviel ich gehört habe, besorgt mein Bruder, General Harris, die Verwaltung für Mrs. Denys.»

«Ja, irgend etwas dergleichen», sagte Ambrose Manaton und sah interessiert auf die Spitze seines Stiefels hinunter. Seine Stimme war um einen Schatten zu unbefangen.

«Haben Sie Ihren Bruder in der letzten Zeit gesehen?» fragte er.

«Seit zwei Jahren nicht mehr. Seit dem Fall von Pendennis.»

«Dann werden Sie ihn verändert finden. Seine Nerven sind in schlechtem Zustand. Bestimmt eine Folge der Belagerung.»

Robin hatte überhaupt nie Nerven gehabt, Robin ritt in die Schlacht, den Falken auf der Faust. Wenn Robin sich verändert hatte, so waren nicht die fünf Monate Belagerung daran schuld.

Kurz vor Einbruch der Dunkelheit kamen sie miteinander. Ich empfing sie allein in der Galerie. Die Herrschaft des Parlaments hatte Gartred nicht sehr schwer getroffen. Sie war etwas voller geworden, aber es kleidete sie gut. Und – eine Herausforderung des Schicksals! – sie hatte der Natur erlaubt, mit ihrem Haar nach Laune zu verfahren; es war nicht mehr goldschimmernd, sondern von weißen Strähnen durchzogen, und das verlieh ihr einen zarten Liebreiz.

Als sie eintrat, warf sie Robin ihren Mantel zu, und mit dieser einen gleichgültigen Geste verriet sie mir alles, was ich über die Beziehung der beiden zu wissen verlangte. Beinahe blitzartig fielen die Jahre ab, sie war wieder die dreiundzwanzigjährige junge Frau, die Kit, ihren Vasallen, ihren Sklaven, schon satt hatte, der nicht die Willenskraft besaß, ihr den Herrn zu zeigen.

Es hätte Kit sein können, der hier in der Galerie von Menabilly stand, den Blick hündischer Ergebenheit in den Augen.

Doch Ambrose Manaton hatte recht. Es war nicht nur Ergebenheit in Robins Augen. Es war auch Zwang, Zweifel, Angst. Und die schweren, hängenden Backen verrieten den Hang zum Trinken. Die Niederlage und Gartred hatten ihren Tribut von meinem Bruder gefordert.

«Es scheint uns bestimmt zu sein, daß wir einander in Stunden schwerer Krisen begegnen», sagte ich zu Gartred. «Spielst du noch Piquet?»

Ich sah, wie Robins Blick verdutzt von einer zur andern glitt, aber Gartred lachte und zog die Spitzenhandschuhe von den Händen.

«Piquet ist nicht mehr à la mode», erwiderte sie. «Zum mindesten habe ich den Trost zu wissen, daß wir ausnahmsweise nicht gegeneinander spielen. Wir sind alle miteinander Partner auf der Seite des Gewinners.»

«Sind wir das?» fragte ich. Erst vier Jahre waren vergangen, daß sie als Spionin für Lord Robartes hierhergekommen war.

«Wenn du meine Ehrlichkeit bezweifelst», lächelte Gartred, «mußt du das Richard sagen, sobald er kommt. Aber es dürfte zu spät sein, um irgend etwas rückgängig zu machen. Ich kenne alle Geheimnisse.»

Sie lächelte wieder, und als ich sie anblickte, fühlte ich mich wie ein Ritter aus früheren Zeiten, der seinen Gegner vor dem Kampf grüßt.

«Ich habe dich in dem langen Zimmer untergebracht», sagte ich, «das sonst Alice mit ihren Kindern bewohnt, wenn sie daheim ist.»

«Danke», sagte sie.

«Robin wohnt zu deiner Linken», sagte ich, «und Ambrose Manaton zu deiner Rechten in dem kleinen Schlafzimmer neben der Treppe. Unter der Hut von zwei kräftigen Männern wirst du kaum nervös sein müssen.»

Sie ließ ihre Lider nicht sinken, sondern wandte sich zu Robin und gab ihm verschiedene Aufträge, die sich auf ihr Gepäck bezogen. Wie ein Diener verschwand er gehorsam.

«Es trifft sich sehr glücklich», sagte ich, «daß die Männer meiner Familie so dienstwillig sind, nicht wahr?»

«Es wäre noch angenehmer», entgegnete sie, «wenn sie gleichzeitig weniger auf Besitz aus wären.»

«Das ist ein Familienfehler», meinte ich. «Wie das Motto unseres Hauses lautet: ‹Was wir haben, behalten wir!›»

Sie sah mich nachdenklich an.

«Eine seltsame Macht», sagte sie, «diese Anziehungskraft, die du auf Richard ausübst. Dafür verdienst du alle Anerkennung.»

Ich beugte mich in meinem Stuhl vor.

«Ich verdiene keine Anerkennung dafür, Gartred», erwiderte ich. «Menabilly ist nichts als ein Name auf einer Karte, ebensogut wie ein anderer. Ein leeres Haus, ein naher Strand.»

«Und überdies ein gutes Versteck», sagte sie verschmitzt.

Doch nun war es an mir zu lächeln.

«Die Münze hat ihr Silber schon längst erhalten», sagte ich, «und was noch übrigblieb, hat geholfen, die Finanzen des Parlaments zu speisen. Was für ein Spiel spielst du jetzt, Gartred?»

Sie antwortete nicht gleich, aber ich sah, wie ihre Katzenaugen Robins Schatten in der Halle beobachteten.

«Meine Töchter sind erwachsen», sagte sie. «Orley Court wird eine Last. Vielleicht brauchte ich einen dritten Gatten und eine gewisse Sicherheit.»

Die ihr mein Bruder nicht geben konnte, dachte ich; vielleicht aber ein Mann, der etwa fünfzehn Jahre jünger war als sie, mit Grundbesitz und Vermögen. Mrs. Harris – Mrs. Denys – Mrs. Manaton?

«Du hast einem Mann in meiner Familie das Leben zerbrochen», sagte ich. «Hüte dich, daß du es nicht noch einmal tust.»

«Glaubst du, daß du mich daran hindern kannst?»

«Nein, ich nicht. Du kannst tun, wie es dir gefällt. Ich warne dich nur.»

«Warnen? Wovor?»

«Mit Robin kannst du nicht das gleiche Spiel treiben wie mit Kit. Robin wäre auch zu einem Mord fähig.»

Sie blickte mich sekundenlang verständnislos an. Und dann war mein Bruder wieder da.

An diesem Abend dachte ich an den Royalistenaufstand, der Cornwall vom Osten bis zum Westen in Brand setzen sollte, während die ganze Zeit über unter dem Dach von Menabilly hinreichend Explosivstoff aufgespeichert war, um das ganze Land in Flammen aufgehen zu lassen.

Bei Tisch waren wir eine seltsame Gesellschaft. Gartred, Juwelen im silbrigen Haar, an der Spitze der Tafel, und zu ihren Seiten die beiden Männer, mein Bruder, dessen Hand sich immer wieder nach dem Humpen streckte und dessen Augen an ihrem Gesicht hafteten, während Ambrose Manaton, kühl und selbstsicher, eine Flut von Konversation an ihr rechtes Ohr rauschen ließ, von der Robin ausgeschlossen blieb. Zu meiner Linken saß Peter Courtney, der von Zeit zu Zeit Gartreds Blick auf sich zog und wissend lächelte. Doch da er das gleiche tat, wenn das Mädchen ihm die Schüssel reichte oder wenn sein Blick zufällig auf mich fiel, nahm ich an, daß das mehr Gewohnheit als Einverständnis war. Ich kannte meinen Peter.

Dick kauerte in der Mitte und warf düstere Blicke auf seinen Vetter, der ihm gegenübersaß und mit den Briefen seines Bruders Jack prahlte, denn Jack stand so hoch in Gunst bei dem Prinzen von Wales, daß die beiden ganz unzertrennlich waren.

Ich sah einen nach dem andern an, um mich davon zu überzeugen, daß sie auch reichlich mit Speisen und Wein bedient waren, denn ich mußte ja die Hausfrau in diesem Haus spielen, das nicht das meine war, und wurde ohne Zweifel vom Geist des alten John Rashleigh mißfällig beobachtet, und da dachte ich mit trüben Ahnungen daran, daß Richard mit dem besten Willen keine andern sechs Leute im Land gefunden haben könnte, die so wenig zusammenhielten und miteinander übereinstimmten wie wir, die wir hier um den Tisch saßen.

Gartred, seine Schwester, war ihm nie wohlgesinnt gewesen. Mein Bruder Robin hatte sich seinen Befehlen gegenüber ungehorsam erwiesen. Peter Courtney gehörte zu jenen, die gegen sein Kommando gemurrt hatten. Dick, sein Sohn, fürchtete und haßte ihn. Ambrose Manaton war eine unbekannte Größe, und Bunny, sein Neffe, ein unbedeutender Knabe, der eine Landkarte lesen konnte. Und das sollten die Führer des Aufstandes sein? Dann mochte Gott dem Herzogtum Cornwall und dem Prinzen von Wales beistehen!

Und dann schwiegen wir alle, denn plötzlich öffnete sich die Tür, und er stand vor uns, den Hut auf dem Kopf, einen langen Mantel über den Schultern. Nichts war von dem rötlichbraunen Haar zu sehen, das ich so liebte, und die Lockenperücke, die ihm über die Ohren fiel, verlieh ihm einen düsteren, satanischen Ausdruck, der zu seinem Lächeln paßte.

«Welch ein Reichtum an Kopfgeldern», sagte er, «für den Sheriff des Herzogtums, wenn er gerade jetzt einen Besuch in Menabilly machen wollte. Jeder von euch ein Verräter!»

Sie starrten ihn verständnislos an – selbst Gartred vermochte ausnahmsweise seinem raschen Verstand nicht zu folgen. Aber ich sah, wie Dick an seinen Nägeln biß. Dann warf Richard Mantel und Hut dem wartenden Diener zu und setzte sich auf den leeren Stuhl neben mir.

«Hast du lange gewartet?» fragte er mich.

«Zwei Jahre und drei Monate.»

Er füllte sein Glas aus dem Humpen, der vor ihm stand.

«Im Jahre 1646», sagte er zu den andern, «habe ich unserer Gastgeberin von heute ein Versprechen gebrochen. Ich verließ sie eines Morgens in Werrington und sagte, ich würde zum Frühstück wieder zurück sein. Unglücklicherweise hatte der Prinz von Wales es anders beschlossen. Und ich habe damals in der Burg von Launceston gefrühstückt. Morgen werde ich das wiedergutmachen.»

Er hob das Glas, trank es in einem Zug leer, dann streckte er seine Hand nach der meinen aus und hielt sie fest.

«Gott sei bedankt», sagte er, «für eine Frau, die keinen Penny für Pünktlichkeit gibt.»

Einunddreißigstes Kapitel

Es war noch einmal wie in Werrington. Die alten Gewohnheiten. Wie damals, Tage und Nächte gemeinsam. Er platzte in mein Zimmer herein, während ich beim Frühstück war, noch nicht angezogen, die Haare noch über die Lockenwickler gewunden. Er ging unaufhörlich auf und ab, griff nach meinen Bürsten, meinen Kämmen, meinen Armbändern und fluchte beständig über irgendeine Verzögerung in seinen Plänen. Trevannion war langsam. Trelawney, der Ältere, zu behutsam. Und die andern, die weiter im Westen die Erhebung leiten sollten, trugen keine großen Namen – es waren kleine Leute, denen es an den richtigen Eigenschaften des Führers mangelte.

Abermals wie in Werrington. Im Speisesaal ein Holzfeuer. Ein Haufen Papier über den Tisch verstreut, in der Mitte eine große Landkarte. Richard saß in seinem Stuhl, neben ihm diesmal Bunny und nicht Jack. Die roten Kreuze an der Küste waren die Stellen, wo die Invasionstruppen an Land gehen sollten. Mein Bruder Robin stand an der Tür, wo sonst Oberst Roscarrock gestanden hätte. Und Peter Courtney ritt in den Hof ein und brachte Botschaften von Jonathan Trelawney.

«Wie steht es in Talland?»

«Sehr gut. Man erwartet unser Signal. Looe kann leicht gehalten werden. Es wird keinen nennenswerten Widerstand geben.»

Eine nach der andern liefen die Nachrichten ein. Wie bei allen besiegten Völkern waren jene, die 1646 zuerst versagt hatten, jetzt beim Aufstand die eifrigsten. Das Selbstvertrauen war ungeheuer. Grenvile, der Oberstkommandierende, mußte nur das Zeichen geben.

Ich saß in meinem Stuhl am Feuer und hörte all das mit an, aber ich war nicht mehr in Menabilly, sondern in Werrington, in Ottery St. Mary, in Exeter – die gleichen Probleme, die gleichen Verhandlungen, die gleichen Zweifel bei den Kommandanten, die gleiche rasche Entscheidung.

Die großen Besprechungen wurden nachts abgehalten. Dann war es leichter, die Straßen zu benützen. Ich lag in meinem Zimmer über ihren Köpfen und hörte das Dröhnen der Stimmen aus dem Speisesaal, und immer übertönte Richards helle Stimme sie alle. War es auch gewiß, daß die Franzosen mitmachten? Das war der allgemeine Zweifel, den die ganze Versammlung aussprach und den Richard ungeduldig beiseite schob.

«Zum Teufel mit den Franzosen! Was liegt daran, ob sie mitmachen oder nicht? Wir können es auch ohne sie fertigbringen. Ein Franzmann ist immer nur verläßlich, wenn es um seine eigene Sache geht.»

«Ja, aber», meinte Sir Charles Trevannion, «wenn wir wenigstens die Zusagen ihrer Unterstützung und eine gewissermaßen symbolische Truppenabteilung hätten, die dem Prinzen bei der Landung hilft, wäre die moralische Wirkung auf das Parlament ebenso groß wie die von zehn Divisionen.»

«Glauben Sie das nicht», sagte Richard. «Die Franzosen kämpfen ungern auf fremdem Boden. Zeigt einem Frosch eine englische Hellebarde, und er zeigt euch sein Hinterteil. Laßt die Franzosen aus dem Spiel. Haben wir einmal die Scillyinseln und die Festungen in Cornwall, dann brauchen wir sie nicht. The Mount – Pendennis – St. Mawes – Bunny, wo sind meine Aufzeichnungen betreffend die heutigen Standorte der feindlichen Truppen? Nun, meine Herren . . .»

Und so ging das weiter. Mitternacht, ein Uhr, zwei Uhr, drei Uhr. Zu welcher Stunde sie gingen und wann er sich endlich niederlegte, das wußte ich nicht, denn die Müdigkeit hatte mich längst übermannt.

Robin, der sich in den fünf Wochen der Belagerung von Pendennis bewährt hatte, trug jetzt eine große Verantwortung auf seinen Schultern. Vergessen wir die Episode an der Brücke. Oder nicht? Das fragte ich mich manchmal, wenn ich beobachtete, wie Richard ihn ansah. Oder wenn ich bemerkte, wie er ohne ersichtlichen Grund lächelte. Und wie er mit seiner Feder an sein Kinn klopfte.

«Haben Sie die letzten Nachrichten von Helston?»

«Hier, Sir.»

«Ich möchte, daß Sie morgen in Penrose als mein Abgesandter auftreten. Sie können zwei Nächte fortbleiben, nicht länger. Ich muß die genaue Zahl der Mannschaften wissen, mit denen sie die Straßen von Helson und Penryn besetzen können.»

«Sir . . .»

Und ich sah Robin sekundenlang zaudern, und seine Blicke schweiften nach der Galerietür, hinter der plötzlich Gartreds Lachen hell und laut hörbar wurde. Und alles übrige sagten mir sein gerötetes

Gesicht und die blutunterlaufenen Augen.

«Vorwärts, Robin», sagte Richard nach dem Abendessen, «wir müssen wieder bis nach Mitternacht arbeiten. Peter hat mir chiffrierte Botschaften von Penzance gebracht, und Sie sind mein Sachverständiger in diesem Fach. Wenn ich mich mit vier Stunden Schlaf begnüge, so müßt ihr andern es auch.»

Richard, Robin, Peter, Bunny drängten sich um den Tisch im Speisesaal, während Dick als Wache an der Tür stand und sie müde und mit finstern Blicken beobachtete. Ambrose saß am Feuer über einem Stoß Papiere, die mit Ziffern bedeckt waren.

«Schon gut, Ambrose», sagte Richard, «bei dieser Frage brauche ich Ihre Hilfe nicht. Gehen Sie ruhig in die Galerie und unterhalten Sie die Frauen mit wirtschaftlichen Problemen.»

Ambrose Manaton lächelte und verbeugte sich dankbar. Und mit einem Selbstvertrauen, das um einen Schatten zu groß war, ging er, ein Liedchen summend, aus dem Saal.

«Wird es heute spät werden?» fragte ich Richard.

«Hm – hm . . .» sagte er abwesend. «Hol mir dort die Papiere, Bunny.» Und dann mit einem raschen Blick auf Dick: «Steh gerade! Stolpre nicht über deine eigenen Füße», sagte er rauh.

Dicks schwarze Augen blinzelten, die schlanken Hände klammerten sich an seinen Rock. Er öffnete die Tür, um mich in meinem Wagen hinauszulassen, und alles, was ich tun konnte, um ihm Vertrauen einzuflößen, war, daß ich ihm zulächelte und seine Hand leicht streichelte. Ich rollte nicht in die Galerie. Drei sind eine schlechte Gesellschaft. Ich ließ mich hinauf in mein Zimmer bringen und wußte, daß die Stimmen unter mir noch stundenlang dröhnen würden. Eine Stunde mochte vergangen sein, und dann hörte ich das Rascheln eines Kleides auf dem Treppenabsatz, als Gartred sich in ihr Zimmer zurückzog. Dann jenes vielsagende Knarren der Treppe. Dann das leise Schließen einer Tür. Doch unter mir, im Speisesaal, dröhnten die Stimmen bis lange nach Mitternacht.

Eines Abends, als die Besprechungen früher beendet waren und Richard bei mir saß, bevor er sich schlafen legte, erzählte ich ihm ganz offen, was ich gehört hatte.

Er lachte und schnitt sich am offenen Fenster die Fingernägel.

«Bist du in deinen Jahren prüde geworden, Herzchen?» fragte er.

«Zum Teufel mit der Prüderie», erwiderte ich, «aber mein Bruder hofft darauf, sie zu heiraten. Das habe ich seinen Anspielungen entnommen und auch manchem Wort über den Wiederaufbau von

Lanrest.»

«Diese Hoffnung ist trügerisch», erklärte Richard, «Gartred wird sich niemals an einen unbemittelten Soldaten wegwerfen. Sie hat andere Fische an der Angel, und man kann ihr daraus keinen Vorwurf machen.»

«Du meinst den Fisch, der eben jetzt gebraten wird?»

«Ja, warum nicht? Vermutlich», sagte er schulterzuckend. «Ambrose besitzt ein schönes Erbteil von seiner Mutter in Trefusis, abgesehen von dem, was er einmal von seinem Vater erben wird. Gartred wäre verrückt, wenn sie sich das entgehen ließe.»

Mit welcher Ruhe die Grenviles sich Vermögen aneignen wollten!

«Was ist denn, genau genommen, sein Anteil an deinem jetzigen Unternehmen?» fragte ich.

Er zwinkerte mir zu und grinste.

«Steck deine Nase nicht in meine Geschäfte», sagte er. «Ich weiß, woran ich bin. Aber eines kann ich dir sagen, ohne ihn hätten wir es schwer, die Kosten für diese Affäre aufzubringen.»

«Das dachte ich mir», erwiderte ich.

«Alles in allem», sagte er, «bin ich doch ein schlauer Kerl.»

«Wenn du es Schlauheit nennst», sagte ich, «ein Mitglied deines Stabs gegen das andere auszuspielen! – Ich meinerseits würde es ein Schelmenstück nennen.»

«*Ruse de guerre*», entgegnete er.

«Schmutzige Politik», widersprach ich.

Er setzte sich an mein Bett, nahm meine Hände und drückte sie lächelnd in die Kissen.

«Mit achtzehn Jahren war dein Widerstand stärker», sagte er.

«Und deine Annäherung zarter.»

«Das mußte sie auf diesem verdammten Apfelbaum wohl auch sein.»

Er legte seinen Kopf auf meine Schulter und drehte mein Gesicht so, daß ich ihn ansehen mußte.

«Ich kann jetzt genauso gut italienisch fluchen wie spanisch», sagte er.

«Türkisch auch?»

«Ein oder zwei Worte. Das Notwendigste.»

Er preßte mich an sich. Ein Auge war geschlossen, das andere warf mir einen boshaften Blick zu.

«In Neapel gab es eine Frau . . .»

«Mit der du eine Stunde verbracht hast?»

«Drei, um ganz genau zu sein.»

«Erzähle deine Geschichten Peter», sagte ich. «Mich interessieren sie nicht.»

Er hob seine Hände und zog die Wickler aus meinem Haar heraus. «Wenn du diese Röllchen auch tagsüber tragen würdest, wäre das für uns beide ein Vorteil», meinte er. «Wo war ich? Ja, richtig – bei der Neapolitanerin.»

«Laß sie schlafen, Richard, und mich auch.»

«Ich wollte dir nur erzählen, was sie beim Abschied sagte. ‹So ist es also wahr, was ich immer gehört habe›, sagte sie zu mir; ‹daß ihr Leute aus Cornwall nur tüchtige Raufbolde seid!› Und ich antwortete ihr: ‹Signorina, in Cornwall wartet eine Dame auf mich, die auch anderes von mir zu rühmen weiß.›» Er streckte sich, gähnte, hob sich auf den Ellbogen und blies die Kerze aus. «Aber diese Frauen im Süden sind langweilig wie Milch. Meine Fuchsmanieren waren ihnen zu heftig.»

So vergingen die Nächte, und so vergingen die Tage. Nach und nach wurden die Pläne aufeinander abgestimmt und bildeten ein ganzes System. Die endgültige Botschaft sandte der Prinz aus Frankreich; die französische Flotte sei ihm zur Verfügung gestellt, eine Armee unter Lord Hopton würde mit starken Kräften in Cornwall landen, während der Prinz selbst, mit Sir John Grenvile, sich der Scillyinseln bemächtigen sollte. Die Landung sollte mit dem Aufstand der Royalisten zusammenfallen, die sich unter Sir Richard Grenvile der Schlüsselpunkte im Herzogtum zu bemächtigen hätten.

Samstag, der 13. Mai, war der Tag, an dem die Revolution ausbrechen sollte. Die Narzissen hatten geblüht, die Blüte war vorüber, und am 1. Mai begannen, ohne Vorzeichen, die ersten heißen Sommertage. Das Meer am Fuß des Gribben war glasglatt, der Himmel dunkelblau ohne Wölkchen. Die Arbeiter waren auf den Feldern, und die Fischerboote lagen von Gorran bis Polperro draußen auf dem Meer.

In Fowey war alles ruhig. Die Stadtleute gingen ihren Geschäften nach, die Agenten des Parlaments schrieben Rollen nach Rollen mit zwecklosen Berichten voll, die sich dann in Whitehall zu hohen Haufen speichern sollten, die Wachen vor der Festung starrten gähnend auf das Meer hinaus. Ich saß auf dem Mauerweg, beobachtete die jungen Lämmer, und als die Sonne auf meinen bloßen Kopf herunterbrannte, dachte ich daran, daß in einer Woche diese ganze friedvolle Landschaft in Aufruhr sein würde. Männer, die schrien, kämpften, starben. Die Schafe auseinandergejagt, die Rinder vertrieben, die Menschen heimatlos über die Straßen irrend. Abermals Kanonendonner, Knattern der Musketen, galoppierende Pferde, marschierende Truppen. Wunde Männer, die sich in die Hecken schleppten, um dort ohne Beistand zu sterben. Das junge Korn zertrampelt, die Strohdächer in Flammen. All die alte Furcht, der alte Druck, der alte Schrecken. Der Feind rückt vor, der Feind zieht sich zurück. Hopton ist mit großer Streitmacht gelandet. Hopton ist zurückgeworfen worden. Die Leute von Cornwall triumphieren, die Leute von Cornwall sind zersprengt. Gerüchte, Gegengerüchte. Der ganze Blutgestank des Krieges.

Das Pläneschmieden war vorüber, und das lange Warten hatte begonnen. Eine Woche der Nervenanspannung; man saß in Menabilly und hatte die Blicke auf die Uhr geheftet. Richard, wie immer vor der Schlacht in bester Stimmung, spielte mit Bunny in dem kleinen, ummauerten Garten neben dem leeren Verwalterhaus sein Kugelspiel. Peter, der plötzlich bemerkte, wie schlaff seine Muskeln geworden waren, ritt wütend auf dem Sand im Paradeschritt auf und ab, um sein Körpergewicht herabzusetzen. Robin war schweigsam. Er wanderte lange und allein durch die Wälder, und wenn er heimkam, war sein erster Weg in den Speisesaal, wo der Wein stand. Manchmal fand ich ihn dort brütend, das Glas in der Hand; und wenn ich ihn fragte, gab er mir ausweichende Antworten, sein Blick war seltsam gespannt, wie der eines Hundes, der einen fremden Schritt hört. Gartred, sonst so kühl und gleichgültig, wenn sie ein Liebesabenteuer nach ihrem Willen lenkte, war zum erstenmal weniger ruhig, weniger selbstsicher. Ob es daher kam, daß Ambrose Manaton um fünfzehn Jahre jünger war und die Heiratsaussicht an einem Haar hing, weiß ich nicht, aber eine neue Art von Leichtfertigkeit war über sie gekommen – nach meinem Eindruck ein Kennzeichen des Niedergangs. Daß sie in Orley Court sehr verschuldet war, wußte ich bestimmt. Richard selbst hatte es mir erzählt. Die Jugend lag hinter ihr. Und wenn einmal die Schönheit verblichen war, dann mochte die Zukunft ohne einen dritten Gatten, der für sie sorgte, schwer zu ertragen sein. Eine Witwe, die zurückgezogen bei ihren verheirateten Töchtern lebt und auf die Mildherzigkeit eines Schwiegersohns angewiesen ist? Welch ein Ende für Gartred Grenvile! So wurde sie unvorsichtig. Allzu offen lächelte sie Ambrose Manaton zu. Bei Tisch legte sie ihre Hand auf die seine. Sie blinzelte ihm über den Rand ihres Glases mit derselben Gier zu, mit der sie einst den Schmuck in ihr

Kleid steckte, als ich sie durch die offene Zimmertür bespitzelt hatte. Und Ambrose Manaton hob gleichfalls sein Glas, geschmeichelt.

«Schick sie fort», sagte ich zu Richard. «Gott weiß, daß sie schon genug Unheil angerichtet hat. Was kann sie dir hier in Menabilly noch nützen?»

«Wenn Gartred geht, wird Ambrose ihr folgen», erwiderte er. «Ich kann mir nicht leisten, meinen Schatzmeister zu verlieren. Du kennst den Burschen nicht, wie ich ihn kenne. Er ist schlüpfrig wie ein Aal und filzig wie ein Jude. Ist er einmal in Bideford, dann kann er sich auch recht gut aus der ganzen Sache zurückziehen.»

«Dann soll Robin sein Bündel schnüren. Wenn er weiter so trinkt wie bisher, wird er dir ohnehin nicht viel helfen können.»

«Unsinn. Trinken ist in seinem Fall eine Aufpeitschung, die einzige Möglichkeit, ihn anzuspornen. Wenn der Tag da ist, dann werde ich ihn so mit Branntwein füllen, daß er die Burg von St. Mawes mit der linken Hand erstürmt.»

«Ich sehe nicht gern mit an, wie mein Bruder zum Teufel geht.»

«Er ist nicht zu deinem Vergnügen hier. Er ist hier, weil er mir nützlich ist und einer der wenigen Offiziere, die in der Schlacht nicht den Kopf verlieren. Je mehr er hier in Menabilly durchgeschüttelt wird, desto besser wird er nachher draußen kämpfen.»

Er sah mich schadenfroh an und blies eine Rauchwolke in die Luft.

«Mein Gott», sagte ich, «kennst du denn kein Erbarmen?»

«Nicht, wenn es um militärische Angelegenheiten geht», sagte er.

«Du kannst ganz ruhig und zufrieden hier unten sitzen, während oben deine Schwester sich wie eine Hure aufführt? Und sie hält die eine Schnur von Manatons Börse fest und du die andere; mein Bruder aber, der sie liebt, trinkt sich zu Tod, und sein Herz bricht.»

«Zum Teufel mit seinem Herzen! Alles, was ich brauche, ist sein Degen und die Hand, mit der er ihn führt.»

Er beugte sich zum Fenster hinaus, pfiff seinem Neffen Bunny, und sie gingen wieder an ihr Kugelspiel. Ich sah ihnen zu, wie sie, ein paar Schuljungen gleich, ihre Röcke auf den Rasen warfen und lachten.

«Gott verdamme die Grenviles alle miteinander», sagte ich, am Ende meiner Nervenkraft. Und als ich das halblaut sagte, weil ich glaubte, allein zu sein, legte sich mir eine schlanke Hand auf die Schulter, und eine leise Stimme flüsterte mir ins Ohr:

«Das hat meine Mutter vom ersten Tag an auch gesagt!»

Und hinter mir stand Dick, seine schwarzen Augen glühten, als er jetzt nach seinem Vater und dem jungen Bunny blickte.

Zweiunddreißigstes Kapitel

Donnerstag, der 11. Mai, brach ebenso heiß und stickig an wie seine Vorgänger. Noch achtundvierzig Stunden sollten verstreichen, bevor abermals die Kriegsfackel in Cornwall aufloderte. Selbst Richard war nervös, als an jenem Morgen ein Bote berichtete, man habe ein Zusammentreffen ausspioniert, das wenige Tage zuvor in Saltash zwischen dem Kommandanten des Parlaments im Westen, Sir Hardress Waller, und verschiedenen Edelleuten, die zum Parlament hielten, stattgefunden hatte, und es sei der Befehl ausgegeben worden, überall in den Hauptorten des Herzogtums die Wachen zu verdoppeln. Einige Mitglieder des Ausschusses für Cornwall waren selber nach Helston gegangen, um sich davon zu überzeugen, ob auch alles ruhig sei.

«Ein falscher Schritt», sagte Richard ruhig, «und alle unsere Pläne waren umsonst.»

Wir waren im Speisesaal versammelt, bis auf Gartred, die in ihrem Zimmer geblieben war, und ich sehe noch jetzt die verzerrten, angstvollen Züge der Männer vor mir, die schweigend auf ihren Führer blickten. Robin, schwerfällig, brütend, Peter klopfte sich mit der Hand auf das Knie, Bunny verzog die Brauen, und Dick biß an seinen Nägeln.

«Das einzige, was ich immer gefürchtet hatte», sagte Richard. «Diese Burschen im Westen können das Maul nicht halten. Wie schlecht dressierte Falken, die allzu gierig nach ihrer Beute aus sind. Ich habe Keigwin und Grose geraten, in dieser ganzen letzten Woche daheim zu bleiben und keine Besprechungen mehr abzuhalten, aber sie waren gewiß auf der Straße draußen, und das Geflüster läuft rasch wie der Blitz.»

Er stand am Fenster, die Hände auf dem Rücken. Wir alle mochten ein wenig unter dem Druck böser Ahnungen leben. Ich sah, wie Ambrose Manaton nervös die Hände aneinander rieb; seine gewohnte ruhige Haltung war verschwunden.

«Wenn irgend etwas schiefgeht», meinte er zaudernd, «welche Vorkehrungen können wir für unsere persönliche Sicherheit treffen?»

Richard warf ihm einen verächtlichen Blick zu.

«Keine», sagte er kurz. Er trat wieder an den Tisch und raffte seine Papiere zusammen.

«Ihr habt eure Befehle», sagte er. «Ihr wißt, was ihr zu tun habt. Wir wollen uns darum all dieses Krams entledigen, der unnütz ist, sobald der Kampf einmal begonnen hat.»

Er fing an, Karten und Dokumente ins Feuer zu werfen, während die andern ihm unsicher zuschauten.

«Nun, nun», sagte Richard, «ihr seht ja alle miteinander aus wie eine Krähenschar vor einer Beerdigung. Samstag wollen wir die Freiheit begrüßen. Wenn jemand Angst hat, soll er es sagen, und ich werde ihm wegen Verrats am Prinzen von Wales einen Strick um den Hals legen.»

Keiner antwortete. Richard wandte sich zu Robin.

«Sie müßten nach Trelawney reiten», sagte er, «und Jonathan Trelawney und seinem Sohn bestellen, daß die Verabredung für den Dreizehnten abgeändert wurde. Die beiden und Sir Arthur Bassett müssen in Caerhayes zu Sir Charles Trevannion stoßen; sie sollen heute abend aufbrechen und die Hauptstraßen meiden. Begleiten Sie sie.»

«Zu Befehl», sagte Robin langsam und stand auf; und ich mochte wohl die einzige gewesen sein, die den Blick sah, den er Ambrose Manaton zuwarf. Mir fiel eine Last vom Herzen. Wenn Robin aus dem Haus war, konnte ich, seine Schwester, ruhig atmen. Dann mochten Gartred und ihr Liebhaber die wenigen übrigen Stunden benützen, wie es ihnen genehm war. Sobald Robin sie nicht belauschte, war mir das vollkommen gleichgültig.

«Bunny», sagte Richard, «das Boot in Pridmouth ist bereit!»

«Zu Befehl!», sagte Bunny, und seine grauen Augen tanzten. Er war wohl der einzige, der noch glaubte, daß es um ein Soldatenspiel ging.

«Dann treffen wir uns auch in Caerhayes», sagte Richard, «und zwar am Dreizehnten bei Tagesanbruch. Du kannst morgen nach Gorran segeln und ihnen meine letzten Befehle betreffend des Leuchtfeuers auf dem Dodman bringen. Ein paar Stunden auf dem Salzwasser werden deinem Magen guttun.»

Er lächelte dem Burschen zu, der mit einem Blick voll kindlicher Verehrung antwortete, und ich sah, wie Dick seinen Kopf senkte und mit langsamer, zaudernder Hand Linien auf den Tisch zeichnete.

«Peter?»

Alices Gatte sprang auf; die harte Wirklichkeit entriß ihn irgendwelchen freundlichen Träumen von französischem Wein und französischen Frauen.

«Zu Befehl, Sir?»

«Reiten Sie nach Caerhayes und sagen Sie Trevannion, daß die Pläne abgeändert wurden. Sagen Sie ihm, daß die Trelawneys und Bassett sich bei ihm einfinden werden. Morgen früh haben Sie wieder in Menabilly zu sein. Und noch eine kleine Warnung!»

«Was für eine Warnung, Sir?»

«Lassen Sie sich unterwegs in keine Liebelei ein. Von Tywardreath bis zum Dodman gibt es keine Frau, die es wert ist.»

Peter wurde rot, beherrschte sich aber und sagte streng dienstlich: «Zu Befehl!»

Er und Robin verließen das Zimmer gleichzeitig, gefolgt von Bunny und Ambrose Manaton. Richard gähnte und streckte die Arme über den Kopf; dann trat er an den Kamin und stöberte in den schwarzen Resten der Dokumente.

«Haben Sie für mich keinen Auftrag?» fragte Dick langsam.

«Doch, doch», sagte Richard, ohne auch nur den Kopf zu wenden. «Alice Courtneys Töchter müssen ein paar Puppen hier gelassen haben. Such sie in den Dachkammern und schneid ihnen neue Kleider zu!»

Dick erwiderte nichts. Aber er wurde noch ein wenig blasser, machte kehrt und ging.

«Eines Tages wirst du ihn um ein Mal zu oft gereizt haben», sagte ich.

«Das ist auch meine Absicht», antwortete Richard.

«Macht dir das wirklich solchen Spaß zuzusehen, wie er sich in Qualen windet?»

«Ich will einmal sehen, daß er mir Widerstand leistet und nicht alles hinnimmt wie ein Feigling.»

Wir schwiegen eine Weile und horchten auf das Stampfen der Pferdehufe, das im Park widerhallte, als jetzt Robin und Peter nach verschiedenen Richtungen davonritten.

«Ich habe in London meine Tochter gesehen, als ich eine Zeitlang dort verborgen war», sagte Richard plötzlich.

Eine törichte Eifersucht packte mich, und ich antwortete boshaft: «Voller Sommersprossen vermutlich! Eine eitle Gans!»

«Nein. Eher lernbegierig und still. Verläßlich. Sie erinnerte mich an meine Mutter. ‹Bess›, sagte ich zu ihr, ‹wirst du dich um mich kümmern, wenn ich einmal alt bin?› – ‹Natürlich›, sagte sie, ‹wenn Sie mich brauchen.› Ich glaube, ihr liegt ebensowenig an dieser Dirne von Mutter wie mir.»

«Töchter sind ihren Müttern niemals günstig gesinnt. Zumal, wenn sie in die Jahre kommen», sagte ich. «Wie alt ist sie denn?»

«Fast siebzehn», antwortete er, «und mit all dem Reiz der Jugend ausgestattet.» Er starrte abwesend vor sich hin. Dieser Augenblick, dachte ich mit einer Klarheit und Ruhe, die von keiner Angst beschattet war, ist in gewissem Sinn unser Abschied, unsere Wege trennen sich, aber er weiß es nicht. Jetzt, da seine Tochter erwachsen ist, braucht er mich nicht mehr.

«Jawohl», sagte er, «ich fange an, meine achtundvierzig Jahre zu spüren. Heute tut mein Bein teuflisch weh, und bei dieser strahlenden Sonne gibt es gar keine Entschuldigung dafür.»

«Ruhe», sagte ich, «und das wird sich wieder geben.»

«Sobald dieser Feldzug vorüber ist», erklärte er, «und wir ganz Cornwall für den Prinzen von Wales besetzt haben, sage ich dem Soldatenstand Lebewohl. Ich werde mir an der Nordküste, bei Stowe, ein Schloß bauen und in stiller Zurückgezogenheit als Landedelmann leben.»

«Du nicht», meinte ich. «Du wirst dich mit all deinen Nachbarn zanken.»

«Ich werde keine Nachbarn haben», erwiderte er, «abgesehen von meinem eigenen Grenvileclan. Mein Gott, wie werden wir das Herzogtum säubern, Jack und Bunny und ich! Glaubst du, daß der Prinz mich zum Earl von Launceston machen wird?»

Sekundenlang legte er die Hand auf meinen Kopf, und dann war er fort und pfiff nach Bunny; ich aber blieb allein in dem leeren Speisesaal, verzagt und seltsam bekümmert.

An jenem Abend gingen wir früh schlafen, und das Gewitter, das nicht ausbrechen wollte, lastete schwer in der Luft. Richard hatte Jonathan Rashleighs Zimmer für sich mit Beschlag belegt, während Dick und Bunny in dem Ankleidezimmer zwischen uns schliefen.

Nun, da Peter und Robin fort waren, der eine nach Caerhayes, der andere nach Trelawney, dachte ich zynisch, daß Ambrose Manaton und Gartred bis zum Morgen ungestört blieben. Nur eine Tür war zwischen ihren Zimmern und ich der einzige Nachbar. Ich hörte erst Gartred hinaufgehen, und dann folgte ihr Ambrose; und dann wurde es still auf der Treppe. Von meinem jetzigen Zimmer aus konnte ich die Glocke im Turm nicht hören wie einst vom Zimmer im Pförtnerhaus, aber es mochte etwa Mitternacht gewesen sein oder nicht viel später, als ich plötzlich aus dem leichten Schlaf auffuhr, der mich kurz vorher übermannt haben mußte. Ich glaubte, ein Geräusch im Speisesaal unter mir zu hören. Ja, jetzt war es ganz deutlich. Jemand, der sich im Dunkel seinen Weg suchte und gegen einen Tisch oder einen Stuhl stieß. Ich richtete mich in meinem Bett auf und lauschte. Wieder war alles still. Doch mir war nicht behaglich zumute. Ich streckte die Hand nach meinem Stuhl aus, zog ihn näher und lauschte. Dann aber, plötzlich, unverkennbar, war ein leiser Schritt auf der verräterisch knarrenden Treppe zu hören. Irgendeine Eingebung, die vielleicht schon am Vortag in mir geschlummert hatte, warnte mich vor einem Unheil. Ich hob mich selbst in den Stuhl, und ohne eine Kerze anzuzünden – das war auch nicht notwendig, denn der Mond warf einen weißen Strahl über den Teppich –, rollte ich mich durch das Zimmer und öffnete die Tür.

«Wer ist da?» flüsterte ich.

Ich erhielt keine Antwort, rollte meinen Stuhl auf den Treppenabsatz hinaus, sah auf die Treppe hinunter und erblickte eine dunkle Gestalt, die an der Mauer entlangschlich; das Licht des Mondes blitzte auf einem bloßen Degen. Der Mann stand in Strümpfen, die Hemdärmel aufgerollt, auf der Treppe – mein Bruder Robin, Mord in den Augen.

Er sagte nichts, sondern wartete ab, was ich tun würde.

«Vor zwei Jahren», sagte ich, «warst du wegen eines Familienzanks einem Befehl deines Kommandanten ungehorsam. Das war im Januar 1646. Hast du vor, im Mai 1648 dasselbe zu tun?»

Er stieg die letzten Stufen herauf und stand jetzt auf dem Absatz neben mir. Sein keuchender Atem roch nach Branntwein.

«Ich war nicht ungehorsam», flüsterte er. «Ich habe meine Botschaft bestellt. Auf der Spitze des Polmearhügels habe ich mich von den Trelawneys getrennt.»

«Richard hatte dir aufgetragen, sie nach Caerhayes zu begleiten», sagte ich.

«Das hielt Trelawney für überflüssig. Zwei Reiter kommen leichter durch als drei. Laß mich vorbei, Honor.»

«Nein, Robin, noch nicht. Gib mir zuerst deinen Degen.»

Er antwortete nicht. Er starrte mich an, und mit dem verstörten Blick und den wirren Haaren war er so sehr der Geist unseres toten Bruders Kit, daß ich ebenso zitterte wie seine Hände, die den Degen hielten.

«Mich kannst du nicht narren», sagte er, «weder du noch Richard Grenvile. Dieser Auftrag war nichts als ein Vorwand, um mich aus dem Haus zu haben, damit die beiden beisammen sein können.»

Er sah nach der verschlossenen Tür.

«Geh zu Bett, Robin», sagte ich, «oder komm zu mir ins Zimmer. Wir wollen miteinander reden.»

«Nein», sagte er. «Diese Stunde gehört mir. Jetzt sind die beiden beisammen. Wenn du mich hindern willst, dann werde ich dir ein Leid antun.»

Er schob meinen Stuhl zur Seite und schlich leise auf die Tür zu. Ob er betrunken oder toll war, konnte ich nicht sagen, ich wußte nur, was ich in seinen Augen gesehen hatte.

«Um Gottes willen», sagte ich, «geh nicht in dieses Zimmer. Sprich morgen mit ihnen, wenn du mußt, aber nicht jetzt, nicht zu dieser Stunde!»

Statt einer Antwort drehte er den Türknauf, ein schreckliches, seltsames Lächeln auf den Lippen, und ich rollte mich schluchzend in mein Zimmer zurück und hämmerte an die Tür des Ankleidezimmers, wo Dick und Bunny schliefen.

«Weckt Richard!» rief ich. «Er soll augenblicklich kommen! Und ihr beiden auch! Es ist keine Zeit zu verlieren!»

Eine verschlafene Stimme – Bunnys Stimme wahrscheinlich – antwortete mir, und ich hörte, wie er aus dem Bett stieg. Aber ich hatte mich wieder durch mein Zimmer auf den Treppenabsatz gerollt, wo jetzt alles still und reglos war. Nichts war zu sehen als das Licht des Mondes, das mit starkem Glanz durch die Ostfenster strömte.

Und dann hörte ich, wie der Laut, den ich erwartete, die Stille mit einem Gellen zerriß. Kein Fluch, nicht die zornige Stimme eines Mannes, aber das atemraubende Grauen im Schrei einer Frau.

Dreiunddreißigstes Kapitel

Über den Treppenabsatz, durch Ambrose Manatons leeres Zimmer in Gartreds Schlafgemach, das dahinter lag! Trotz all meiner Mühe drehten die Räder meines Stuhls sich nur langsam. Und immer wieder rief ich: «Richard! Richard!» und meine Stimme hatte einen Klang, den ich selbst nicht erkannte.

O Gott, dieser Kampf im Mondlicht, das kalt und weiß durch die Fenster strömte, deren Läden nicht geschlossen waren, und Gartred, eine klaffende Wunde im Gesicht, an die Vorhänge des Bettes geklammert! Ambrose Manaton, das seidene Nachthemd von Blut gerötet, wehrte mit den bloßen Händen die wütenden Streiche ab, die Robin gegen ihn führte, bis er endlich mit einem verzweifelten Schrei den Degen zu fassen bekam, der unter einem Haufen Kleider auf einem Stuhl lag. Ihre unbeschuhten Füße stampften über den Boden, ihr Atem ging kurz und keuchend, wie zwei Gespenster stießen und stachen sie nach einander, bald im Mondlicht, bald im Schatten, ohne daß auch nur ein einziges Wort gesprochen wurde.

«Richard!» rief ich wieder, denn dies hier vor meinen Augen war nackter Mord – die beiden Männer zwischen mir und dem Bett, auf dem Gartred kauerte, die Hände vor das Gesicht gepreßt, während das Blut zwischen ihren Fingern rann.

Endlich kam er, den Degen in der Hand, hinter ihm Dick und Bunny, die Kerzen trugen. «Macht ein Ende, ihr gottverdammten Idioten!» schrie er und warf sich zwischen die beiden. Sein eigener Degen blitzte zwischen ihren Klingen, und dann hing Robins rechter Arm schlaff herab, und Richard hielt ihn fest, während Ambrose an der Wand lehnte und Bunny neben ihm stand.

Sie starrten einander an, Robin und Ambrose Manaton, wie zwei kämpfende Tiere, mit keuchender Brust und blutunterlaufenen Augen. Und plötzlich sah Robin Gartreds Gesicht und begriff, was er getan hatte. Er öffnete den Mund, konnte aber kein Wort hervorbringen; er zitterte, unfähig, zu sprechen oder sich auch nur zu rühren, und Richard stieß ihn in einen Stuhl und hielt ihn fest.

«Ruf Matty», sagte Richard zu mir. «Wasser! Verbände!»

Abermals rollte ich über den Treppenabsatz, doch schon war das ganze Haus erwacht, die erschrockenen Dienstleute sammelten sich unten in der Halle, Kerzen waren angezündet worden.

«Geht schlafen!» befahl Richard barsch. «Bis auf Miß Honors Kammerfrau braucht man keinen von euch. Es hat einen Unfall gegeben, aber nichts Schlimmes ist geschehen.»

Ich hörte sie flüstern, hin und her gehen, und schließlich verzogen sie sich wieder in ihre Quartiere. Und dann kam Matty, tüchtig, zuverlässig, erfaßte die Situation mit einem Blick und holte Wasser und Leinenstreifen. Das Zimmer war jetzt von einem halben Dutzend Kerzen erhellt, alles Gespenstische war verflogen, doch die grausame Wirklichkeit blieb.

Da lagen Kleider im Wirrwarr auf dem Boden, Gartreds und Manatons Kleider. Er stützte sich auf Bunnys Arm, besah die Wunden, die er empfangen hatte, und seine blonden Locken waren schlaff und feucht von Schweiß. Robin auf seinem Stuhl, den Kopf in den Händen vergraben, hatte all seine Leidenschaft ausgegeben. Richard stand grimmig und überlegen neben ihm. Und wir alle sahen Gartred an, die auf dem Bett kauerte; von ihrer rechten Braue bis zum Kinn zog sich eine klaffende Wunde.

Und gleichzeitig bemerkte ich auch Dick zum erstenmal. Sein Gesicht war aschgrau, seine Augen waren in Entsetzen geweitet, und während das Blut das reine, weiße Leinen befleckte und auf Mattys Hände tropfte, taumelte er und fiel.

Richard rührte sich nicht. Er hatte das Gesicht vom schlaffen Körper seines Sohnes abgewandt und sagte zwischen den Zähnen zu Bunny: «Bring den Kerl in sein Bett und laß ihn liegen!»

Bunny gehorchte, und als ich sah, wie er seinen Vetter in den Armen fortschleppte, dachte ich mit todeskalter Erschöpfung: Das ist das Ende. Nun ist alles aus!

Irgend jemand brachte Branntwein. Wahrscheinlich Bunny, als er wiederkam. Wir hatten es alle nötig. Robin trank langsam, einen tiefen Zug, aber seine Hand, die das Glas hielt, zitterte. Ambrose Manaton trank schnell und nervös, und sein Gesicht färbte sich wieder. Dann trank auch Gartred, die leise stöhnte; ihr Kopf lag auf Mattys Schulter, und ihr silbriges Haar trug greuliche Blutflecke.

«Ich habe nicht die Absicht», sagte Richard, «den Fall zu untersuchen. Was geschehen ist, ist geschehen. Wir sind am Vorabend todernster Ereignisse, bei denen die ganze Zukunft eines Königreichs auf dem Spiel steht. Das ist nicht die Stunde, in der ein Mann seine privaten Zänkereien austrägt. Wenn Männer mir Gehorsam geschworen haben, dann muß ich auch Gehorsam verlangen.»

Keiner antwortete. Robin blickte gebrochen und stumpf zu Boden.

«Wir wollen die wenigen Stunden bis zum Morgen ausnützen, um zu schlafen», fuhr Richard fort. «Ich bleibe mit Ambrose in seinem Zimmer, und Bunny soll bei Robin bleiben. Darf ich dich bitten, Matty, die Pflege von Mrs. Denys zu übernehmen?»

«Ja, Sir Richard», sagte Matty ruhig.

«Wie ist ihr Puls? Hat sie viel Blut verloren?»

«Jetzt geht es ihr nicht schlecht, Sir Richard. Der Verband hält fest. Ruhe und Schlaf werden bis zum Morgen Wunder getan haben.»

«Keine Gefahr für ihr Leben?»

«Nein, Sir Richard. Es ist kein glatter Schnitt, aber er geht nicht tief. Nur ihre Schönheit hat Schaden gelitten.» Mattys Lippen kräuselten sich auf jene Art, die ich so gut kannte. Ihr waren die Ereignisse kaum sehr rätselhaft geblieben.

Ambrose Manaton warf keinen Blick nach dem Bett. Die Frau, die dort lag, hätte eine Fremde sein können. – Dies ist auch für sie das Ende, dachte ich. Gartred wird niemals Mrs. Manaton werden und Trecarrel besitzen.

Ich wandte meine Augen von ihr ab und spürte Richards Hände auf meinem Stuhl. «Du», sagte er halblaut, «hast für eine Nacht genug mitgemacht.» Er rollte mich in mein Zimmer, hob mich auf und legte mich auf mein Bett.

«Wirst du schlafen?» fragte er.

«Ich glaube nicht.»

«Ruh dich aus. Wir werden bald fort sein. Noch wenige Stunden, und es ist vorbei. Der Krieg ist eine gute Ablenkung von privaten Streitigkeiten.»

«Ich frage mich . . .»

Er verließ mich und ging zu Ambrose Manaton zurück, nicht aus Freundschaft und um ihn zu beruhigen, sondern um ganz sicher zu sein, daß sein Schatzmeister ihm in den Stunden, die uns noch vom Tagesanbruch trennten, nicht durch die Finger schlüpfte. Bunny war in Robins Zimmer, und auch das wohl nur aus Vorsicht. Gewissensbisse und Branntwein hatten schon stärkere Menschen als Robin zum Selbstmord getrieben.

Wer von uns konnte auf Schlaf hoffen? Hoch am Himmel stand der Vollmond und bestrahlte mit seinem kalten, bleichen Gesicht den stillen Garten; er war in dieser Nacht Zeuge seltsamer Dinge gewesen, die sich in Menabilly begeben hatten. Ja, wir, die Harris' und die Grenviles, lohnten den Rashleighs ihre Gastfreundschaft schlecht.

Die Stunden glitten vorüber, und plötzlich erinnerte ich mich an Dick, der im Ankleidezimmer neben mir schlief; er war allein. Armer Junge, der noch heute, wie früher, beim Anblick von Blut ohnmächtig wurde. Lag er jetzt wach wie ich und schämte sich etwa? Ich glaubte zu hören, daß er sich rührte. Vielleicht quälten ihn böse Träume wie mich, vielleicht war es nicht gut, ihn allein zu lassen. «Dick!» rief ich leise. «Dick!» Ich rief mehrmals, erhielt aber keine Antwort. Später erhob sich eine leichte Brise vom Meer her, der Luftzug drang durch das offene Fenster, spielte mit der Tür, die nicht fest geschlossen war, bis sie sich öffnete und immer wieder an den Rahmen schlug wie ein nicht befestigter Laden.

Er mußte sehr tief schlafen, wenn das ihn nicht weckte.

Der Mond verblaßte, das Morgenlicht stahl sich ein, verscheuchte die Schatten, und noch immer schlug die Tür zwischen unseren beiden Zimmern, eine quälende Begleitmusik zu meinem unbehaglichen Schlummer.

Endlich hob ich mich erschöpft aus dem Bett in den Stuhl, um die Tür zu schließen; doch als ich den Riegel ergriff und einen Blick in Dicks Zimmer warf, sah ich, daß sein Bett leer war. Er war fort.

Müde und elend schleppte ich mich wieder in mein Bett. – Er wird Bunny gesucht haben, dachte ich. Er ist zu Bunny und Robin gegangen. – Doch ich sah das weiße, entsetzte Gesicht vor mir, und auch der Schlaf, der mich endlich befiel, vermochte dieses Bild nicht zu bannen.

Als ich am Morgen erwachte und die Sonne leuchtend mein Zimmer erhellte, waren die vergangenen Szenen wie ein Alptraum. Ach, wären sie nur in nichts zerronnen, wie es Alpträume tun, aber als Matty mir mein Frühstück brachte, da wußte ich, daß sie wahr waren.

«Ja, Mrs. Denys hat ein wenig geschlafen», antwortete sie auf meine Frage, «und meiner Meinung nach wird das Abenteuer ihr nicht viel ausmachen – bevor sie den Verband abnimmt.» Matty hatte sichtlich wenig Mitleid in ihrem Busen.

«Wird die Wunde denn nicht mit der Zeit wieder heilen?» fragte ich.

«Jaja, sie wird schon heilen. Aber die Narbe hat sie für ihr ganzes Leben. Es wird ihr nicht mehr so leichtfallen, mit ihrer Schönheit Handel zu treiben.» Sie sprach mit einer gewissen Erleichterung, als ob die Ereignisse der vergangenen Nacht eine ganze Legion alter

Schulden gelöscht hätten.

«Mrs. Denys», sagte Matty, «hat, was sie verdient.»

Wirklich? War dies ein Schachzug, den der Allmächtige seit langem geplant hatte, oder waren wir alle miteinander nichts als Narren des Glücks? Eines wußte ich – seit ich die Wunde in Gartreds Gesicht gesehen hatte, haßte ich sie nicht mehr.

«Sind die Herren beim Frühstück?»

«Ich glaube schon.»

«Master Dick auch?»

«Ja. Er kam ein wenig später als die andern, aber vor einer Stunde habe ich ihn im Speisesaal gesehen.»

Eine Welle der Erleichterung stieg in mir auf – aus keinem andern Grund, als weil ich ihn in Sicherheit im Haus wußte. «Hilf mir beim Anziehen», sagte ich zu Matty.

Freitag, 12. Mai. Ein Zufall hätte aus diesem Freitag auch den Dreizehnten machen können. Ich hatte keine Lust, in Gartreds Zimmer zu gehen. Ich ließ durch Matty fragen, ob sie irgendeinen Wunsch habe, sonst aber mochte sie ihren Gedanken gehören. Robin fand ich in der Galerie, mürrisch ans Fenster gelehnt, den rechten Arm in einer Schlinge. Er wandte den Kopf, als ich kam, dann schaute er wieder schweigend weg.

«Ich dachte, du seist mit Bunny nach Caerhayes geritten», sagte ich.

«Wir warten auf Peter Courtney», erwiderte er gleichgültig. «Er ist noch nicht zurück.»

«Tut dir dein Gelenk weh?» fragte ich freundlich.

Er schüttelte den Kopf und starrte zum Fenster hinaus.

«Wenn der Lärm sich ausgetobt hat und der Aufruhr vorüber ist», sagte ich, «dann wollen wir miteinander das Gut führen, wie wir es einmal in Lanrest getan haben.»

Noch immer gab er keine Antwort, aber ich sah Tränen in seinen Augen.

«Wir haben die Grenviles lange genug geliebt», sagte ich, «jeder auf seine eigene Art. Die Zeit ist gekommen, da sie lernen müssen, ohne uns zu leben.»

«Das haben sie dreißig Jahre lang getan», sagte er leise. «Wir sind es, die von ihnen abhängig sind.»

Das waren die letzten Worte, die wir beide, Robin und ich, über dieses Thema sprachen. Seit jenem Tag bis heute. Obgleich wir jetzt fünf Jahre lang nebeneinander leben, sind unsere Lippen verschlossen.

Die Tür öffnete sich, und Richard trat ein, Bunny wie ein Schatten hinter ihm.

«Ich kann das nicht begreifen», sagte er und ging erregt auf und ab. «Es ist fast Mittag und noch keine Spur von Peter. Wenn er Caerhayes bei Tagesanbruch verlassen hat, dann müßte er längst hier sein. Vermutlich hat er es, wie andere Narren auch, für das beste gehalten, meine Befehle nicht zur Kenntnis zu nehmen.»

Dieser Stich gegen Robin ging verloren; meinem Bruder war viel zu elend zumute, als daß er dergleichen noch beachtet hätte.

«Wenn Sie erlauben», sagte er scheu, «kann ich ihn suchen. Vielleicht ist er zum Frühstück bei den Sawles in Penrice geblieben.»

«Viel wahrscheinlicher ist es, daß er mit irgendeiner Dirne in einem Heuschober steckt», sagte Richard. «Mein Gott, das nächste Mal werde ich in meinem Stab nur Eunuchen haben. Reiten Sie also, wenn Sie Lust haben, aber achten Sie gut auf die Straßen. Ich habe Berichte, daß Truppen nach St. Blazey unterwegs sind. Das Gerücht kann falsch sein, und dennoch . . .» Er brach mitten im Satz ab und ging wieder im Zimmer hin und her.

Jetzt hörten wir, wie Robin sein Pferd bestieg und davonritt. Die Stunden schleppten sich weiter, die Glocke im Turm schlug zwölf und dann eins. Die Diener brachten kaltes Fleisch und Bier, und wir aßen mit geringem Hunger und horchten auf jedes Geräusch. Um halb zwei war ein Schritt auf der Treppe vernehmbar, ein langsamer, vorsichtiger Schritt, und ich bemerkte, daß Ambrose Manaton instinktiv nach der Decke blickte und sich dann ans Fenster zurückzog.

Der Türknauf wurde gedreht, und Gartred stand vor uns, für die Reise gekleidet, eine Gesichtshälfte von einem Schleier bedeckt, einen Mantel über den Schultern. Sie wirkte wie ein Gespenst, und keiner von uns sprach ein Wort.

«Ich möchte», sagte sie endlich, «nach Orley Court zurückkehren. Es muß sich irgendein Transportmittel für mich finden.»

«Du verlangst Unmögliches», sagte Richard kurz, «und keiner weiß das besser als du. In wenigen Stunden werden die Straßen völlig unpassierbar sein.»

«Diese Gefahr nehme ich auf mich», sagte sie. «Wenn ich im Kampf gegen das Gesindel sterbe, liegt auch nicht viel daran. Ich habe getan, was du von mir verlangt hast. Meine Rolle ist aus.»

Die ganze Zeit über war ihr Blick nur auf Richard gerichtet und nicht ein einziges Mal auf Ambrose Manaton. Richard und Gartred – Robin und ich. Welche Schwester hatte mehr zu verzeihen, hatte härter zu büßen? Gott weiß, daß ich darauf keine Antwort kannte.

«Ich bedaure», erklärte Richard scharf, «aber ich kann dir nicht helfen, du mußt hier bleiben, bis es sich einrichten läßt. Wir haben ernstere Sorgen als den Transport einer kranken Witwe.»

Bunny war der erste, der den Hufschlag im Park hörte. Er trat an das Fenster, das nach dem inneren Hof ging, und riß es weit auf; wir warteten gespannt, erregt, der Hufschlag kam näher und näher, und plötzlich sprengte ein Reiter durch den Bogen bei dem Pförtnerhaus: es war Peter Courtney, staubbedeckt, seine Kleider in Unordnung, ohne Hut, und die schwarzen Locken fielen ihm auf die Schultern. Er warf einem verdutzten Stallknecht die Zügel zu und eilte in die Galerie.

«Um Himmels willen, rettet euch! Wir sind verraten», sagte er.

Ich glaube nicht, daß man meinem Gesicht die gleiche Furcht, das gleiche Entsetzen ablesen konnte wie den andern, obwohl mein Herz plötzlich in mir kalt und abgestorben war, denn ich wußte mit furchtbarer Gewißheit, daß es das war, was ich den ganzen Tag erwartet hatte. Peter blickte von einem zum andern, und sein Atem ging schnell.

«Sie sind alle ergriffen worden», berichtete er, «Jonathan Trelawney, sein Sohn, Charles Trevannion, Arthur Bassett und die übrigen. Heute morgen um zehn Uhr kam der Sheriff, Sir Thomas Herle, mit einer ganzen Kompanie vor das Haus geritten. Wir wehrten uns, aber es waren mehr als dreißig. Ich sprang aus einem oberen Fenster und kam, Gott sei Dank, mit einem gequetschten Knöchel davon. Ich nahm das erste beste Pferd und gab ihm erbarmungslos die Sporen. Wenn ich die Seitenpfade nicht so genau kennen würde wie meine eigene Tasche, wäre ich jetzt nicht da. Überall stehen Truppen. Die Brücke von St. Blazey ist besetzt und gesperrt. Auf dem Polmearhügel stehen Soldaten.»

Er sah sich in der Galerie um, als suchte er jemanden. «Robin ist nicht hier?» fragte er. «Das dachte ich. Dann war er es, den ich in der Nähe des Strandes gesehen habe, wie er gegen fünf Mann kämpfte. Ich wagte nicht, ihm zu Hilfe zu kommen. Meine erste Pflicht war, euch Bericht zu erstatten. Und was jetzt? Können wir uns retten?»

Wir wandten uns alle unserem Kommandanten zu. Er stand ganz kühl und ruhig vor uns und ließ sich nicht anmerken, daß alles, wofür er gearbeitet und sein Leben gewagt hatte, nun zertrümmert lag.

«Haben Sie ihre Farben gesehen?» fragte er rasch. «Was für Truppen sind es? Wer kommandiert sie?»

«Einige waren aus Bodmin, Sir», sagte Peter, «die andern die Vorhut von Sir Hardress Wallers Truppen. Ein Zug nach dem andern, die ganze Straße bis nach St. Austell hinunter. Das ist kein zufälliges Zusammentreffen. Der Feind ist in voller Stärke ausgerückt.»

Richard nickte und wandte sich rasch zu Bunny. «Geh nach Pridmouth», sagte er. «Du mußt südwärts gehen, bis du auf die erste Reihe der französischen Flotte stößt. Sie werden morgen abend östlich von den Scillyinseln kreuzen. Frag nach dem Schiff Lord Hoptons. Gib ihm diese Botschaft.» Er kritzelte schnell ein paar Zeilen auf ein Blatt Papier.

«Haben Sie sie aufgefordert zu kommen?» fragte Ambrose Manaton. «Können Sie uns noch rechtzeitig erreichen?» Seine Lippen waren weiß, seine Hände preßten sich aneinander.

«Nein», sagte Richard und legte das Blatt zusammen, «ich habe sie aufgefordert, ihren Kurs zu ändern und nach Frankreich zurückzusegeln. Es wird keinen Aufstand geben. Der Prinz von Wales wird in diesem Monat nicht in Cornwall landen.»

Er reichte Bunny das Blatt. «Gute Fahrt, mein Junge», sagte er lächelnd, «grüß mir deinen Bruder Jack, und mit ein wenig Glück werden euch die Scillyinseln im Spätsommer zufallen wie eine reife Pflaume. Aber der Prinz muß für den Augenblick auf Cornwall verzichten.»

«Und Sie, Onkel», sagte Bunny, «wollen Sie nicht mit mir fahren? Es ist ja ein Wahnsinn, hier im Haus zu bleiben, bis es umzingelt ist!»

«Ich werde schon rechtzeitig nachkommen», sagte Richard, «aber ausnahmsweise verlange ich, daß man meinen Befehlen gehorcht.»

Bunny starrte ihn sekundenlang an, wandte sich dann um und ging, den Kopf hoch, ohne einem von uns Lebewohl zu sagen.

«Aber was sollen wir tun? Wohin sollen wir gehen?» fragte Ambrose Manaton. «Ach Gott, was war ich doch für ein Narr, daß ich mich in diese Verschwörung hineinlocken ließ! Sind alle Straßen bewacht?» fragte er Peter, der die Schultern zuckte und seinen Kommandanten ansah. «Ja, aber wen trifft die Schuld? Wer ist der Verräter? Das möchte ich doch wissen», sagte Ambrose Manaton völlig haltlos und mit tiefem Mißtrauen in der Stimme. «Niemand außer uns wußte, daß die Treffpunkte geändert wurden. Wie konnte der Sheriff die Stunde mit so teuflischer Genauigkeit berechnen, daß es ihm möglich war, aller wichtigen Führer habhaft zu werden?»

«Kommt es darauf an», fragte Richard ruhig, «wer der Verräter war, wenn nun einmal der Verrat geschehen ist?»

«Ob es darauf ankommt!?» sagte Ambrose Manaton. «Großer Gott, Sie nehmen das sehr leicht. Trevannion, die Trelawneys, die Arundells und Bassett, alle miteinander in der Hand des Sheriffs – und Sie fragen, ob es darauf ankommt, wer sie verraten hat? Hier stehen wir, zugrunde gerichtet, in einer Stunde verhaftet, und Sie schauen mich an wie ein Fuchs und lächeln noch?»

«Meine Feinde nennen mich einen Fuchs, nicht meine Freunde», sagte Richard, ohne die Stimme zu erheben. Er wandte sich zu Peter.

«Sagen Sie den Knechten, daß man ein Pferd für Mr. Manaton satteln soll und auch eines für Sie. Ich kann euch kein sicheres Geleit versprechen, aber ihr habt immerhin eine Chance wie der Hase vor einer Hundemeute.»

«Sie wollen nicht mit uns kommen, Sir?»

«Nein, ich will nicht mit euch kommen.»

Peter zauderte; er sah erst ihn, dann mich an.

«Es wird Ihnen übel ergehen, Sir, wenn man Sie findet.»

«Das ist mir wohl bewußt.»

«Der Sheriff, Sir Thomas Herle, vermutet ohnehin, daß Sie in Cornwall sind. Als er nach Caerhayes kam und Trevannion rief, war seine erste Frage: ‹Haltet ihr Sir Richard Grenvile verborgen? Wenn dem so ist, dann gebt ihn heraus, und ihr seid frei›.»

«Um ihretwillen tut es mir leid, daß ich nicht dort war.»

«Er sagte, ein Fremder habe noch vor Morgengrauen eine Botschaft bei seinem Haus in Prideaux abgegeben, und darin wurde ihm mitgeteilt, daß alle Verschwörer, Sie inbegriffen, sich später in Caerhayes treffen würden. Irgendein Schuft muß Sie gesehen und mit teuflischer Eingebung Ihre Pläne erraten haben, Sir.»

«Irgendein Schuft, gewiß», sagte Richard und lächelte noch immer, «der es für eine gute Kurzweil hielt, den Judaslohn einzuheimsen. Wir wollen ihn vergessen.»

War es nicht sein Neffe Jack, der mir einmal vor langer Zeit in Exeter gesagt hatte: «Hüten Sie sich vor meinem Onkel, wenn Sie ihn lächeln sehen.»

Da aber trat Ambrose Manaton vor und streckte den Finger anklagend aus.

«Sie selbst sind es», sagte er zu Richard, «Sie sind der Verräter, Sie sind es, der uns beim Sheriff angezeigt hat. Von Anfang bis zu Ende wußten Sie, daß es so enden würde. Die französische Flotte sollte uns nie zu Hilfe kommen, es sollte überhaupt keinen Aufstand geben. Das ist Ihre Rache für die Haft in Launceston vor vier Jahren. Mein Gott, welch eine Niedertracht.»

Er stand zitternd vor ihm, seine Stimme kippte um, und ich sah, wie Peter einen Schritt zurücktrat, alle Farbe war aus seinem Gesicht gewichen, in seinen Augen war erst Bestürzung, dann Grauen.

Richard beobachtete die beiden, ohne sich zu rühren, dann wies er langsam nach der Tür. Die Pferde standen im Hof bereit, und wir hörten das Geschirr klirren.

Stell die Uhr zurück, flüsterte ich mir selber heftig zu, stell sie um vier Jahre zurück, und Gartred hat für Lord Robartes spioniert. Laß sie die Schuld tragen. Sie ist die Verbrecherin. Sie ist es, die von uns allen frei ausgehen wird, wenn auch mit schwerer Einbuße an ihrer Schönheit.

Ich sah sie an, und zu meiner Überraschung bemerkte ich, daß auch sie mich ansah. Der Schleier hatte sich verschoben und ließ die Wunde auf ihrer Wange sehen. Dieser Anblick und die Erinnerung an die Nacht erfüllte mich nicht mit Zorn oder Mitleid, sondern mit Verzweiflung. Noch immer sah sie mich an, und jetzt lächelte sie.

«Es hat keinen Zweck», sagte sie. «Ich weiß, woran du denkst. Arme Honor, ich habe dich abermals gefoppt. Gartred hat ein einwandfreies Alibi.»

Die Pferde galoppierten aus dem Hof. Ich sah zuerst Ambrose Manaton, der den Hut tief in die Stirn gezogen hatte, sein Mantel blähte sich im Wind; hinter ihm galoppierte Peter, der noch einen Blick nach unseren Fenstern warf.

Die Uhr auf dem Turm schlug zwei. Eine Taube, deren Gefieder weiß gegen den Himmel schimmerte, senkte sich jetzt in den Hof. Gartred lehnte sich auf dem Diwan zurück, das Lächeln auf ihren Lippen war in seltsamem Gegensatz zu dem klaffenden Riß auf ihrer Wange. Richard stand am Fenster, die Hände auf dem Rücken. Und Dick, der sich während der abgelaufenen halben Stunde überhaupt nicht geregt hatte, wartete stumm in seiner Ecke.

«Wünschen die drei Grenviles miteinander Rat zu halten?» fragte ich langsam.

Vierunddreißigstes Kapitel

Richard stand noch immer am Fenster. Jetzt, da die Pferde fort waren und der Hufschlag verstummt, lag eine eigentümliche Stille über dem ganzen Haus. Die Sonne brannte auf die Gärten herunter, die Tauben pickten den Grassamen aus dem Rasen. Es war die heißeste Stunde eines warmen Sommertages, die Hummeln summten in den Linden und die jungen Vögel schwiegen. Als Richard jetzt zu sprechen begann, wandte er sich nicht zu uns um, und seine Stimme war weich und leise.

«Mein Großvater», sagte er, «hieß auch Richard. Er stammte von einer langen Reihe von Grenviles ab, die ihrem Land und ihrem König zu dienen bestrebt waren. Er hatte Feinde in Hülle und Fülle, aber auch Freunde. Es war ein Unglück und ein schwerer Verlust für mich, daß er neun Jahre vor meiner Geburt in der Schlacht fiel. Aber ich erinnere mich, daß ich als Knabe Geschichten von ihm hören wollte und zu dem großen Porträt aufsah, das in der langen Galerie in Stowe hing. Er war streng gewesen, hieß es, und hart und hatte nur selten gelächelt, aber die Augen, die von dem Bild auf mich herunterschauten, waren Habichtsaugen, furchtlos und scharfsichtig.

Mein Onkel John erforschte Indien an der Seite von Sir Francis Drake. Auch er war ein mutiger Mann. Sie waren keine Weichlinge, jene jungen Männer, die auf der Suche nach wilden Ländern jenseits der Meere den Winterstürmen des Atlantik trotzten. Ihre Schiffe waren zerbrechlich, Woche um Woche wurden sie von Wind und Wellen erbarmungslos hin und her geworfen, aber einige Körnchen Salz in ihrem Blut machten sie unbezwinglich. Dort, in Indien, kam er ums Leben, mein Onkel John, und mein Vater, der sehr an ihm hing, baute ihm in Stowe eine Kapelle.»

Eine Möwe kreiste über den Gärten, die weißen Schwingen hoben sich scharf von dem dunkelblauen Himmel ab, und ich dachte plötzlich an die Möwen in Stowe zurück, die unterhalb Richards Heim über dem stürmischen Atlantik kreuzten.

«Mein Bruder Bevil», sagte Richard, «war ein Mann, der seine Familie und sein Heim liebte. Er war nicht für den Krieg geboren. In seinem kurzen Leben wünschte er nichts so sehr, als gemeinsam mit seiner Frau seine Kinder aufzuziehen und in Frieden unter seinen Nachbarn zu wohnen. Als es zum Krieg kam, wußte er, was das zu bedeuten hatte, und wandte sich dennoch nicht ab. Ihm war der Kampf zuwider, ihm graute vor Blutvergießen, aber weil er den Namen Grenvile trug, wußte er im Jahre 1642, wo seine Pflicht war. Er fiel bei Landsdowne, als er seine Leute in den Kampf führte, und sein junger Sohn Jack, ein Knabe von kaum fünfzehn Jahren, bestieg unverzüglich seines Vaters Pferd und ritt gegen den Feind. Und der junge Bursche, der uns eben verlassen hat, Bunny, lief im Herbst seinem Hofmeister davon, um sich mir zur Verfügung zu stellen und in der Sache, die uns allen teuer ist, den Degen zu führen. Von mir habe ich nichts zu sagen. Ich bin Soldat. Meiner Fehler sind viele, meiner Tugenden wenige. Doch kein Streit, kein Zank, keine kleinliche Rache konnte mich jemals oder könnte mich heute der Treue gegen mein Land und meinen König abspenstig machen. In der langen und oft blutigen Geschichte der Grenviles hat sich bis zum heutigen Tag keiner als Verräter erwiesen.»

Seine Stimme verstummte, es war totenstill. Die Tauben waren vom Rasen aufgeflogen, die Bienen hatten sich in den Park verzogen.

«Meine beiden Neffen», fuhr Richard fort, «werden in den kommenden Jahren ihren Söhnen erzählen können: ‹Wir Grenviles kämpften, um den König wiedereinzusetzen›, und ihre Namen werden sich in dem großen Buch, daraus unser Vater uns in Stowe vorlas, an den Namen meines Großvaters Richard reihen, der auf der ‹Revenge› gekämpft hat.» Er hielt eine Weile inne und sprach dann leiser.

«Mir liegt nichts daran», sagte er, «wenn mein Name in jenem Buch mit kleineren Buchstaben geschrieben wird. ‹Er war ein Soldat›, mag es dort heißen. ‹Des Königs General im Westen.› Das laßt meine Grabschrift sein. Aber in jenem Buch in Stowe wird kein anderer Richard mehr verzeichnet sein. Denn des Königs General starb, ohne einen Sohn zu hinterlassen.»

Ein langes Schweigen folgte seinen letzten Worten. Er stand noch immer am Fenster, und ich saß still in meinem Stuhl, die Hände im Schoß gefaltet. Jetzt müßte es kommen, dachte ich, der Ausbruch, die Wut, die furchtbaren Worte; oder die Sturzflut eines wilden Weinens. Achtzehn Jahre lang war der Sturm in der Seele eingeschlossen gewesen, aber der reißende Strom der Gefühle konnte nicht länger gehemmt werden.

Das ist nur unser Fehler, sagte ich zu mir selber, nicht seiner. Hätte

Richard zu vergeben vermocht, wäre ich weniger stolz gewesen; wären unsere Herzen von Liebe erfüllt gewesen und nicht von Haß, hätten wir mehr Verständnis gekannt. – Zu spät. Um volle zwanzig Jahre zu spät. Und jetzt mußte unser armer kleiner Sündenbock es büßen.

Doch der Schrei, auf den ich wartete, kam niemals. Noch fielen Tränen. Statt dessen kam er aus seiner Ecke hervor und stand einen Augenblick allein inmitten des Raums. Alle Furcht war aus den dunklen Augen gewichen, und die schlanken Hände zitterten nicht. Er sah jetzt älter und weiser aus. Als wäre eine ganze Spanne Jahre über ihn dahingegangen, während sein Vater gesprochen hatte.

Doch als er jetzt zu reden begann, war es eine junge, einfache Knabenstimme.

«Was muß ich tun?» fragte er. «Wollen Sie es für mich tun, oder muß ich mich selbst töten?»

Gartred war es, die jetzt als erste einen Schritt tat. Gartred, meine lebenslange Feindin. Sie stand von ihrem Diwan auf, zog den Schleier über ihr Gesicht und trat an meinen Stuhl. Sie legte die Hände darauf und, ohne daß ein Wort gesprochen wurde, schob sie mich aus dem Saal. Wir kamen in den Garten hinaus, unter die Sonne, wandten dem Haus den Rücken, und noch immer redeten wir kein Wort miteinander, denn da war nichts zu sagen. Doch weder sie noch ich, weder irgendein Mann noch irgendeine Frau, ob lebend oder tot, wußten je, was damals in der langen Galerie von Menabilly Richard Grenvile zu seinem Sohn sagte.

An jenem Abend brach der Aufstand im Westen aus. Es war nicht mehr möglich gewesen, die Royalisten in Helston und Penzance zu warnen, sie wissen zu lassen, daß die Führer im Osten verhaftet worden waren und die geplante Revolution zum Scheitern verurteilt war. Sie schlugen zu der festgesetzten Stunde los, wie es verabredet worden war, und sahen sich nicht überraschten Truppenabteilungen gegenüber, wie sie erwartet hatten, sondern starken, wohlvorbereiteten und wohlbewaffneten Kräften, die zu diesem Zweck in aller Eile nach Cornwall entsandt worden waren.

Der Aufruhr von 1648. So Gott will, das letzte Mal, daß Menschen auf dem Boden von Cornwall kämpften – es dauerte kaum eine Woche, aber für jene, die starben und litten, dauerte es eine Ewigkeit. Die Kämpfe spielten sich westlich von Truro ab, so daß wir in Menabilly kein Pulver rochen. Aber jede Straße und jeder Pfad war bewacht, und nicht einmal die Dienstleute wagten sich vor die Tore.

Am ersten Abend ritt eine Kompanie Soldaten unter der Führung von Oberst Robert Bennett, unserm alten Nachbarn bei Looe, in Menabilly ein und durchsuchte flüchtig das Haus. Er fand niemanden außer mir und Gartred. Er ahnte nicht, daß er, zehn Minuten früher, jenes Wild gestellt hätte, hinter dem alle Jäger am hitzigsten her waren.

Ich kann noch jetzt Richard sehen, wie er mit gekreuzten Armen im Speisesaal saß, die leeren Stühle rund um sich, und gegen all mein Flehen taub blieb.

«Wenn sie kommen», sagte er, «mögen sie mich nehmen, wie ich bin. Mein ist die Schuld. Ich bin der Mann, für den meine Freunde jetzt leiden. Gut denn. Mögen sie an mir ihr Schlimmstes tun, und wenn ich mich ihnen ergebe, rette ich vielleicht Cornwall vor der Verwüstung.»

Gartred hatte ihre frühere kühle Haltung wiedergefunden und zuckte verächtlich die Schultern. «Ist es jetzt nicht ein wenig spät, den Märtyrer zu spielen? Was wird deine Übergabe in dieser Stunde nützen? Du überschätzest dich, mein armer Richard, wenn du glaubst, daß die bloße Gefangennahme eines Grenvile den andern Gefangenschaft und Tod ersparen wird. Ich hasse diese Gesten der letzten Minute, die erhabenen Worte. Zeig dich als Mann, entflieht beide, wie Bunny es getan hat.»

Es gab eine Pause, und dann sprach Dick – zum erstenmal seit jener unvergeßlichen Minute in der Galerie.

«Wie steht es mit den Rashleighs? Wenn mein Vater und ich hier vom Feind entdeckt werden – wie sollen wir ihm beweisen, daß die Rashleighs nichts mit der Sache zu tun haben?»

An diese Worte klammerte ich mich wie eine Ertrinkende. «Daran hast du nicht gedacht», sagte ich zu Richard. «Du hast nicht einen Augenblick erwogen, was aus ihnen werden soll. Wer wird jemals glauben, daß Jonathan Rashleigh und auch John nicht im Komplott gewesen waren? Daß sie nicht in Menabilly sind, beweist nichts. Man wird sie in die Sache hineinziehen und meine Schwester Mary auch. Die arme Alice in Trethurfe, Joan in Mothercombe, eine Schar kleiner Kinder. Sie alle, angefangen bei Jonathan in London bis zu dem Baby auf Joans Knie, werden eingekerkert werden und vielleicht sterben müssen, wenn man euch hier findet.»

In diesem Moment stürzte ein Diener erregt und mit gefalteten Händen in den Raum.

«Es ist wohl das beste, wenn ich es Ihnen sage! Ein Bursche ist durch den Park hierhergekommen und hat gemeldet, daß die Soldaten sich auf dem Polmearhügel gesammelt haben. Einige sind schon nach Polkerris hinuntermarschiert. Die andern rücken nach Tregaminion und nach den Toren des Parks vor.»

«Danke», sagte Richard und nickte. «Ich bin Ihnen für Ihre Umsicht sehr verbunden.»

Der Diener verzog sich; wahrscheinlich hatte er vor, sich krank zu stellen, wenn die Soldaten kamen.

Richard stand langsam auf und sah mich an.

«Du fürchtest also für deine Rashleighs», sagte er. «Und ihretwegen wünschest du nicht, mich den Wölfen preiszugeben. Schön. Dieses eine Mal will ich mich entgegenkommend zeigen. Wo ist das berühmte Versteck, das sich vor vier Jahren so gut bewährt hat?»

Ich sah Dick zusammenfahren und von mir zu seinem Vater blicken.

«Dick weiß es», erwiderte ich. «Bist du bereit, es mit ihm zu teilen?»

«Eine gehetzte Ratte hat keine Wahl», sagte Richard, «sie muß den Gefährten hinnehmen, den man ihr gesellt.»

Ob das Versteck voll Spinnweb, Modergeruch und Feuchtigkeit war, das wußte ich nicht, noch kümmerte es mich. Jedenfalls würde es Schutz gewähren, wenn die Truppen kamen. Und kein Mensch, nicht einmal Gartred, kannte das Geheimnis.

«Erinnerst du dich», fragte ich Dick, «wohin der Gang führt? Ich warne dich! Seit vier Jahren ist es nicht mehr benützt worden.»

Er nickte totenblaß. Und ich fragte mich, was er jetzt fürchtete, nachdem er sich vor einer Stunde als Opferlamm angeboten hatte.

«Dann geh», sagte ich, «und zeig es deinem Vater. Jetzt, sofort, solange noch Zeit ist.»

Er trat auf mich zu, sein eben erst erwachter Mut war ins Wanken geraten, und er glich völlig dem kleinen Jungen, der sich mir einst so sehr angeschlossen hatte, daß auch mein Herz ihm zugeflogen war.

«Das Seil», sagte er, «das Seil an der Türangel. Was, wenn es jetzt brüchig geworden ist? Und die Angeln verrostet sind?»

«Darauf kommt es nicht an», sagte ich. «Du wirst es jetzt nicht brauchen. Ich werde dich nicht im Zimmer hinter dem Stein erwarten.»

Er starrte mich an, einen Augenblick lang war er wie verloren und schien nicht zu verstehen, und ich glaube, daß er sich in dieser kurzen Sekunde selbst wieder als das Kind von damals gefühlt hatte. Dann brach Richard den Bann mit seiner harten, klaren Stimme.

«Nun», sagte er, «wenn es denn geschehen muß, dann soll es jetzt geschehen. Eine andere Möglichkeit zur Flucht gibt es nicht.»

Noch immer sah Dick mich an, und in seinen Augen war jetzt ein neuer Blick, den ich nie an ihm gekannt hatte. Warum sah er mich so an? Oder war nicht ich es, die er anstarrte, sondern ein anderer, ein Gespenst aus der toten Vergangenheit, das ihm auf die Schulter geklopft hatte?

«Ja», sagte er langsam, «wenn es denn geschehen muß, dann soll es jetzt geschehen.» Er wandte sich zu seinem Vater und öffnete die Tür des Speisesaals. «Wollen Sie mir folgen, Sir?» sagte er zu Richard.

Richard blieb sekundenlang auf der Schwelle stehen. Er sah erst Gartred, dann mich an.

«Wenn die Hunde ihn verfolgen und alle Wege versperrt sind, dann geht der Rotfuchs ins Loch.»

Er lächelte, heftete noch einmal seinen Blick auf mich und folgte Dick auf den Mauerweg. Gartred sah ihnen nach, dann zuckte sie die Schultern.

«Ich glaubte, das Versteck sei im Haus. In der Nähe deines Zimmers im Pförtnerhaus.»

«Das hast du geglaubt?»

«Vor vier Jahren habe ich Stunden damit verbracht, vor deiner Tür herumzuschleichen und den Gang zu suchen», sagte sie.

An der Wand neben dem Fenster hing ein Spiegel. Sie trat davor und schob den Schleier weg. Die tiefe, rote Wunde lief zackig, unregelmäßig von der Braue bis zum Kinn, und die glatte Rundung ihrer Wange war für immer dahin. Ich beobachtete ihren Blick, und sie sah mich in dem trüben Glas des kleinen Spiegels.

«Ich hätte dich damals retten können», sagte sie, «du wußtest das, nicht wahr?»

«Ja.»

«Du hattest mich nach der Richtung gefragt, und ich hatte dir nicht geantwortet. Und darum bist du in den Abgrund gestürzt.»

«Ich weiß es.»

«Es hat lange gedauert, bis wir quitt wurden», sagte sie. Dann wandte sie sich vom Spiegel ab, zog aus ihrer Tasche das kleine Kartenspiel hervor, an das ich mich so gut entsinnen konnte, und setzte sich neben meinem Rollstuhl an den Tisch.

«Wir wollen Patience miteinander spielen, du und ich, während wir die Soldaten erwarten», sagte Gartred Grenvile.

Fünfunddreißigstes Kapitel

Wenn Oberst Bennett ganz Cornwall durchsucht hätte, konnte er wohl kaum auf ruhigere Menschen stoßen, als es die beiden Frauen waren, die im Speisesaal von Menabilly Patience spielten. Die eine mit silberschimmerndem Haar, einen Schleier vor dem Gesicht, die andere hoffnungslos verkrüppelt.

Ja, bis heute seien Gäste bei uns gewesen: Mr. Rashleighs Schwiegersohn, Sir Peter Courtney, und mein eigener Bruder, Robin Harris. Nein, wir wüßten nichts von dem, was sie taten. Sie kämen und gingen, wie es ihnen beliebte. Mr. Trelawney sei einmal dagewesen, davon hätten wir gehört, aber wir seien ihm nicht begegnet. Warum die Rashleighs mich in Menabilly allein gelassen hätten? Das mochte wohl notwendig gewesen sein, und sie hatten es jedenfalls so für richtig gehalten. Sie haben vielleicht vergessen, Oberst Bennett, daß mein Heim in Lanrest vor vier Jahren niedergebrannt worden ist – auf Ihren eigenen Befehl, wie man mir sagte. Eine seltsame Handlungsweise für einen Nachbarn. Und warum Mrs. Denys von Orley Court in dieser Jahreszeit bei mir zu Gast ist? Nun, sie war früher meine Schwägerin, und wir sind seit vielen Jahren befreundet. – Ja, mein Name wurde in früheren Zeiten in Verbindung mit dem Namen Sir Richard Grenviles genannt. Im Westen wird ebenso geklatscht wie in Whitehall. – Nein, Mrs. Denys stand niemals in freundschaftlichen Beziehungen zu ihrem Bruder. – Nein, wir wußten nichts von dem, was er tat. Wir glaubten, er sei in Neapel. Ja, bitte, durchsuchen Sie nur das Haus, vom Keller bis zum Dachboden, suchen Sie auf dem ganzen Gut. Hier sind die Schlüssel. Tun Sie, was Sie für gut halten. Wir haben nicht die Macht, Sie zu hindern. Menabilly gehört uns nicht. Wir sind lediglich, in Abwesenheit Mr. Rashleighs, Gäste in seinem Haus.

«Nun, Sie scheinen die Wahrheit zu sprechen, Miß Harris», sagte er am Ende seines Besuchs zu mir – als wir noch Nachbarn in Looe gewesen waren, pflegte er mich «Honor» zu nennen, «aber die Tatsache, daß Ihr Bruder und Sir Peter Courtney in den Aufstand verwickelt sind, der jetzt in Helston und in Penzance ausgebrochen ist, macht dieses Haus verdächtig. Ich werde eine Wache hier zurücklassen, und wenn Sir Hardress Waller in den Bezirk kommt, dürfte er genauere Nachforschungen auf diesem Besitz anstellen, als ich das heute zu tun vermag. Unterdessen ...» Er unterbrach sich plötzlich, und seine Blicke schweiften zu Gartred zurück.

«Verzeihen Sie meine Neugier, Madam», sagte er, «stammt diese Schnittwunde aus neuerer Zeit?»

«Ein Unfall», sagte Gartred und zuckte die Schultern, «eine ungeschickte Bewegung und ein zerbrochenes Stück Glas ...»

«Bestimmt – nicht absichtlich?»

«Was wollen Sie damit sagen?»

«Es sieht eigentlich mehr nach einem Degenhieb aus; verzeihen Sie meine Offenheit. Wenn Sie ein Mann wären, würde ich meinen, Sie hätten sich duelliert und diese Wunde von Ihrem Gegner empfangen!»

«Ich bin aber kein Mann, Oberst Bennett. Wenn Sie daran zweifeln, dann mögen Sie hinauf in mein Zimmer kommen, und ich werde es Ihnen beweisen.»

Robert Bennett war ein Puritaner. Er trat zurück und wurde bis über die Ohren rot.

«Ich danke, Madam», sagte er steif, «der Augenschein genügt mir.»

«Wenn die Beförderung beim Militär von der Galanterie abhinge», bemerkte Gartred, «wären Sie heute noch gemeiner Soldat. Ich kann mir keinen andern Offizier in Cornwall oder Devon vorstellen, der ablehnen würde, mit Gartred Denys in ihr Zimmer zu gehen.»

Sie wollte wieder die Karten austeilen, aber Oberst Bennett hob die Hand.

«Ich bedaure», sagte er kurz, «doch ob sie Mrs. Denys oder Mrs. Harris sind, kommt in diesen Tagen nicht in Betracht. Worauf es hingegen ankommt, ist, daß Ihr Mädchenname Grenvile war.»

«Und darum?» fragte Gartred und mischte die Karten.

«Und darum muß ich Sie bitten, mich zu begleiten und sich eine Eskorte nach Truro gefallen zu lassen. Dort wird man Sie während der Untersuchung zurückbehalten, und wenn die Straßen wieder ruhig sind, werden Sie ermächtigt werden, nach Orley Court zu reisen.»

Gartred versorgte die Karten in ihrer Tasche und stand langsam auf.

«Wie Sie wollen», sagte sie und hob die Schultern. «Sie haben doch vermutlich irgendeine Reisemöglichkeit für mich? Ich habe kein Reitkleid hier.»

«Es wird Ihnen jede Bequemlichkeit zur Verfügung gestellt werden, Madam.»

Er wandte sich zu mir. «Ihnen ist gestattet hierzubleiben, bis neue Befehle von Sir Hardress Waller kommen, dessen Entscheidungen noch morgen vormittag ergehen können. In jedem Fall muß ich Sie bitten, sich bereit zu halten. Sie verstehen?»

«Ja», sagte ich, «ja, ich verstehe.»

«Sehr wohl. Ich lasse eine Wache vor dem Haus zurück; sie hat den Befehl, bei der ersten verdächtigen Regung zu schießen. Guten Abend. Sind Sie bereit, Mrs. Denys?»

«Ja, ich bin bereit.» Gartred wandte sich zu mir und berührte leicht meine Schulter. «Es tut mir leid, daß ich meinen Besuch so plötzlich abbrechen muß. Grüß die Rashleighs von mir, wenn du sie siehst. Und bestell Jonathan, was ich von seinen Gärten gesagt habe. Wenn er blühende Büsche pflanzen will, muß er erst die Füchse loswerden.»

«Das ist nicht so leicht», erwiderte ich. «Man fängt sie schwer. Besonders wenn sie ins Loch gehen.»

«Räuchert sie aus», sagte sie, «das ist das einzige Mittel. Tut es bei Nacht, dann hinterlassen sie weniger Gestank. Leb wohl, Honor!»

«Leb wohl, Gartred.»

Sie schlug ihren Schleier zurück, um noch einmal die rote, klaffende Wunde zu zeigen, und seit jenem Tag bis heute habe ich sie nicht mehr gesehen.

Ich hörte die Soldaten aus dem Hof und durch den Park reiten. Vor den beiden Eingangstoren standen Wachen, die Musketen an der Seite. Und eine Wache stand auch am Außentor, wo die Stufen nach dem Mauerweg führten. Ich beobachtete sie und zog dann die Glokkenschnur neben dem Kamin.

«Frag die Wache», bat ich Matty, «ob Oberst Bennett erlaubt hat, daß ich mir in meinem Stuhl ein wenig Bewegung im Freien machen darf.»

Sie war gleich wieder zurück und brachte den Bescheid, den ich gefürchtet hatte.

«Es tut mir leid», sagte sie, «aber Oberst Bennett hat streng befohlen, daß Sie das Haus nicht verlassen dürfen.»

Ich sah Matty an, und sie sah mich an.

Wirr und wild jagten die Gedanken durch mein Hirn. «Wie spät ist es jetzt?» fragte ich.

«Fast fünf Uhr.»

«Noch vier Stunden Tageslicht», sagte ich.

«Ja.»

Vom Fenster des Speisesaals konnte ich die Wache beobachten, die vor dem Tor des Südgartens auf und ab ging. Hin und wieder blieb sie stehen und tauschte ein Wort mit dem Kameraden an den Stufen des Mauerwegs. Die Sonne stand hoch im Südwesten und blitzte auf ihren Musketen.

«Bring mich hinauf, Matty!»

«In Ihr Zimmer?»

«Nein, Matty. In mein altes Zimmer beim Pförtnerhaus.»

In diesen zwei Jahren meines Aufenthaltes in Menabilly war ich nicht mehr dort gewesen. Der Westflügel war noch immer leer und unberührt, kahl und kläglich, wie die Rebellen ihn nach ihrer Plünderung im Jahre 1644 zurückgelassen hatten. Die Behänge waren von den Wänden gerissen, in dem Zimmer gab es weder Bett noch Stuhl, noch Tisch. Ein Laden hing lose in seinen Angeln und ließ ein schwaches Licht in den Raum fallen. Es roch muffig und modrig, und in einem Winkel lagen die gebleichten Knochen einer Ratte. Im Westflügel war es sehr still. Tiefes Schweigen. Kein Laut drang mehr von der verlassenen Küche darunter bis hierher.

«Geh an den Stein», flüsterte ich. «Stemm die Hände dagegen.»

Matty kniete auf den Boden und drückte gegen den Stein hinter dem Pfeiler, aber er rührte sich nicht.

«Nützt nichts», murmelte sie, «er sitzt zu fest. Haben Sie vergessen, daß man ihn nur von innen öffnen kann?»

Hatte ich es vergessen? Es war das einzige, was ich noch wußte. – Räuchert sie aus, hatte Gartred gesagt, das ist das einzige Mittel. Ja, aber sie hatte nicht begriffen. Sie glaubte, die beiden seien irgendwo in den Wäldern versteckt. Nicht hinter drei Fuß dicken Steinmauern.

«Hol Papier und Holz», sagte ich zu Matty. «Zünde ein Feuer an. Nicht im Kamin, aber hier, an der Mauer!»

Es gab eine Hoffnung – sie war, weiß Gott, schwach genug –, daß das Feuer durch die Mauerritzen drang und ihnen ein Zeichen gab. Doch vielleicht waren sie gar nicht hier. Vielleicht kauerten sie am andern Ende des Tunnels, unter dem Sommerhaus.

Wie langsam sie war, die gute Matty, die treue Matty! Wie lange sie brauchte, um trockenes Gras und Zweige zu bringen! Wie sorgfältig sie das Feuer schürte, wie methodisch sie einen Zweig nach dem andern auflegte!

«Beeil dich!» flüsterte ich. «Mehr Holz! Eine stärkere Flamme!»

«Nur Geduld! Es wird schon werden! Alles zu seiner Zeit!»

Zu seiner Zeit! Nicht zu meiner Zeit! Nicht zu Richards Zeit!

Das Zimmer war voll von Rauch. Er biß in die Augen, er kroch in unser Haar, er hing am Fenster. Doch ob er durch die Steine drang, das vermochten wir nicht zu sagen. Matty ging ans Fenster und öffnete den Spalt um zwei Zoll weiter. Ich hielt einen langen Stecken in den Händen und stocherte hilflos in den trägen, zischenden Flammen, schob die Zweige näher an die Mauer des Pfeilers.

«Vier Reiter reiten durch den Park», sagte Matty plötzlich. «Soldaten, genau wie jene, die vorhin da waren.»

Meine Hände waren feucht. Ich warf den nutzlosen Stock weg und rieb die Augen, die vom Rauch schmerzten. Wahrscheinlich war ich in diesem Augenblick einer Panik näher als zu irgendeiner andern Stunde meiner achtunddreißig Jahre.

«Mein Gott!» flüsterte ich. «Was sollen wir tun?»

Matty schloß leise das Fenster. Sie zertrat die glimmenden Äste.

«Kommen Sie zurück in Ihr Zimmer», sagte sie. «Später, nachts, werde ich es noch einmal versuchen. Aber wir dürfen nicht hier gefunden werden.»

Sie trug mich auf ihren breiten Armen aus dem dunklen, modrigen Raum durch das Pförtnerhaus nach dem Korridor und dann in mein Zimmer im östlichen Flügel. Sie legte mich auf das Bett und brachte Wasser, um mir Gesicht und Hände zu waschen. Wir hörten die Soldaten in den Hof einreiten und dann den Schall von Schritten. Unempfindlich gegen Mensch und Not schlug die Uhr im Turm sechs, hämmerte ihre blöden, bleiernen Töne mit mechanischer Genauigkeit. Matty bürstete den Ruß aus meinen Haaren, zog mir ein frisches Kleid an, und kaum war sie mit alldem fertig, da klopfte es an der Türe. Ein Diener mit ganz erschrockenem Gesicht meldete leise, Miß Harris werde unten verlangt. Sie hoben mich in meinen Stuhl und trugen mich hinunter. Vier Soldaten hatte Matty durch den Park reiten gesehen, jetzt aber standen nur drei in der seitlichen Halle und schauten über die Gärten. Sie warfen einen neugierigen Blick auf mich, als Matty und der Diener mich durch die Tür des Speisesaals rollten. Dort stand der vierte Mann am Kamin, auf einen Stock gestützt. Aber es war kein Soldat wie die andern, sondern mein Schwager, Jonathan Rashleigh.

Sekundenlang war ich so betroffen, daß ich nicht sprechen konnte. Dann schwoll in mir Erleichterung, Verblüfftheit und irgendein Gefühl letzter Hilflosigkeit, und ich begann zu weinen. Er ergriff meine Hand und sagte nichts. Nach ein oder zwei Minuten hatte ich mich erholt, und als ich zu ihm aufsah, bemerkte ich, wie die Jahre ihn verändert hatten. War er wirklich nur zwei Jahre in London gewesen? Es hätten auch zwanzig Jahre sein können. Er mochte damals kaum achtundfünfzig gewesen sein. Er sah aus wie siebzig. Sein Haar war schneeweiß, seine einst so breiten Schultern waren eingesunken und gebeugt. Selbst seine Augen schienen sich tief in die Höhlen zurückgezogen zu haben.

«Was ist geschehen?» fragte ich. «Warum bist du nach Hause gekommen?»

«Die Schuld ist bezahlt», sagte er, und auch seine Stimme war die langsame, müde Stimme eines alten Mannes. «Die Schuld ist bezahlt, die Buße ist erloschen. Ich bin frei und darf nach Cornwall zurück.»

«Du hast keine gute Stunde für deine Rückkehr gewählt», erwiderte ich.

«Das hat man mir schon gesagt.»

Er sah mich an, und in der gleichen Sekunde wußte ich, daß er trotz allem doch auch eine Rolle in der Verschwörung gespielt hatte. Daß all die Gäste, die sich wie Räuber in sein Haus eingeschlichen hatten, mit seinem Wissen gekommen waren, und daß er, ein Gefangener in London, für sie sein Leben gewagt hatte.

«Du bist über die Straße gekommen?» fragte ich.

«Nein, zu Schiff», antwortete er. «Mein eigenes Schiff, die ‹Frances›, die ständig zwischen Fowey und dem Kontinent verkehrt, wie du dich vielleicht erinnerst.»

«Ja, ich erinnere mich.»

«Ihre Waren haben mir geholfen, meine Schuld zu bezahlen. Sie hat mich vor einer Woche in Gravesend abgeholt, als der Ausschuß für Cornwall mir erlaubte, London zu verlassen und nach Cornwall zurückzukehren. Erst vor wenigen Stunden sind wir in den Hafen eingelaufen.»

«Ist Mary mit dir gekommen?»

«Nein. Sie ist in Plymouth an Land gegangen, um Joan in Mothercombe zu besuchen. In Plymouth sagten uns die Wachen, man befürchte einen Aufstand in Cornwall, und es sei eine große Truppenmacht ausgeschickt worden, um ihn niederzuschlagen. Da habe ich mich denn beeilt, nach Fowey zu gelangen, denn ich fürchtete für deine Sicherheit.»

«Du wußtest also, daß John nicht da war? Du wußtest, daß ich – allein war?»

«Ich wußte, daß du – allein warst.»

Wir schwiegen beide, und unsere Augen hafteten an der Tür.

«Robin ist festgenommen worden», sagte ich leise, «und Peter wohl auch, fürchte ich.»

«Ja, das haben meine Wachen mir gesagt.»

«Und auf dich kann kein Verdacht fallen?»

«Noch nicht», sagte er mit seltsamer Betonung.

Ich sah, wie er durch das Fenster blickte, wo der breite Rücken der Wache jede Aussicht versperrte. Dann zog er langsam ein zusammengefaltetes Papier aus der Tasche, und als er es öffnete, sah ich, daß es eine Bekanntmachung war, wie man sie an die Mauern anschlug, wenn jemand von den Behörden gesucht wurde. Er las mir vor:

«Wer auch immer zu irgendeiner Zeit den Übeltäter, bekannt als Richard Grenvile, bei sich verborgen hat oder in Zukunft zu verbergen sucht, wird bei Entdeckung wegen Hochverrates verhaftet, alle seine Güter werden endgültig und für immer eingezogen und seine Familie eingekerkert.»

Er faltete das Papier wieder zusammen. «Das», sagte er, «klebt an jeder Mauer von jeder Stadt in Cornwall.»

Zunächst sagte ich gar nichts, dann meinte ich: «Das Haus ist bereits durchsucht worden. Man hat nichts gefunden.»

«Sie werden morgen zurückkommen», antwortete er.

Er trat wieder an den Kamin und stand, auf den Stock gestützt, in tiefen Gedanken. «Mein Schiff, die ‹Frances›», sagte er langsam, «liegt nur noch heute nacht in Fowey vor Anker. Morgen, mit der ersten Flut, segelt sie nach Holland!»

«Nach Holland?»

«Sie führt eine Fracht nach Vlissingen. Der Schiffer ist ein Ehrenmann und jedes Vertrauens würdig. Er hat schon die Obhut über eine junge Frau übernommen, die ich als meine Verwandte ausgegeben habe. Wäre es anders gekommen, so hätte sie mit mir in Fowey an Land gehen können. Aber das Schicksal und die Umstände haben entschieden. Darum wird auch sie mit meinem Schiff, der ‹Frances›, nach Vlissingen segeln.»

«Ich sehe nicht», sagte ich nach kurzem Zaudern, «was diese junge Frau mit mir zu schaffen haben soll. Mag sie immerhin nach Holland fahren.»

«Es wäre ihr leichter», sagte Jonathan Rashleigh, «wenn ihr Vater bei ihr sein könnte.»

Ich war noch immer zu benommen, um zu verstehen, was er meinte, bis er einen Brief aus der Brusttasche zog und mir reichte.

Ich öffnete ihn und las die wenigen Worte, die mit unausgeschriebener, jugendlicher Hand gekritzelt waren. «Wenn Sie noch immer eine Tochter für Ihre späteren Jahre brauchen», hieß es in dieser Botschaft, «so erwartet sie Sie an Bord des Schiffes ‹Frances›. Holland soll gesünder sein als England. Wollen Sie mit mir sein Klima versuchen? Meine Mutter taufte mich auf den Namen Elizabeth, aber ich unterzeichne lieber als Ihre Tochter Bess.»

Eine ganze Weile sagte ich gar nichts, sondern hielt nur die Botschaft in meinen Händen. Ich hätte hundert Fragen stellen können, wäre nur Zeit und Lust vorhanden gewesen. Frauenfragen, die meine Schwester Mary beantwortet und vielleicht auch verstanden hätte. War sie hübsch? War sie lieb? Hatte sie seine Augen, seinen Mund, sein rötlichbraunes Haar? Würde sie seine finsteren Stimmungen verstehen? Würde sie mit ihm lachen, wenn er heiter war? Doch nichts von alldem war wichtig oder der Stunde entsprechend. Da ich sie ja ohnehin niemals sehen würde, ging es mich auch nichts an.

«Du hast mir diesen Brief in der Hoffnung gegeben, daß ich ihn ihrem Vater übermitteln kann», sagte ich zu Jonathan. «Ja», antwortete er.

Abermals blickte er zu dem breiten Rücken der Wache vor dem Fenster hinaus.

«Ich habe dir gesagt, daß die ‹Frances› aus Fowey mit der Morgenluft ausläuft», sagte er. «Wenn sie den Hafen verläßt, wird bei Pridmouth ein Boot ausgesetzt werden, um Hummerkästen zu holen, die zwischen dem Strand und dem Cannis Rock liegen. Es wäre nicht weiter schwierig, im Frühzwielicht einen Passagier aufzunehmen.»

«Nicht weiter schwierig», antwortete ich, «wenn der Passagier da wäre.»

«Es ist deine Sache», sagte er, «darauf zu sehen, daß er da ist.»

Dem Ausdruck seiner Augen konnte ich anmerken, daß er wußte, wo Richard versteckt war.

«Die Soldaten halten auf dem Mauerweg Wache», sagte ich.

«Nur an dem einen Ende», meinte er, «nicht an dem andern.»

«Das Wagnis ist sehr groß. Selbst bei Nacht. Selbst am frühen Morgen.»

«Das weiß ich», erwiderte er, «aber ich glaube, daß der Mann, von dem wir sprechen, es auf sich nehmen wird.»

Abermals zog er die Bekanntmachung aus der Tasche. «Wenn du ihm den Brief übermittelst», sagte er ruhig, «dann kannst du ihm vielleicht auch dies hier geben.»

Ohne ein Wort zu sagen, nahm ich die Bekanntmachung und verbarg sie in meinem Kleid.

«Noch eines solltest du tun», sagte er zu mir.

«Was ist das?»

«Alle Spuren von dem vernichten, was gewesen ist. Die Männer, die morgen kommen, haben schärfere Nasen als die Soldaten, die heute da waren. Das sind geübte Spürhunde.»

«Im Innern können sie nichts finden. Das weißt du. Dein Vater war über alle Maßen klug, als er den Pfeiler bauen ließ.»

«Aber von außen her ist das Geheimnis weniger sicher», sagte er. «Ich überlasse es dir, das Werk zu vollenden, das das Parlament im Jahre 1644 angefangen hat. Ich werde das Sommerhaus nicht mehr benützen.»

Als er mich jetzt anschaute, verstand ich, was er meinte.

«Reisig brennt bei diesem trockenen Wetter ausgezeichnet», sagte er zu mir. «Die Trümmer werden sich darüber häufen, und im Sommer wachsen Disteln und Nesseln schnell. Weder zu meinen noch zu Johns Lebzeiten wird dieses Unkraut angerührt werden.»

«Warum bleibst du nicht hier», flüsterte ich, «und besorgst das selbst?»

Doch während ich sprach, öffnete sich die Tür des Speisesaals, und der Führer der drei Soldaten, die in der Halle warteten, trat ein.

«Ich bedaure sehr, Sir», sagte er, «aber die fünfzehn Minuten, die Ihnen bewilligt waren, sind vorüber. Ich kann nicht gegen meine Befehle handeln. Wollen Sie bitte Abschied nehmen und mit mir nach Fowey zurückkehren?»

Ich sah ihn verständnislos an, und mein Mut verließ mich.

«Ich dachte, Mr. Rashleigh sei wieder frei?»

«Da die Zeiten so unsicher sind, meine liebe Honor», sagte Jonathan ruhig, «halten es die Herren von der Behörde für das beste, daß ich vorläufig in ihrer Hut, wenn auch nicht eigentlich in Haft bleibe. Darum soll ich die Nacht in meinem eigenen Haus in Fowey verbringen. Es tut mir leid, daß ich das nicht klarer ausgedrückt habe.» Er wandte sich zu den Soldaten. «Ich bin Ihnen sehr verbunden», sagte er, «daß Sie mir diese Unterredung mit meiner Schwägerin bewilligt haben. Sie ist sehr leidend, und wir waren alle in großer Angst um sie.»

Und ohne ein weiteres Wort ging er, und ich blieb zurück, den Brief in der Hand, die Bekanntmachung im Kleid, und das Leben Richards und seines Sohnes, aber auch der ganzen Familie Rashleigh hing jetzt von meinem Scharfsinn ab.

Ich wartete auf Matty, doch sie kam nicht, und schließlich zog ich ungeduldig die Glockenschnur neben dem Kamin. Der Diener kam ganz bestürzt gelaufen und berichtete, daß Matty nicht zu finden sei – er habe sie in der Küche und in ihrem Zimmer gesucht, aber sie sei weder da noch dort gewesen.

«Es ist nicht weiter wichtig», sagte ich, nahm ein Buch und blätterte darin.

«Wollen Sie jetzt speisen, Madam?» fragte er. «Es ist beinahe sieben Uhr. Ihre gewohnte Stunde ist längst vorbei.»

«Ja, gut», sagte ich, «wenn du mir das Essen bringen willst.» Ich vertiefte mich scheinbar in mein Buch, zählte aber die ganze Zeit die Stunden bis zur Dunkelheit und fragte mich mit beklommenem Herzen, was nur aus Matty geworden sein mochte.

Ich aß ein wenig Fleisch, trank ein Glas Wein, ohne zu spüren, was ich aß und trank; die Bilder des alten John Rashleigh und seiner Frau sahen düster von den dunkelgetäfelten Wänden auf mich herab, die Schatten wurden länger, der Abend schlich immer näher, und schwarzblaue Wolken ballten sich am Himmel zu wuchtigen Bänken.

Es war beinahe neun Uhr, als ich hörte, wie die Tür sich mit einem Knarren öffnete. Ich drehte meinen Stuhl um und sah Matty vor mir stehen; ihr Kleid trug braune und grüne Flecken von Erde und Farnkraut. Sie legte den Finger an den Mund, und ich sagte kein Wort. Sie ging durch den Raum und schloß die Läden. Als sie den letzten schloß, drehte sie den Kopf und sagte ganz leise:

«Er sieht gar nicht schlecht aus, der Soldat am Mauerweg.»

«Nein?»

«Er kennt die Frau meines Vetters in Liskeard.»

«So viel braucht es gar nicht, um sich anzufreunden.»

Sie befestigte den Riegel des Ladens und zog den schweren Vorhang vor.

«Es war sehr feucht im Park», sagte sie.

«Das merke ich», antwortete ich.

«Aber er hat einen geschützten Platz unter einem Gebüsch gefunden, wo wir uns über die Frau meines Vetters unterhalten konnten. Und während er diesen Platz suchte, habe ich im Sommerhaus gewartet.»

«Das ist sehr verständlich», meinte ich.

Die Vorhänge waren jetzt an allen Fenstern zugezogen, und der Speisesaal lag im Dunkel. Matty trat an meinen Stuhl.

«Ich habe die Fliese gehoben», sagte sie, «und einen Brief auf die Treppe gelegt. Wenn das Seil noch an seinem Platz hängt, sollen sie die Steintür im Pfeiler heute nacht um zwölf Uhr öffnen. Wir würden sie erwarten.»

Ich griff nach ihrer starken, beruhigenden Hand und hielt sie zwischen den meinen.

«Ich bete nur zu Gott, daß sie den Brief finden», sagte sie langsam. «Es muß irgendwo im Tunnel ein Stück eingestürzt sein, seit er zum letztenmal verwendet wurde. Es roch wie in einem Grab.»

Wir preßten uns in der Dunkelheit aneinander, und während ich lauschte, konnte ich das ruhige Schlagen ihres Herzens spüren.

Sechsunddreißigstes Kapitel

Von halb zehn bis dreiviertel zwölf lag ich auf meinem Bett im oberen Stockwerk. Als Matty kam, um mich zu holen, war das ganze Haus totenstill. Die Dienstleute waren in ihren Kammern unter dem Dach, und die Wachen standen auf ihren Posten. Eine von ihnen konnte ich unter meinem Fenster auf und ab gehen hören. Der Mond, niemals ein Verbündeter des Flüchtlings, stieg langsam und verräterisch über dem Park empor. Wir zündeten keine Kerzen an. Matty schlich an die Tür und lauschte. Dann hob sie mich auf und brachte mich durch den langen, gewundenen Gang zu dem leeren Pförtnerhaus. Wie nackt waren die Wände, wie stumm war die Anklage! Und hier im Westflügel war auch kein Mond zu sehen, der seinen Strahl über den Fußboden geworfen hätte.

In dem Raum, der unser Ziel war, glimmte es noch immer in der Asche des armseligen Feuers, das wir nachmittags entzündet hatten, und der Rauch hing in Wolken unter der Decke. Wir setzten uns in eine Ecke und warteten – es war unheimlich still hier, die Stille eines Ortes, der seit vielen Jahren weder Schritte noch Stimmen gekannt hatte.

Dann spürte ich, wie Matty meine Schulter berührte, und im selben Augenblick bewegte sich der Stein hinter mir – ich spürte den kalten Lufthauch, an den ich mich so gut erinnern konnte, und als ich mich jetzt umwandte, konnte ich das gähnende Loch sehen und die schmale Treppe dahinter und hörte das Knarren des Stricks an der rostigen Angel.

Obgleich es das Geräusch war, das zu hören ich am dringendsten ersehnt hatte, tönte es doch grauenhaft, wie ein Lockruf des Grabes. Jetzt zündete Matty ihre Kerze an, und als der Strahl auf die Stufen fiel, sah ich Richard dort stehen, Erde auf Gesicht, Schultern und Händen, und in diesem unnatürlichen, gespenstischen Licht wirkte er wie ein von den Toten Auferstandener. Er lächelte, und auch dieses Lächeln hatte etwas Gräßliches an sich.

«Ich fürchtete schon, du würdest gar nicht kommen», sagte er. «Nur wenige Stunden später, und es wäre zu spät gewesen.»

«Was meinst du damit?» fragte ich.

«Keine Luft», sagte er. «Im Tunnel kann gerade nur ein Hund durchkriechen. Ich habe keine hohe Meinung von den Architekturkünsten des alten Rashleigh.»

Ich beugte mich vor und spähte hinunter; da sah ich Dick, zusammengekauert, und sein Gesicht war ebenso geisterhaft wie das seines Vaters.

«Vor vier Jahren war es nicht so», sagte ich.

«Komm», sagte Richard, «ich will es dir zeigen. Ein Kerkermeister sollte die Zelle kennen, in die er seine Gefangenen sperrt.»

Er hob mich auf und trug mich behutsam durch die kleine Steintür, über die Stufen und bis hinunter in die Zelle. Zum ersten- und zum letztenmal sah ich das Geheimnis des Pfeilers mit eigenen Augen. Sechs Fuß hoch, mit einem Grundriß von etwa vier Quadratfuß, war die Zelle nicht größer als ein Kleiderschrank, und die feuchten Mauern fühlten sich eisig an.

In einer Ecke stand ein kleiner Stuhl, und daneben war ein Holzteller und ein hölzerner Löffel, verschimmelt und mit Spinnweb bedeckt, und ich dachte an die letzte Mahlzeit, die vor einem Vierteljahrhundert der wahnsinnige Onkel John hier gegessen haben mochte. Oberhalb des Stuhls hing das Seil morsch und brüchig an den rostigen Angeln, und dahinter öffnete sich ein rundes, schwarzes Loch, etwa achtzehn Zoll hoch, durch das ein Mann kriechen und sich winden mußte, um das andere Ende des Ganges zu erreichen.

«Das verstehe ich nicht», sagte ich schaudernd, «so kann es früher nicht gewesen sein. Jonathan hätte es niemals benützt, wenn es so gewesen wäre.»

«Aus dem Fundament des Hauses sind Steine und Erdklumpen abgebröckelt. Und sie versperren jetzt den Tunnel bis auf einen schmalen Durchlaß, durch den wir gekrochen sind. Als der Tunnel früher benützt wurde, hat man ihn bestimmt regelmäßig mit Hacken und Spaten freigelegt. Jetzt, da er seit Jahren nicht mehr verwendet worden ist, hat die Natur ihre Ansprüche wieder geltend gemacht. Meine Feinde mögen einen neuen Namen für mich finden, von jetzt an bin ich kein Fuchs mehr, sondern ein Dachs.»

Ich sah, wie Dicks Augen mich aus seinem kreideweißen Gesicht anstarrten. Was wollen diese dunklen Augen mir sagen, fragte ich mich. Was ist in diesem Blick verborgen?

«Bring mich hinauf», sagte ich zu Richard. «Ich muß mit dir sprechen.»

Und dann saßen wir beim Licht der Kerze beisammen, Richard und Dick und ich, während Matty draußen Wache hielt.

«Jonathan Rashleigh ist zurückgekehrt», sagte ich.

Dick warf mir einen fragenden Blick zu, aber Richard antwortete nicht.

«Die Buße ist bezahlt», fuhr ich fort, «der Ausschuß für Cornwall hat ihm gestattet heimzukehren. Er wird von jetzt an als freier Mann und unbehindert in Cornwall leben dürfen, wenn er nichts mehr tut, was den Verdacht des Parlaments erregen könnte.»

«Das ist gut für ihn», meinte Richard. «Ich wünsche ihm viel Glück.»

«Jonathan Rashleigh ist ein Mann des Friedens», sagte ich, «der wohl seinen König liebt, noch mehr aber seine Heimat. Er hat zwei Jahre Entbehrung und Leiden erduldet. Ich glaube, daß er seine Ruhe verdient hat, und er hegt jetzt nur den einzigen Wunsch – sorgenlos im Kreis seiner Familie und in seinem eigenen Haus zu leben.»

«Das ist wohl jedes Mannes Wunsch», sagte Richard.

«Dieser Wunsch läßt sich nicht erfüllen», entgegnete ich, «wenn man beweisen könnte, daß er an dem Aufstand teilgenommen hat.»

Richard warf mir einen Blick zu und zuckte dann die Schultern.

Statt einer andern Antwort zog ich die Bekanntmachung hervor, breitete sie auf dem Boden aus und stellte die Kerze daneben.

Ich wartete eine Weile, und dann sagte ich: «Morgen kommen sie noch einmal, um genauere Nachforschungen anzustellen.»

Ein Wachstropfen fiel auf das Papier, und sein Rand krümmte sich. Richard hielt es an die Flamme, die Bekanntmachung fing Feuer und brannte in seiner Hand wie ein Fidibus, bis sie verkohlt zu Boden fiel.

«Du siehst», sagte Richard zu seinem Sohn, «so ist das Leben. Ein Flackern, ein Funke, und dann ist es vorüber, und keine Spur bleibt übrig.»

Ich hatte den Eindruck, als schaute Dick seinen Vater an wie ein stummer Hund seinen Herrn. Sag mir, was du von mir verlangst, las ich in diesen Augen.

«Jaja», sagte Richard mit einem Seufzer, «da bleibt nichts übrig, als unsere Hälse dem kalten Eisen preiszugeben. Ein trauriges Ende. Eine Begegnung auf der Landstraße, ein Dutzend Männer über uns, Handschellen und Stricke, und dann der Marsch durch die Straßen von London, umheult vom Pöbel. Bist du bereit, Dick? Dein ist die Meisterhand, die uns auf diesen Weg lenkte. Jetzt dürftest du deine Freude daran haben.»

Ich sah, wie Dick seinen Knöchel mit der Hand umspannte, und in wilder Wut wandte ich mich gegen den Mann, den ich liebte.

«Willst du schweigen?» sagte ich. «Hat er für seine achtzehn Jahre nicht schon genug gelitten?»

Richard sah mich mit erhobenen Brauen an.

«Was», sagte er lächelnd, «bist du jetzt auch schon gegen mich?»

Als Antwort reichte ich ihm den Brief, den ich in der Hand hielt. Er war jetzt verschmiert und kaum lesbar.

«Du brauchst deinen Fuchskopf nicht auf den Block zu legen», sagte ich. «Lies das, und dann wirst du eine andere Melodie singen.»

Er beugte sich zur Kerze, und ich sah, wie sein Blick sich von schwarzer Bosheit in Staunen verwandelte.

«Am Ende habe ich doch eine Grenvile gezeugt», sagte er leise.

«Die ‹Frances› verläßt Fowey morgen früh mit der Flut», sagte ich. «Sie segelt nach Vlissingen und hat Platz für Passagiere. Der Schiffer ist vertrauenswürdig. Die Reise wird gefahrlos sein.»

«Und wie kommen die Passagiere an Bord?» fragte Richard.

«Ein Boot, das Hummer und keine Füchse aufnimmt, wird in Pridmouth sein», sagte ich leichthin, «sobald das Schiff den Hafen verläßt. Die Passagiere sollen es erwarten. Ich schlage vor, daß sie sich für den Rest der Nacht am Strand unterhalb des Gribben versteckt halten, und wenn das Boot bei Morgengrauen die Hummer holt, genügt ein Signal, und es wird an den Strand kommen.»

«Einfacher könnte es ja gar nicht sein», meinte Richard.

«Du bist also mit dieser Art zu fliehen einverstanden? Lebt wohl denn, ihr schönen, heldenhaften Bilder von Ergebung und Tod auf dem Block!»

Doch das hatte er wohl bereits vergessen, denn seine Blicke schweiften an mir vorbei und sahen schon Pläne und Komplotte, in denen ich keine Rolle spielte.

«Von Holland nach Frankreich», murmelte er, «und dann zum Prinzen. Ein anderer Plan, und diesmal ein besserer als der letzte. Vielleicht eine Landung in Irland und von dort nach Schottland . . .» Seine Augen blickten auf den Brief in seiner Hand. «Meine Mutter taufte mich auf den Namen Elizabeth», las er, «aber ich unterzeichne lieber als Ihre Tochter Bess.»

Er pfiff leise und reichte den Brief seinem Sohn. Dick las und gab das Blatt schweigend seinem Vater zurück.

«Nun», fragte Richard, «glaubst du, daß ich deine Schwester liebhaben werde?»

«Ich glaube, Sir», sagte Dick leise, «daß Sie sie sehr liebhaben werden.»

«Es hat Mut gebraucht, nicht wahr?» fuhr sein Vater fort, «ihr Heim zu verlassen, ein Schiff zu finden und bereit zu sein, in Holland allein, ohne Freund, ohne Mittel an Land zu gehen, was?»

«Ja», sagte ich, «es hat Mut gebraucht und noch etwas anderes.»

«Was wäre das?»

«Den Glauben an den Mann, den sie stolz ihren Vater nennt. Das Vertrauen, daß er sie nicht verlassen würde, wenn sie sich nicht bewähren sollte.»

Sie sahen einander an, Richard und sein Sohn, düster, wachsam, als bestünde zwischen ihnen irgendein dunkles, geheimes Einverständnis, das ich, eine Frau, zu teilen nicht hoffen durfte. Dann steckte Richard den Brief in seine Tasche und wandte sich zögernd zum Eingang in die Zelle.

«Müssen wir denselben Weg gehen, auf dem wir gekommen sind?» fragte er.

«Das Haus ist bewacht», sagte ich. «Es ist eure einzige Möglichkeit.»

«Und wenn morgen die Spürhunde kommen», fragte er, «und unserer Fährte nachschnüffeln – wie wirst du dich mit ihnen abfinden?»

«Wie Jonathan Rashleigh vorschlug», sagte ich. «Trockenes Reisig brennt leicht und schnell. Ich glaube, daß die Familie Rashleigh ihr Sommerhaus nicht mehr benützen wird.»

«Und der Eingang hier?»

«Der Stein läßt sich nicht wegschieben. Nicht von innen her. Du siehst dort den Strick und die Angeln.»

Wir spähten zu dritt in die feuchte Tiefe. Und Dick griff plötzlich nach dem Seil und zog. Dreimal zog er daran, dann riß der Strick, und die Angel zerbrach, unverwendbar für immer.

«So», sagte er mit einem seltsamen Lächeln. «Keiner wird je mehr den Stein öffnen, wenn du ihn jetzt von diesem Zimmer aus geschlossen hast.»

«Eines Tages wird ein Rashleigh kommen und den Pfeiler niederreißen. Was sollen wir ihm als Erbschaft hinterlassen?» Richards Blicke wanderten durch das Zimmer zu den Knochen in der Ecke. «Das Gerippe einer Ratte», sagte er. Und mit einem Lächeln warf er es in die Tiefe.

«Geh du zuerst», befahl er Dick, «ich werde dir folgen.»

Dick streckte seine Hand nach mir aus und hielt sie sekundenlang fest.

«Sei tapfer», sagte ich. «Die Reise geht rasch vorüber. Und einmal in Holland, in Sicherheit, wirst du gute Freunde finden.»

Er antwortete nicht, er sah mich nur aus seinen großen dunklen Augen an, dann kletterte er die schmale Stiege hinunter.

Ich war mit Richard allein. Wir hatten schon oft Abschied voneinander genommen, er und ich, sagte ich mir. Und jedesmal hatten wir uns wiedergefunden.

«Wie lange wird es diesmal dauern?» fragte ich.

Er nahm mein Gesicht zwischen seine Hände und küßte mich lange.

«Wenn ich wiederkomme», sagte er, «bauen wir ein Haus in Stowe. Du wirst endlich deinen Stolz aufgeben und eine Grenvile werden.»

Ich lächelte und schüttelte den Kopf.

«Sei glücklich mit deiner Tochter!»

An dem offenen Mauerloch blieb er noch einmal stehen.

«Eines Tages, sage ich dir, wenn ich erst einmal in Holland bin, dann werde ich nach der Feder greifen und die Wahrheit über den Bürgerkrieg schreiben. Mein Gott, wie werde ich meinen Kameraden, den andern Generälen, einheizen! Wie werde ich aller Welt beweisen, was für Dummköpfe sie waren! Und dann wird der Prinz von Wales vielleicht den Wink verstehen und mich endlich doch zum Oberbefehlshaber seiner Armee machen.»

«Es ist viel wahrscheinlicher», sagte ich, «daß er dich degradieren wird.»

Er kletterte durch das Loch und kniete auf der Stufe. Unten wartete Dick auf ihn.

«Ich werde die Brandlegung für dich erledigen», sagte Richard. «Vom Fenster deines Zimmers im Ostflügel wirst du sehen, wie das Sommerhaus der Rashleighs Cornwall seine letzte Verbeugung macht. Und die Grenviles auch.»

«Hüte dich vor der Wache», sagte ich. «Sie steht unterhalb des Mauerwegs.»

«Liebst du mich noch, Honor?»

«Solange meine Sünden dauern.»

«Sind ihrer viele?»

«Du kennst sie alle.»

Und als er, die Hand auf dem Stein, noch etwas zu erwarten schien, wagte ich meine letzte Bitte.

«Du weißt, warum Dick dich dem Feind verraten hat?»

«Ich glaube wohl.»

«Nicht aus Groll, nicht aus Rachsucht. Sondern weil er das Blut auf Gartreds Wange gesehen hatte.»

Er sah mich nachdenklich an, und ich flüsterte: «Vergib ihm um meinetwillen, wenn schon nicht um deinetwillen.»

«Ich habe ihm vergeben», sagte er langsam, «aber wir Grenviles sind sonderbare Menschen. Du wirst wahrscheinlich darauf kommen, daß er sich selber nicht vergeben kann.»

Ich sah sie beide, Vater und Sohn, auf der Treppe und darunter die winzige Zelle. Und dann drückte Richard den Stein in die Wand, und sie war für alle Zeiten geschlossen. Ich wartete noch eine kleine Weile, und dann rief ich Matty.

«Alles ist vorüber», sagte ich. «Fertig und zu Ende.»

Sie kam durch das Zimmer und hob mich auf.

«Kein Mensch wird sich mehr in der Zelle verbergen.» Ich legte die Hand an meine Wange. Sie war naß. Ich wußte nicht, daß ich geweint hatte. «Bring mich in mein Zimmer», sagte ich zu Matty.

Dort saß ich am Fenster und blickte über die Gärten. Mir war, als wartete ich Stunden so; ich starrte nach Osten, und Matty kauerte neben mir. Endlich sah ich eine Flamme über die Parkbäume in die Höhe schlagen. Der Wind kam von Westen, blies den Rauch weg, und die Wache konnte nichts sehen.

Nun würde es bis zum Morgen brennen, sagte ich mir, und wenn es tagte, würde man sagen, Wilddiebe hätten ein Feuer angezündet, das sich ausgebreitet und auch das Sommerhaus ergriffen hatte, und dann mußte einer vom Gut zu Jonathan Rashleigh nach Fowey hinuntergehen und, die Mütze in der Hand, um Entschuldigung für die Unachtsamkeit bitten. Und jetzt suchten sich zwei Menschen ihren Weg hinunter zum Strand und warteten dort, in den Klippen verborgen. Sie sind zu zweit, sie sind in Sicherheit. Ich kann zu Bett gehen und schlafen und sie vergessen.

Und doch, als ich jetzt an dem Fenster meines Zimmers saß und über den Rasen blickte, da sah ich weder den Mond noch die Bäume noch die dünne Rauchsäule, die zum Himmel aufstieg, sondern immer nur Dicks Augen, die mich zum letztenmal angeschaut hatten, als Richard den Stein in der Pfeilermauer schloß.

Siebenunddreißigstes Kapitel

Um neun Uhr morgens kam eine Truppenabteilung durch den Park geritten. Im Hof saßen sie ab, und der Kommandant, ein Offizier vom Stab Sir Hardress Wallers in Saltash, ließ mir sagen, ich müsse mich anziehen und sogleich hinunterkommen und bereit sein, ihn nach Fowey zu begleiten. Ich war schon angekleidet, und als die Diener mich hinuntertrugen, sah ich, wie seine Soldaten die Täfelung in der langen Galerie abrissen. Die Spürhunde waren gekommen.

«Dieses Haus ist schon einmal geplündert worden», sagte ich zu dem Offizier, «und es hat meinen Schwager vier Jahre gekostet, um es notdürftig wieder instand zu setzen. Muß das alles von neuem anfangen?»

«Ich bedaure», sagte der Offizier, «aber das Parlament kann keine Rücksicht nehmen, wenn es sich um einen Mann wie Richard Grenvile handelt.»

«Sie glauben, daß Sie ihn hier finden werden?»

«Es mag ein Dutzend Häuser in Cornwall geben, in denen er sich versteckt halten kann», antwortete er. «Menabilly ist nur eins davon. Und da es sich so verhält, bin ich gezwungen, das Haus gründlicher durchsuchen zu lassen, als es sich mit der Bequemlichkeit seiner Bewohner vereinbaren läßt. Einige Zeit lang wird Menabilly leider unbewohnbar sein. Und darum muß ich Sie bitten, mich nach Fowey zu begleiten.»

Ich sah mich um; das war das Haus, das zwei Jahre lang meine Heimat gewesen war. Ich hatte einmal seine Plünderung mitansehen müssen. Ich trug kein Verlangen, diesen Anblick noch einmal zu ertragen.

«Ich bin bereit», sagte ich zu dem Offizier.

Als man mich in die Sänfte hob und Matty zu mir trat, da hörte ich das wohlbekannte Geräusch der Äxte, die den Fußboden aufrissen, der Degen, die das Holz zerschlugen, und ein Spaßvogel war, wie sein Vorgänger im Jahre 1644, in den Turm geklettert, saß mit gekreuzten Beinen auf dem Balken, den Strang der Glocke in der Hand, und schwang die große Glocke hin und her. Sie läutete uns auf dem Weg unter dem Pförtnerhaus hindurch, sie läutete uns auf dem Weg durch den Außenhof. Und ahnungsvoll dachte ich, daß dies mein Abschied von Menabilly sei. Ich würde nie mehr hier wohnen.

«Wir werden längs der Küste reiten», sagte der Offizier am Fenster meiner Sänfte. «Die Straße ist voll von Truppen, die nach Helston und Penzance marschieren.»

«So viele sind nötig», fragte ich, «um einen kleinen Aufstand niederzuschlagen?»

«Der Aufstand wird morgen oder übermorgen erledigt sein», erwiderte er, «aber die Truppen sind gekommen, um hier zu bleiben. Von heute an wird es in Cornwall keine Aufstände mehr geben, weder im Osten noch im Westen.»

Und die Glocke von Menabilly schwang hin und her, ein düsteres Echo seiner Worte.

Ich sah von dem Pfad neben dem Mauerweg auf, und das Sommerhaus, gestern noch ein kleiner Turm mit langen Fenstern, war jetzt ein Haufen von Trümmern und Schutt.

«Auf wessen Befehl wurde dieses Feuer gelegt?» rief der Offizier.

Ich sah, wie er mit seinen Leuten Rat hielt, und sie stiegen den Mauerweg hinauf, um in den rauchenden Resten nachzuspüren, während Matty und ich bei der Sänfte warteten. Kurz darauf kam der Offizier zurück.

«Was stand hier für ein Gebäude?» fragte er mich. «Aus diesem Schutthaufen läßt sich nichts mehr erkennen. Aber das Feuer ist vor nicht langer Zeit angelegt worden, es glimmt noch immer.»

«Ein Sommerhaus», sagte ich. «Meine Schwester, Mrs. Rashleigh, liebte es sehr. Wir saßen oft dort, wenn sie daheim war. Das wird sie sehr kränken. Ich glaube, daß Oberst Bennett gestern den Befehl gab, es in Brand zu stecken.»

Der Offizier runzelte die Stirn.

«Dazu hatte Oberst Bennett ohne Erlaubnis des Sheriffs, Sir Thomas Herle, nicht das Recht.»

Ich zuckte die Schultern. «Vielleicht hatte er die Erlaubnis. Ich kann Ihnen nichts darüber sagen. Aber er ist Mitglied des Ausschusses für Cornwall und kann darum machen, was ihm beliebt.»

«Dieser Ausschuß nimmt sich zu viel heraus», sagte der Offizier. «Eines Tages wird er es mit uns, mit der Armee, zu tun bekommen.»

Wir stiegen den steilen Pfad nach Pridmouth hinunter, erklommen den Hügel hinter Coombe Manor, wo die Vettern der Rashleighs wohnten, und stiegen dann abwärts bis zu dem Haus meines Schwagers am Uferdamm von Fowey. Das erste, wonach ich ausschaute, war, ob auf der Reede vor dem Haus ein Schiff vor Anker lag; doch da war nichts zu sehen. Das Wasser des Hafens war ruhig und grau, und nur in Polruan ankerte ein kleines Fischerboot, sonst waren keine Schiffe da. Die Leute am Quai sahen neugierig zu, als man mich aus der Sänfte hob und ins Haus trug.

Mein Schwager erwartete mich im Wohnzimmer. Der Raum war dunkel getäfelt wie der Speisesaal in Menabilly, und seine großen Fenster blickten auf den Damm. Auf dem Fensterbrett stand das Modell eines Schiffs – dasselbe Schiff, das sein Vater vor vierzig Jahren gebaut und ausgerüstet hatte, damit es mit Drake gegen die Armada segelte. Auch jenes Schiff hatte «Frances» geheißen.

«Ich bedaure», sagte der Offizier, «daß es ein oder zwei Tage lang, bis die Unruhen im Westen sich gelegt haben, nötig sein wird, dieses Haus unter Bewachung zu halten. Ich muß darum auch Sie, Sir, und diese Dame bitten, das Haus nicht zu verlassen.»

«Ich verstehe», sagte Jonathan. «Ich bin seit so langer Zeit an Überwachung gewöhnt, daß einige Tage mehr mir nichts ausmachen werden.»

Der Offizier zog sich zurück, und ich sah, daß eine Wache ihren Posten vor dem Fenster bezog, wie ihr Kamerad es in der Nacht vorher in Menabilly getan hatte.

«Ich habe Nachrichten von Robin», sagte mein Schwager. «Er ist in Plymouth in Haft, aber ich glaube, daß man ihm wenig nachweisen kann. Sobald die Unruhen vorüber sind, wird er freigelassen, wenn er dem Parlament Treue schwört, wie ich es tun mußte.»

«Und dann?» fragte ich.

«Nun, dann ist er wieder sein eigener Herr und kann in Ruhe und Frieden leben. Ich habe ein kleines Haus in Tywardreath, das recht geeignet für ihn wäre, und auch für dich, Honor, wenn du Lust hättest, mit ihm zusammen zu wohnen. Das heißt – wenn du keine andern Pläne hast.»

«Nein», sagte ich, «ich habe keine andern Pläne.»

Er stand auf, ging langsam ans Fenster und sah auf den Uferdamm hinaus. Ein alter Mann, weißhaarig und gebeugt, der sich schwer auf seinen Stock stützte. Das Kreischen der Möwen, die draußen kreisten und herabstießen, drang zu uns herein.

«Die ‹Frances› ist heute morgen um fünf Uhr in See gestochen», sagte er.

Ich antwortete nicht.

«Der Fischerjunge, der seine Hummer holen wollte, fuhr zuerst nach Pridmouth, um den Passagier aufzunehmen. Er fand ihn am Strand, ganz wie es besprochen war. Der Passagier habe müde und blaß ausgesehen, aber sonst, nach allem, was er durchgemacht hatte, war er recht frisch.»

«Nur ein Passagier?» fragte ich.

«Ja, natürlich, ein einziger Passagier», sagte Jonathan und sah mich an. «Ist irgend etwas nicht in Ordnung? Du siehst so verstört aus.»

«Alles in Ordnung», sagte ich. «Hast du mir sonst noch etwas zu berichten?»

Er ging zu seinem Pult in der Ecke, öffnete eine Lade und entnahm ihr ein Stück Strick, an dem eine verrostete Türangel hing.

«Als der Passagier an Bord des Schiffes stieg», sagte mein Schwager, «gab er dieses Stück Strick dem Fischerjungen mit dem Auftrag, es bei seiner Rückkehr Mr. Rashleigh zu bringen. Ein Fetzen Papier lag auch dabei, und darauf standen die Worte: ‹Sagen Sie Honor, der letzte Grenvile sei auf seine eigene Art entflohen.›»

Er reichte mir das Papier.

«Was hat das zu bedeuten?» fragte er. «Verstehst du es?»

Lange vermochte ich nicht zu antworten. Ich saß, das Papier in der Hand, und sah abermals die Trümmer des Sommerhauses vor mir, die auf alle Zeit den geheimen Gang versperrten, und ich sah auch die stille Zelle, wie ein dunkles Grab, in der dicken Mauer des Pfeilers.

«Ja, Jonathan», sagte ich, «ich verstehe es.»

Er sah mich sekundenlang an, dann ging er an das Pult und verschloß Strick und Angel wieder in der Lade.

«Nun», sagte er, «Gott sei Dank, es ist jetzt vorüber. Angst und Gefahr. Uns bleibt nichts mehr zu tun übrig.»

«Nein», antwortete ich, «uns bleibt nichts mehr zu tun übrig.»

Er holte zwei Gläser vom Büfett und füllte sie mit Wein aus dem Humpen. Das eine reichte er mir.

«Trink das», sagte er freundlich und legte seine Hand auf meinen Arm. «Du hast schlimme Dinge durchlebt.» Er hob sein Glas dem Schiff entgegen, das seinen Vater zum Kampf mit der Armada getragen hatte.

«Auf die andere ‹Frances›», sagte er, «und auf des Königs General im Westen! Möge er in Holland eine Freistatt und sein Glück finden!»

Ich trank schweigend und stellte das Glas auf den Tisch.

«Du hast nicht ausgetrunken», sagte er. «Das würde jenem, auf dessen Wohl wir getrunken haben, Unglück bringen.»

Ich griff nochmals nach dem Glas und hielt es gegen das Licht, so daß der Wein rot und klar schimmerte.

«Der Letzte der Grenvile», sagte ich, «bewies großen Mut.»

«Welcher war das?» fragte er.

«Nur ein Knabe», sagte ich, «dessen Name niemals in das große Buch in Stowe eingetragen werden wird, noch wird man sein Grab auf dem kleinen Kirchhof in Kilkhampton finden.»

Ich trank meinen Wein bis zur Neige und reichte Jonathan das Glas.

«Du weinst», sagte Jonathan langsam. «Die Zeit war lang und hart für dich. Oben ist ein Bett vorbereitet. Laß dich von Matty hinaufbringen. Beruhige dich, fasse Mut! Das Schlimmste ist vorüber. Das Beste steht noch bevor. Eines Tages wird der König in sein Land zurückkommen, eines Tages wird dein Richard wiederkehren.»

Ich blickte nach dem Schiffsmodell auf dem Fenstersims und zwischen den Masten hindurch nach dem blauen Hafenwasser. Die Fischerboote segelten langsam ins Meer hinaus, die Möwen kreisten kreischend über ihnen, und die weißen Schwingen hoben sich scharf gegen den Himmel ab.

«Eines Tages», sagte ich, «wenn der Schnee schmilzt, wenn es taut, wenn der Frühling kommt . . .»

Die weiteren Schicksale der Personen dieser Erzählung

Sir Richard Grenvile: Des Königs General kehrte nie mehr nach England zurück. Er kaufte ein Haus in Holland, wo er mit seiner Tochter Elizabeth bis zu seinem Tode im Jahre 1659 lebte, genau ein Jahr vor der Restauration. Er bot dem Prinzen von Wales – später Karl II. – im Exil seine Dienste an, die aber wegen der Mißhelligkeiten zwischen Grenvile und Sir Edward Hyde, später Earl von Clarendon, nicht angenommen wurden. Das genaue Datum seines Todes ist ungewiß, aber er soll einsam und verbittert in Gent gestorben sein, und auf seinem Grab standen nur die Worte: «Sir Richard Grenvile, des Königs General im Westen.»

Sir John Grenvile (Jack), Bernard Grenvile (Bunny): Diese beiden Brüder spielten eine große Rolle bei der Restauration der Stuarts im Jahre 1660. Sie heirateten beide, lebten glücklich und standen bei dem König in hoher Gunst. John wurde zum Earl von Bath gemacht.

Gartred Denys: Sie verheiratete sich nicht noch einmal, sondern verließ Orley Court und zog zu einer ihrer verheirateten Töchter, Lady Hampson in Taplow, wo sie im hohen Alter von fünfundachtzig Jahren starb.

Jonathan Rashleigh: Er wurde nochmals vom Parlament wegen Schulden eingekerkert, konnte aber die Restauration noch erleben. Er starb im Jahre 1675, ein Jahr nach seiner Frau Mary.

John Rashleigh: Er starb im Jahre 1651, nur dreißig Jahre alt, in Devon auf dem Heimweg nach Menabilly, nachdem er in Geschäften seines Vaters in London gewesen war. Seine Witwe Joan lebte in Fowey und starb dort im Alter von achtundvierzig Jahren. Ihr Sohn Jonathan übernahm als Erbe das Gut seines Großvaters in Menabilly.

Sir Peter Courtney: Er verließ seine Frau, war hoffnungslos verschuldet, heiratete ein zweites Mal und starb 1670.

Alice Courtney: Verbrachte den Rest ihres Lebens in Menabilly und starb dort 1659 im Alter von vierzig Jahren. In der Kirche von Tywardreath findet sich eine Gedenktafel.

Ambrose Manaton: Über ihn ist nur wenig bekannt, außer daß er im Jahre 1668 Parlamentsmitglied für Camelford war. Sein Gut Trecarrel geriet in Verfall.

Robin und Honor Harris: Bruder und Schwester lebten zurückgezogen in Tywardreath in einem Haus, das Jonathan Rashleigh ihnen zur Verfügung gestellt hatte. Honor starb am 17. November 1653 und Robin im Juni 1655. So konnten sie beide die Restauration nicht mehr erleben. Die Inschrift auf ihrer Gedenktafel in der Kirche lautet:

> «Zur Erinnerung an Robert Harris, einst Generalmajor bei Seiner Majestät Armee vor Plymouth, der hier am 29. Juni 1655 begraben wurde. Und an Honor Harris, seine Schwester, die am 17. November des Jahres des Herrn 1653 ebenfalls hier begraben wurde.»

Nachschrift

Im Jahre 1824 ließ Mr. William Rashleigh von Menabilly in der Gemeinde Tywardreath in Cornwall gewisse Veränderungen an seinem Haus vornehmen, in deren Verlauf man den äußeren Hof aufriß, um dort Küchen und Vorratskammern zu bauen. Der Architekt, der mit dieser Arbeit betraut war, stellte fest, daß der Pfeiler an der Nordwestecke des Hauses offenbar überflüssig war, und beauftragte die Maurer, ihn abzureißen. Bei dieser Arbeit entdeckten sie im Innern des Pfeilers eine Treppe, die in einen zellenartigen kleinen Raum auf dem Grund des Pfeilers führte. In diesem Raum aber fanden sie das Skelett eines jungen Mannes, auf einem Stuhl sitzend, zu seinen Füßen eine Eßschale; das Skelett trug die Tracht eines Adeligen aus der Zeit des Bürgerkriegs. Als Mr. Rashleigh von dieser Entdeckung erfuhr, ließ er diese Überreste mit allen Ehren auf dem Friedhof von Tywardreath begraben. Und weil dieser Fund ihn und seine Familie aufs tiefste betroffen hatte, ließ er von den Maurern die geheime Zelle so verschließen, daß niemand im Haus sie je wiederfinden solle. Die Umbauten wurden fortgesetzt, der Außenhof erlitt verschiedene Veränderungen, an Stelle des Pfeilers wurden Vorratsräume gebaut, und die genaue Lage der Zelle blieb für alle Zeiten ein Geheimnis Mr. Rashleighs und des Architekten. Als Mr. Rashleigh in den Chroniken der Familie nachforschte, fand er, daß verschiedene Mitglieder der Familie Grenvile sich vor dem Aufstand des Jahres 1648 in Menabilly verborgen gehalten hatten, und so mutmaßte er, daß einer von ihnen in dem geheimen Raum Zuflucht gefunden hatte und dort vergessen worden war. Diese Überlieferung hat sich bis zum heutigen Tag erhalten.

Ich möchte John Cosmo Stuart Rashleigh von Throwleigh und William Stuart Rashleigh von Stoketon meinen Dank dafür aussprechen, daß sie mir erlaubten, diese Mischung von Wahrheit und Dichtung zu veröffentlichen. Hoffentlich werden sie, und vor allem Oenonie Johnson, deren sorgsame Kopien der Familienpapiere sich als ungemein wertvoll erwiesen, an diesem Rückblick auf ihre Ahnen in Menabilly in den längst vergangenen und vergessenen Tagen ihre Freude haben.

Auch Miss Mary Coate, Mr. A. L. Rouse und Mr. Tregonning Hooper bin ich sehr dankbar dafür, daß sie so gütig waren, mir Bücher und Manuskripte zu leihen.

D. du M.